Tomo Zalar

LÄUTERUNG

Das Leben – Ein Geschenk auf Zeit

AF191971

DANKSAGUNG

an Franziska Junghans von der Agentur Ka & Jott, meine Illustratorin Svitlana Sukhachova und meinen Lektor Dr. Gerhard Katschnig, die mich alle beim Fertigstellen und bei der Gestaltung meines ersten Romans begleitet haben.

Der größte Dank gilt dem Höchsten, der mir die Kraft, die Kreativität und den Ideenreichtum sowie die Beharrlichkeit schenkte, damit ich meine Gedanken auf Papier bringen konnte und ein Werk vollenden durfte, welches meine Gabe und Liebe zum Wort sichtbar werden ließ.

Bibliografische Information der Deutschen Nationalbibliothek:
Die Deutsche Nationalbibliothek verzeichnet diese Publikation in der Deutschen
Nationalbibliografie; detaillierte bibliografische Daten sind im Internet über
http://dnb.dnb.de abrufbar.

© 2025 Tomo Zalar

Verlag: BoD · Books on Demand GmbH, Überseering 33, 22297
Hamburg, bod@bod.de
Druck: Libri Plureos GmbH, Friedensallee 273, 22763 Hamburg

Lektorat:Dr. Gerhard Katschnig
Satz und Umschlaggestaltung: Franziska Junghans, Ka & Jott
Umschlagillustration: Svitlana Sukhachova

ISBN: 978-3-8192-4747-7

TOMO ZALAR

LÄUTERUNG

Das Leben – Ein Geschenk auf Zeit

Roman

Kapitel 1..9

Kapitel 2..81

Kapitel 3..173

Kapitel 4..225

Kapitel 5..287

Kapitel 6..331

Nachwort..343

KAPITEL 1

I

Eine unsichtbare Kraft trieb ihn seit Längerem zu diesem Entschluss, über sein Herz und durch seine Intuition, die vollends von ihm Besitz ergriffen haben, oder sei es auch die göttliche Hand gewesen, deren Herrschaft er sich nicht entziehen konnte.

Es war Ende Mai, an einem prächtigen Frühlingstag. Gregor war eifrig daran, die letzten Anweisungen zum Umzug anzuordnen. Draußen brannte die Sonne dermaßen stark, als wäre es bereits Juli, weshalb sich um die Mittagszeit die Menschen in Odessa vornehmlich drinnen oder im lauschigen Schatten des grünen Dickichts stolzer Eichen eines städtischen Cafés oder unter dem schützenden Sonnenschirm eines hiesigen, typischen Gasthofes aufhielten. Es sei denn, sie mussten in den Luftschutzkeller eilen, um dort auszuharren, bis die ohrenbetäubenden Sirenen endlich aufhörten zu heulen. Es herrschte in diesen Tagen ja Krieg in der ehemals sowjetischen Teilrepublik, der heutigen Ukraine. In den letzten Wochen dröhnten fast täglich die Sirenen auf. Doch das interessierte Gregor im Moment kaum, denn zurzeit war es gerade ruhig und die Gefechte konzentrierten sich zusehends rund um die Donbass-Region, den östlichen Landesteilen Luhansk und Donezk, sowie im Süden bis hin zur Stadt Cherson, welche gute zweihundert Kilometer weit weg liegt. Zwar in der Ukraine geboren, jedoch mit deutschem Pass, konnte er sich gottlob dem allgemeinen Wehrdienst entziehen. Sein ältester Bruder Boris hingegen, von forscher, zuweilen hochmütiger und unerschrockener Natur, ging, eher unfreiwillig, an die Front, da er die ukrainische Staatsbürgerschaft vor einigen Jahren in Anbetracht seiner politischen Ambitionen für den Stadtrat angenommen hatte. In diesen Tagen wurden insbesondere die jungen, kampftauglichen Männer bis zum vierzigsten Lebensalter rekrutiert. Für Kriegsdienstverweigerer drohten hohe Bußen und sogar längere Gefängnisstrafen. Ohne fundierte Begründung, ohne glaubwürdige, von Amtsträgern unterschriebene Dokumente aus dem Land auszureisen, war ein heikles Unterfangen und des Öfteren aussichtslos.

Zwischendurch meldete sich Boris von der Front bei Cherson, um allen Angehörigen ein Lebenszeichen von sich zu geben, als einfacher Soldat war das keineswegs stets möglich. Fehlende oder defekte Stromgeneratoren verunmöglichten nicht selten das Aufladen von Handyakkus bei kriegsbedingtem Ausfall des städtische Stromnetzes, welches immer wieder durch russische Angriffe beschädigt wurde. In diesen Zeiten war kein Verlass auf Elektrizität aus der Steckdose gegeben. Aus Deutschland und anderen Ländern gespendete Generatoren galten daher als ein quasi Lebenselixier, eben für die notwendige, unerlässliche Kommunikation, sowie als existenzielle Sicherheit für die Aussicht auf kältere Tage, die jedoch noch in weiter Ferne schienen. Die Aufgabe seiner Einheit bestand in der Vorbereitung zur Befreiung der von russischen Streitkräften besetzten Stadt Cherson, die seit März jenen Jahres praktisch widerstandslos vom Feind eingenommen worden war. Die Stadt, die durch reichen Gemüseanbau, insbesondere durch die landesweit bekannten Wassermelonen herausragte, war strategisch äußerst wichtig. Wenn sie de facto russisch würde, wäre sie das Tor nach Odessa und somit die Einladung zur Eroberung der ganzen südlichen Schwarzmeer-Küstenregion. Davor fürchteten sich viele, daher war die Operation Cherson aus ukrainischer Sicht von immenser Bedeutung und höchster Priorität in diesem bitteren, schicksalhaften Bruderkrieg. Nicht zuletzt erwuchs in den höchst angespannten Westmächten eine gehörige Befürchtung vor weiterem Terraingewinn Russlands beim Vormarsch Richtung Moldawien und Rumänien, wenn Cherson nicht zurückerobert würde.

Maria, Gregors elegante, stolze und etwas streng wirkende Ehefrau, kümmerte sich liebevoll und äußerst gewissenhaft um ihren gemeinsamen knapp dreijährigen Sohn David, dem der ganze Trubel des Umzugs sichtlich zu gefallen schien. Überall entdeckte er abenteuerliche Dinge, wie einen blauen Möbelroller, den er nicht aus den Augen ließ. Schließlich erbarmte sich seiner ein Umzugshelfer und überließ das Objekt der Begierde dem kleinen, neugierigen, über das ganze Gesicht strahlenden Jungen, dessen Geduld sich bezahlt gemacht hatte. Lachend und grinsend manövrierte David auf dem Roller von der Haustür dem langen Flur entlang bis zur fast schon ausgeräumten Küche, bis Gregor, der sichtlich angespannt war, dem lustigen Treiben ein Ende setzte. Maria saß währenddessen auf einem der letzten Stühle, welche noch in der großzügigen, ein wenig in die Jahre gekommenen Villa standen, und betrachtete das bunte Geschehen mit Sorgenfalten auf ihrer zarten Stirn. Die deutliche Ausprägung ihrer zusammengepressten Lippen hätte ein Ausdruck ihres momentanen Seelenzustandes sein können, noch unwissend, dass sie neues Leben unter ihrem Herzen trug. Pflichtbewusstsein, Disziplin und Haltung machten es ihr indes unmöglich, Gregor, der seine Berufung als durchaus erfolgreicher Psychologe gefunden hatte, von ihren Sorgen und Ängsten, welche allesamt ausschließlich in ihren Gedanken herumgeisterten, zu erzählen. Ihr Stolz versperrte den Weg heraus. Vielmehr machte sie sich, nachdem sie ihren dunkelgrünen Rock zurecht rückte, auf und begab sich ins Arbeitszimmer, um dort pflichtbewusst aller Hand Utensilien für die bereits alte, doch äußerst zuverlässig funktionierende Nähmaschine ordentlich einzupacken.

So vergingen die Tage und der Umzug stand vor der Tür. Es sollte ein regenreicher Frühsommertag werden, als ob der Himmel weinte, an diesem Tag des Abschiedes der Familie Kronmeier in Odessa. Seine Heimat zu verlassen sei nie einfach, insbesondere wenn ein äußerer Zwang dahinter stehe. Bei den Kronmeiers allerdings beruhte die Emigration auf einem lang gehegten Traum Gregors, wobei sich der Zeitpunkt mit dem leidigen Krieg zufälligerweise mischte. Von einer großindustriellen Familie stammend, ließ Gregor die bis zuletzt bestehenden Hoffnungen seiner Eltern auf Firmennachfolge seinerseits endgültig zerschlagen. Bei seinen Eltern zu Hause, ebenfalls am südwestlichen Stadtrand von Odessa, nur unweit entfernt, wurde morgens im prunkvollen Speisezimmer Kaffee und Tee getrunken. Dazu wurden frische, gefüllte Teigtaschen, süße Krapfen und ukrainische Pfannkuchen von dem streng wirkenden Hausmädchen Svetlana aufgetischt und hernach genüsslich verköstigt.

„Nun zieht auch noch unser zweiter Sohn mit unserem letzten verbliebenen Enkel weg", klagte Gregors Mutter wehmütig, mit ihrem allerliebsten David auf dem Schoss am Tisch sitzend und Kaffee schlürfend.

Ein wahrer Prachtkerl auch, dieser kleine, dunkelblonde, stets frohmütige Bub, dessen Backen, Mund und sogar Kinn größtenteils mit Puderzucker vom leckeren Krapfen bedeckt waren. Der zweitälteste Sohn, Konrad, zog vor einigen Jahren bereits fort, nach Süddeutschland, genauer in den Schwarzwald nach Freiburg, um sich dort mit seiner Familie ein neues, von deutsch-alemannischer Kultur geprägtes Leben aufzubauen. Die Familie Kronmeier hatte deutsche, allerdings auch schweizerische Wurzeln. Daher gab es unter den Brüdern seit jeher eine stille Sehnsucht nach allem, was deutsch war, bei Konrad und Gregor wuchs diese zu einem mächtigen Drang heran, welchen es zu stillen galt. Lediglich der älteste Sohn, Boris, vermochte es, diesem Bedürfnis zu widerstehen. Zudem erleichterten die jüngst begonnene politische Karriere, die Macht der Gewohnheit und der Umstand, dass Boris bei den Eltern das ganze obere Stockwerk zu seiner Verfügung hatte, ihm den Entscheid, in Odessa zu bleiben, um seine dort bereits geschlagenen Wurzeln weiter zu festigen. Seine schmerzliche Scheidung vor nicht allzu langer Zeit ließ ihn noch sturer werden, im Sinn von Festklammern am Status quo.

Die Aussicht auf die Nachfolge in Vaters mit viel Schweiß und Disziplin aufgebauter Fabrik für die Herstellung von Rollläden tat ihres hinzu. Nach anfänglichem oberflächlichen Austausch von Freundlichkeiten kam an jenem Morgen kein fließendes Gespräch auf. Ein Mann von wenigen Worten, so könnte man den Vater und Herrn des Hauses beschreiben, und dem machte er auch an diesem Tag alle Ehre. Kurzzeitig herrschte ein nachdenkliches Schweigen, abgesehen von David, der sich immer hörbar zu irgendetwas ablenken ließ oder seiner Oma typische, kindliche Fragen stellte. So ergriff Gregor das Wort:

„Lass uns in Freude auseinandergehen und nicht traurig sein, wer weiß, wann wir uns wiedersehen."

„Du hast recht, lasst uns anstoßen", meinte die Mutter feierlich, obschon durch seine Worte kaum getröstet.

„Auf euer Wohl und Gott sei mit euch", fügte der Vater bestimmt, obgleich mit hörbarem Wehmut in dessen Worten hinzu.

Maria war seit geraumer Zeit äußerst sensibel und reagierte feinfühlig auf die wenigen Abschiedsworte ihres Schwiegervaters, sogar kleine Tränen liefen ihr über die anmutig wirkenden, rötlichen Wangen. Etwas erstaunt über so viel Sentimentalität machte sich Gregor zusammen mit seiner Frau Maria und dem aufgeweckten David auf, um ein letztes Mal zu ihrem Haus zu fahren. Morgen wollten sie losfahren, mit viel Sehnsucht im Gepäck, getrieben von Gregors vorantreibendem Ehrgeiz in eine neue Welt, eine Welt, deren Wurzeln die Familie Kronmeier in sich trug. Viel versprach sich Gregor von der neuen Heimat, in welcher seine Vorfahren einst heimisch gewesen waren.

Seit Langem hegte Gregor einen eher ungewöhnlichen Herzenswunsch, scheinbar ohne große Tragweite und Bedeutung. In seiner Jugend erfuhr er viel Wohlwollen und eine gewisse, ihm noch unerklärbare Inspiration von seinem Nachhilfelehrer, Herrn Alexej Grönefeld. Neben Deutsch unterrichtete dieser auch Psychologie und Russisch. Gregor dachte oft an ihn, unwillkürlich begab es sich, dass er seit geraumer Zeit den inneren Wunsch verspürte, Alexej Grönefeld nach über einem Jahrzehnt zu besuchen. Dieser Gedanke hatte sich in Gregors Kopf festgesetzt. Auch heute, am lang ersehnten Abschiedstag, kam ihm der Gedanke des Wiedersehens mit Grönefeld unwillentlich empor. Maria wollte sich für eine Weile hinlegen, eine unerklärbare Kraftlosigkeit plagte sie, denn sie hatte die letzte Nacht im vertrauten Haus schlecht geschlafen – ihr bekamen die etwas zu öligen Teigtaschen angeblich nicht. Es ergab sich wie von Geisterhand gesteuert: David schlief bereits auf dem Weg nach Hause ein, und so ließ Gregor seine Frau und den Kleinen zu Hause, wo sie beide einen vorgezogenen Mittagsschlaf hielten. Gregor war entschlossen, heute die lang gehegte Herzensangelegenheit zu verwirklichen und Herrn Grönefeld einen Überraschungsbesuch abzustatten. Seine Wohnadresse kannte er noch, und so hoffte er, sie wäre noch dieselbe. Gute vier Kilometer entfernt, in einem gut bürgerlichen, vornehmen Stadtviertel, sollte sich sein Haus befinden, so hatte er es in Erinnerung. In der Straße angekommen, verfehlte Gregor das Haus, es befand sich drei Häuser weiter der Straße entlang, was an dem Briefkasten der Familie Grönefeld unmissverständlich zu erkennen war. An das kunstvoll verzierte, eiserne Gartentor sowie an die zwei rundlichen Leuchten auf schwarzen Sockeln links und rechts auf den Betonpfeilern emporragend erinnerte er sich besonders. Das schmucke Haus war wegen der groß gewachsenen Bäume und der vielen grünen, teils verwilderten Sträucher davor nicht in seiner ganzen Pracht zu sehen.

„Nun los", dachte sich Gregor mit ein wenig neugieriger Nervosität in den Knochen, „drück endlich die Klingel!", gedacht, getan.

Ob er wohl zu Hause sei und ob er mich wiedererkenne? Diese mit viel Ungeduld behafteten Fragen blitzten, alle anderen Nebengedanken überschattend, auf. Ein so Mitte dreißig alter Mann, ein neuzeitlicher Hausangestellter des Hauses, der sich vornehmlich um den großen Obst- und Gemüsegarten, nebst kleineren Reparaturen rund ums Anwesen kümmerte, mit schwarzem Schnurrbart und Halbglatze, trat kurz aus der Eingangstür heraus, nur so weit, dass er Gregor sah, entschied sich allerdings hernach eiligst, ihm per Knopfdruck das elektrische Tor zu öffnen, denn es regnete immer noch in Strömen, wobei ein Ende des heftigen Frühsommergewitters spürbar war. In schnellen Schritten erreichte Gregor die Eingangstür und wurde gleich vom wartenden Piotr, so hieß der fleißige, dynamisch wirkende Hausgehilfe, vertrauensvoll begrüßt und eingelassen, obschon sie sich nicht kannten. Man sagt, Menschenkenner mit messerscharfem Blick, so waren es oft auch Bedienstete, sehen sogleich, sei es am Gang, an der Mimik oder an der bloßen Begrüßung, ob es sich um vertrauenswürdige Besucher, seien es Verwandte oder Bekannte, oder ob es sich um Fremde wie irgendwelche Haustürverkäufer, andere Halsabschneider oder sogar um Gauner handle.

Unerwartet kam der Hausherr, Professor Alexej Grönefeld, gleich um die Ecke aus seinem Büro, geradewegs auf Gregor zu.

„Ja, bitte, was wünschen Sie?", fragte er ihn bestimmt und mit ein wenig hörbarem Argwohn in der Stimme.

Gleichzeitig schickte er Piotr mit einem knappen Nicken, ohne viele Worte, weg, zurück ins Bad, wo dieser beim Austausch des alten Wasserhahns unterbrochen worden war. Er musterte den Besucher von Kopf bis Fuß, augenscheinlich erkannte er Gregor nicht auf Anhieb, der hingegen erkannte seinen ehemaligen Lehrer zweifelsohne. Seine grauen Haare waren weißer geworden, sein erhabener, leichtfüßig-flotter Gang noch derselbe, sowie auch seine unverwechselbare raue Stimme.

„Guten Tag Herr Grönefeld!", brach es aus Gregor freudvoll heraus, „ich bin's, Gregor Kronmeier, ich war lange Zeit Ihr Schüler, also im Nachhilfeunterricht."

Nun offenbarte es ihm, wer da vor ihm stand. Sein anfänglicher Argwohn war im Nu verflogen, sein ansteckendes, freundliches Lächeln breitete sich auf seinem oval-förmigen, braungebrannten Gesicht aus, als ob sich sein Herz öffnete, um Einlass in einen Teil seiner Seele zu gewähren.

„Oh, Gregor, ja, Gregor Kronmeier, genau! Auch deinen älteren Bruder Konrad hatte ich unterrichtet, in Russisch, daran erinnere ich mich gut. Das freut mich außerordentlich, dich wiederzusehen, Gregor."

Nach einem kräftigen und freundschaftlichen Händedruck bat er ihn höflich auf seine gedeckte Terrasse, da ja trotz des Regens warme Temperaturen herrschten. Kaum nahmen sie Platz, erschien die Sonne hinter den dunklen, vorbeiziehenden Wolken, als ob der Wettergott den beiden seinerseits die herzlich angenehme Stimmung noch vollkommener machen wollte.

„Schön haben Sie es hier, es war mir schon entgangen, prächtig die Aussicht ...", wollte Gregor weiter anführen.

„Ich bin Alexej, wir waren doch am Ende per Du, schon vergessen? Bitte, nur Alexej", intervenierte der pensionierte Professor für Psychologie, Deutsch und Russisch.

Damit war unwillentlich noch mehr Raum für echte, persönlichere Gespräche rund um des Mannes Seele geschaffen worden.

„Was darf ich Ihnen anbieten?", fragte in höflicher Manier die sympathische Hausangestellte, die sich um Alexejs Ehefrau und um den Haushalt kümmerte.

Der plötzliche Schlaganfall seiner Frau Tatjana und dessen Folgen zwangen Alexej dazu, sich Unterstützung für ihre Pflege und Betreuung zu organisieren, welche sich noch, dank Karlinas Kochkünsten und ihrer allgemeinen Tüchtigkeit, auf die Küche und den restlichen Haushalt erweiterte.

„Bist du hungrig?", ergänzte Alexej fragend, „es gibt noch Borschtsch, soviel ich weiß, oder Karlina?", schielend zu ihr, wobei sie nickte.

Zwar war es nicht frisch, doch Alexej und viele mit ihm schworen auf ein bis zwei Tage alten Borschtsch, sie waren der festen Ansicht, dass dieser noch besser als frisch gekochter schmecken würde. Tatsächlich hatte Gregor merkliche Hungergefühle, da er noch nicht zu Mittag gegessen hatte, deswegen stimmte er dem freundlichen Angebot der heimischen Hausmannskost in freudiger Erwartung zu.

„Du bist ein richtiger, erwachsener Mann geworden", bemerkte Alexej würdevoll, als ob er ihn dafür loben würde, obschon doch jeder Bursche ohne irgendein willentliches Zutun erwachsen werde, „nun, sag mir, was hat dich bewogen, mir diese Freude deines Besuchs zu erweisen?"

„Nun, Alexej, du warst mir ein äußerst gutes Vorbild, der beste Lehrer, den ich hatte, dafür möchte ich dir meine Dankbarkeit aussprechen. Viel Inspiration gabst du mir in den Jahren des Heranwachsens, doch auch heute erinnere ich mich oft an deine menschliche, Mut machende Art. Und, es wird dich vielleicht überraschen, aber morgen werde ich mit meiner Familie das Land verlassen, wir emigrieren und werden in eine neue Heimat ziehen. Eigentlich sollte ich sagen, dass ich zurück zu meinen Wurzeln gehe, in die Schweiz, in unsere alte Heimat, wo die Kronmeiers vor über hundert Jahren heimisch waren. Diese Sehnsucht ist schon seit Jahren in meinem Herzen gewachsen, und, übrigens lebt Konrad mit seiner Familie bereits seit ein paar Jahren im süddeutschen, gemütlich wirkenden Freiburg, im Schwarzwald. Sie bereuen die Auswanderung ganz und gar nicht und sind dort sogar ziemlich zufrieden und glücklich."

„Das ehrt mich aber, dass du just an diesem, euren Abschiedstag an mich gedacht hast. Ich freue mich sehr und habe auch dich in Erinnerung behalten, vor allem dein breites Lachen, so wie es auch Konrad, dein Bruder, hat", wandte Alexej ein wenig gerührt ein.

Ob der unsinnige Krieg ihn zu diesem Entschluss geführt habe, wollte Alexej wissen. Dieser verneinte und klärte ihn über seine Beweggründe auf.

„Lange hegte ich diesen Wunsch, stetig wuchs dieser in mir, so folgte ich meiner Intuition. Die Wiege der Demokratie, wo Ordnung und Freiheit herrscht, so könnte man doch die Schweiz bezeichnen? Das Volk hat dort echten Einfluss auf die Politik, durch Referenden könnte man unliebsame, ungerechte Reformen und Gesetze ablehnen oder sogar Regierungen stürzen, und außerdem behielt die Schweiz ihre politische Unabhängigkeit bis heute", so dachte und schwärmte Gregor in seinem Redeeifer, während ihm Alexej beeindruckt zuhörte.

Außerdem werde neben Französisch hauptsächlich Deutsch gesprochen, obgleich es ein ziemlich grantiger, schwer zu verstehender, deutscher Dialekt sei, so hätte er jedenfalls vom Hörensagen erfahren.

„Hochdeutsch wird indes in der Schriftsprache überall angewendet. Für meine beruflichen Aussichten ist auch gesorgt, ich werde eine Praxis eröffnen und von einem namhaften Professor, Psychologen und Psychotherapeuten, der in Rente geht, dessen Patienten übernehmen – alles schon unterzeichnet. Außerdem habe ich noch die Möglichkeit, in der naheliegenden Universität als Dozent tätig zu sein. Eine spätere Professur könnte meine Karriere krönen, oder immerhin abrunden", beschrieb Gregor leidenschaftlich und gewandt seine ehrgeizigen Pläne. Ein keckes, übermütiges Lächeln blieb währenddessen beständig auf seinem Gesicht.

Alexej fragte sogleich interessiert nach Gregors Wurzeln und dieser erläuterte mit schwungvollem Elan eben dessen ganze Familiengeschichte, wobei sich ein Hauch von selbstherrlicher Schwärmerei bemerkbar machte. Obschon die Kronmeiers Deutsche waren, reichten die Wurzeln ihrer Vorfahren in die Schweiz, aus der sie vor ungefähr einhundertfünfzig Jahren wegen Armut und der Aussicht auf ein besseres Leben ins damalige deutsche Reich emigriert waren. Die Schweiz galt damals als Armenhaus Europas, wo es außer einfacher Agrarwirtschaft nichts gab. Zuerst wanderten sie ins Königreich Württemberg aus, weiter ins Königreich Bayern und von dort über Österreich-Ungarn, das ehemalige Habsburgerreich, kamen sie gegen Ende des letzten Jahrhunderts eher zufällig in die Ukraine. Durch die große, immer einer inneren Sehnsucht folgenden Wanderung quer durch Europa prägten diverse Kulturen die Familie Kronmeier. Durch Fleiß, Bescheidenheit und gute Geschäfte erwuchs der Familie ein ansehnliches Vermögen, insbesondere in den letzten Jahrzehnten, welches nicht nur in der jüngeren Generation vermehrt gern gezeigt und genossen wurde. Die bisher geltende, ehrbare Tugend der Bescheidenheit hatte einen zunehmend schwereren Stand. Durch Gregors baldige Rückkehr zu den Familienwurzeln schloss sich ein Kreis, gezogen und geführt wie von unsichtbarer Hand über mehrere Generationen.

Der mit Freuden erwartete, üppig gefüllte Teller Borschtsch wurde Gregor gebracht. Karlina wünschte freundlich „guten Appetit" und stellte gleichzeitig einen heimischen Rotwein auf den Tisch, den Alexej gleich selber ergriff, kurz seinem Gast die edle Herkunft des Weines an der Etikette darlegte, um ihm alsdann wohlwollend einzuschenken. Äußerst schmackhaft sei es, meinte Gregor zufrieden, nachdem er zwei volle Esslöffel des genüsslichen Eintopfes verkostet hatte.

Alexej nickte zufrieden, erhob das Glas und sagte feierlich: „Lass uns anstoßen! Auf dich, auf deine neue Heimat! Zum Wohl!"

„Auf uns!", ergänzte Gregor strahlend, worauf ihm Alexej wohlwollend zulächelte.

Nachdem alle Nettigkeiten ausgetauscht wurden, welche man eben beim Wiedersehen liebgewonnener Menschen für gewöhnlich tut, wurde das Tor zu tiefsinnigeren Themen rund um das irdische und geistige Leben geöffnet. Alexej war nicht nur ein äußerst belesener Mann, Hochschulprofessor sowie ein hervorragender Psychologe, sondern er bestach vorrangig durch sein frommes, sanftmütiges Wesen. Er wurde gemocht, nicht nur in der Kirchgemeinde, es schien, als liebte ihn Gott besonders und dass er deswegen das Kleid der Frömmigkeit schon früh angelegt bekommen hätte. Auch seine Söhne, von denen nur noch zwei im angrenzenden, modernen Anbau wohnten, verehrten ihren Vater sehr. Anfangs, beim erwähnten Austausch von Nettigkeiten und Familienneuigkeiten eher informativer Art, berichtete Alexej stolz über sie und über das Advokatur-Büro, welches die beiden Söhne ebenfalls im Anbau, unten im Erdgeschoss, zusammen erfolgreich betrieben.

Die Gesundheit sei doch das Wichtigste, schloss Alexej, als das Gespräch auf seine unerwartet plötzlich erkrankte Ehefrau Tatjana umschwenkte.

„Sie wurde bereits arg durch die Covid-Erkrankung in Mitleidenschaft gezogen, von der sie sich nie richtig erholt hatte. Nun noch dieser Schlaganfall, schrecklich. Doch ihr Gesundheitszustand bessert sich täglich, wenigstens ein bisschen, sodass die Hoffnung nach vollständiger Genesung durchaus besteht", erzählte Alexej mit etwas gedrückter Stimme.

„Viele, auch in unserer Familie und ich selber hatten Covid, wobei alle bei uns diese grippale Lungenerkrankung relativ unbeschadet überstanden haben. Schlimmer waren die ganze Angstmacherei und der aufkommende Polizeistaat in der Zeit der Pandemie. Menschen durften ihre Arbeit nicht mehr verrichten und wurden dafür oftmals nicht entschädigt, sodass nicht wenige in finanzielle Nöte geraten sind", trug Gregor kritisch und vorwurfsvoll allseits bekannte Argumente vor.

„Es war in der Tat eine wirre Zeit, der Virus schlug unerwartet und mit voller Kraft weltweit zu. Die Menschen sind in eine Angst- und Schockstarre verfallen, gegenseitiger Argwohn ist rasant angestiegen. Denunzianten haben Fahrwasser bekommen und das hat die Gesellschaft zunehmend vergiftet. So war es nicht verwunderlich, dass sich durch diese dermaßen chaotischen, wirren Zustände allerhand Verschwörungstheorien entwickelt haben, von eher harmlosen bis zu abstrusen, skurrilen, ja beinahe fantastischen. Der schwache Mensch ist in Krisenzeiten besonders anfällig für das Böse, das wie ein Rattenfänger Jagd auf ihn macht. Nun, was haben wir daraus gelernt? Verschwörungen gehören ins Reich der üblen, verwirrten Fantasten. Wo sind denn all diese Fantasten, die uns mit Unmengen von beängstigenden, wirren Theorien verführen wollten, geblieben?", fragte Alexej scharfsinnig und anklagend.

„Deren ach so sicher geglaubten Theorien haben sich allesamt in Luft aufgelöst, die Aufrührer ebenso, denn Schande und Schmach ist über sie gekommen. Die Öffentlichkeit suchen sie nicht mehr, in ihrem Versteck tut manch einer tief bereuen. Sie sollten Buße tun und sich abwenden von den fremden, gottlosen Mächten, denen sie sich unterworfen haben. Ja, bekehren sollten sie sich, um nicht weitere Schmach auf sich zu ziehen. Gottes Strafe sei doch hier offensichtlich, dies sollte allen Menschen eine unmissverständliche Lehre sein. Wir sollten uns vor nichtigen Verschwörungstheorien, vor wahnsinnigen Hirngespinsten und vor übermäßiger, paranoider Hetze ernsthaft hüten", mahnte Alexej in klaren, besonnenen Worten.

„Verrückt, wie die Menschen doch sind, wie schnell sie sich verführen lassen", bemerkte Gregor nachdenklich.

„Die neuen, ‚verpeilten' Strömungen in den westlichen Gesellschaften sind doch ebenso alle des Teufels", fügte er hinzu und eröffnete damit ein neues Diskussionsthema.

Er verstehe die heutige Jugend nicht, schaue aber mit Besorgnis auf diese Entwicklungen, insbesondere im Westen, welche im Sinn hätten, segensreiche Familienwerte zu zerstören. Zuchtlose Ausschweifungen liebten sie mehr als Gott, wie es im zweiten Brief Timotheus bei den Endzeit-Prophezeiungen stehe. Doch gerade Familie sei doch der Kern, das Fundament jeder funktionierenden Gesellschaft. Als Christ sollten wir deutlich Position beziehen. So Alexejs klare Haltung dazu.

„Ein neuer Fernsehmoderator des Staatsfernsehens soll sogar ‚verpeilt' sein", bemerkte Gregor mit viel Spott und sogar eine leise Verachtung war in seinen Worten zu hören.

In allen osteuropäischen Ländern wurde die traditionelle Familie als gottgegeben gewürdigt und dementsprechend verteidigt. Andere Lebensformen, wie eben diese „verpeilten", wurden öffentlich nicht toleriert, um diesen Abtrünnigen keine Bühne für ihre Propaganda zu geben. Auch wurde kaum darüber gesprochen. Dementsprechend war auch bei Alexej und Gregor dieser Diskussionspunkt ziemlich rasch abgehakt. Wovon sich Gregor ein wenig fürchtete, war, den tobenden Krieg in unmittelbarer Nähe anzusprechen, im Hinblick auf Alexejs persönliche Befindlichkeiten, rücksichtsvoll dessen Seele gegenüber, denn in ihm floss auch russisches Blut – seine Mutter war Russin von der Krim. Angesichts des allgegenwärtigen Krieges kamen beide nicht darum herum, ihre eigenen Meinungen und Ansichten dazu offen auszutauschen. Mittlerweile schien die Sonne herrlich direkt auf den Garten und den vorderen Teil der gedeckten Terrasse, kein Wölkchen am Himmel war zu sehen, ein schwacher, warmer Südwind wehte, wodurch die frische, gereinigte Luft deutlich wahrnehmbar war.

„Mein Bruder Boris musste, mit Widerwille, in die Armee einrücken und ist gerade irgendwo vor Cherson stationiert. Es geht ihm gottlob gut, bisher hatte er keinen direkten feindlichen Kontakt. Die Vorbereitungen für die Rückeroberung Chersons sind im Gange. Der sinnlose Krieg in unserem Land, hier quasi vor der Haustür, hat sich abgezeichnet. Wir wussten, es wird passieren. Nur der Westen war überrascht vom plötzlichen Einmarsch Russlands. Seit Jahren tat die Regierung nichts in der Russenfrage im Osten und Süden des Landes", eröffnete Gregor mit Bedacht und einer seltenen Vorsicht dieses heikle Thema.

„Ich habe ja selber russisches Blut, weshalb sich in mir ein zwiespältiges Gefühl breitmachte, und zwar schon seit der Annexion der Krim. Ich hoffe und bete nur, dass sich die Front nicht weiter in den Westen, zu uns, nach Odessa verschieben wird. Uns geht es hier ausgezeichnet, wir brauchen keine neuen Machthaber, wir wollen nur Frieden, denn Frieden ist ein hohes Gut, worauf sich Wohlstand und Glück erst erbauen lassen. Was gehört wem? Die alte Frage nach dem Huhn und dem Ei, was war zuerst da. Es sind am Ende Machtspiele beider Konfliktparteien und ihrer Eliten, die je länger desto eitler, arroganter, ja perverser werden. Das Volk hingegen leidet.“

„Wie denkst du über die Schuldfrage?“, preschte Gregor kühn und von seiner Neugierde getrieben mit dieser direkten Frage vor, im Vertrauen auf Alexejs Verständnis dafür.

„Beide Kriegsparteien, besser gesagt beide Regierungen tragen Schuld an dieser Misere, an diesem desaströsen Bruderkrieg. Viele unschuldige Menschen, darunter auch Kinder, was uns besonders nahe geht, sterben in diesem Krieg, wie in jedem Krieg. Es finden im Moment viele kleinere Kriege auf der Welt statt, allerdings fristen sie ein Schattendasein, nichtsdestotrotz sind auch diese Kriege grausam und mit viel menschlichem Leid verbunden. Krieg bedeutet immer Leid und viele Opfer.“

„Warum gibt es überhaupt so viel Krieg, wenn doch Gott über allem steht? Will er denn Leid? Wozu?“, fragte Gregor, ohne eine plausible Antwort auf diese für ihn selber erstaunlich tiefgründige Frage zu erwarten.

„Eine gute Frage. Eine mögliche Erklärung wäre diese: Gott möchte, dass die Menschen mit Ihm leben, im Herzen seinen Geboten und Gesetzen folgen, sich für das Gute entscheiden. Wer davon abweicht, spüre Gottes Hand. Insbesondere über die Großen, den Mächtigen, ergeht ein strenges Gericht. Beide Kriegsparteien sind verstockt in ihrem Herzen, halsstarrig und geben somit dem Frieden keine Chance. Der Frieden beginnt immer im Herzen des Menschen. Wenn wir Weltfrieden möchten, müsste zuerst der Hass in den Herzen weichen, um Platz für Frieden zu schaffen. Beide Parteien hingegen schüren Hass, sie brauchen offensichtlich eine ‚Abreibung‘, um wieder zu sich zu kommen, um wieder bei Gott zu sein. Wie steht es in der Heiligen Schrift, Eisen wird mit Eisen geschliffen, so schleift ein Mensch den anderen, oder eben eine Obrigkeit die andere. Gott schafft dabei Raum zur Besinnung der Machthaber, um sich zu bekehren und um tatsächlich nach Gottes Wort zu leben. Der Zweck heiligt die Mittel, dies kann zynisch klingen, aber Gottes Wege sind unergründlich. Durch menschliche Augen betrachtet ist alles Leid furchtbar. Sobald sich der Mensch seinem göttlichen Schicksal fügt, seiner Bestimmung folgt, Frieden aus dem Herzen schöpft, wird das Leben leichter, viel menschengemachter Schmerz und Leid lösen sich unwillkürlich auf. Es fühlt sich stimmig an. Obschon von außen, von der Gesellschaft gern der Stempel des schmerzvollen Leidens und Trostlosigkeit verabreicht wird. Die Menschen urteilen schnell, urteilen gern, ohne dabei zu berücksichtigen, dass sie die große, übergeordnete Wahrheit doch nicht kennen. Auch wird dabei dem Leidenden, dem durch die Gesellschaft jener Stempel aufgedrückt wird, die Hoffnung genommen. Ein armer, geplagter Mensch braucht kein Mitleid, er braucht Hoffnung, die sollten wir ihm geben. Auch im Krieg soll es Hoffnung geben, einen Wert, dessen Bedeutung man erst in Krisensituationen richtig wertschätzt, denn er bewahrt einem den Antrieb und die Freude am Leben. So sagt man sich vom Leid los. Wer leidet denn in Wirklichkeit? Der, der nicht liebt und sich von Gott entfernt hat. Denn Liebe ist Gott und er lebt in uns und wir in ihm. Die Kriegsparteien sollten zu ihrer Mitte finden, zur Quelle Gottes. Durch den Krieg werden beide Seiten geschliffen, das Böse wird abgewetzt, um den Glanz der guten Werte und Tugenden, der Liebe und Hoffnung wieder erstrahlen zu lassen. So sei ein Krieg nie unnütz, am Ende in gewisser Weise, durchaus in tragischer, bitterer Weise, einem größeren Sinn zweckdienlich. Hoffentlich erkennen ihn die Menschen und kehren zum echten Gottesglauben zurück", schloss Alexej seine weltmännisch anmutende, von religiösem Pathos durchzogene Rede.

Gregor dachte kurz nach, genehmigte sich einen letzten Schluck vom noblen Wein und erwiderte, es sei wahr, der Mensch erkenne doch nicht die ganze Wahrheit, und was Gut und Böse und das Urteilen betreffe, so wolle und sogar dürfe er bei seiner Arbeit mit seinen Patienten als Psychologe nie über Gut und Böse urteilen, dies gehöre eben in die Kirche.

„Obschon ich trotz allem abseits der Praxis unbewusst oft über andere, besonders über offensichtlich böse Menschen urteile."

„Das tun wir alle, der eine mehr, der andere weniger. Dabei nutzen wir unbewusst diesen moralischen Fingerzeig auf andere lediglich, um unsere eigenen, bösen Seiten zu verschleiern. Trotzdem besteht das Böse in jedem von uns, der Mensch trägt nun mal die Ursünde in sich, aus dieser Perspektive heraus soll er achtsam und bewusst agieren und seine Mitmenschen dementsprechend behandeln. So besagt es auch die goldene Regel. Durch die vermehrte Gottlosigkeit in den heutigen Gesellschaften und auch durch die falsch verstandene Frömmigkeit, die oft gelebte, geheuchelte Volksfrömmigkeit, wobei innerhalb der Kirche zusehends den weltlichen Dingen nachgeeifert wird, verblasst die eigentliche Botschaft Jesu Christi. Der Mensch erliegt des Öfteren der Versuchung eines Lebens abseits göttlicher Herrlichkeit und ihrer Ordnungen. Zwanghaft wird versucht, sich dem Herrn zu entziehen, um ein paralleles, verstecktes, unbeobachtetes, weltliches, gottbefreites und dadurch in bestimmter Weise gewissenloses Leben führen zu wollen. Doch da Gott ein lebendiger Gott ist, im Menschen selbst existiert, ist dies ein hoffnungsloses Unterfangen mit unnötigem Leid und ohne dessen Umkehr mit bitterem Ausgang. Dein Gewissen sei auch dir ein treuer Ratgeber, Gregor."

Gregor hörte aufmerksam und mit einigem Erstaunen, sogar mit leichter Ergriffenheit zu, obschon er einige der weisen, überwältigenden Worte Alexejs noch nicht in der Gänze begreifen konnte, doch spürte er, das ihn dessen Worte besänftigten, seine Seele berührten, ihm guttaten, ihm eine neue, andere Sicht auf die menschlichen, irdischen Dinge ermöglichten, sowie ihm in seinem ambitiösen, zuweilen auch geltungssüchtigen Wesen eine neue, wenn doch noch zarte Wendung gaben. Bereit dazu war er indes nicht, zu sehr ließ er sich durch Beruf, Alltag und Familie in den weltlichen Bann der eitlen, selbstgerechten Bedürfnisbefriedigung ziehen. Sein ehrgeiziges Selbstbild hechelte mal freudvoll, nicht selten allerdings lustlos getrieben äußeren Statussymbolen, bisweilen Götzenbildern ähnelnd, hinterher, welche ihrerseits mächtig schienen. Gregor, wie die meisten seiner Altersgenossen, war darin gefesselt, verhaftet im eigenen Ego, obgleich sich in seinem Innern eine neue, noch nicht da gewesene Macht zart, doch entschieden zu festigen begann.

Sie genehmigten sich, auf dem Höhepunkt ihrer Vertrautheit und ihrer beider Stimmungslage befindend, noch ein Gläschen Wodka zum feierlichen Abschied. Die Zeit brach heran, um Lebewohl zu sagen. Dabei nutzte Alexej die letzte Gelegenheit, um seinem einstigen Schüler eine herzliche Einladung für den nächsten Besuch in der Heimat auszusprechen, wobei sich ohnehin beide insgeheim ein Wiedersehen wünschten. Eine unerklärliche Aura umgab Alexej beim herzlich-freundschaftlichen Abschied vor dem Gartentor bei wohltuendem Sonnenschein und fast windstillem Wetter. Mit einem ungemein guten Gefühl im Herzen, hoch zufrieden mit sich und der Entscheidung des spontanen Besuches seines nicht nur Lehrers, sondern mittlerweile ebenso Freundes, dessen charismatische Anziehung, dessen ehrenvolle Würde sich an diesem Tag noch um eine gottähnliche Vaterfigur in Gregors Augen unwillentlich erweiterten, fuhr er nach Hause zu seiner Familie.

Zu Hause angekommen, bemerkte Maria sogleich die gute Laune Gregors an seiner angenehm gelassenen Stimmlage. Auch David kam ausgeschlafen und mit voller, sprühender Energie herangelaufen, um Papa zu bestaunen und ihn zum Spielen in seine kindliche Welt zu gewinnen. Kleine Kinder bestaunen Papa und Mama in jenem Alter mit großen, freudigen Kinderaugen stets aufs Neue, als ob sie sie jahrelang nicht gesehen hätten, dabei waren diese nur ein paar Stunden abwesend – und das, eben jenes Bestaunen, erhob sich unzweifelhaft zum elterlichen Genuss. Erfreut über den herzlichen Empfang, wollte Gregor eifrig noch ein paar Dinge für die morgige Reise erledigen sowie letzte Anweisungen für den Umzugstransport anordnen. An Marias fragenden Augen kam Gregor jedoch nicht vorbei. Mit weiblicher Neugierde fragte sie ihn sogleich, wo er denn die letzten Stunden gewesen sei. Die Tatsache, dass Gregor äußerst ausgelassen, leicht übermütig und höchst zufrieden erschien, ließ sie intuitiv spüren, dass er irgendetwas Schönes oder Gutes erlebt hatte. Gregor berichtete ihr vom Besuch bei Alexej Grönefeld, den sie nur vom Hörensagen kannte. In ihrer Neugierde befriedigt, ging auch Maria ihren letzten Erledigungen im bald ehemaligen Heim nach.

Maria stand Gregor stets zur Seite, auf sie konnte er sich verlassen, wie es für kirchentreue Ehefrauen eben üblich sei. Gewissenhaft und zuverlässig führte sie Haus und Kind. Trotz des äußeren Glücks wuchs in ihr je länger desto mehr ein inneres Gefühl von Niedergeschlagenheit. Ihre Kindheit und Jugend waren alles andere als ideal, eine Scheinfrömmigkeit wurde aufrechterhalten, wobei die wahren christlichen Werte kaum gelebt wurden. Der Vater ein Säufer und innerlich ein Seelenwrack, die Mutter lieblos und übermäßig launenhaft, so könnte man mit knappen Worten ihre Eltern beschreiben. Maria haderte mit ihrer verpfuschten Kindheit, schleppte diese unnötig mit sich herum. Diese loszulassen, dafür war sie noch nicht bereit. Sorgenfalten und üble Launen kamen daher immer öfters zum Vorschein. Gregors idealen Vorstellungen von Familien- und Eheglück musste sie gerecht werden, was ihr zusehends schwieriger fiel. Wegen der Emigration und der ehrgeizigen Ziele Gregors sollte ihr Seelenheil gegenwärtig zurückgestellt werden. Dem fügte sie sich, ohne zu wissen, dass sich eine weitere Seele bald kräftig bemerkbar machen würde.

Gregor und Maria schliefen beide am Abend dieses Abschiedstages ungewöhnlich schnell ein, wobei bei Gregor der wohl geglückte Besuch nachhallte, bei Maria hingegen andere Umstände ihre Müdigkeit hervorriefen.

II

Am frühen Morgen fuhren die Kronmeiers los, David auf dem Rücksitz halb schlafend. Es war eine anstrengende Reise, die ganze drei Tage dauerte. Viele Staus, lange Blechlawinen vor den jeweiligen Staatsgrenzen, gesperrte Fahrbahnen aufgrund von Straßenbelagsarbeiten und äußerst wechselhaftes Wetter mit apokalyptischen Wolkenbrüchen und Starkregen – dies waren die Erinnerungen Kronmeiers an die über zweitausend Kilometer lange Autoreise. Zweimal übernachteten sie in Hotels, das erste Mal noch in der Ukraine, kurz vor der polnischen Grenze, danach noch bei Prag. Erschöpft, aber von Glückseligkeit erfüllt, nach dieser doch ungewohnt langen, strapazenreichen Reise, erreichten die Kronmeiers am frühen Abend ihr neues Zuhause, das unweit vom wunderschönen Vierwaldstättersee lag, der sich gerade von seinem prächtigsten Blau zeigte, wobei die imposanten Alpen rund herum in der Frühabendsonne zu bewundern einluden. So herrlich wie die unmittelbare Umgebung erwies sich das neu erworbene, herrschaftliche Haus mit großzügigem Umschwung. Maria sah es bisher lediglich auf Fotos, die ihr Gregor in Odessa voller Stolz gezeigt hatte. Nun, in Echt, bei diesem traumhaften Wetter, war Maria eine kurze Zeit sprachlos, frei von Sorgen und fassungslos im positiven Sinn. Sie brauchte einige Momente, um sich zu fassen und um ihre Freude kund zu tun. David spürte Mutters Freuden und sprang sogleich auf die Eingangstreppen und hoch zur Haustür, welche wie erwartet verschlossen war. Vier weiße Säulen umgaben den äußeren Eingangsbereich, darüber war ein halbrunder Balkon zu sehen. Es war ein großes Haus mit vielen hohen Fenstern, im eher altmodischen Stil, allerdings sehr gepflegt. Gregor eilte ihm mit fröhlicher Miene nach, innerlich jauchzend wie ein kleines Kind, um feierlich die Tür zum neuen Heim, ja, zum neuen Leben zu öffnen. Der anmutige Zauber des Anfangs lag in der Luft. Im Innern erstrahlte das Haus insbesondere durch die Eingangshalle mit der elegant gewendelten, hellen Marmortreppe, die zum oberen Stockwerk führte, und deren Geländer mit vielen kleinen Figuren verziert war. Dabei waren auch anmutend wirkende Engel auszumachen. Der Kristall-Kronleuchter in gelblich-weißer Farbe thronte erhaben über den ganzen Eingangsbereich. David hingegen bemerkte einen gelben Eimer unter der Treppe, den er sogleich neugierig inspizieren musste. Maria griff zart nach Gregors Hand, drückte sich entschieden seitwärts an ihn, sodass Gregor in seinem Drang, das Haus zu begutachten, abgehalten wurde.

„Ich bin echt überwältigt, einfach wunderschön. Gregor, ich hoffe für uns, dass das Haus uns ein neues Heim wird, uns alle glücklich machen wird", sagte Maria überaus ergriffen zu ihm.

„Ja, das wird es. Ganz bestimmt", wandte Gregor selbstbewusst ein.

Hoffnungen und Träume kennzeichnen gewöhnlich die erste Phase der Integration in der neuen Heimat. Es ist eine Phase des unbändigen Eifers, des fast grenzenlosen Tatendrangs und der schnellen, kleinen, ersten Erfolge und der damit verbundenen Glücksempfindungen. So war es auch bei den Kronmeiers. Die Arbeit in der Praxis erlebte abgesehen von anfänglichen bürokratischen Hürden einen tadellosen Start. Gregor eroberte die Herzen seiner neuen Patienten im Nu, sodass bald neue dazukamen. Gewissenhaftigkeit zeichnete Gregor aus, eine Tugend, welche unwillkürlich Erfolg im Geschäftsleben nach sich zieht. Der kleine David freundete sich im ortsnahen Kindergarten mit Joel an, dessen Eltern ein kleines Hotel im Nachbarsdorf führten. Ukrainer oder Russen gab es wenige in der Umgebung, sodass die alte Heimat weit weg schien und auch Heimatgefühle unerwartet schnell vergessen waren. Der Zauber des Neuen lag immer noch in der Luft, es fühlte sich beinahe wie Urlaub an.

„Vielleicht ist in uns allen ein Zigeuner-Gen angelegt, damit wir in der Lage sind, überall, ungeachtet der Umgebung, zu überleben", kommentierte eines Abends Gregor im Bett liegend, diskutierend über den traumhaft gelungenen Start in der Schweiz, wobei Schalk in seinen Augen aufblitzte.

Maria kannte diesen neckischen Blick und lächelte ein wenig verlegen.

„Stimmt, der Mensch ist eben doch ein Gewohnheitstier, das sich überall vermag anzupassen", meinte sie kurz und trocken, da der Schlaf schon über sie kam.

Erst vor einigen Tagen hatte Maria erfahren, was sie ohnehin schon instinktiv ahnte, dass sie im dritten Monat schwanger sei. Beide waren in jenen Momenten glücklich, obschon sich Maria zusehends sorgenvoller und mürrisch gab. So vergingen die ersten Wochen und Monate im neuen Heim und der neuen Heimat am Vierwaldstättersee überaus reibungslos, quasi wie am Schnürchen.

Es war schon der erste, schwache, morgendliche Frost

sichtbar, als sich endlich der langersehnte Besuch des zweitältesten Bruders Gregors, Konrad, mit dessen Familie ankündigte. Bisher traf man sich nur einmal bei Konrad im deutschen Freiburg im Breisgau, einer mittelgroßen Stadt, siebzig Kilometer nördlich der Schweizer Grenze entfernt, bekannt durch ihr prächtiges, über achthundertjähriges, im vorwiegend gotischen Stil erbautes Münster, welches korrekterweise als Kathedrale zu bezeichnen wäre. Freiburg gefiel ihnen außerordentlich, sie schwärmten von ihr, von dieser gemütlichen Stadt, umgeben vom dunklen Nadelwald, dem Schwarzwald, bestehend vornehmlich aus Weißtannen und Fichten, und der anmutig hinplätschernden Dreisam, welche durch die Stadt fließt und dabei die berühmten Freiburger Bächle speist. Die Menschen waren ausgesprochen entspannt, höchst umgänglich und von freundlicher Natur, was möglicherweise die Nähe zum französischen Elsass bewirken würde oder einfach die Tatsache, dass jener Teil Deutschlands derjenige mit den meisten Sonnenstunden und dem mildesten Klima ist. Konrad und Anna, seine Ehefrau, schienen eine überdurchschnittlich gute Ehe zu führen, wenn man deren Ehe mit anderen in den Dreißigern vergleichen würde. Sanftmütig und ganz der Familie hingegeben, duldsam, sowie mit viel Gottvertrauen, so konnte Konrads bessere Hälfte in wenigen Worten beschrieben werden. Konrad selbst war ein äußerst umgänglicher Mensch, gemäßigt in seinem Tun, auch in seiner Sprache, gleichmütig, edelmütig, gutherzig, bescheiden und demütig, bis zu einem Grad durchaus gottesfürchtig, dem Herrn ergeben. Beharrlich strebte er nach dem leichten Leben, dem frommen Leben, dem Leben des frohen Mutes, nach dem Motto: Du sollst mit Freuden Gottes Joch tragen, es verspricht dir ein gutes Leben, so trink und iss und tue alles mit Freuden, mit echter, innerer Freude versteht sich, so wird sich dein Leben in Vollkommenheit erfüllen. Die tiefe, schenkende Liebe, die ihre Ehe je länger desto prächtiger gedeihen ließ, machte indes nicht Halt in jener trauten Zweisamkeit, sie schwappte auf ihr Umfeld über, suchte auch im Außen zu den Mitmenschen eine wohlwollende Verbundenheit, infolgedessen wurde ebenso das soziale Leben der Familie bereichert. Vor seiner Hochzeit erlag Konrad, wie viele andere in jungen Erwachsenenjahren, unzähligen Versuchungen. Bei ihm konnten die sündhaften Begierden jedoch nicht wurzeln, die Erkenntnis des geistigen Lebens wurde ihm zuteil, dem war er bewusst gefolgt und infolgedessen blühte sein Leben peu à peu auf. Dadurch veränderten sich seine Wertvorstellungen, die mit Gregors oft unvereinbar waren, was nicht selten zu Wortgefechten und sogar zu heftigen Streitgesprächen führte, welche ungemein bitter und mit üblem Groll endeten. Böses Blut, gepaart mit Halsstarrigkeit und Unnachgiebigkeit, kann zwischen Brüdern einen langandauernden, zähen Zwist entfachen.

Diesmal waren alle in besonders fröhlicher Stimmung. Natürlich musste das neu renovierte Haus gezeigt und begutachtet werden. Es kamen teils eifrige Fachgespräche zu Heizung, Böden, dem edlen Mobiliar und allerhand Dingen des häuslichen Bereiches auf. Anna und Maria vertieften sich bald nach der Besichtigung in weibliche Gespräche, in allererster Linie die Schwangerschaft und die anstehende Geburt des zweiten Kindes, das ein Mädchen sein solle. Sarah und Timotej spielten im Flur, versteckten sich, um bald darauf hinauf, über die prachtvollen Treppen in Davids Zimmer einzufallen. Als Jüngster gab sich David anfangs schüchtern vor seinem Cousin und seiner Cousine, doch legte sich dies beim gemeinschaftlichen Spielen rasch.

Wie es mit dem Geschäft laufe, wollte Konrad von seinem Bruder wissen.

„Eigentlich sehr gut, die meisten Patienten konnte ich von meinem Vorgänger, Professor Plüss, übernehmen. Zwar habe ich noch freie Kapazitäten, doch ich bin überzeugt, auch diese zu füllen. Alles braucht seine Zeit, und wer gewissenhaft arbeitet, dem geht die Arbeit nie aus", antwortete Gregor selbstbewusst.

„Für die anstrebende, neu erschaffene Teilprofessur für Psychologie und Verhaltenswissenschaften an der renommierten Universität Zürich, die ebenfalls in naher Zukunft vakant werden soll, so jedenfalls wurde mir seitens Plüss, der eben an jener Uni jahrzehntelang eine Professur inne hatte, bestätigt, muss ich mir auch noch Zeitressourcen reservieren", fügte er zielgerichtet, ganz in seinem stolzen Element bleibend, hinzu.

Wie zu erwarten war, kam nach kurzer Abhandlung über die Berufssituation Gregors seine höfliche Rückfrage.

„Nun, ich will nicht klagen, den Umständen entsprechend. Der Krieg tat seines hinzu. Die Umsatzzahlen sind dieses Jahr massiv gefallen, wir kämpfen mit Liefer- und Transportschwierigkeiten. Unser Vater tut sein Bestes in Odessa, wobei eben die dortigen Verhältnisse äußerst fragil und die nächsten Tage und Wochen kaum absehbar sind", erörterte Konrad gleichmütig, doch wie stets mit optimistischem Frohmut in seiner Stimme.

Er verantwortete im Familienunternehmen den wachsenden Verkaufsbereich der deutschsprachigen Länder bis dahin ziemlich erfolgreich, was zu unterschwelligem Neid vonseiten Gregors führte. Dieser ließ es sich nicht selten nehmen, dem zweitältesten Bruder vorwurfsvoll anzukreiden, dieser hätte es doch viel leichter gehabt. Der Vater hätte ihn bevorzugt behandelt, ihm in der Firma geradezu leichtsinnig viel Macht abgegeben. Gregor selbst war hingegen nie interessiert gewesen, in das Familienunternehmen einzusteigen, das Metier war überhaupt nicht seins. Gregor kannte bis anhin Gefühle wie Neid und Eifersucht nicht, sie waren ihm fremd gewesen. Konrad dagegen sehr wohl, er war in seinen früheren Jugendjahren von Neid zerfressen, schien im Schatten des Älteren, Boris, der ein wilder Draufgänger war, und des am meisten verwöhnten jüngsten Bruders, Gregor, zu stehen. Doch das ist passé, durch das Leben gedrängt, gelangte Konrad zu sich, entledigte sich aller Laster und ging beharrlich seinen Weg des Herzens, demütig und gottesfürchtig, doch stets bemüht, gelassenen Frohsinn in sich und anderen zu wecken. Gregor konnte es nicht lassen, auch diesmal leicht spöttisch zum, in seinen Augen, allzu frommen Leben Konrads, Kritik zu üben und Zweifel anzubringen. Es sei doch nicht mit dem alltäglichen Leben zu vereinbaren, meinte er geringschätzend, von sich überzeugt und mit einem überheblichen, leichten Grinsen.

„Das Geistige in uns wird über das Weltliche, das Irdische siegen. Unsere Seelen sind unsterblich", erwiderte Konrad besonnen und sanftmütig, doch mit einer wahrhaftig klingenden Bestimmtheit, deren Ursprung im Glauben gründe.

Gregor widersprach in ziemlich missmutiger Weise, als ob er es eigentlich in seiner tiefen Seele wünschte, jedoch noch nicht dazu im Stande wäre. Immer noch im Konkurrenzdenken und im eifrigen, brüderlichen Wettbewerb verhaftet, fühlte er den unumgänglichen Zwang zum Widerstand. Fast brach ein erneutes Wortgefecht aus, eine leichte Bitterkeit regte sich in Gregors Seele, die Wendung erfuhr das Gespräch erst, nachdem Gregor plötzlich Maksim, einen gemeinsamen Freund aus der alten Heimat, zufällig in die Diskussion eingeworfen hatte. Möglicherweise als selbstgefälligen Beweis dafür, wie Gregor im Vergleich zu ihm doch fromm wie ein Schaf wäre. Maksim war ein Lebemann der lasterhaften Sorte, zudem des Öfteren auf unehrenhafte Art. Gregor wollte dies nicht wirklich wahrhaben, schwärmte gar von ihm und erzählte von dessen zwielichtigen, doch hochlukrativen Geschäften und von dubiosen, anrüchigen Geschäftspartnern, mit denen er sich eingelassen hatte.

„Gutes Geld könnte man leicht absahnen, erzählte mir Maksim kurz, bevor wir Odessa verließen. Es gäbe kein großes Risiko dabei und Maksim würde für meine Investition sogar bürgen. Es soll um Waffenlieferungen im großen Maß gehen", berichtete Gregor mit funkelnden, von Gier umhüllten Augen.

„Das nächste Mal, wenn ich wieder in Odessa bin, werden wir uns treffen und dann werde ich mehr Konkretes darüber erfahren."

Es passte so gar nicht zu seiner beruflichen und gesellschaftlichen Stellung, diese unheilvolle Seite Gregors, sie stand sogar im eitlen Gegensatz dazu. Ein nicht selten unnötiger Aktionismus trieb ihn seit geraumer Zeit an, lockte ihn in gierige Versuchungen. Es fiel ihm schwer, sich dem zu entziehen, denn sein innerer, mächtiger Drang verlangte danach.

„Lass es lieber bleiben, Gregor. Leute, die mit Krieg ihr Geld machen, diese sogenannten Kriegsgewinnler sind es deiner wohl nicht Wert. Maksim traue ich nicht, seine Zunge verstrickt sich oft in Lügen, er ist ein Mann jenes Formates, dessen hochmütige Versprechungen, getrieben durch die pure Gier, meist wie Seifenblasen geradewegs und kaum unerwartet platzen. Solche Menschen geraten früher oder später in Teufels Küche."

Konrad bemühte sich, seine Worte besonnen auszuwählen, auch wenn es ihm manchmal nicht gelang. Er war einer derjenigen, einer jener Edlen, die sich schämten, wenn ihre Worte großartiger wären als ihre Taten. Er wusste, wann er schweigen musste. Die Worte des großen Bruders hallten bei Gregor nicht nach, öffneten in seinem Geist keine Türen, sodass sie sich wirkungslos verzogen. Jedenfalls für den Moment.

Konrad und Anna luden Gregors Familie im Frühling zur Erstkommunion von ihrem Sohn Timotej nach Freiburg ein, wobei Gregor als Timotejs Taufpate ernannt worden war. Marias Niederkunft stand außerdem bei den Kronmeiers als das bedeutsamste Ereignis in absehbarer Zeit an. Die ersten Schneeflocken fielen bereits bis in die Niederungen rund um den dunkelblauen Vierwaldstättersee, die Berggipfel der imposanten Alpen zeigten sich in einem Weiß, das einem Zuckerguss ähnelte. Schließlich kam der Tag, an dem Marias Wehen die Geburt heftig ankündigten. David blieb an jenem Tag bei der bekannten Nachbarsfamilie, mit deren Kindern er sich indes nicht wirklich verstand, allerdings musste er sich der Situation wohl oder übel fügen. Das tat er auch und so erging es ihm besser als gedacht. Gegenteiliges ereignete sich im nah gelegenen Krankenhaus, oder Spital, wie man es in der Schweiz nennt. Maria erfuhr das erste Mal in ihrem Leben bösartige Abneigungen ihrer Person, hauptsächlich ihrer ausländischen Abstammung gegenüber. Sie spürte verachtende Blicke von der ihr in der Geburtsklinik zugeteilten, bereits älteren Hebamme. Sie solle sich nicht so anstellen, bekam sie mehrmals zu hören, mit viel überheblicher Spottlust seitens jener Hebamme. Obschon Gregor vor Ort war, war er doch mehr mit seinem Handy beschäftigt, um angeblich dringende Telefonate zu erledigen, als tatsächlich geistig anwesend zu sein. Maria verlangte, den verantwortlichen Gynäkologen zu sprechen, da sich dieser schon seit über einer Stunde nicht gezeigt hatte. Die griesgrämige Hebamme versprach, ihn anzufordern, wobei sie sich überwinden musste, denn willentlich wollte sie offensichtlich dem Wunsch der geplagten Patientin nicht nachkommen. Es dauerte. Marias Entbindung schien sich endlos hinauszuziehen. Gregor versuchte Maria, die wie im Halbschlaf in den Wehen lag, zwischenzeitlich zu trösten.

„Wo bleibt der Arzt, verdammt nochmal?!", schimpfte sie zornig und unvermittelt auf, sodass Gregor erschrak und sich sofort energisch aufmachte, den Doktor in den endlosen, unübersichtlichen Gängen, die sich allesamt ungemein ähnelten, zu suchen.

Maria blieb allein zurück, Tränen der schieren Verzweiflung flossen über ihre bleichen Wangen. Endlich kam der ruhig und gelassen wirkende Gynäkologe mit Gregor und der missmutigen Hebamme zu Maria zurück. An ihrem Gesicht zeigte sich das ganze Elend, das sie seit Stunden zu plagen wusste. Zu aller Überraschung meinte der Arzt, nachdem er den Geburtsfortschritt fachmännisch begutachtet hatte, dass das Kind schon auf dem Weg sei, es möchte raus, es werde bald so weit sein.

„Pressen, pressen", war vom Doktor wie auch von der Hebamme, welche sich überraschend (wenn doch ziemlich scheinheilig) freundlich gab, abwechselnd zu hören, „so ist gut, nur weiter so." Dieser Wortlaut wiederholte sich während der nächsten Minuten mehrmals. Plötzlich schien es schnell zu gehen, die Anspannung wuchs in allen anwesenden Gesichtern. Maria mobilisierte ihre letzten Herkuleskräfte, die noch in ihr steckten, von denen sie selber nicht wusste, dass sie existierten. Gregor hielt Marias Hand fest in seiner, ansonsten saß er eher hilflos da, offensichtlich ein wenig zerstreut und unwohl in seiner Haut, denn unerwartet empfand er die heftigen Eindrücke der zweiten Geburt, während er kurzzeitig verwirrt über seine Vergesslichkeit der ersten Entbindung war, welche sich nicht minder dramatisch zugetragen hatte.

Ein lauter Schrei, der sich gefühlt unendlich lang hinzog, erfasste im Nu den ganzen Raum. Ein Schrei, der den Zauber des Anfangs innehatte. Die Sehnsucht nach diesem Schrei, nach diesem ersten, gesunden Schrei ihres

Kindes wurde gestillt, die Seelen der erleichterten Eltern erfuhren dabei eine wohltuende Erfüllung. In den Augen des Arztes waren Stolz, Freude und sogar Demut zu sehen, und selbst in denen der mürrischen Hebamme waren Funken davon zu erspähen. Es war vollbracht, endlich, ihre gemeinsame Tochter erblickte kurz vor Weihnachten das Licht der Welt. Sie gaben ihr den Namen Eva.

Die Sache mit dem feindseligen, groben Verhalten jener Hebamme überschattete die Freuden der Geburt ihrer Tochter. Bevor Gregor nach Hause fuhr, wollte er den Gynäkologen darauf ansprechen, doch zuerst musste er jenen erneut suchen. Diesmal mit schnellerem Glück, konnte er nach wenigen Minuten in den weiß-sterilen Gängen gefunden werden. Gregor gab, zwar eher indirekt, seinem Unmut Luft, insbesondere wies er auf die Unzufriedenheit bei den Zuständigkeiten hin und bemängelte die Kompetenz der wenig empathischen Hebamme. Der Arzt gab ihm trocken zu verstehen, daran seien sprachliche Missverständnisse schuld gewesen, er habe jene Hebamme ebenfalls bereits darauf angesprochen, die sich ihrerseits lauthals über die arrogante, zickige Art der Patientin beklagt hätte. Gregor hatte weder Lust noch Energie, sich weiter damit auseinanderzusetzen und beließ es dabei. Wie oft nutzt der bösartige Mensch (scheinbare) Schwächen der Mitmenschen aus, seien es eben mögliche sprachliche oder andere Defizite, so wie in diesem Fall geschehen. Die Kronmeiers befanden sich unbewusst in der zweiten Phase einer jeden Integration, die neue, glückselige Heimat bekam erste Risse, dunkle Wolken zogen auf, das Leben schlug unvermittelt zu. Zum ersten Mal schimpften Maria wie auch Gregor über die neue Heimat, sie fühlten zum ersten Mal die schmerzhafte Ablehnung, nicht willkommen zu sein. Unwillkürlich kamen nach Monaten voller glücklicher Zeiten erste Gefühle von Heimweh auf. Von Ausländerfeindlichkeiten in der Schweiz wurde kaum in der Presse geschrieben, in ihren Vorstellungen hatten beide die Schweiz übermäßig idealisiert. Nach diesem unangenehmen Vorfall hatten sie den menschlichen Fehler gemacht, den viele tun, nämlich zu verallgemeinern, sie hatten unbewusst von einem Menschen auf alle geschlussfolgert, hatten kurzerhand alle Schweizer in einen Topf geworfen, diese dadurch ebenso ungerecht behandelt. Sie ließen sich von der an ihnen begangenen Bösartigkeit anstecken. Unwillentlich begannen Gregor und Maria die neue Heimat mit anderen, mit argwöhnischen Augen zu betrachten, bewusster erkannten sie, dass auch in dieser oft idyllisch gezeigten Schweiz nicht nur Milch und Honig flossen. Es lebten ebenso gewöhnliche Menschen in diesem Land, aus denen zwangsläufig menschliche Schwierigkeiten wie Ärger, Wut, Missgunst, Streit und auch Leid hervortraten. Ohne es bewusst wahrzunehmen, brachten auch die Kronmeiers ihre eigenen sündhaften Neigungen mit in die neue Heimat.

Wozu dieser Neubeginn in einer Heimat, die sich doch nicht wesentlich von der alten unterscheidet? Diese Frage stellten sich beide insgeheim, denn auch Gregor erfuhr durch befremdliche Blicke und unterschwellige Bemerkungen bei Behörden und selbst in seiner Praxis indirekte Ablehnung. Das Heimweh wurde stärker, ihre Seelen suchten nach Altbekanntem, nach Vertrautem, sodass bald darauf über Bekannte neue Freundschaften mit Landsleuten in der weiteren Umgebung geschlossen wurden. Nach Verständnis suchend und durch regen Austausch die eigenen Werte überprüfend, so gestalteten sich die neuen Begegnungen und das gesellige Zusammensein, was Balsam für ihre Seelen bedeutete, besonders für Marias. Geteiltes Leid ist halbes Leid, diese Binsenweisheit traf gut auf die anfänglichen Gespräche unter den Landsleuten zu, wobei Gregor auf dem Papier gar kein waschechter „Landsmann" war, er war streng genommen ja Deutscher, wenigstens auf Papier. Der Krieg in der alten Heimat und die Diskussionen darüber nahmen selbstverständlich bei jedem Treffen viel Raum ein. Eine ausgezeichnete Nachricht von der Kriegsfront zu Hause ließ alle für eine Zeit lang frohmütig werden, denn Cherson wurde im November von den einheimischen Truppen wieder zurückerobert. Der Preis dafür waren viel zerstörte Infrastruktur und unzählige, verlassene Häuser und Wohnungen, deren Besitzer geflohen waren, nach Sicherheit und Frieden suchend, die meisten Richtung Westen. Die Kronmeiers erfreuten sich noch einer beruhigenden Nachricht aus der Heimat, nämlich, dass Boris wohlauf war und seine Truppe ostwärts vor den Toren der Stadt Stellung bezogen hatte, dort, am Fluss Dnjepr verlief nun die Frontlinie. In Odessa konnten die Bewohner, ebenso seine Eltern und alle ihre Verwandten, nach Monaten voller Furcht vor einer Frontverschiebung nach Odessa und nach vielen schlaflosen Nächten, geprägt von unzähligen, zermürbenden Gedanken, endlich aufatmen, immerhin keimte leise Hoffnung auf Frieden und auf Unversehrtheit ihrer geliebten, in diesen Zeiten ungemein hoch geschätzten Stadt auf.

III

Gregor versank in Arbeit, nebst seiner zufriedenstellend laufenden Praxis erwies sich das großzügige Anwesen als Fass ohne Boden. Überall gab es Renovierungs- oder Reparaturbedarf, sei es an den zu streichenden Fensterläden oder an der mit kleineren, teilweise tiefen Rissen versehenen Fassade, insbesondere an der hinteren, schattigen Seite, oder am in die Jahre gekommenen Sicherungskasten, oder an der bestehenden Wärmepumpe, oder am hartnäckig verstopften Küchenabflussrohr und an unzähligen, weniger augenfälligen Dingen im ansonsten gepflegten, gut erhaltenen Haus. Zusätzliche Arbeit, die es zu organisieren gab, wartete zudem im ganzen Außenbereich mit Terrasse, wo das Vordach auszutauschen war, mit dem neu geplanten, großzügigen Unterstand, einem Carport für zwei Autos und mit dem neu zu gestaltenden Obst- und Gemüsegarten, wobei bereits ein alter, hochgewachsener, prächtiger Kirschbaum sowie drei vital aussehende, mittelgroße Apfelbäume bestanden. Das allermeiste der anstehenden Aufgaben organisierte der Hausherr, er tat dies unermüdlich und mit viel Elan und Eifer. Handwerker gingen ein und aus, als ob es bei Kronmeiers etwas umsonst gäbe, als ob technische Geräte zum Ausverkauf stünden, als ob es noch Kaffee und Gipfeli umsonst dazu gäbe. Maria servierte indes den fleißigen Arbeitern tatsächlich qualitativ feinen Kaffee aus ihrer trendig wirkenden, neuen, italienischen Kaffeemaschine, wobei Lobesworte aus eben jenen Mündern zum schwarzen Muntermacher eher eine Seltenheit waren. Eva, das neue Familienmitglied, gedieh prächtig, ihre runden Augen schienen ständig zu lachen, weswegen sich David, der nun als großer Bruder öfters betitelt wurde und sichtlich stolz darauf war, wie ein Magnet von der puppenhaft anzusehenden Schwester angezogen fühlte. Die zwei waren ein Herz und eine Seele, sehr zur Freude von Maria, die sich tüchtig und gewissenhaft der Rolle als nun zweifache Mutter hingab. So vergingen die Wochen wie im Flug. Die Schnee verhangenen Voralpen rund um den Vierwaldstättersee strahlten in einem zauberhaften Weiß unter dem wolkenlosen azurblauen Himmel. Zaghaft offenbarte sich in der Natur der immer mit voller Sehnsucht erwartete Frühling, die ersten Schneeglöckchen zeigten ihre liebliche Anmut, viele niedliche Gänseblümchen schmückten zudem die noch mattgrünen bis hellbräunlichen Wiesen. Die Erstkommunion Timotejs, Gregors Neffe, stand bald im baden-württembergischen Freiburg an, worauf sich Maria wie auch Gregor schon freuten und deswegen die ersten Vorbereitungen bereits im Gang waren. Neue Kleider wurden für die Kinder besorgt, dabei immer auch Evas baldige Taufe vor Augen. Selbstverständlich gönnte sich Maria ebenfalls ein elegant dezentes, weißbeiges, nicht allzu teures Etuikleid für die anstehenden Familienfeierlichkeiten, eben auch für Evas Taufe, so wie auch Gregor es sich nicht nehmen ließ, neue schicke Lederschuhe und eine blaugestreifte, seidene Krawatte zu kaufen, im Hinblick auf dessen Rolle des stolzen Taufpaten seines Neffen.

Beiläufig, ohne Absicht, eher zufällig, begegnete Gregor eines Vormittages einer fremden Schönheit, einer rassigen, dunkelhaarigen Dame. Es war im örtlichen Kaffeehaus, wo sich Gregor hie und da, wenn es die Zeit zuließ, und nur auf dem Weg von zu Hause oder nach Hause, einen Espresso vergönnte. So konnte er, dachte er jedenfalls, einen Blick hinein in die Seele der Einheimischen werfen, mehr über die Eigenarten und Ansichten der hiesigen Menschen entdecken, welche ihm bei seiner Arbeit in der Praxis zugutekommen könnten. Das Kaffeehaus war gut besetzt, nur ein kleiner Tisch stand noch ohne Gäste da. Dorthin setzte er sich und zog seinen dunklen, leichten Wollmantel aus, den er über die Stuhllehne hängte. Morgens gab es noch vereinzelt Frost, daher waren Mäntel noch gern getragen. Über einen kurzen Seitenblick bemerkte er sie, diese junge, vielleicht Mitte zwanzig, überaus attraktive Frau. Der Espresso kam, wie auch das Glas Wasser dazu. Es war lauter als sonst in jenem Kaffeehaus, doch seine gute Laune wurde dadurch in keiner Weise getrübt. Es war einer dieser unerwarteten Tage, an denen sich der Mensch rundum wohlfühlt, alles stimmig scheint, man leichtfüßig und beflügelt durch die Welt geht, unwissend, weshalb. So ließ sich Gregor dazu hinreißen, mit der am Nebentisch allein sitzenden Fremden, die er dort noch nie vorher gesehen hatte, ein unverbindliches, lockeres Gespräch, einen sogenannten Smalltalk zu beginnen. Ob Gregor das nur der geheimnisvollen Schönheit wegen tat, denn diese war in der Tat ein fesselnder Blickfang, ein echter Hingucker, oder ob er einfach ein paar nette Worte aus seiner heiteren Laune heraus mit ihr wechseln wollte, war nicht eindeutig zu bestimmen. Bis hierhin hatten sich ihre Blicke noch nicht direkt getroffen, das sollte sich in den nächsten Augenblicken ändern.

„Ich möchte nicht aufdringlich erscheinen, aber sind Sie neu in unserem Ort?", begann Gregor höflich, jedoch auf jene bestimmte Art, welche unmissverständlich eine Antwort erwarte, wenn nicht sogar fordere.

Mit einer neugierigen Spannung, welche sich an seinen Augen ablesen ließ, erwartete er ihre Antwort. Nicht nur, dass er gespannt auf ihre Worte war, sondern ebenso auf den Klang ihrer Stimme und auf ihre Mimik, auf ihr reizendes Gesicht, das er bisher nur mit einem Auge zweimal gestreift hatte, und nun in der Gänze betrachten durfte. Sie drehte sich schwungvoll zu ihm um, sah ihm kurz in die Augen und stieg ihrerseits in den eröffneten Smalltalk ein.

„Nein, ich lebe unweit von hier, gleich zwei Dörfer weiter Richtung Altdorf. Und Sie, sind Sie Einheimischer?", fragte die unbekannte, umwerfende Schönheit zurück.

„Nein, noch nicht, wir waren erst letztes Jahr zugezogen. Mein Name ist übrigens Gregor. Wie heißen Sie, wenn ich fragen darf?"

„Helena", antwortete sie prompt, ein kleines bisschen verlegen, da sie dadurch ihr erstes persönliches Geheimnis Preis gegeben hatte.

„Freut mich sehr."

„Ja, mich auch."

Gregor bat ihr sogleich das Du an, als vermeintlich älterer der beiden stand ihm das zu. Tatsächlich war er vier Jahre älter, wie es sich später herausstellte. Sie willigte dem angebotenen Du bedenkenlos ein. Das Gespräch bekam im Weiteren eine freundschaftlich zugeneigte Atmosphäre, wobei sie sich vorwiegend über Familiendinge und Beruf austauschten. Gregor erfuhr, dass Helena Divjak ebenfalls in die Schweiz immigriert war, was er aufgrund ihrer hochdeutschen Sprache schon vermutet hatte. Vor drei Jahren war sie mit ihrem damaligen Mann aus der norditalienischen Hafenstadt Triest eingewandert. Triest galt als Hafenstadt von jeher als Schnittpunkt von unterschiedlichen Ethnien, geprägt vor allem von der lateinischen, habsburgisch-österreichischen und slawischen Kultur. Der mediterrane Raum trifft in Triest auf Mitteleuropa, Italien und der unmittelbar direkte Nachbar Slowenien beheimateten und prägten dieses ehemals habsburgische Küstengebiet seit Hunderten von Jahren. Helena war zwar Italienerin, allerdings gehörte sie der slowenischen Minderheit an. Die Herzlichkeit des Slawischen, gemischt mit dem italienischen Flair und der vererbten habsburgischen Höflichkeit, ließen Helenas Seele sich entsprechend diesen Eigenschaften entfalten, wobei sie eine gewisse, leidenschaftliche Wildheit umgab. Geschieden sei sie, sagte Helena etwas unsicher, als Gregor auf Familie und Kinder zu sprechen begann. Die Tochter lebe zusammen mit ihr, beim Vater sei die Kleine ein paar Tage im Monat, meist an den Wochenenden. Gregor erzählte stolz von seiner Familie, was man halt so knapp erzählt, jemandem, den man erst kennengelernt hat, von den prächtigen Kinderchen, der lieben Ehefrau und dem Haus, eben ein oberflächlicher Austausch von Informationen. Um nicht weiter in Familiendingen zu bohren, sie irgendwie bloßzustellen, da es ihr offensichtlich unangenehm war, darüber zu reden, und nachdem Gregor mit eitler Brust über seine erfolgreiche Arbeit als Psychologe in der eigenen Praxis gesprochen hatte, fragte er nach ihrer beruflichen Tätigkeit.

„Ich habe einen eigenen Friseursalon gleich dort, die nächste Straße um die Ecke", berichtete sie, nun wieder mit mehr Elan.

Sie gab Gregor, auf dessen Bitte um ihre Telefonnummer, sogleich ihre Visitenkarte. Er schaute kurz drüber und versprach mit einem verschmitzten Lächeln, er wolle das nächste Mal seine Haare bei ihr schneiden lassen.

„Gerne, dann sehen wir uns bald im Friseursalon", sagte sie mit einer unverkennbaren Erwartungshaltung, das er ihrer Einladung tatsächlich Folge leisten möchte.

Gregor bezahlte beide Getränke und sie verabschiedeten sich mit einem ungewohnt herzlich innigen Blick. Gregor fuhr in noch besserer Laune, als er es eh schon war, nach Hause zu seiner Familie, wo am späten Vormittag in der Praxis noch Patienten auf ihn warteten. Helena schritt eiligst zurück zum Salon, wo bereits einige Kunden saßen und sie heiter begrüßten. Helenas noch junge Angestellte, sie war kaum zwanzig Jahre alt, schien erleichtert, ihre Chefin zu sehen, da sie augenscheinlich mit der Situation im Salon überfordert war. Helena löste augenblicklich diese Anspannung, die in der Luft lag, einfach durch ihre energische, bestimmte, aber herzliche Art. Gewiss spielte an diesem Tag die unerwartete, herzliche Begegnung mit Gregor Kronmeier eine gewichtige Rolle, wodurch sie unwillentlich beflügelt wurde, ihre dunklen Augen leuchteten feurig und ihr hübsches Gesicht strahlte anmutig. Es tat ihr gut, sie genoss diesen äußerst angenehmen Gemütszustand. Ihre Verdrossenheit, ihre Bitterkeit, welche sie immer noch in sich trug, wurden durch den unvermittelt durchdringenden Frohmut gänzlich überschattet. Helenas

Scheidung, das Ende ihrer Ehe, die ganze zerrüttete Beziehung und das Martyrium des leidigen, gottlob nur kurzweiligen Scheidungskrieges nagten noch an ihr, ihr Herz schmerzte, dazu keimten immer wieder von Neuem bittere Hassgefühle und boshafte Rachegelüste auf. Die neue Bekanntschaft mit Gregor brachte Hoffnung in ihr Leben, Hoffnung auch auf ihre Sicht auf die Männerwelt, der sie sich kurzzeitig und trotzig abgewandt hatte. Gedanken rund um jenen neuen Bekannten kreisten wie wild in ihrem Kopf. Geistreich, charmant und gut aussehend, dachte sie, als sie sich die heutige Begegnung mit dem nun nicht mehr fremden Mann nochmals vor Augen führte. Viele Gemeinsamkeiten erkannte sie zwischen ihnen, die Immigration, die Selbstständigkeit und nicht zuletzt das slawische Blut beider, obschon Gregor Deutscher war, jedoch in der Ukraine seine bisherigen zweiunddreißig Jahre verlebt hatte. Nichtsdestotrotz war das slawische Herz, diese tiefgründige Seele bei Gregor durchgedrungen und war unmissverständlich wahrnehmbar. Diese sofortige Sympathie zwischen den beiden, welche nicht nur Helena verspürte, basierte mit großer Wahrscheinlichkeit auf den eben genannten Gemeinsamkeiten. Noch etwas hätten sie gemeinsam, erinnerte sich Helena im nächsten Moment. Auch Gregor Kronmeier hatte, bevor er hierher in die Schweiz immigrierte, in einer Küstenstadt gelebt. Odessa würde direkt am schwarzen Meer liegen, das hatte er ihr im Kaffeehaus nebenbei erwähnt. Triest, Helenas Heimatstadt, thront ebenso am nördlichen Ende des adriatischen Meeres. Bestimmt verehre und liebe er die Weiten des Meeres, dessen Rauschen und Wellen, wie sie es tat, dachte sie sich insgeheim. Entzückt von diesem Gedanken widmete sie sich endlich einer älteren Kundin, die schon ganz unruhig auf dem schwarzen, gepolsterten Friseurstuhl auf sie wartete.

Maria erwartete Gregor bereits an der Treppe im Eingangsbereich, da sie wusste, dass er gleich einen Termin hatte, um ihm ein Stück selbstgemachten Kuchen und Kaffee anzubieten. Auch sie war an diesem Tag wohlgelaunt, dies spürten auch die Kinder, zumindest David, der seinen Vater sofort zum Spielen einlud. Kurz angebunden, da ihn ein neuer Patient in der Praxis im Erdgeschoss erwartete, trank Gregor eiligst seinen zweiten Kaffee, aß den leckeren Schokoladenmandelkuchen auf und gab David einen tröstenden Kuss, da die Arbeit ihm gerade nicht erlaubte, mit dem Sohnemann Rennautos herumsausen zu lassen. Der neue Patient erschien pünktlich und machte den Anschein, in fröhlicher, redseliger Stimmung zu sein, so dachte sich Gregor. Immer wenn er einen neuen Patienten begrüßte, dessen Anliegen, Beschwerden oder psychische Störungen ihm jedoch noch unbekannt waren, machte er für sich insgeheim ein gedankliches Ratespielchen. Und zwar versuchte Gregor scharfsinnig und letztlich über seine Intuition anhand des Auftritts, des Händedrucks, der Mimik, der ersten Worte herauszufinden, woran er litt, bevor der Patient es ihm, dem „Seelenklempner" verriet. Ein überaus amüsantes Indiz galt auch dem, wohin sich der Patient setzte. Manch einer, oft wären es Narzissten, setzten sich geradewegs auf des Doktors ledernen Stuhl, also auf Gregor Kronmeiers Stuhl. Immer öfters traf er mit seinem sechsten Sinn ins Schwarze. Der heutige Herr war Mitte dreißig, schick gekleidet, streng parfümiert, mit gekünsteltem Lächeln, etwas aufgedreht, wobei seine Augen etwas Manipulatives ausstrahlten.

„Bestimmt geht der fremd, einer von den Lustgetriebenen, die unter ihren heftigen Begierden leiden", dachte Gregor intuitiv, bevor er mit dem Patienten ins Gespräch kam.

Es stellte sich heraus, dass ihn seine Eingebung nicht täuschte und er Recht behielt, der neue Patient hatte tatsächlich seine Ehefrau betrogen und suchte nun bei ihm Hilfe, denn er war kein Erstsünder, kein Novize in Sachen Fremdgehen. Gregor kannte derartige Fälle gut, diese starken Lustgefühle, diese fesselnden Begierden, allerdings nicht nur aus den Erfahrungen in seiner Praxis, vielmehr war auch er in jüngeren Jahren kein Kostverächter gewesen. Seit der Heirat mit Maria schwor er hingegen auf Treue, die er bisher auch halten konnte, obschon dieses feurige, reizvolle Begehren nach fremdem Fleisch in ihm des Öfteren neu entflammte, ihn in seiner Schwachheit versuchte, und es zunehmend an Stärke zu gewinnen schien. Lustvolle Begierden sollte der gebundene Mann akzeptieren, sie annehmen, diese jedoch bewusst nicht verwirklichen, um der Treue, der Tugend und des Guten willen, dessen sei tief in unseren Herzen verankert. Du sollst nicht ehebrechen, war Moses vom Herrn geboten worden. Viele kämpfen irrtümlicherweise gegen jene unwiderstehlich süßen Gefühle an, wollen sie mit hartem Willen unterdrücken, sie unterjochen. Dabei zu obsiegen sei langfristig ein Ding der Unmöglichkeit. Gregor, obschon ein brillanter, blitzgescheiter Psychologe und sich seiner sündhaften

Neigungen durchaus bewusst, tappte dennoch in jene Falle, willentlich Herr seiner sinnlichen Gelüste zu sein, indem er versuchte, sie mit aller Kraft zu unterdrücken. Unbewusst ließ er sich in den Kampf ein, in das Ringen mit jenem sündigen Verlangen, schwächelte zusehends beim anstrengenden, aussichtslosen Versuch, jenen Schatten der Gelüste knebeln zu wollen.

Dieser Tag, welcher anscheinend ein guter für alle war, jedenfalls für diejenigen, die Gregor heute getroffen hatte, neigte sich seinem Ende zu. Und selbst der neue, ehebrecherische Patient verlor nicht seine gute Laune, trotz der vielen unangenehmen Fragen, die ihn häufig in arge Verlegenheit gebracht oder gar Teile seiner Seele gedemütigt hatten. Zu Hause schliefen die Kinder bereits tief und fest, ungemein lieb und niedlich in ihren Bettchen anzusehen. Als letzter legte sich Gregor zu Maria, die noch in einem romantischen Liebesroman las, ins Ehebett. Kaum hatte sich Gregor zugedeckt, spürbar zufrieden vom gelungenen Tag, schmiegte sich Maria liebevoll an ihn an. Eine wohlige, unwiderstehliche seelische Innigkeit erfasste beide, als ob sich die reine, göttliche Kraft der Liebe um sie hüllte und sich hernach selber erfüllte.

IV

Drei Wochen später saß Gregor auf dem Friseurstuhl in Helenas Salon. Ihre junge Gehilfin wusch ihm zuerst ein wenig unsanft und tollpatschig seine braunen, kräftigen, leicht lockigen Haare. Wortkarg verlief dieses automatisierte Prozedere, und so war Gregor erleichtert, als die Chefin, seine neue Bekannte, die äußerst fröhlich und lebendig wirkende Helena das Zepter übernahm. Die junge Assistentin wurde in die Mittagspause geschickt, mit der Absicht, Raum für persönlichere Gespräche zu schaffen. Niemand mag zu viele „fremde" Ohren in der Intention, persönlichere, intimere Themen anzuschneiden, denn manch eine Seele betrachtet jene Ohren als allfälliger Störfaktor und sträubt sich deswegen, sich vollends zu öffnen.

Die üblichen, einleitenden Fragen standen an, wie es bei der Arbeit liefe, wie es Frau und Kindern ginge oder wie die Renovierungen des Hauses vorankämen. Ihr gehe es wunderbar, antwortete sie auf Gregors Frage nach ihrem Befinden lächelnd.

„Ich habe einen neuen Mann, einen Schweizer, kennengelernt, er wohnt in meinem Wohnhaus, eine Etage direkt über mir", meinte sie sogleich sichtlich euphorisch und froh gelaunt.

„Wir sahen uns einige Male im Treppenhaus, bis er mich höchst unerwartet spontan zu sich in seine Wohnung auf einen Kaffee eingeladen hat. Es hat sofort gefunkt", fügte sie entzückt und bestimmt, allerdings gleichzeitig eher abgedroschen und mit oberflächlichem Gefühl in der Stimme hinzu.

Gregor nickte zustimmend, dabei ein klein wenig verlegen, ein höfliches „schön" und „freut mich für dich" kamen ihm über die Lippen, ganz so, als wenn er ihr diese neue Liebesbekanntschaft gönnen würde. Dabei fühlte er insgeheim eine unterschwellig spürbare Enttäuschung in seiner Seele, als ob er irgendwelche näheren Absichten gehegt hätte. Eine kleine Weile war ihm merkwürdig zumute, derartige Gefühle mochte er überhaupt nicht. Schließlich hatte er ja keine Absichten mit ihr, er verfolgte nichts Konkretes in dieser losen Bekanntschaft, jedenfalls nicht bewusst. Doch, dass sie ihm gefiel, konnte Gregor keineswegs abstreiten, ihr schönes Gesicht, die dunklen Haaren, ihre weiblichen Kurven und ihr überschwängliches, feurig wildes Temperament ließen in ihm sündhaft begehrliche Gefühle aufkeimen. Er versuchte, diese ihm mit Scham behafteten Gefühle in sich zu ordnen, Helena als harmlose Bekannte zu kategorisieren, sie in dieses unbedenkliche Schublädchen seiner geistigen, psychologisch fachmännischen Welt zu stecken.

Allmählich, wie es oft vorkommt, schlug das Gespräch eine andere Richtung ein. Helena begann, den neuen Freund mit ihrem Exmann zu vergleichen, und selbstverständlich schnitt Letzterer miserabel ab. Ihre Stimme veränderte sich hörbar, sie nahm einen böswilligen Klang ein, als Helena anfing, mit rachsüchtigen, verachtungsvollen Worten zu schießen und über den Ex loszulästern. Ihr Blick verfinsterte sich, eine tiefe Verletzung war in ihren Augen zu beobachten, als sie von ihrem Ex und dessen üblen Charakter, dessen unverschämten Benehmen und sogar von dessen gestörter Familie sprach. Er wäre ihr fremdgegangen, so vermutete sie, obschon sie keine Beweise dafür hatte und er dies stets vehement abgestritten hatte. Zum großen Erstaunen Gregors gab Helena ihrerseits zu, den Exmann mit einem Kunden betrogen zu haben. Helena haderte mit ihrem bisherigen Leben, nicht nur mit ihrer Scheidung, die am Ende ihr Ex eingereicht hatte. Sie fühlte sich als Opfer, denn sie war in ihren Augen bitteren Ungerechtigkeiten ausgesetzt worden, und daraus erwachsen häufig gleichermaßen Ungerechtigkeiten anderen gegenüber, wie beispielsweise durch arge Verleumdungen und falsche Beschuldigungen, wie in Helenas Fall. Gregor hörte lange zu, entschied sich allerdings nicht zu psychologischen Ratschlägen, in der Meinung, sich dadurch aufzudrängen und in die Rolle des Psychotherapeuten zu geraten, was er überhaupt nicht wollte. Gott sei Dank kam die oft gestellte Frage während derartiger Diskussionen über schwierige Lebensumstände auf, und zwar jene nach der Existenz des Schicksals. Das Gespräch nahm eine scharfe Wendung zu den Sternen, den Gestirnen hoch oben am Himmel. Hier zeigte sich eine gewisse Naivität Helenas.

Eloquent legte Gregor seine Sicht zum Schicksal dar, eine rein fachlich psychologische Sicht eines noch in den beruflichen Anfängen stehenden, in sich selber noch nicht ausgereiften Mannes. Sie war hingegen äußerst angetan und begeistert von Gregors geistreichen Vortrag, sie hielt mit Lob nicht zurück, obgleich einiges nicht ihrer Anschauung entsprach. Andere Aspekte waren ihr unverständlich, nichtsdestotrotz gefiel ihr die geistige Verbindung, die sie offenbar mit Gregor in diesen Momenten verspürte. Helena selbst ereiferte sich in letzter Zeit zusehends für alle Art von Esoterik und Spiritualität, besonders Horoskope und Sterndeutungen hatten es ihr angetan. Der Grad der blinden Horoskop-Gläubigkeit über die formale Astrologie bis zur tückischen Wahrsagerei entpuppt sich des Öfteren als ziemlich schmal. Helenas innere, verzweifelte Unruhe ließ sie geradewegs dorthin führen. Sie erzählte hell begeistert vom Besuch bei einer Wahrsagerin, einer jenen, die den Menschen angeblich die Zukunft voraussagen könnten. Gregor behielt seine Meinung für sich, denn er hielt jene Machenschaften für reinen Schwindel, ja für Betrug. Es würde doch nur mit einfachen psychologischen Tricks und guten Menschenkenntnissen versucht, Sehnsüchte und Ängste der Menschen zu lesen, wobei die selbsterfüllende Prophezeiung ihres dazutäte. Jedenfalls hatte jene Weissagerin, die ihre Dienste online im Internet anbot, Helenas neue Liebesgefühle zum Schweizer vorausgesagt. Sie schien vollkommen überzeugt von derartigen Pseudowissenschaften zu sein.

„Hoi, ich bin wieder zrugg", erklang es an der Eingangstür im typischen Schweizer Dialekt. Helena sprach zwar selber noch keinen Dialekt, doch verstand sie diesen für manchen Deutschen „putzig-sympathisch" klingenden Dialekt bereits fast zur Gänze. Die junge Gehilfin war von der Mittagspause zurückgekehrt, dadurch wurde die in der Zwischenzeit aufgebaute wohlig persönliche Atmosphäre mit Tiefgang jäh unterbrochen. Gregor lobte Helena für den gelungenen Haarschnitt und schickte sich an, seine beigefarbene Jacke überzuziehen. Der Abschied war herzlich und vertrauter als beim letzten Mal im Café.

Mit vielen neuen Eindrücken hinsichtlich Helena und mit einigen, ihm unwürdig erscheinenden Bauchgefühlen verließ Gregor den Friseursalon. Die offene Vertrautheit Helenas, ihre tiefen Blicke und die nicht wenigen, wohltuenden Lobesworte hatten ihm spürbar geschmeichelt. Eine erhabene, stolze Eitelkeit war in Gregors Augen deutlich zu erkennen.

Helena ihrerseits verspürte eine süße Überschwänglichkeit, deren Ursache einerseits in der neuen Verliebtheit zum Schweizer und andererseits in der Bekanntschaft zum überaus charmanten Psychologen begründet war.

Die Erstkommunion des Neffen stand bei den Kronmeiers an, aufgrund dessen wurde dieses kommende Ereignis immerzu besprochen. Ob es die Kleidung, die Geschenke oder der genaue Reiseplan seien, immer wieder wurden Dinge geändert und neu, insbesondere von der äußerst gewissenhaft planenden Maria angepasst. Gregor verlor zu Hause kein Wort über die neue Bekanntschaft, über Helena, was so gar nicht zu ihm passte, es war ungewöhnlich, obschon er sie in seinem inneren Dafürhalten doch als harmlos eingestuft hatte. Andererseits blitzte Helena in seiner Gedankenwelt unerwartet oft auf. Eine innere Kraft hinderte ihn daran, Maria von ihr zu erzählen, als ob sie eine verbotene italienisch-slowenische Frucht wäre, welcher er möglicherweise nicht in der Lage wäre zu widerstehen. Die Tage bei den Kronmeiers vergingen, Alltag kam auf, so ähnelten sich die Tage, einer glich dem anderen.

Helenas Leben hingegen erfuhr eine folgenreiche Veränderung, aufgrund dessen sie nicht nur freudvolle, verliebte Überschwänglichkeit erleben durfte, sondern sich auch eine langsam wachsende Angespanntheit in ihrer neuen Beziehung zum Schweizer entwickelte. Viel Zeit verbrachte sie mit ihm, lernte ihn besser kennen, so auch seine Macken, worüber sie nicht so einfach hinwegsehen konnte. Erste dunkle Wolken zogen auf, ließen allerdings die heiße Verliebtheitsphase nur unmerklich abkühlen. Helena war wild entschlossen, nun, nach ihrer ersten, desaströsen Ehe, alles richtig zu machen, jedoch ohne dabei ihren Neuen miteinzubeziehen, dessen wahres Wesen zu berücksichtigen. Nichtsdestotrotz, obschon die ersten von Wut und Vorwürfen geladenen Wortgefechte ihre Wurzeln in die Beziehung schlugen, zogen sie zusammen zu seinen Eltern. Ihre Schwiegereltern in spe bewohnten ein älteres, gut erhaltenes Haus, in dem die beiden den zweiten Stock ganz für sich zur Verfügung gestellt bekamen. Helena hoffte, nun angekommen zu sein. Mit den Schwiegereltern verstand sie sich anfangs hervorragend und so wurde begonnen, ihr gemeinsames Liebesnest nach zumeist ihren Wünschen herzurichten. Alles schien ziemlich perfekt in Helenas Vorstellungen zu sein, obgleich sie ihren wachsenden Stimmungsschwankungen und ihrem inneren Gefühlschaos nicht Herr wurde. Sie ignorierte sie. Doch unweigerlich bahnten sich größere Schwierigkeiten an. Er ließ sie beispielsweise eines Abends nicht allein mit Freundinnen ausgehen, in der Meinung, nun seien sie fest zusammen und derartige Treffen und Clubbesuche gehörten sich nicht mehr. Das passte ihr gar nicht, sie fühlte sich in ihrem Freiheitsdrang beschnitten, trotzte, empörte sich, schmollte einen ganzen Tag, um sich letztlich doch zu fügen, wider ihren Willen, allerdings des Friedens willen, ihrer kleinen Familie wegen, ihrer Tochter und ihres neuen Mannes wegen. Der latente Druck der Schwiegermutter in spe auf Helena, weniger zu arbeiten, und mehr für ihre Familie da zu sein, war wie tropfendes Öl in ihr ohnehin schon brodelndes inneres Gefühlschaos. Streit, Vorwürfe und Eifersucht machten sich unwillkürlich in der noch jungen Beziehung fest. Trotz allem, trotz der vielen dunklen Wolken, die sich augenscheinlich angebahnt hatten, hielt sie mit viel Elan und menschlichem Willen an der Beziehung fest.

V

Die Kronmeiers freuten sich währenddessen auf den lang-
ersehnten Ausflug ins deutsche Freiburg zur Erstkommunion Timotejs. Am nächsten Tag war es so weit. Am frühen
Samstagmorgen verließen die Kronmeiers ihr mittlerweile
schon vertrautes Anwesen zum ersten Mal für eine längere
Zeit, Gregor am Steuer, Maria daneben, auf der Rückbank
David und die kleine Eva in der Babyschale. Geplant waren
drei Tage mit zwei Übernachtungen bei Gregors Bruder
Konrad. Die Anreise dauerte knapp drei Stunden, wobei
eine Kaffeepause im deutsche Weil am Rhein, sofort nach
Basel nach der Grenze, eingelegt wurde. Die Kinder mussten selbstverständlich ebenso verpflegt werden. Obschon
der Frühling Einzug hielt, ging ein zügiger, kühler Wind
und am Himmel zeigten sich abwechselnd graue Wolken
und warme, frühlingshafte Sonnenstrahlen. Ohne sich
zu verfahren, erreichten die Kronmeiers das Haus von
Konrads Familie. Es war ein gepflegtes Haus, nicht pom-
pös, eher schlicht, dafür erweckte es einen gemütlichen
Anschein. Konrad erwartete, zusammen mit Anna und
ihren beiden Kindern Timotej und Sarah, die Besucher
bereits gespannt und sichtlich gut gelaunt vor der weißen
Haustür. Nach der herzlichen Begrüßung stand die Haus-
besichtigung an, da sie das Haus bisher nur aus Videos
und Fotos kannten. Die anfängliche Schüchternheit verflog rasch und so begaben sich die quirligen Kinder, ohne
Baby Eva, die an Marias Obhut gebunden war, in ihre
Abenteuerwelt im und rund um das Haus. Maria und Gregor waren begeistert vom gemütlichen Wohnzimmer mit

Kamin und von der offenen Küche im Kirschholz-Stil. Bei Kaffee und typischer, einheimischer Schwarzwälder Torte wurde leidenschaftlich über die ferne Heimat, über die Eltern, über den Nachwuchs, über Boris' Fronteinsatz, den Krieg und über die neue Heimat mit den ersten Enttäuschungen gesprochen. Über die Arbeit wurde weniger geredet, nur Gregor berichtete mit sichtlich eitlem Stolz von seiner gut laufenden Praxis und der Aussicht auf einen Lehrstuhl an der Universität. Nachdem sich die erste Welle an Gesprächsthemen gelegt hatte, nahm Konrad die Gelegenheit war, um Gregor um das Haus und zum Garten mit den Gemüsebeeten zu führen. Die Sonne vertrieb kurzweilig die aufkommenden, dunklen Wolken, sodass ein ideales Wetter herrschte, selbst der Wind, der noch schwach blies, konnte dieses herrlich warme Frühlingswetter nicht verderben. Konrad machte einen friedfertigen, zufriedenen Eindruck auf Gregor, er war in den letzten Jahren überaus genügsam geworden. Gregor hingegen plagten noch innere, menschliche, gierige Begierden aller Art. Allein mit dem Bruder vor der großzügigen, überdachten Terrasse stehend, fing Gregor von seiner neuen Bekanntschaft, der rassigen, slowenischen Schönheit an zu erzählen. Konrad erkannte alsbald, dass jene geheimnisvolle Helena es ihm angetan hatte, dass sie ihm gefiel, er sah das dessen spitzbübischer Erzählweise und verschmitzten Augen an. Konrad kannte seinen jüngeren Bruder, er wusste insbesondere, dass Gregor vor Maria kein Kostverächter, was die Damenwelt betrifft, gewesen war. Zwar predigte er Treue, doch sah Konrad, dass Gregor mit derartigen Verlockungen innerlich zu kämpfen hatte. Eine gewisse Veränderung bemerkte

Konrad bei Gregor, seit er ihn das letzte Mal gesehen hatte. Er schien sichtlich aufgedrehter, als ob ihn etwas in seinem Inneren antreiben würde, ihn gefesselt hätte, als ob sich alte, fast vergessene Begierden neu entflammen würden. Sie sei doch nur eine gute Bekannte, mit der er sich gut austauschen könne, meinte Gregor ein wenig verlegen auf Konrads eindeutige, nonverbale Anspielungen.

„Ja, ja, lass dich nicht verführen, mein Bruder, nasche nicht von verbotenen Früchten", mahnte ihn Konrad wohlwollend.

„Nun, seien wir doch nicht allzu fromm, ja, so nach dem Motto, frömmer als der Papst!", warf Gregor unmittelbar, ein bisschen ketzerisch und bestimmend ein, dabei gab er sich unbewusst Raum für die Sünde. Beide schmunzelten.

„Auch ich wurde des Öfteren versucht", begann Konrad ernster, „sogar heftig bedrängt wurde ich in einer persönlichen Angelegenheit, doch ich blieb standhaft, hielt mich an Gottes Gebote. Der Glaube rettete mich, er bestärkte mich zudem. Geduld zu haben ist eine gute Eigenschaft, obschon sie manchmal bitter erscheint, wenn dir seelische Demütigung widerfährt. Doch die Frucht, die Belohnung der nicht selten bitteren Geduld ist hernach umso süßer, wohltuend in ihrer anmutigen, umfassenden Glückseligkeit. Gott prüft uns. Wir sollen uns in der Zeit der Not an ihn halten, standhaft bleiben, die Hoffnung niemals verlieren. Unser Vater hatte uns, als wir noch Kinder waren, aus dem Buch Jesus Sirach vorgelesen. Vielleicht erinnerst du dich noch daran?"

Aber Gregor schüttelte nur mit halb zugekniffenen Augen den Kopf. Wie vieles aus der Kindheit vergessen wird, so auch manch gute Ratschläge oder eben Weisheiten aus der Bibel. Nicht oft hatte der Vater Geschichten oder aus der Heiligen Schrift vorgelesen, doch dieses eine Mal, dieses zweite Kapitel des Propheten Sirach aus der Bibel, grub sich in Konrads Gedächtnis unwillkürlich ein.

„In der Bedrängnis, die mir widerfahren war, hatte ich dieses Kapitel zum ersten Mal selber gelesen. Erst danach verstand mein Herz, wie sich Gott offenbart und wie er wirkt, denn er ist ein lebendiger Gott. Seitdem lese ich immer wieder aus jenem Buch dieses weisen Mannes, und jedes Mal erfasst mich dabei eine unsichtbare Kraft, die mich bestärkt, über mein menschlich irdisches Dasein hinauszuschauen und mich dem Höchsten anzuvertrauen", schloss Konrad in einer sanftmütigen, bestimmten Weise, woraus Echtheit, Klarheit und Wahrheit unmissverständlich zu entnehmen waren.

„Deine frommen Werte in allen Ehren, doch das wirkliche Leben hat andere Spielregeln. Schau dir nur den schrecklichen Krieg in unserer Heimat an, die vielen unschuldigen Opfer, die vielen tragischen Geschichten … und … der Mensch muss sich nun mal diesen Realitäten fügen, er kann sich schwerlich nur auf den himmlischen Vater verlassen. Auf der Erde gibt es nun mal kein Paradies, wir müssen alle leiden. Wenn wir Glück haben, erwartet uns einmal das Paradies im Jenseits", argumentierte Gregor kritisch, leicht aufgewühlt, aber mit nachdenklicher Stimme.

„In meiner Arbeit mit den Patienten erfahre ich tagtäglich leidvolle Geschichten, mit denen ich bisweilen nicht zurechtkomme. Einige belasten mich sogar und was mich am meisten aufwühlt, ist die Tatsache, dass ich manch einem Patienten auf lange Sicht nicht wirklich helfen kann. Das frustriert mich, aber die Psychotherapie hat eben ihre Grenzen", klagte Gregor ein wenig missmutig und eröffnete damit ein neues Thema.

„Dazu kommt noch, dass bei all meinen täglichen Anstrengungen zugunsten der Patienten sich einige von denen erdreisten, mich noch zu kritisieren und mir Undankbarkeit entgegenzubringen", fügte er mit lauter, vorwurfsvoller Stimme hinzu.

„Solange du das tust, was du gern tust, was dir gegeben wurde, deine Talente und Gaben lebst, bist du doch auf dem richtigen Weg. Ansonsten bleibt dir immer die weitere Suche dessen, eben nach deiner wahren Berufung zu streben. Nur Frohmut soll der Mensch dabei zeigen. Die Arbeit als solche soll man auch als Dienst an der Gesellschaft betrachten, dadurch sieht der Mensch einen Sinn in der manchmal auch weniger befriedigenden, weniger motivierenden Arbeit. Es gibt uns Trost und Sinnhaftigkeit in mühevollen Zeiten größerer Anstrengungen", sprach Konrad weise.

„Ich mag meine Arbeit gern, tue sie mit Leidenschaft, doch eben ... ähm ... wenn nur diese Patienten nicht wären", lachte Gregor schelmisch auf, steckte den Bruder damit an, wodurch auch dieser herzhaft zu lachen begann.

In diesem Moment spürten beide zwischen ihnen eine angenehme, aus früheren Tagen bestehende Verbundenheit. Gregors etwas spöttische Bemerkung zu den Patienten hatte hingegen unbewusst ins Schwarze getroffen. Gerade daran, an der Beziehung zu den Patienten mangelte es ihm noch. Den Menschen dahinter zu sehen und jenen ohne Vorbehalte anzunehmen, das fiel Gregor noch schwer. Er erwartete beispielsweise deren Dankbarkeit, anstelle bedingungslos und ohne Erwartungshaltung der Dankbarkeit seiner Berufung nachzugehen.

„Unser großartiger Messias, Jesus Christus, er tat viele Wunder, er hatte einst zehn Aussätzige geheilt und lediglich einer kam zurück, um sich bei ihm zu bedanken. Hatte Gottes Sohn sich darüber beklagt, über diese große Undankbarkeit der Menschen?", fragte Konrad rhetorisch.

Gregor spürte die Richtigkeit dieser Worte, wollte sie allerdings mit seinem Verstand fassen, dessen er nicht in der Lage war. Einige Sekunden vergingen, wobei Gregor nicht mehr so wohl zumute war, zu viele Gedanken schwirrten ihm gleichzeitig im Kopf herum und ließen ihn unweigerlich unruhig werden. Konrad erkannte die Zeichen der Zeit.

„Komm, lass uns hinsetzen", lud ihn Konrad auf die schattige Terrasse ein.

Anna sah die beiden vom Wohnzimmer heraus und fragte, gastfreundlich wie sie war, sogleich nach, ob noch Kaffee erwünscht sei. Beide bejahten und zwei Tassen Kaffee mit süßem Gebäck dazu standen bald auf dem Holztisch der Terrasse. Dadurch entspannte sich Gregor wieder und fing an, über seine baldige Reise in die Heimat zu sprechen. Er wolle nächsten Monat wegen einiger Geschäfte in die Heimat fahren und werde sich mit Maksim treffen. Konrad ahnte, wozu sich Gregor entschlossen hatte. Dieser erkannte in Konrads kritischen Blicken dessen Argwohn.

„Ja, aber, auch unsere Vorväter hätten doch immer wieder von guten Geschäften profitiert, oder nicht?", entgegnete Gregor auf Konrads Blicke, wohl wissend, dass Konrad jenem Maksim und dessen Geschäften misstraute.

Konrad warnte seinen Bruder nochmals eindringlich vor derartigen zwielichtigen Geschäften sowie vor diesem unseriösen Maksim. Gregor wollte nicht auf den älteren Bruder hören, er bekräftigte die einwandfreien und seriösen Absichten Maksims und dessen saubere Geschäftspartner aus der Waffenindustrie. Die Gier nach schnellem Geld war stärker als weise Ratschläge des Bruders. Konrad beließ es bei seinen Mahnworten, den Rest des Tages wurde gegessen, mit den Kindern gespielt und der morgige feierliche Tag besprochen.

Es war ein herrlicher Tag, jener Sonntag. Die Sonne strahlte und wärmte allen Teilnehmern, besonders den Eltern und Großeltern der Kommunionkinder, die Herzen. Die Erstkommunion von Timotej in der mit vielen Blumen prächtig geschmückten Kirche verlief ohne Pannen, außer einer kleinen, nämlich dass ein Ministrant während der längeren Lesung des Priesters zur Bedeutung dieses heiligen Sakraments für kurze Zeit eingeschlafen war, was jedoch von den meisten unbemerkt blieb. Überall waren stolze, entzückte Gesichter zu sehen, ganz besonders in der Nähe der Kommunionkinder in ihren weißen, engelhaften Gewändern. Konrad und Anna verspürten rührseligen Stolz auf ihren Sohn, den eine ruhmreiche Herrlichkeit durch das weiße Gewand der reinen Unschuld umgab. Auch Gregor als Pate war sichtlich stolz auf seinen Neffen Timotej. Schier unendlich viele Bilder wurden in und vor der Kirche, wie auch um sie herum geknipst. Als sich diese bald lästige Knipserei und jenes ewige sich Hinstellen etwas gelegt hatten, begannen die ersten konkreteren, tiefgründigeren Gespräche vor allem bei den besonders fromm wirkenden Eltern, die meist lang ansässige Einheimische waren. Neben den Kronmeiers stand eine ebensolche Gruppe. Es wurde von den missionarischen Werken des heiligen Apostels Paulus gesprochen. Ebenso wurden die übermenschlichen Werke des von Gott beauftragten Propheten Mose leidenschaftlich diskutiert und inbrünstig gerühmt. Bald kam ein Wetteifern auf, welcher dieser großen Gottesmänner denn heiliger sei, welchen es eher galt zu verherrlichen und, über das hinaus, nachzuahmen. Wie könnte auch ich so ein Heiliger werden, dachte sich manch einer. Die Versuchung, sich willentlich diese von Gott gegebene Kraft und die daraus erwachsene Autorität selbst aneignen zu wollen, keimte in den menschlichen Gedanken einiger frommer Männer jener Gemeinde auf. Unwillkürlich suchten jene Gläubigen diese zu verherrlichenden Eigenschaften in sich selbst, um den Weg zur Heiligkeit mit ihrem eigenen Willen voranzutreiben. Einige suchten sich schon von den anderen zu erhöhen. Dabei sei doch alles in Gottes Hand: Menschen, die mit ihrem Verstand denken, dass sie womöglich Gottes Gesandter oder Beauftragter seien, oder immerhin auf dem Weg dorthin, seien nur in ihrer menschlichen Eitelkeit verhaftet. Solange jene denken, wirken sie mit großer Sicherheit nicht durch Gottes Hand. Falls es dich wahrlich treffen würde, du vom Höchsten auserwählt würdest, würdest du mit all deinen menschlichen

Sinnen unzweifelhaft und unmissverständlich Gottes einzigartige Kraft erfahren, seinen Ruf zweifellos wahrnehmen und unwillentlich sein Bote, Gesandter, Gehilfe, Prophet oder Apostel werden. Gott kürt und kleidet seine Auserwählten, das heilige Gewand des Herrn kann nicht von Menschenhand angezogen werden. Dabei soll nie der Prophet selbst angebetet werden, sondern allein Gott, unser aller Herr, in dessen Hand sich eben dieser, sein Auserkorener, befinde. Weltliches, menschlich gesteuertes Denken mache ebenso nicht vor den Toren des Gotteshauses halt.

Konrad lauschte mit einem Ohr jenem, durch menschlichen Übereifer getriebenen Gedanken- und Wortgefecht, ließ sich jedoch nicht dazu hinreißen, irgendeine Äußerung von sich zu geben, obschon er einige darunter von den Gottesdiensten her kannte, und der eine oder andere Blick ihn dazu herauszufordern schien.

Langsam brachen die Ersten auf und der Platz vor der Kirche begann sich zu leeren. Es wurde wieder still in und um die Kirche herum. Den Kindern war schon langweilig und hungrig waren sie auch. Die Erwachsenen schienen sich nichts anmerken zu lassen, doch erging es ihnen gleichermaßen, sodass sich alle auf das üppige Festessen bei Konrad und Anna zu Hause ungemein freuten. Eva schlief durch die ganzen Eindrücke früher als sonst ein, sodass Maria Anna in der Küche bei den Vorbereitungen unter die Arme greifen konnte. Es gab typisch deutsches Essen, regionale Maultaschen mit Kartoffelsalat, davor wurde noch eine leckere Tomatensuppe serviert. Mit einem einheimischen, fruchtigen Rotwein wurde auf die gelungene

Feier sowie auf die Zusammenkunft der Gebrüder Kronmeier samt Familien angestoßen. Die Stimmung war feierlich und ausgelassen, das Essen schmeckte vorzüglich, was öfters hoch gelobt wurde, sogar die Kinder hatten kaum Grund zum Quengeln. Leider verdunkelte sich der Himmel und es kam leichter Nieselregen auf, allerdings konnte auch dies die frohe Stimmung kaum trüben. So wurde es Abend. Die Kinder wurden ins Bett gebracht. Schnell wurde es ruhig im Haus. Gregor und Maria redeten nur ein paar Worte auf dem gemütlichen Bett im nicht allzu großen Gästezimmer, bevor sie beide erschöpft einschliefen. Maria hatte einen eigenartigen Alptraum in jener Nacht. Die Gestalt ihres verstorbenen Vaters erschien ihr im Traum, so gegen vier Uhr nachts. Eine dunkle, flache Hand drückte auf Marias Bauch, und zwar in so einer Festigkeit, als ob es eine echte Hand, Vaters echte Hand gewesen wäre. In jenem Augenblick erwachte sie schweißgebadet, erschrocken von diesen schaurig gespenstischen Bildern, wobei Maria den heißen Schmerz des Druckes unterhalb der Magengegend noch förmlich spüren konnte. Sie war verwirrt und aufgewühlt, dabei gleichzeitig heilfroh, dass sie nur wild geträumt hatte. Es war nicht das erste Mal, dass ihr Papa sie in ihren Träumen heimgesucht hatte. Doch dieser Traum war heftiger. Gregor bemerkte nichts, nur kurz regte er sich, um sich auf die andere Seite zu drehen und um weiterzuschlafen. Ebenso bezwang sich Maria, nicht mehr an den wirren Traum zu denken, nicht mehr daran zu grübeln, damit sie doch noch zu ihrem Schlaf kommen würde. Schließlich, nachdem sie eine quälende Stunde im Halbschlaf verlebt hatte, übermannte sie ihre Müdigkeit, alle konfusen, verstörten Gedanken verflogen, und so war sie noch vor dem Morgengrauen für fast zwei Stunden eingeschlafen.

Der Abschied vor dem Haus des Bruders Konrad erwies sich als noch herzhafter, als es die Begrüßung vorgestern gewesen war. Gregor und Maria luden ihrerseits den Bruder mit dessen Familie zu sich in die Innerschweiz ein. In jenem Moment wussten alle, jeder einzelne dachte in seiner inneren Gedankenwelt synchron, nämlich, dass das nächste Wiedersehen auf jeden Fall wiederum von Frohmut, Begeisterung und Freude geprägt sein werde, worauf sich alle bereits innerlich freuten, wenn auch in unterschiedlicher Intensität.

Auf der Heimfahrt begannen sich Gregors Gedanken um die Arbeit in der Praxis, um seine Patienten, zu denen noch einige Sitzungsberichte zu schreiben waren, zu kreisen. Ebenso dachte er an den geplanten Heimatbesuch, an die vielversprechenden Geschäfte und gleich darauf an Konrads mahnende Worte, die er nur mit Widerwille wahrnahm, um jene lästigen Gedanken sogleich wieder zur Seite zu schieben. Maria hingegen erinnerte sich unwillentlich wieder an den nächtlichen, skurrilen Traum, denn tatsächlich war ihr unwohl zumute. Wahrscheinlich seien diese Verstimmungen, jenes merkwürdige Stechen im Bauch vom gestrigen üppigen Essen, dachte sie sich beschwichtigend, beließ es dabei und erzählte niemandem davon. Am späten Nachmittag waren die Kronmeiers wieder in ihrem Zuhause am Vierwaldstättersee, welcher sich wolkenverhangen und in trüber Stille zeigte. Es gab Abendbrot, dabei wurden noch letzte, unbesprochene

Eindrücke des ereignisreichen Besuches eifrig geteilt. Ein guter Tag verabschiedete sich, um bald darauf das Zepter einem neuen, noch unbeschriebenen Tag weiterzureichen.

Jener Tag fing ziemlich gewöhnlich an. Wie jeden Morgen gab es Frühstück, die Kinder wurden zurechtgemacht, Maria begleitete David in den nahen Kindergarten und Gregor begab sich eiligst in seine Praxis im Erdgeschoss des Hauses. Nachdem die erste Therapiesitzung des Tages mit einem Langzeitpatienten zu Gregors überraschender Zufriedenheit beendet wurde, folgte eine zweistündige Pause bis zum nächsten Patiententermin. Er nutzte solche stillen Zeiten jeweils für das Schreiben von Therapieberichten, E-Mail-Korrespondenz und ebenso für einen weiteren, schmackhaften Kaffee. Heute entschied sich Gregor, zunächst seine Post durchzugehen und alle noch ungeöffneten E-Mails zu lesen, bevor er sich an die Berichte machte. Den Posteingang geöffnet, stach ihm sofort eine E-Mail von Alexej Grönefeld, seinem ehemaligen Lehrer, ins Auge. Gregor freute sich, in der Annahme, endlich wieder eine Nachricht von Alexej zu erhalten. Ein paar Mal hatten sie sich geschrieben, doch seit einigen Wochen hörte er nichts mehr von ihm. In angenehmer Vorfreude öffnete er Alexejs Brief. Allerdings verflog die Vorfreude im Nu, als er die ersten Zeilen, die nicht von Alexej stammten, aber von dessen jüngstem Sohn, ungläubig las. Dieser bedankte sich zu Beginn für Gregors letzte Nachricht an dessen Vater Alexej. Der Brief war sehr kurz gehalten.

„In großer Traurigkeit schreibe ich Ihnen diese Zeilen. Unser Vater ist gestern unerwartet verstorben. Danke für Ihre Anteilnahme", stand darin geschrieben. Gregor stockte

der Atem, noch zweimal las er jene drei Sätze, immer noch
ungläubig, bevor es ihm eiskalt den Rücken herunter-
lief. Eine tiefe Erschütterung übermannte ihn durch diese Nachricht vom unerwarteten Tod seines Freundes und
Vorbildes Alexej Grönefeld. Er verspürte eine große Schwere, ein bedrückendes Gefühl in seiner Brust, Gregors Herz
blutete, es weinte. Erste Tränen der tiefen Trauer liefen ihm
über die Wangen. Es schien, als ob das Leben innehielte,
als ob eine übergeordnete Macht Gregors Leben kurzweilig zum Stillstand gebracht hätte. Die sich unwillkürlich
aufdrängenden Gedanken zum Tod und zur Endlichkeit
verdunkelten darüber hinaus seine Seele und ließen Gregor
zutiefst traurig werden. Ohne Maria Bescheid zu sagen, die
ohnehin gerade mit Eva beschäftigt war, entschloss er sich,
einen Spaziergang im angrenzenden Wald zu machen, um
diese schmerzhafte Botschaft irgendwie fassen und annehmen zu können. Zu eng erschien es ihm im Haus in diesen
betrübten Augenblicken, die Zimmerdecke schien Gregor
den Atem zu nehmen, seine Seele verlangte nach Weite,
nach viel Luft und nach Licht. Schnell schlüpfte Gregor in
seine bequemen Freizeitschuhe und zog eine leichte Strick-
jacke an. Unbemerkt verließ er das Haus. Gregor ging
jenen Weg, den er schon öfters mit Maria und den Kindern
gegangen war. Jeweils vorbei an einer kleinen Kapelle, um
von dort aus in den Wald zu gelangen. Allerdings machte
er diesmal bei jener unscheinbaren Kapelle halt. Erstmals
betrachtete Gregor bewusst die Marienfreske, welche ihm
zauberhaft dünkte. Er kniete sich hin, bekreuzigte sich und
betete für seinen verstorbenen Freund Alexej. Es tat ihm
gut, dieses stille Gebet gab ihm unheimlich viel Trost. Die

Schwere in seiner Brust ließ nach. Gregor ging noch ein paar Schritte weiter in den Wald hinein, umarmte spontan einen Baum, was er bis an hin nie getan hatte, schaute gen Himmel und erinnerte sich an das edle, wohlwollende Gemüt von Alexej. Dabei überkam ihn unverhofft und unvermittelt ein behagliches Wohlgefühl, als ob Alexej ihm vom Himmelreich aus Trost spendete, ihn aufrichtete, ihm die Schwermut abnahm, ihm zu spüren gab, dass er, Alexej, nun in guten Händen aufgehoben sei.

Keine Menschenseele war weit und breit zu sehen, Gregor war allein. Es war still im Wald, abgesehen vom allseits lebhaften Vogelgezwitscher. Mit gemischten Gefühlen und ein wenig gefasster machte sich Gregor auf, zurück nach Hause zu laufen. Kurz vor der Waldlichtung, bei der Kapelle, begegnete ihm ein Spaziergänger. Es stellte sich heraus, dass dieser ältere, schon ziemlich ergraute Herr ein Einheimischer war. Dieser blieb vor der Kapelle stehen. Gregor grüßte ihn freundlich, verlangsamte sein Tempo und blieb ebenfalls stehen, da sich jener Herr zu Gregor umdrehte und ihn unverblümt ansprach: „Ein Stoßgebet nützt immer!" Es begann ein kurzes Gespräch zwischen den beiden.

Gregor erzählte ihm offenherzig vom unerwarteten Tod seines Freundes. Der Tod komme immer unerwartet, meinte der Einheimische.

„Gott hilft in unseren Leiden, sein Tempel ist in uns, es liegt an uns Menschen, ob wir aus diesen reinen Quellen schöpfen. Nur das Führen eines gottgefälligen Lebens bringt alle Früchte des Lebens hervor", sagte der Herr scharfsinnig und mit viel Esprit in seinen klaren Worten.

Sie verabschiedeten sich, und jeder ging seines Weges. Nach einigen Metern hielt Gregor einen kurzen Moment inne, drehte sich nach dem alten Mann um, welcher jedoch bereits im Dickicht des Waldes verschwunden war. Ein verwegener Gedanke tauchte urplötzlich auf, nämlich, dass Alexejs Geist gerade vorher zu ihm gesprochen hätte. Gregor war aufgewühlt und irritiert. Gleichzeitig verspürte er Dankbarkeit und Frohmut, als er sich den spontanen Besuch bei Alexej in Erinnerung rief. Ihn, den edelmütigen, großherzigen Alexej Grönefeld ein letztes Mal besucht zu haben, dabei seiner Intuition und seinem Herzen gefolgt zu haben, machte ihn jetzt froh. Heute wäre es zu spät. Es war Gottes Wirken. Später, nachdem Gregor sein Beileid Alexejs Frau und den Söhnen brieflich bekundet hatte, erfuhr er, dass Alexej friedlich eingeschlafen war, was Gregors Herz unwillkürlich zu erleichtern schien. Jeder Mensch ersehne sich doch einen schmerzfreien Übergang ins Jenseits.

Zu Hause begab sich Gregor in die Küche, um sich vor der nächsten Therapiestunde noch einen Kaffee zu gönnen. Eva lag oben im Bett und quengelte laut, es war bis in den unteren Stock zu hören. Es war jenes Quengeln, kurz bevor ein Kind in tiefen Schlaf verfällt. So geschah es auch, nach wenigen Minuten wurde es still im Haus. Leise Schritte waren zu hören, es waren Marias, die sich zu Gregor in die Küche begaben. Die starren Blicke ihres Mannes verrieten ihr, dass sich etwas zugetragen hatte, etwas Gravierendes war passiert, das spürte sie unversehens. Gregor erzählte ihr geradewegs vom Trauerfall. Maria kannte den Verstorbenen aus Gregors Jugendjahren nicht. Sie tröstete ihren Mann, der sich willentlich zusammenreißen wollte, Haltung vor seiner Frau bewahren wollte, obschon offensichtliche Furcht und eine gewisse Verängstigung seinen Gesichtsausdruck umgaben.

Die Arbeit rief und erwies sich unverhofft als äußerst willkommen, denn durch die Arbeit mit den Patienten drang wieder pures Leben in Gregor, jene Leichtigkeit, welche jeglichen Schwermut verfliegen ließ. Die von Freude und Trauer geprägte Woche verging, der grausam scheinende Tod verlor an Kraft und verblasste allmählich.

KAPITEL 2

I

Währenddessen jährte sich der Krieg in der Heimat und nichts schien auf ein Ende des Konflikts hinzudeuten, eher im Gegenteil, es wurde auf beiden Seiten fleißig aufgerüstet. Gerüchte von einer Großoffensive seitens der Ukraine waren im Frühjahr überall Diskussionsthema, insbesondere entlang der Kriegsfronten im Süden und Osten des Landes. Wird die Befreiung kommen, wird der ersehnte Frieden Einzug halten, oder wird noch mehr Zerstörung und Leid über das Land kommen, werden die dunklen, bösen Mächte mit Gewalt und Tod die Menschen weiterhin in Schach halten, fragten sich viele Menschen links und rechts der Frontlinien. Selbst Odessa, die Heimatstadt der Kronmeiers, wo es bislang sehr begrenzte, direkte Kriegsschäden gegeben hatte, wurde wieder Ziel von Luftangriffen mit Raketen und hochmodernen Drohnen, von denen die allermeisten gottlob abgeschossen werden konnten. Boris, Gregors ältester Bruder, verteidigte mit seiner Kompanie nach wie vor die Stadt Cherson, vor deren Toren sie seit Monaten ausharrten. Der Fluss Dnjepr trennte die beiden Kriegsgegner, auf beiden Uferseiten hatten sie sich mit schwerer Artillerie und Scharfschützen verbarrikadiert. In Cherson standen Menschen Schlange, um Essen zu bekommen, Kinder sah man auch draußen spielen. Es herrschte eine trügerische Sicherheit, denn ständig waren

Raketen, Gewehrsalven oder Explosionen zu hören, mal schwach, mal so stark, als ob es das Nachbarhaus getroffen hätte. Die Menschen hatten sich an die Kriegsrealität gewöhnen müssen, selbst Luftalarm gab es kaum noch, wozu auch, ständig gab es irgendwo laute Knallgeräusche oder Detonationen.

Die Kompanie, in der Boris als einfacher Soldat diente, war stets in Alarmbereitschaft, immer wieder loderten neue, heftige Artilleriegefechte auf, außerdem waren Luftangriffe gefürchtet. Je länger dieser zermürbende Krieg dauerte, desto deutlicher stiegen psychische Probleme der Frontsoldaten an, worunter die Truppenmoral beträchtlich litt. Berichte über grausame, beinahe apokalyptische Zustände in den Schützengräben an der Ostfront, in der Donbass-Region, waren nicht selten Gesprächsthema unter den Soldaten in Boris' Kompanie. Im April telefonierte Gregor zum letzten Mal mit Boris, dieser schien äußerst unglücklich über die Stimmung in seiner Kompanie zu sein, insbesondere beklagte er sich und maulte am Telefon lauthals über den inkompetenten Kompaniechef, der sich grob verhalten, jähzornig und cholerisch auftreten würde. Einen Halunken und einen Bastard der schlimmsten Sorte, so nannte ihn Boris mit völlig aufgebrachter Stimme. Er, der eben betitelte Bastard, gehörte zum Schlag jener Männer, die sich nur durch formelle Macht Gehör verschaffen können, und es auch in diktatorischer bis sadistischer Manier tun. Durch dessen Führungsstil und die sich daraus ergebenden offensichtlichen Ungerechtigkeiten konnte die eh schon betrübt laue Stimmung in der Kompanie umso leichter vergiftet werden.

Sein allmorgendliches, lautes „guten Morgen" grellte in den Ohren der Soldaten mehr als Verwünschung, in der Falschheit sowie schamloses Machtgehabe und Verachtung herauszuhören waren.

Jener Offizier, von Hause aus ein ungebildeter Malerssohn, ließ Boris des Öfteren seine harte Hand spüren. Zweimal gab es heftige Wortgefechte, als Boris es sich herausnahm, dem Offizier scharfe Widerworte an den Kopf zu werfen. Zwar hatten seine Widerworte durchaus Berechtigung verdient, als der sture, unbarmherzige Offizier abermals einen jüngeren Soldaten wegen Kleinigkeiten böswillig zusammenstauchte. Auch in Boris steckten viel Starrsinn sowie Rechthaberei, sodass es nicht erstaunte, dass sich diese zwei sturen Böcke aneinander reiben mussten. Halsstarrig und aufmüpfig sei er, wurde Boris seitens seines wütenden Vorgesetzten vorgeworfen. In diesem Fall wurde Boris scharf abgemahnt. Dabei beließ es der Kompaniechef, der Boris und dessen Verhalten von da an mit seinen stählernen, blauen Augen scharf beobachtete. Boris, zerknirscht und gekränkt, kochte innerlich wegen dieser giftigen Auseinandersetzung. Trotzdem bezwang er sich und blieb stumm, jedenfalls für dieses Mal. Was blieb, was nicht zu unterdrücken war, waren die verächtlichen Blicke in seinen Augen, welche sich nicht selten in denen des Vorgesetzten spiegelten. Ungerechtigkeiten vertrug Boris nicht, und wenn jene noch mit Torheit gepaart waren, wie es beim Kompaniechef den Anschein erweckte, kam ihm fast die Galle hoch. Boris litt, rang und kämpfte mit sich, mit seinem Temperament, welches nicht selten unvermittelt ausbrach, wie ein unerwarteter

Vulkanausbruch, und ihn dadurch in Teufels Küche brachte. Je länger, desto schwieriger ertrug Boris' Seele, die sich nach Menschlichkeit und Gerechtigkeit sehnte, jenen böswilligen, dummen Menschen. Ein hohes Tier in der Armee wäre mit jenem Offizier verwandt und quasi sein Schutzpate, wurde unter den Soldaten gemunkelt, auch Boris' Ohren vernahmen dieses Gerede. Dadurch fühlte sich wohl jener Bösewicht ziemlich unantastbar, er konnte seiner Torheit und Schlechtigkeit freien Lauf lassen, ohne etwas befürchten zu müssen.

Unter jemandem zu dienen, der seiner nicht wert ist, dem man geistig weit überlegen ist, ist auf lange Sicht zermürbend, äußerst mühevoll, jede echte Hingabe und Bereitschaft zur Arbeit wird im Keim erstickt. Ivan, ein um die dreißig Jahre alter Soldat, mit kleinen, schlitzförmigen, dunklen Augen und einem ewig grinsenden, gekünstelten, spitzen Lächeln auf den Lippen, biederte sich dem Kompaniechef bei jeder Gelegenheit an. Er tat es mit so einer Hingabe, mit so einer Unterwürfigkeit, dass der stumpfsinnige Kompaniechef selbst dachte, dass er von Ivan gemocht wurde. Dem war jedoch nicht so, Ivan suchte lediglich seinen Nutzen aus dieser Beziehung. Ivan wurde infolge tatsächlich bevorzugt behandelt, was bei vielen Kameraden in der Kompanie sauer aufstieß. Boris mochte diesen listigen, heuchlerischen Ivan von Anfang an nicht und ging ihm aus dem Weg.

Boris' Seele war indes bereits lange vor dem Zusammentreffen mit jenem üblen Offizier arg geschunden worden. Seine große Liebe hatte nämlich dessen Herz eine gefühlt endlose Zeit bluten lassen. Ihr vertraute er sich blind an, wodurch die Enttäuschung, als er erfuhr, dass sie ihm fremd gegangen war, ihn grausam betrogen und belogen hatte, umso schmerzhafter gewesen war. Der Hass auf ein derartig niederträchtiges, charakterloses Verhalten hatte sein Herz unversehens verdunkeln lassen. Diesen tiefen Seelenschmerz hatte er blind vor Wut an dem Missetäter, dem verhassten Nebenbuhler ausgelassen, in dem er jenen Typen ordentlich verprügelt, ihm dabei zwei Rippen gebrochen hatte. Boris hatte jenen schändlichen Vertrauensbruch nicht verkraften können, Vergebung ließ seine betrogene, verbitterte Seele nicht zu. Geschieden, niedergeschlagen und betrübt war er wieder zu Hause bei seinen Eltern eingezogen, wo er sich im oberen Stockwerk eingerichtet hatte. Die Bedrücktheit gewann Überhand in seiner geschundenen Seele. Bevor die Ehe geschieden worden war, hatte sich auch Boris mit einer jungen Frau eingelassen. Nicht zuletzt deswegen spürte er eine tiefe Niedergeschlagenheit. Sein stürmisches Temperament war ihm durchgegangen, in seiner übermütigen Forschheit und gepaart mit Rachegelüsten hatte er sich seinen sinnlichen Trieben ergeben. Er tat dies aus niederen Instinkten, weshalb ein bitterer Nachgeschmack nachwirkte und an ihm haften blieb. Boris' stures, forsches bis cholerisches Temperament und seine mitgebrachten aufgestauten Frustrationen erwiesen sich als hochexplosiv in der Beziehung zum ebenso cholerischen und zudem einfältigen Kompaniechef.

Die Moral bei Boris' Truppe ließ auch am nächsten Tag zu wünschen übrig. Gerade war es gespenstisch ruhig, nur fröhliches Vogelgezwitscher war zu hören. Der

Wonnemonat zeichnet sich charakteristisch durch neues Leben aus, was jedoch in den Schützengräben vor Cherson niemand wirklich wahrnahm. Der Tod schien allen näher zu sein. Boris' Gedanken kreisten derweil wieder um seine mögliche, baldige Versetzung, welche er nur noch formell beantragen sollte. Doch schob er diesen Entschluss bereits eine geraume Zeit vor sich her. Plötzlich waren Detonationen zu hören, gerade als sich Boris an der provisorisch eingerichteten Kochstelle eine Tasse Schwarzkaffee holen wollte. Wieder gab es eine laute Explosion, deren Urheber wahrscheinlich eine Rakete war, die keine hundert Meter entfernt eingeschlagen hatte. Boris beschloss, an seinen Platz zurückzukehren, um Stellung zu nehmen. Es kam nicht so weit. Wenige Meter vor ihm schlug eine gewaltige Granate ein. Es gab eine höllische Explosion, deren Wucht und Zerstörungskraft gewaltig waren, wobei sie die Erde unter den aufkommenden, dunkelgrauen Rauchschwaden beben und zittern ließen. Die Explosion erfasste den unglücklich positionierten Boris gnadenlos. Alles wurde schwarz vor Boris' Augen, er verlor sein Bewusstsein. Viel Erde und Schutt überschütteten ihn. Boris' halbtoter Körper, so machte es jedenfalls den Anschein, lag erbärmlich anzusehen neben einer Holzdiele einige Meter vom Einschlagskrater, dem gute drei Meter breiten und etwas weniger tiefen Granattrichter, entfernt im Schützengraben. Weitere Einschläge folgten, doch in weiterer Entfernung.

Nach einer gefühlten Ewigkeit, tatsächlich waren es keine zehn Minuten, wurde es wieder ruhig am Ufer des Dnjepr. Hektisches Treiben war sofort im Gang. Boris, der immer noch bewusstlos da lag, wurde notdürftig versorgt und vom Schützengraben wegtransportiert. Auf dem Weg ins städtische Krankenhaus kam er zu sich, die Welt sah er schwarz, dunkel wie die Nacht, zudem verspürte er heftige Schmerzen im rechten Arm, dieser war, wie es sich später herausstellen sollte, gebrochen. Im Gesicht wurden ihm drei kleinere Granatsplitter chirurgisch sofort entfernt. Boris erinnerte sich nur noch vage an jene höllische Explosion, dicht oberhalb des Schützengrabens. Beim harten Aufprall rücklings auf einen Felsvorsprung, aufgrund der Druckwelle der schicksalshaften Detonation, hatte er sich die Armfraktur zugezogen. Boris war glücklich, dass er lebte und in Sicherheit war, allerdings tief verstört wegen der Blindheit, dem schwarzen Nichts, das sich vor ihm offenbarte. Die Explosion nahm ihm das Augenlicht. Die kurzgehaltene Diagnose des zuständigen Arztes vernahm Boris, als wäre er in Trance, unfähig, das Gesagte zu verstehen. Mit ziemlich hoher Wahrscheinlichkeit bliebe er hochgradig blind, Hoffnungen auf kaum zehn Prozent Sehstärke seien schon äußerst optimistisch, schloss der Doktor die fachkundige Diagnose. Boris konnte diese neue Wirklichkeit, diesen tragischen Befund zu Beginn weder begreifen noch fassen. Wer könnte das schon? Eiligst wurde der gebrochene Arm versorgt, um Platz für andere Patienten zu machen. Boris' Eltern wurden telefonisch benachrichtigt.

Sofort nach der ärztlichen Behandlung kam er in einen kleineren Raum, wo noch weitere verletzte Soldaten auf Betten lagen und auf Genesung hofften. Er solle schlafen, wurde ihm geraten. Boris war tatsächlich müde und kraftlos, ohne Augenlicht, dafür mit Gipsarm. An diesem verhängnisvollen Tag hatte er dem Tod ins Auge gesehen, das wurde ihm nun, als er zur Ruhe kam, mit jeder Minute unweigerlich bewusster. Er schlief mit diesen existenziellen Gedanken ein.

Lauter, keuchender Husten eines etwas älteren, bärtigen Patienten im Krankenzimmer holte Boris aus seinem langen, tiefen Schlaf. Es war schon am frühen Morgen des nächsten Tages. Er wusste im ersten Moment nicht, wo er war und was geschehen war, als ob alles nur ein böser Traum wäre. Er sah immer noch nichts, abgesehen von äußerst schwachen Konturen irgendwo im schwarzen Nichts. Die Sonne, dachte er unwillkürlich, das Licht der Sonne zeichne die Konturen vor seinen Augen. Winzige Hoffnungen keimten in ihm auf. Obschon Boris faktisch aussichtslos der Genesung seiner Blindheit entgegenstand, verliebte er sich mit ganzem Herzen in jene scheinbar belanglosen, leeren Hoffnungen. Der bärtige Patient hatte mittlerweile aufgehört zu husten und schlief wieder. Boris' Gedanken setzten sich tiefer und tiefer, als ob eine übergeordnete Kraft sein ganzes Wesen bündeln würde, um ihn zu sich selbst zu bringen. Wieder kamen schwache Fetzen von Erinnerungen des gestrigen Unglücks in seinen Gedanken auf. Die Frage nach dem Warum blitzte zwar auf, doch trat sie zur Unzeit hervor, weshalb sie rasch wieder verblasste. Weder kam bei Boris Hass gegen den unbekannten, gegnerischen Soldaten, der die verhängnisvolle Granate abgefeuert hatte, hoch, noch regte sich ein Gefühl von Rache in seiner Seele. Der sonst so temperamentvolle Boris war selbst erstaunt von seiner ihm bisher unbekannten Seite, und gleichzeitig fand er großes Gefallen an ihr. Zwar spürte er eine lähmende, beängstigende Ohnmacht in der dunklen Außenwelt, andererseits brannte Licht in seiner Seele, ein unbändig kraftvolles Licht, das ihm eine Leichtigkeit und innere Freiheit zu verleihen schien.

„Gibt es tatsächlich das oft in der Bibel zitierte Licht?", fragte er sich in Gedanken demütig.

„Sieht man nur dadurch, durch das Licht im Herzen die Wirklichkeit?" Die Augen seien trügerisch, ließ es ihn erkennen. „On ne voit bien qu'avec le cœur, l'essentiel est invisible pour les yeux."[1]

An diese Weisheit, die ihm sein Vater in den Jugendjahren öfters zitiert hatte, wobei sie nie in Boris' Herz gedrungen war, erinnerte er sich nun mit Genuss. Gott wünsche sich den inwendigen Menschen, jenen Menschen, der im Herzen mit dem Höchsten verbunden sei. Erst dadurch finde der irdische Mensch zu sich, zu seinem wahren Selbst und könne die Wirklichkeit sehen und erkennen. Solange der Mensch nicht sehe, solange leide er. Boris, immer noch erstaunt und gleichzeitig schockiert über seine plötzliche innere Wandlung wie auch über seine Erblindung, folgerte in seinen Gedanken: „Es gibt die Hölle auf Erden, oder ist dies die einzig wahre Hölle? Gott übt Vergeltung an den sündhaften Menschen, an denjenigen, die lediglich mit deren irdischen Augen sehen. Jene, die sich verstockt im Herzen, kleinmütig und halsstarrig zeigen. Er will sie davon befreien."

---

1 „Man sieht nur mit dem Herzen gut, das Wesentliche ist für die Augen unsichtbar." Antoine de Saint-Exupéry: Le Petit Prince (1943).

Das erste Mal war Boris Gott ganz nahe, und das in den bisher schrecklichsten Augenblicken seines Lebens. Er fühlte bewusst ein echtes Angenommensein, echte Geborgenheit, wofür er tief im Herzen dankbar war.

Weiter dachte er: „Er, Gott hat sich mir erbarmt mit dessen Liebe und Barmherzigkeit und mir ein neues Leben geschenkt. Ich will es packen, mit ganzem Herzen! Was sei denn das Leben anderes als ein Geschenk auf Zeit? Das Kostbarste, was es gibt!", rief eine unhörbare, klare Stimme aus seinem Herzen.

Gottes Barmherzigkeit, die Boris' Herz erfüllte, war um vieles größer, als dass sein Herz sie fassen könnte. Sie quoll über, sodass es ab heute an Boris lag, jene Barmherzigkeit weiterzureichen, diese wohlwollend den Mitmenschen zu schenken.

Boris' Eltern hatten gerade zu Mittag gegessen, den obligaten Kaffee danach verköstigt, als die Nachricht von der Front ihre Herzen erschütterte. Jene Nachricht, vor der sich alle Angehörigen von Soldaten fürchten, die zumeist aus Krankenhäusern oder direkt von der Front zu ihnen gelangt. Wobei der Tod manch einem Angehörigen mehr Gnade erweisen würde, als die Botschaft eines verkrüppelten Sohnes, Ehemannes, Vaters oder Bruders, so jedenfalls wurde und wird oft hinter vorgehaltener Hand gesprochen. Boris' Mutter fing an zu weinen. Der Vater war schockiert, sprachlos, mit jeder Sekunde wurde er betrübter, gleichzeitig war er sichtlich bemüht, nicht ebenfalls die Fassung zu verlieren. Er tröstete seine von Leid geplagte Frau, die alsdann für beide ihre bitteren

Tränen vergoss. Ihre ersten Gedanken kreisten ausschließlich auf die gesundheitlichen Folgen für ihren Sohn sowie auf die mögliche Genesung jener hoffnungslos scheinenden Diagnose.

„Wie wird sein Leben dadurch kurzfristig auf den Kopf gestellt, noch schlimmer, wie wären die Auswirkungen einer erfolglosen Heilung, einer dauernden Erblindung für unseren Boris?", dachte sich der Vater noch tiefer betrübt, wie auch die Mutter in ihrer Traurigkeit.

Nach diesem schier endlosen Gedankenwall und der mühseligen Grübelei, die sich gefühlt Stunden hinzogen, stiegen beim Vater unwillentlich jene Gedanken hoch, welche die Firma betrafen. Denn er sorgte sich auch um die Zukunft des Familienunternehmens, insbesondere um die Nachfolgeregelung. Ein wenig Scham begleitete ihn bei diesen unpassenden Gedanken zu dieser Zeit des Kummers und Schmerzes. Boris wurde als letzte Option für eine familieninterne Nachfolge gehandelt sowie praktisch schon abgesegnet. Boris, der älteste der Söhne, von denen nur noch er überhaupt in Odessa lebte, sollte sein Nachfolger werden, dies war bis gestern beschlossene Sache gewesen. Heute schien dieser Plan im Kopf des Vaters bereits langsam rissig zu werden und begann zu zerbröckeln. Am Tag darauf wollten sie Boris im Krankenhaus von Odessa, wohin er verlegt werden sollte, besuchen.

An jenem Tag, als Boris kurz vor dem Transport ins Krankenhaus seiner Heimatstadt Odessa stand, regnete es heftig. Ein mächtiges Gewitter zog über die Stadt und ließ die Fenster erzittern und den Tag dunkler werden. Immer wenn es donnerte oder wenn ein Blitz in der Nähe einschlug, erschrak Boris zutiefst. Die vergangenen traumatisierenden Ereignisse erforderten Zeit, damit seine Seele und sein Geist, der ständig in Alarmbereitschaft war, wieder zur Ruhe kommen konnten. Boris betete zu Gott, dankte ihm nochmals für sein neues Leben, bereute seine Sünden und bat um Vergebung sowie um baldige Genesung. Es tat ihm gut, diese Selbsttranszendenz, sich dem gütigen Herrgott hinzugeben, ihm sein wertvolles Leben anzuvertrauen. Schließlich haucht doch der Höchste dem Menschen Leben ein. Auch zwei der anderen Mitpatienten hörte er leise beten. Boris schloss beim Beten jeweils wie von selbst die Augen. Als er danach sofort wieder die Augen öffnete, erschrak er vom grellen Licht. Er zuckte auf, drehte sich auf den Rücken, richtete sich im Nu auf und versuchte, erneut seine Augenlider langsam zu öffnen, wie Schuppen fiel es ihm von seinen Augen. Eine bereits schon ungewohnte Helligkeit offenbarte sich ihm vor seinen Augen, langsam wurde alles schärfer, er erkannte wieder das äußere, irdische, materielle Leben. Ein Wunder war geschehen!

„Ich kann wieder sehen!", platzte es unwillkürlich aus ihm heraus.

Ungläubig bestaunte Boris das karg eingerichtete, schon in die Jahre gekommene Krankenzimmer, ebenso seinen weißen Gips am rechten Arm. Alles erschien ihm wunderschön, selbst die uralten Holzfenster, an denen der Zahn der Zeit ordentlich genagt hatte.

„Ich kann wieder sehen!", wiederholte Boris diesmal leiser, wobei eine deutliche Demut gepaart mit echter Glückseligkeit in seiner Stimme zu hören war.

Seine Augen erfreuten sich an den von verschiedenen Kriegsverletzungen gezeichneten Mitpatienten, obschon jene in erbärmlichem Zustand dalagen. Für Boris' Augen waren diese Kriegsopfer in diesem Moment eine reine Augenweide, so grotesk, paradox und gegen alle Vernunft es sich für ihn auch anfühlen mochte.

„Gut, dann kannst du ja die Schrecken dieser Welt wieder sehen!", meinte ein hagerer, glatzköpfiger Typ mit Kopfwunde, die mit einem herkömmlichen Verband überdeckt war, unverhohlen und mit einem spöttischen Lächeln.

„Ich freue mich für dich. Gott kann eben alle Wunden heilen", räusperte jener, der gerade an Keuchhusten zu leiden schien, wohlwollend.

Boris' Glückseligkeit konnte in diesem Augenblick nichts auf der Welt betrüben. Die Krankenschwester machte alsbald dem zuständigen Arzt Mitteilung über dieses außerordentliche Geschehen in jenem Krankenzimmer. Boris nahm die Gelegenheit wahr und betete still zu Gott, er dankte ihm demütig und aufrichtig, mehrmals nacheinander. Langsam, als er seine Augen wieder öffnete, fing er unwillkürlich wieder an, die Mängel der irdischen Welt zu erkennen und seine Aufmerksamkeit darauf zu richten. Auf die kaputten Fenster, den abbröckelnden Verputz an den Wänden, die alten, schon rostigen Betten oder auf die trüben Gestalten neben und gegenüber von Boris. Jene anfängliche, unbeschreibliche Freude in ihm nahm nun im Minutentakt merklich ab, und er spürte, dass er im Begriff war, sich wieder von der Welt vereinnahmen zu lassen, jene Überschwänglichkeit hatte bereits neuen Boden für hochmütige, menschliche Eitelkeit bereitet. Da schloss er die Augen, horchte in sich, vernahm eine innere Stimme, die ihm kaum hörbar zuredete. Den genauen Wortlaut verstand er nicht. Boris fühlte eine reine, sanfte Kraft in sich, in seiner Seele, die sich rührte, die ihm unmissverständlich und wohlwollend ans Herz legte, sich ihrer nicht wieder zu entsagen. Innerlich schloss er einen Bund mit dieser unsichtbaren Kraft. Boris öffnete wieder seine Augen, diesmal sah er wieder mit den Augen des Blinden, mit dem Herzen nahm er die Schönheit des Augenblicks wahr, das wirkliche Leben. Da kam schon der Arzt hereingestürzt, welcher mit einer unverkennbaren Neugier im Gesicht, die er zu stillen suchte, den wundersamen Patienten begrüßte. Boris sah in ihm das Gütige, das Barmherzige, dessen er sich zuvor nie bewusst war. Mit einer ansteckenden Vorfreude begann er Boris die eine Frage zu stellen.

„Ich beglückwünsche Sie zu diesem Wunder, anders kann ich es nicht sagen. Gab es im Vorfeld irgendwelche Anzeichen?"

Boris antwortete dem Arzt sichtlich erfreut, dass es keine Anzeichen gegeben hätte. Es wäre ein Wunder, Gottes Wunder, meinte Boris mit fester Stimme.

„Tatsächlich ist es unglaublich, dass Sie Ihr Augenlicht so rasch und überhaupt zurückerhalten haben. Eine mir unerklärbare Spontanheilung hat sich bei Ihnen ereignet", fasste der um die richtigen Worte ringende Arzt seine Sicht der Dinge zusammen.

Er verabschiedete sich diesmal äußerst herzlich, von der wundersamen Heilung des Blinden noch betört und mit nicht geringem Stolz in seinen großen, ins Nichts fixierten Augen, als ob er, der Arzt selber, Anteil am Wunder gehabt hätte.

Trotz allem wurde Boris zur Sicherheit und Beobachtung für ein paar Tage ins örtliche Krankenhaus von Odessa verlegt, wo er bald darauf von seinen Eltern besucht wurde.

Mittlerweile erreichte die schlimme Nachricht, welche tatsächlich keine mehr war, sondern mehr ein übersinnliches Wunder, ebenso Boris' Brüder, Gregor in der Schweiz und Konrad in Deutschland. Jene wussten allerdings noch nichts von der wundersamen Wandlung. Konrad und Anna beteten in diesen Tagen viel für den älteren Bruder und Schwager und für dessen Gesundheit. Was konnten sie anderes tun, in jenem Moment des Schreckens, letztlich blieb ihnen nur die Hoffnung auf Beistand und Hilfe von ganz oben. Sie planten, Boris in den Sommermonaten in Odessa zu besuchen, um ihm seelischen Beistand zu geben.

Gregors Gemütszustand hatte sich von der kürzlich erhaltenen Todesnachricht aus der Heimat wieder erholt. Er war eifrig am planen für die kommende Reise, hatte ungemein viel in der Praxis zu tun und sogar erste, konkrete Gespräche zur Besetzung des in Aussicht gestellten Lehrstuhls an der Universität waren im Gang. Daheim lief es auch prima, Maria schmiss den Haushalt und kümmerte sich um die Kinder mit einer aufopfernden Gewissenhaftigkeit. Als Gregors Vater ihm die Nachricht von der Verwundung des Bruders, insbesondere jene von der verhängnisvollen Augenverletzung, am Telefon mitgeteilt hatte, brach sein Gemütszustand kurzerhand wieder zusammen.

Es warf ihn förmlich zu Boden. Geschockt, unverständig und ungläubig musste Gregor diese vermeintliche Tatsache in sein Seelenleben aufnehmen. Dass Boris, sein älterer, stets tapferer, kämpferischer Bruder nun blind sein solle, konnte Gregor nicht fassen. Immerhin sei er am Leben, ihn hätte ebenso eine zweite Todesnachricht in diesen Tagen erreichen können, dachte sich Gregor später, sich selber tröstend, als sich seine Emotionen ein wenig gelegt hatten.

Obschon sich Gregor durch die ganze Arbeit mit seinen Patienten in der Praxis, durch die neugierigen, hoffnungs- und erwartungsvollen Kinderaugen Davids und Evas und durch die tröstenden Worte Marias, ablenken und besänftigen ließ, ermüdeten ihn zu später Abendstunde, als es ruhiger wurde bei den Kronmeiers, wieder Unmengen von Gedanken sowie eine aufkeimende Betrübtheit zu Boris' Gesundheitszustand.

Der nächste Morgen klopfte an. Schlapp und müde, als ob Gregor nur wenige Stunden geschlafen hätte, nahm er den neuen Tag in Angriff. Der Morgen verlief routinemäßig getaktet und nicht erwähnenswert im Haus der Kronmeiers. Der Nachmittag schien genauso enden zu wollen. Doch es kam anders, die späte Nachmittagssonne offenbarte sich nicht nur über dem bläulich glänzenden Vierwaldstättersee, sondern ebenso erhellte sie augenblicklich die Herzen von Maria und vor allem von Gregor. Wieder rief der Vater an. Gregor erschrak kurz, als er Vaters Stimme hörte. Gefasst auf eine erneute Hiobsbotschaft hörte er aufmerksam zu. Diesmal durften seine Ohren wohltuenden Worten einer frohen Botschaft lauschen, nämlich die der Spontanheilung von Boris kurzzeitig erblindeten

Augen. Gregor wurde warm ums Herz, eine durchdringende, wohlige Erleichterung machte sich in seiner Seele breit. Ein ungläubiges Erstaunen und eine gewisse Fassungslosigkeit mit einer gleichzeitig überschwänglichen, freudvollen Heiterkeit über dieses heilbringende Wunder, über diesen Segen, beherrschte die Atmosphäre auf beiden Seiten des Drahtes. Am Ende überwog die glückseligmachende Erleichterung. Die Eltern freuten sich auf Gregors baldigen Besuch in Odessa, und mit jener Vorfreude des Wiedersehens verabschiedeten sie sich.

Ebenso bekam der andere Bruder in Freiburg die frohe Botschaft zu hören. Konrad suchte später an diesem Tag, seinen Bruder selbst telefonisch zu erreichen, was ihm nach mehrmaligen, erfolglosen Versuchen schließlich gelang. Die beiden Brüder waren in der Vergangenheit öfters aneinandergeraten, wobei Boris durch sein dickköpfiges Temperament den Graben des Unmuts und der Zwietracht zusätzlich vertiefte. Als Ältester wollte er per se nie nachgeben und beharrte stets auf seinen Ansichten. Er hatte Konrad seit dessen Sinneswandel noch häufiger angestachelt, ihn aufgrund von dessen gelebter Frömmigkeit nicht ernst genommen. Boris war ein echter Haudegen, halsstarrig und verbissen in seinem Tun, denn es trieb ihn sinngemäß stets mit dem Kopf durch die Wand. Als nun die Stimme von Boris am Telefonhörer erklang, obschon Tausende Kilometer getrennt, vernahm Konrad die Stimme eines neuen Bruders, eines verwandelten Bruders. Der alte Boris war gestorben. Mit großem, freudvollem Eifer berichtete Boris seinem jüngeren Bruder über die unglaublichen, tragisch-wunderlichen Geschehnisse der letzten Tage.

„Es war Gottes Gnade, Konrad. Ich bin einfach nur dankbar", sagte Boris demütig zum Schluss.

Das mäßig bis hoch impulsive Temperament war bei Boris keineswegs verschwunden, es war noch zugegen, doch nun war die darin enthaltene, übermäßige Wildheit gezähmt worden. Die treibende Energie jenes Temperaments konnte Boris' Seele auf deren Weg zu mehr Besonnenheit und Frieden in seinem Herzen nutzen. So könne jeder sein gottgegebenes Temperament zu wohlwollenden Handlungen gebrauchen oder zu böswilligen missbrauchen. Boris war frei von der lang andauernden, leidigen Bitterkeit, die tief in seiner Seele gewurzelt hatte. Dieses Gespräch war das erste seit Langem, bei dem sich die Brüder wohlgesinnt waren. Boris spürte erstmalig viel bewusstes Verständnis für Konrads Wertvorstellungen, welche ihm nun unmerklich Verheißung versprachen, als ob ihn jemand an der Hand nähme. In jenen Momenten schätzte er seinen Bruder Konrad ungemein wert. Es war eine jener wahrhaft ehrlichen Wertschätzungen, die aus den Tiefen des Herzens entspringen.

Boris versprach seinem Bruder und sich selber, sich von mehr Frohsinn und Gelassenheit leiten zu lassen. Er erzählte vom Krankenzimmer, wo er, nachdem er wieder sehen konnte, vom einzigen Tisch dort eine Bibel genommen und darin geblättert hatte. Folgende Zeilen bekamen seine Augen zu lesen. „Der Bedrückte hat lauter böse Tage, der Frohgemute hat ständig Feiertage."[2] Jene Zeilen und

---

2   Sprichwörter (15;15).

deren Botschaft hatten Boris' Herz in jenem einzigartigen Augenblick seines Lebens zutiefst berührt.

Konrad ermunterte ihn in seinen glasklaren Absichten, bevor der Abschied nahte, und wiederholte nochmals Boris' Worte der Demut: „Es war Gottes Gnade."

Boris' Sehvermögen blieb konstant und verschlechterte sich auch nach der Zeit der Beobachtung im Krankenhaus von Odessa nicht. Am Tag, als er endlich nach Hause gehen, endlich jene von Tristesse und Leid geprägten Hallen verlassen durfte, ergab sich eine scheinbar unbedeutende Sache. Und zwar, hinsichtlich seiner Armee-Mütze, welche unauffindbar war, weder fand man sie in seiner Tasche, wo alle anderen, persönlichen Sachen von Boris verstaut waren, noch im Schrank oder sonst wo im Krankenzimmer. Die Mütze, die Boris all die letzten Monate an der Kriegsfront selbst unter dem Helm getragen hatte, wollte er um jeden Preis bei sich haben und nach Hause nehmen. Diese lapidare Mütze war ihm ans Herz gewachsen, es wurde ihm ein wertvolles Erinnerungsstück, dessen Verlust ihn ärgerlich werden ließ. Seine forsche, aufbrausende Natur erwachte wieder, leiser Zorn stieg in ihm hoch. Man versprach, als man bemerkt hatte, wie wichtig Boris seine Mütze war, im Krankenhaus in Cherson nachzufragen und sie ihm nachzuschicken. Eine trüb wirkende Wut regte sich in seinem Bauch, Boris war im Begriff loszuschimpfen, als er sich besann, selber von sich überrascht und es dabei beließ. Die Wut erlosch wieder. Mit einem großmütigen Lächeln verabschiedete er sich. Der Versuchung, sein Temperament zum Zorn zu verleiten, konnte er erstmals bewusst widerstehen. Er wurde geprüft. Die Belohnung war eine innere, wohltuende Freiheit, die er verspürte, als ob er nun kein Sklave mehr wäre. Tatsächlich war er kein Sklave mehr seiner Gefühle und seines Temperaments, er hatte sich von deren Joch befreit. Boris erkannte, ja er sah nun mit neuen Augen, dass der Mensch imstande sei, sich willentlich und bewusst dem Guten zuzuwenden und sich dem Bösen nicht machtlos zu ergeben.

II

Gregor fuhr wie immer an jenem Café vorbei, wo er Helena das erste Mal getroffen und kennengelernt hatte. Seitdem hatten sie sich dort nicht mehr gesehen. Als er sich dieses Mal entschied, sich einen Kaffee zu gönnen, traf er sie zufällig, als sie das Café verlassen wollte. Helena war sichtlich erfreut, ihn wiederzusehen. Auch Gregor konnte seine Freude nicht verbergen. Sie sah hinreißend aus, in ihrer rosa Bluse unter dem schwarzen Jäckchen, wobei ihre schulterlangen, dunkelbraunen Haare lässig knapp über ihre Schultern fielen. Da sie in Eile war, musste sie Gregors freundschaftliche Einladung zu einem Kaffee leider abschlagen. Seine tiefen, ein wenig verlegenen Blicke verrieten ihr, dass Gregor ihre Nähe anders zu finden suchte. Und so ergriff er die Chance und ließ sich von ihr einen Friseurtermin geben. Es war Helena sichtlich ein Genuss, mit ihm, dem gut aussehenden, charmanten Psychologen, dem nun neuen Kunden, einen Termin zu vereinbaren. Nachdem der Tag sowie die Zeit festgemacht wurden, gingen beide wieder ihrer Wege, in Vorfreude auf ihr baldiges Wiedersehen.

„Was sie doch für ein entzückendes Wesen ist, diese Helena, echt, eine Augenweide … und wie erfreut sie über unser Wiedersehen war", dachte sich Gregor selbstgefällig, obgleich er bei ihr eine gewisse, ihm unbekannte Anspannung wahrnehmen konnte. Dadurch war ihm ein kleines bisschen merkwürdig zumute, doch die Freude an der heutigen, überraschenden, zufälligen Begegnung überschattete jenes Empfinden.

Der Tag des nun geplanten Wiedersehens war da. Dass beide, Gregor und Helena, zwar viel Sympathie für einander hatten, dabei jedoch jeder das Seil des Schicksals in eine andere Richtung zog, war beiden in diesem Augenblick noch nicht bewusst. Herzlich wurde Gregor von ihr begrüßt und auf einen der freien Stühle gebeten. Die junge Assistentin war nicht anwesend, wahrscheinlich hatte sie Pause, so waren sie allein und ungestört im Friseursalon. Überaus attraktiv zeigte sich Helena an diesem Tag. Gregors Blick weidete sich kurz und unbemerkt an ihrer reizvollen Schönheit. Gut ginge es ihr, meinte sie. Auch Gregor klagte nicht über sein Leben, erzählte eifrig vom Bruder und dessen wundersamer Heilung. Irgendwie entwickelte sich das Gespräch ziemlich rasch in Richtung Helenas Beziehung zum Schweizer. In ihren leidenschaftlichen Augen und an ihrer plötzlich matt klingenden Stimme konnte Gregor eine nicht unwesentliche Verbitterung und wachsenden Unmut erkennen. Es klang nach vielen persönlichen Schwierigkeiten und nach leidigem Gefühlschaos. Helena habe einen psychischen Zusammenbruch erlitten, vertraute sie Gregor an. Angeblich sei sie aufgrund von psychischer Gewalt ihres Freundes zusammengebrochen. Heftige, wilde Streitereien und gegenseitige Vorwürfe ließen die einst leidenschaftliche Liebe erblassen. Doch sie schien noch am Leben zu sein. Hinzu kam dagegen nun das Gift des Hasses. Langsam entwickelte sich aus jenen Leidenschaften die zu Recht gefürchtete Hass-Liebe, wobei symptomatisch die eigentliche, hingebungsvolle, uneigennützige Liebe immer mehr durch die reine Begierde des Eros verdrängt werde. Am Ende von solchen Beziehungen zerfleischen sich die Begierde und der Hass, was nicht selten ein tragisches Ende nehmen könne. Wider ihren Willen blieb sie beim Schweizer, wobei ihre starken, eigensinnigen Gefühle mit ihr spielten, sie trieben sie unweigerlich weg von ihm, um kurz darauf wieder sehnsüchtig nach ihm zu verlangen. Ihre mächtigen Gefühle hielten sie in Schach. Helena brauchte Hilfe, das wusste sie. So fasste sie sich ein Herz und ersuchte die notwendige Hilfe bei Gregor.

„Ich brauche eine Beratung, damit ich unsere Beziehung retten kann. Wenn ich dich bitten dürfte, ähm … ja, wenn es möglich wäre, Gregor, dass du mir dabei mit einer Psychotherapie helfen könntest?", wandte sie sich etwas verschüchtert an ihn.

„Ja, ich denke, das wäre bestimmt möglich", erwiderte Gregor freundlich, ohne Umschweife, allerdings etwas überrascht und plötzlich auf tiefere, geschäftlich-formell klingende Stimme wechselnd.

„Eigentlich könnten wir auch hier, bei mir im hinteren Raum, dem kleinen Büro, fürs Erste ein Schwätzchen, ich meine, eine Therapiestunde halten. Am späteren Nachmittag, nach Feierabend, das würde mir zeitlich sehr entgegenkommen."

Diese Einladung, die eher privaten als formellen Charakter aufwies, ließ ihn kurz in sich gehen, bevor er antwortete. Es lag etwas in der Luft, beide spürten jenen schicksalshaften Moment. Ihre großen Augen und ihre weiblichen Kurven betörten ihn. Doch Gregor winkte ab. Er erkannte die mögliche Gefahr ihrer verführerischen Worte. Ihre zutraulichen, direkten, in manchen Momenten verlegen bis sogar unterwürfigen Blicke hatten seinem männlichen Wesen erheblich geschmeichelt und dessen Federkleid der Eitelkeit seit ihrer ersten Begegnung stetig ausgeschmückt. Gregor musste sich bezwingen, diese verlockende Bitte Helenas, nämlich sich bei ihr im kleinen Zimmer hinten im Salon zu treffen, abzuschlagen. Gregor bat ihr hingegen offizielle Therapiestunden zum freundschaftlichen Preis in seiner Praxis an.

„Ich verstehe, ähm ... ja, es ist eben wegen meines Freundes, da er doch so eifersüchtig ist und ich die Therapie geheim halten wollte", redete sie sich raus.

„Ich verstehe, leider geht es nicht anders", bestärkte er nochmals angestrengt seine Haltung.

Gregor gab ihr einen ihr passenden Termin, und zwar an einem Montag, während der längeren Mittagspause, wo meistens wenig Kundschaft kam.

„Doch leider erst nach meiner Heimatreise", musste er sie außerdem vertrösten.

Helena schien letztlich zufrieden und freute sich auf die erste gemeinsame Therapiestunde, obgleich ein wenig enttäuscht von Gregors argwöhnischer Rückweisung. Ihr schien die Idee im Salon günstiger als in der Praxis, die sich im Haus der Kronmeiers befand. Eigentlich, im Geheimen, wollte sie bloß irgendwelchen Kontakt mit Gregors Familie vermeiden. Obschon er insgeheim schwer zauderte und im Zwiespalt lag, spürte er die Gefahr in seiner Seele, er fürchtete sich vor seinen Begierden, welche er bislang mit zunehmend viel willentlichem Kraftaufwand im Zaum halten konnte. Allmählich ging ihm jedoch die Puste aus. Krampfhaft stemmte sich Gregor innerlich dagegen, gegen jene mächtigen, süßen, verführerischen Gelüste. Tiefe Blicke beim Abschied hinterließen bei beiden Wohlbehagen und reizvolles Begehren, gemischt mit wilder Gedankenverwirrung.

Zu Hause angekommen, kaum aus dem Auto gestiegen, erblickte David seinen Vater und sprang ihm eifrig entgegen. Ein herzliches Willkommen durch echte Freude erwachsen folgte, so bedingungslos wie nur Kinder ihre Liebe zeigen können. Gregor seinerseits küsste stolz seinen kleinen Sohnemann und nahm ihn liebevoll hoch auf seine Arme. David wollte den Papa sofort in Beschlag nehmen, mit ihm spielen und ihm allerlei neue Dinge erzählen. Für eine Weile gelang es ihm tatsächlich, doch Gregor musste sich umziehen, hatte noch Arbeit und wollte noch schnell was essen. David, wie eh und je aufgeweckt und neugierig, folgte seinem Vater treu zur Praxis, danach hoch ins Schlafzimmer im oberen Stock, um gleich wieder runter in die Küche zu eilen. Maria hatte schon längst bemerkt, dass Gregor wieder da war. Gerade war sie im Garten mit dem Gemüse beschäftigt gewesen. Über die Terrasse kam auch sie in die Küche. Die Begrüßung fiel kühl, fast förmlich aus. Das mittlerweile nicht mehr warme Mittagessen wurde eiligst aufgewärmt, denn auch David machte Meldung, er habe ebenfalls noch Hunger. Mit strenger, sorgenvoller Miene bereitete Maria alles vor und deckte wie gewohnt gewissenhaft den Tisch. Gregor sah Maria mit einer ihr bekannten Leidenschaft an. Sie hingegen würdigte ihm nur wenige, geringfügige Blicke, ihre Aufmerksamkeit fokussierte sich auf die Zubereitung der Speisen, dabei war sie ausgesprochen pedantisch. Gregor fühlte sich dadurch ein klein wenig beleidigt, irgendwie erwartete sein männlicher Stolz unbewusst Würdigung seiner heutigen, bewiesenen Treue und Standhaftigkeit des Ehegelübdes. Nie würde er ihr davon, dass er nämlich einer Versuchung widerstanden hatte, erzählen, denn es würde nur unnötig Wind aufwirbeln. Heute aber kamen ihm erstmalig unerwartete Gedanken auf. Bei Gregor tauchten leise Zweifel an seiner Ehe, an seiner Liebe zu Maria auf. Stumm blickte er zu ihr hinüber. Gar zu hektisch bewege sie sich in der Küche, dachte sich Gregor. Statt Fröhlichkeit ließen seine Augen Sorgenfalten auf Marias Stirn erkennen. Eine gewisse Lieblosigkeit nahm er unwillkürlich in ihrem Tun wahr und dies bedrückte seine frohe Stimmungslage.

„Ist sie die Richtige für mich? Liebe ich Maria wirklich mit ganzem Herzen?"

Jene Gedanken trübten seine bis gerade eben noch überschwänglich freudige Gestimmtheit, die unter dem Eindruck und Einfluss der Begegnung mit der rassigen, reizvollen Helena herrührte. Es waren ungemütliche Gedanken, die in seinem Kopf herumschwirrten und ihn damit zu ärgern schienen. Doch er ließ sich nichts anmerken. Die Arbeit rief und Gregor begab sich in seine Praxis, wo ihn am Nachmittag noch zwei Patienten besuchten. Auch die nächsten Tage belästigten ihn unwillentlich jene Gedanken an Maria und seine Ehe, wenn er allein im Auto war, abends im Bett lag oder bei Patienten, die ihn zur Eheberatung aufsuchten. Gleichzeitig wogen die anmutenden, teils wilden, erhellenden Gedanken an Helena und ihr baldiges Wiedersehen jene mühseligen Gedanken auf. Gregor ließ Maria nicht an jenen Gedanken teilhaben, er suchte sie gekonnt zu verbergen. Maria spürte ziemlich bald gewisse Gemütsveränderungen an Gregor, blieb aber zurückhaltend und ließ sich ihrerseits nichts anmerken. Der kommenden Reise Gregors in die alte Heimat blickte sie indes argwöhnisch entgegen.

III

Immer noch herrschte Krieg in der Ukraine, wobei sich die Fronten seit Monaten kaum wesentlich verschoben hatten. In Odessa war die Lage friedlich, auch bei den Menschen keimte immer mehr Hoffnung auf den ersehnten Frieden auf, vor allem für den Osten des Landes. Gregor genoss den letzten Abend zu Hause mit seiner Familie. Man aß, man spielte und alle waren ausgelassen, selbst Maria. Am frühen Morgen wollte sich Gregor auf den Weg machen, weshalb er früher als sonst zu Bett ging. Es war auch für die Kinder Zeit zum Schlafen. Gut gelaunt, mit einiger Aufgeregtheit wegen der morgigen Reise, zog sich Gregor um. Schnell zog er sich aus, ging duschen und schlüpfte in seinen weißgrauen Schlafanzug. Im Schlafzimmer war schon Licht, Maria hatte sich gerade ins Bett gelegt und las bereits an einem neuen Roman. Schnell ging Gregor noch sein Gepäck durch, ob er auch nichts vergessen hatte einzupacken. Die Geschenke, etwas zu essen für unterwegs, das am häufigsten vergessene Handykabel, den Reisepass und Ähnliches. Es schien alles gepackt und bereit zu sein. Auch Maria erinnerte ihn an Dinge, die er in der alten Heimat besorgen und mitbringen sollte. Eifrig legte Gregor Hose, Socken und Poloshirt für den morgigen Tag zurecht. Zufrieden ließ er sich ins Bett fallen und wartete darauf, dass sich Maria von ihrem Buch trennte und sich ihm zuwandte. In Gedanken schien er bereits auf der morgigen Reise zu sein. Maria legte ihren Roman weg und schaltete das Licht aus. Beide versanken fast zeitgleich in ihre Träume, welche nicht unterschiedlicher sein konnten.

Doch wie so oft, vergaßen sie die nächtlichen Fantasien und deren nicht selten wirre Bilder noch vor dem Aufwachen, ihre Träume zerplatzten wie Seifenblasen. Vergangen, um nie mehr wieder zu kommen, wie der morgendliche Nebel im Frühherbst, der sich in wundersamer Weise wie von selbst auflöst. Für Gregor war es eine kurze Nacht. Noch vor Sonnenaufgang verließ Gregor seine Familie. Er gab Maria, die mit einem Ohr Gregors behutsame, leise Hantierungen im Schlafzimmer bereits mitbekommen hatte, einen sanften Abschiedskuss.

„Gute Reise und ruf an!", murmelte sie im Halbschlaf.

Guter Dinge, mit viel Vorfreude und Eifer im Gepäck stieg Gregor ins Auto und ließ sein Zuhause hinter sich.

Die Reise begann ruhig, es herrschte wenig Verkehr in den frühen Morgenstunden. Bei München wurde es dann zäher und es stockte zusehends aufgrund des Berufsverkehrs. Für den heutigen Tag war das Ziel Prag, die tschechische Hauptstadt, wo Gregor in einem ihm bekannten Hotel zu nächtigen beabsichtigte. Kurz nach Prag verließ er die Autobahn, um zum Hotel zu gelangen. An der dortigen Rezeption erwartete ihn ein dunkelhaariger Mann mit Schnauzbart, welcher mit geringer bis mäßiger Freundlichkeit den neuen Gast willkommen hieß, gerade so, dass jener nicht als unfreundlich rüberkam. Das gewohnte Prozedere bis zur Schlüsselübergabe verlief ohne überflüssige Worte. Gregor bedankte sich und begab sich in Richtung Fahrstuhl, wo sich seine Gedanken schon freudig um das zugewiesene Zimmer kreisten. Es befand sich in der dritten Etage. Der Fahrstuhl öffnete sich und wie aus heiterem Himmel stieg plötzlich eine Dame von hinten hinzu, um ebenfalls den Aufzug zu nehmen. Gregor erschrak kurzzeitig, er hatte sie nicht kommen hören, und noch mehr überraschte ihn, dass er Helena im ersten Moment in jener Fremden sah, die tatsächlich große Ähnlichkeit mit ihr hatte. Eine leise Enttäuschung ergriff ihn nach der offensichtlichen Verwechslung in Gregors Wahrnehmung. Gregor drückte auf die Taste zur dritten Etage, die herbeigeeilte, fremde Dame hingegen auf die zweite. Die Tür schloss sich und es ging mit einem holprigen Ruck hinauf. Das kurze Lächeln zu Beginn war bei ihr verflogen. Beide schauten in die jeweils andere Richtung, so, damit sich die Blicke nicht kreuzten. Sie war eine junge Schönheit, dunkle Haare, vornehm elegant gekleidet und mit roten Lippen. Nach wenigen Sekunden war die gemeinsame Fahrt unerwartet schnell bereits wieder zu Ende. Die Tür öffnete sich von Neuem und die junge Schönheit verließ stumm, mit knappem, schüchternem Blick zum zurückbleibenden Gregor und etwas in Eile den Aufzug. Gregors Augen seinerseits weideten sich an der ihm vorbeigehenden, anmutigen Gestalt. Er ertappte sich, wie er ihr bewusst nachschaute, seine Augen konnten sich nur schwer von jener jungen, feschen Dame sattsehen. Seine anschwellenden Begierden fesselten ihn zusehends, er fing unbewusst an, diese Neigungen zuzulassen, mit der Gefahr, wieder in altes Fahrwasser zu geraten. Überall, so schien es ihm in letzter Zeit, war er begehrlichen Reizen ausgesetzt, und gegenwärtig umso mehr, als Maria weit weg war. Es war nicht das erste Mal, dass Gregor allein auf Reisen war, doch diesmal waren sie nicht nur physisch getrennt, auch in Gedanken schien ihm seine Frau viel weiter weg als sonst. Immer mächtiger wuchs indes sein Verlangen nach verbotenem Fleisch, dessen er kaum noch Herr zu sein schien. Später am Abend, nachdem er sich frisch gemacht und mit Maria telefoniert hatte, beschloss er, sich an der Hotelbar ein Glas Wein zu genehmigen. Insgeheim hoffte Gregor auf ein Wiedertreffen mit jener Grazie im Fahrstuhl. Es war wenig los, der Barkeeper war wortkarg und so wurde die Bar früher als sonst geschlossen. Die Schönheit bekamen seine Augen nicht mehr zu sehen.

Frühmorgens, nach dem eiligst eingenommenen Frühstück, ließ Gregor Prag hinter sich. Die Fahrt bis zur zweiten Übernachtung dauerte wieder den ganzen Tag. Regen und Sonnenschein wechselten sich ab, bei frühsommerlichen Temperaturen. Über Polen kam er schließlich an die Grenze zur Ukraine, wo sich schon viele Autos stauten. Warten war angesagt, bis Gregor schließlich zum Zollhäuschen vorfahren konnte. Kritisch wurde Gregor vom großgewachsenen, streng wirkenden Zöllner beäugt, um schließlich gemäß Dienstvorschrift nach dem Grund der Einreise zu fragen. Es herrschte Krieg, sodass überall Argwohn, Misstrauen und Vorsicht geboten waren, wodurch leider die Gesellschaft zu vergiften drohte. Als Gregor in einwandfreiem Ukrainisch seine familiären Beweggründe nannte, erkannte der Zöllner augenblicklich seine aufrichtigen Absichten und ließ ihn mit nun etwas freundlicherer Miene weiterfahren. Heimatgefühle kamen bei Gregor unwillkürlich auf, ihm war wohlig zumute. Eine knappe halbe Stunde Fahrt von der polnischen Grenze entfernt, im ukrainischen Lwiw, ehemals polnische, später habsburgische Hauptstadt der historischen Region Galizien, legte Gregor einen zweiten Zwischenstopp ein. Das schmucke Hotel auf dem großzügigen Anwesen mit einer herrlichen Parkanlage lag kaum einen Steinwurf von der Autobahnausfahrt weg. Den typischen Lärm und das Gequietsche der rollenden Lastwagen und Autos waren noch gut zu hören, doch Gregor war so erschöpft von der nun schon zweitägigen Fahrt, dass ihn nichts von seinem ersehnten Schlaf abhalten konnte. Wie üblich telefonierte er mit Maria und ebenso mit seinen Eltern, aß im Hotelrestaurant zu Abend, um danach ins Bett zu fallen und sich dem wohlverdienten Schlaf zu ergeben. Nach einem erstaunlich tiefen, wohligen Schlaf, der nicht mit der vorigen Nacht in Prag zu vergleichen war, ging die Reise nun ein letztes Mal weiter. Quer durch die Ukraine bei viel Sonnenschein, zuerst ostwärts, dann südwärts Richtung Odessa, das Endziel, das am frühen Abend zu erreichen geplant war. Tatsächlich erreichte Gregor Odessa kurz vor sieben Uhr, erschöpft doch überglücklich und voller, übermütiger Vorfreude auf das Wiedersehen seiner Eltern und seines Bruders Boris, der vor einigen Tagen aus dem örtlichen Krankenhaus entlassen werden konnte.

Nun war Gregor wieder da, Odessa, seine Geburtsstadt hatte ihn wieder in ihrem Schoß, auch war er wieder bei seinen Eltern, im Haus voller, meist schöner Erinnerungen an seine Kindheit. Die Freude der Eltern war riesig, Gregor ließ sich umarmen und küssen. Der einzige Wermutstropfen war die Tatsache, dass Gregor allein zu Besuch kam, das ließ die fröhliche Stimmung besonders der Mutter ein wenig trüben, die bis zuletzt gehofft hatte, Maria und vor allem die Enkelkinder ebenso zu sehen. Auch das Wiedersehen mit Boris, dessen Gemüt allem Anschein nach einem gewaltigen, wundersamen Wandel unterworfen worden war, fiel viel freudiger und intensiver als die früheren Begrüßungen aus. Dezent, aber mit einer neugierigen Faszination, begutachtete Gregor die wundersam geheilten Augen des Bruders, wohingegen dessen mittlerweile nicht mehr ganz so weißer Gips wenig Beachtung erfuhr. Das Essen stand schon bereit und so wurde alsbald zu Tisch gebeten. Bei heimischem Borschtsch wurde ausgelassen erzählt, gefragt und gelacht. Boris' tragisches Unglück, das sich als schicksalshafte Fügung erwiesen hatte, war das Hauptgesprächsthema. Gespannt und aufmerksam wurden alle Einzelheiten jener traumatischen Vorkommnisse im Schützengraben bis zur wundersamen Heilung von Boris' Augen angehört. Das meiste wussten die Eltern bereits, nur Gregor erfuhr noch ihm unbekannte Details zum Geschehen. Über den Kriegsverlauf im Süden und Osten des Landes wurde gleich danach leidenschaftlich diskutiert. Eine wachsende Kriegsmüdigkeit sei überall zu spüren, bemerkte der Vater. Obschon die Meinungen über den Krieg sich auch hie und da leicht unterschieden, gab es einen gemeinsamen Nenner, das war der tiefe Wunsch nach Frieden. Etliche tragische Geschichten von Bekannten, von Boris' Mitsoldaten oder solche vom Hörensagen trübten derweil ein wenig die bis anhin heitere Stimmung.

Bald darauf wurde Gregor über Eva und David ausgefragt, insbesondere von seiner Mutter, die sich sehnsüchtig wünschte, ihre Enkelkinder zu sehen, sie zu drücken und lieb zu haben. Die Enkeltochter Eva konnten die Großeltern bisher nur am Handybildschirm bestaunen, was wunderbar war, doch nie zu vergleichen mit echten, lebendigen Hautberührungen, mit Umarmungen und Liebkosungen. Zufällig klingelte just in diesem Augenblick Gregors Telefon. Es war Maria, als ob sie ahnte, dass sie mit ihren Kindern im fernen Odessa sehnlich verlangt würden. Der aufgeweckte David und die kleine, engelhaft wirkende Eva waren die unbestrittene Attraktion am Telefonbildschirm, Maria hielt sich im Hintergrund, immer besorgt um das auf dem Sofa krabbelnde Baby. Fröhlich wurde geplaudert, gescherzt und herzhafte Küsse wurden virtuell zum Abschied in die ferne Schweiz geschickt. Es war schon spät und die Eltern begaben sich zu Bett. Die beiden Brüder unterhielten sich bei einem Glas Wein über das Leben in der Schweiz, über Boris' politische und berufliche Ziele, über Gott und philosophierten über große Fragen der Menschheit. Gregor erzählte seinem großen Bruder, dessen wildes, teils unberechenbares Temperament gezähmt zu sein schien, nichts von seinen geschäftlichen Absichten mit Maksim. Boris kannte jenen Maksim nur flüchtig, und auch sonst, nach den kritischen Bemerkungen Konrads in Bezug auf Maksim, vermied es Gregor, über ihn und dessen lukrative Geschäftsgelegenheiten zu sprechen. Die Zeit rückte vor und die Brüder verließen die Terrasse, um zu Bett zu gehen. Im Gästezimmer des Hauses richtete sich Gregor ein. Er schlief sofort ein.

Die Sonne schien durch einen Spalt im Rollladen ins Zimmer hinein, wodurch Gregor langsam erwachte. Im ersten Moment wusste er nicht, wo er war, denn die letzten drei Nächte hatte er jeweils woanders geschlafen. Dementsprechend wild und wirr waren seine Träume. Als es ihm klar wurde, dass er in Odessa, bei seiner Familie war, kam unwillkürlich große Freude auf. Eifrig stand er auf, machte seine Morgentoilette, um sich danach zum Frühstück zu begeben. Der Kaffee stand schon bereit und er gesellte sich zu seinen Eltern und Boris, der sich bereits den zweiten Kaffee gönnte. Gregor plante, an diesem Tag zum städtischen Friedhof zu fahren, um seinem Lehrer, seinem Vorbild und Freund Alexej Grönefeld die letzte Ehre zu erweisen. Boris nahm er mit in die Stadt, da dieser einen Arzttermin wahrnehmen musste. So verließen die Brüder nach dem gemütlichen Frühstück zusammen das Elternhaus.

Nachdem Boris vor der Klinik abgeladen worden war, fuhr Gregor weiter zum nahegelegenen Friedhof. Dort angekommen, wunderte er sich, wie groß der Friedhof war, den er viel kleiner in Erinnerung hatte. So kam es, dass er das Grab Alexejs eine längere Zeit suchen musste, um am Ende mithilfe einer hilfsbereiten Friedhofsange-stellten doch noch endlich zum Ziel zu gelangen. Viele bunte Blumen- und anmutige Rosenkränze, prachtvolle Blumensträuße sowie weiße Kerzen und Trauerschleifen schmückten die frische Grabstätte von Alexej Grönefeld. Beim gemeinsamen Anblick dessen meinte die Angestell-te zu Gregor, dass der Verstorbene wohl von vielen Men-schen geschätzt und geliebt worden sei. Sie verabschiedete sich und ließ ihn allein. Nun stand Gregor da, ganz nah bei Alexej, der für immer verstummt war, die ersten Augen-blicke ein wenig unbeholfen, hilflos und ebenfalls stumm, doch letztlich überließ er sich seiner trauernden Seele. Nachdem er sich bekreuzigt hatte, übermannte ihn eine mächtige, unsichtbare Kraft. Er fühlte diese Energie in seiner Brust. Es schauderte ihm am ganzen Körper, beim nun bewussteren Anblick des mit unzähligen, immer noch frischen Blumen übersäten Grabs, als ob die reine Liebe hier sichtbar gemacht worden wäre. Es war sehr andächtig. Ein Bild von Alexej thronte in der oberen Mitte des prächtigen, weißgrauen Naturgrabsteines.

„Alexej, warum so früh? Kaum war unsere Freundschaft tiefer geworden, kaum hatte ich dein gutmütiges, weises Herz erkannt, dich als meinen Mentor erkoren, schon wurdest du mir wieder weggenommen. Es tut weh. Lieber Alexej, ruhe in Frieden, im Himmel, wo du bestimmt einen guten Platz erhalten hast", betete und sprach Gregor leise zu sich, noch immer ein wenig ungläubig, überwältigt vom Eindruck der Grabstätte.

Es war ihm schwer ums Herz zumute. Er zündete eine mitgebrachte Kerze an und stellte sie vor das Grab hin, dort, wo eben noch Platz war. Alexej war ein guter Mensch gewesen, die Güte seiner Seele nahm Gregor in diesem Moment in aller Deutlichkeit wahr. Der Tod, der endgültige Abschied eines geliebten Menschen lässt die Zurückgebliebenen immer traurig und nachdenklich zurück. Der Mensch wird wieder zu Staub, die Erde hat ihn wieder, der Atem, die Seele ist hingegen zu Gott zurückgekehrt, zu jenem, welcher dem Menschen das Leben einhaucht. Gregor bekreuzigte sich noch ein letztes Mal und verließ die letzte Ruhestätte seines Freundes Alexej. Die Schwere in Gregors Herz wich der Leichtigkeit des Lebens, überraschend gut gelaunt und frohmütig holte er Boris vor dem Krankenhaus ab, um danach noch in der Stadt einige Dinge für daheim zu besorgen. Maria hatte ihn beauftragt, Dinge für den Haushalt und heimische Spezialitäten mitzubringen. Boris wartete währenddessen draußen in einem Café vor dem gut besuchten Einkaufszentrum. Das Wetter war sommerlich warm. In Geduld musste sich der Bruder üben, denn Gregor benötigte mehr Zeit als geplant und ließ den Bruder eine längere Zeit warten. Dieser verübelte es ihm nicht, als Gregor endlich zurückkam und sich zu ihm hinsetzte.

Beide bemerkten eine ungemein ansteckende Lebensfreude bei den Gästen, die links und rechts von ihnen im Café saßen. Es wurde eifrig gesprochen, gebannt zugehört, gelacht oder einfach nur still das Geschehen rundherum beobachtet. Jene leichtherzige Atmosphäre und die gute Laune beider ebneten die Grundlage für ein offenes, tieferes Gespräch unter Brüdern. Gregor teilte seine Gedanken und seine Trauer um Alexej mit Boris.

„Sein Leben hat er gelebt, viel wurde ihm gegeben. Leider ist er zu früh von uns gegangen, doch liegt es nicht an uns, darüber zu urteilen. Seine Zeit war abgelaufen. Alexej war ein guter Mann", versuchte Boris seinen jüngeren Bruder zu trösten.

Beide suchten gleich darauf, das Gespräch auf irdische Themen zu leiten. Boris fing offenherzig an, von seiner damaligen kurzen Liebschaft zu erzählen. Als er von dem Betrug seiner Ex-Frau erfahren hatte, wollte er sich durch eine Affäre seinerseits an ihr rächen. Nun tat es ihm sehr leid für sie, für diese Affäre, für Magdalena, so hieß sie, die er aus purer Rach- und Selbstsucht benutzt hatte. Magdalena sei von Odessa weggezogen, nach Kiew, das war das Letzte, was Boris jedenfalls aus Freundeskreisen mitbekommen hatte. Seither hatte er sie nie mehr wiedergesehen.

„Ich denke in letzter Zeit zwischendurch an sie. Warum, weiß ich nicht, denn ich spüre keine Sehnsucht nach ihr. Sind es vielleicht Gewissensbisse?", fragte sich Boris selbst und suchte ebenso bei Gregor eine Antwort darauf.

„Ich glaube, du hast einfach Sehnsucht nach Liebe und nach Zweisamkeit. Du brauchst eine Frau an deiner Seite. Lass deine Vergangenheit ruhen, gehe neue Wege, suche dein Glück. Wo bleibt dein forsches Temperament, Bruder?", suchte ihn Gregor anfangs sachte aufzubauen und zu ermutigen, um ihn letztlich doch neckisch anzustacheln.

Gregor ließ seine Blicke immer wieder auf vorbeilaufende Schönheiten nieder, besonders auf dunkelhaarige. Mit einem Augenzwinkern machte er Boris auf die eilig, doch mit einer vornehmen Eleganz vorbeihuschende Kellnerin aufmerksam, die stets freundlich lächelte. Es war eine typische Odessa-Schönheit, von graziler Gestalt, dunkelbraune, lange Haare, dunkle Augen, mit schmalen Lippen und leicht dunklem Teint. Boris nickte ein wenig verlegen.

„Tja, du hast schon recht, aber du weißt doch, die Liebe findet dich und nicht umgekehrt", bemerkte Boris besserwisserisch.

„Nun, das stimmt, doch wer nicht wagt, der nicht gewinnt, so heißt es auch. Oder wer bittet, dem wird gegeben oder wer klopft, dem wird geöffnet", erwiderte ihm Gregor mit eifrigem Ton.

Beide lachten und beließen es dabei. Welche Absichten Boris denn beruflich habe und ob er dem Wunsch des Vaters als Nachfolger im Familienunternehmen nachzukommen gedenke, wollte Gregor wissen.

„Wie du weißt, habe ich für den Stadtrat kandidiert, wobei ich knapp gescheitert bin. Ich spiele mit dem Gedanken, wieder zu kandidieren, vielleicht sogar für den Posten des Bürgermeisters. Sowie du doch gerade gesagt hast, Gregor, wer nicht wagt, nicht gewinnt", wieder lachten beide herzhaft auf.

„Über die Nachfolge werde ich mich noch mit unserem Vater zusammensetzen müssen. Er wünscht sich das sehr, das weiß ich, doch ich hege im Innern noch Zweifel. Aber es eilt nicht, unser Vater wird bestimmt noch die nächsten paar Jahre mit viel Eifer, Erfolg und Freude als Patron die Geschicke im Unternehmen leiten."

„Welche Pläne hegst du für die nächsten Tage? Du hast gesagt, du hättest geschäftliche Angelegenheiten? Hast du denn auch hier noch Patienten, die du betreust, oder was sind das für Geschäfte?", fragte Boris ein wenig skeptisch.

Gregor überlegte kurz, bevor er ihm eine Antwort darauf gab.

„Nein, keine Patienten. Ein Freund, Maksim, vielleicht erinnerst du dich noch an ihn, hat mir eine Geschäftsmöglichkeit vorgeschlagen. Es soll sich finanziell lohnen. Mehr weiß ich auch noch nicht", redete sich Gregor gekonnt raus.

Er wollte vorerst noch nichts erzählen, da er alle Einzelheiten noch nicht wirklich kannte, doch insbesondere um unangenehme Fragen seitens des älteren Bruders zu vermeiden. Boris kannte Maksim nur flüchtig, konnte sich allerdings an dessen Namen aus früheren Jugendtagen erinnern.

„Wenn es seriös und das Risiko gering ist, dann gib mir Bescheid, damit auch ich meine Ersparnisse vergolden kann", bat ihn Boris in nicht ganz voller Ernsthaftigkeit und in der leisen Vorahnung, dass es nie so weit kommen werde.

Es war Zeit für das Mittagessen, das ihre Mutter zu Hause bereits zubereitet hatte.

IV

Am Nachmittag rief Gregor Maksim an, um mit ihm ein Treffen zu verabreden. Es wurde am Abend des gleichen Tages in einem angesagten Lokal vereinbart. Pünktlich erschien Gregor im Lokal, wo ihn Maksim schon erwartete. Ein wenig ungestüm war die Begrüßung seitens Maksim, der sich sichtlich freute über das Wiedersehen mit Gregor. Auch dieser zeigte seine Freude, Hände wurden intensiv gedrückt, es gab kurze Umarmungen und viel Schulter- und Rückenklopfen, wie es aus archaischen Zeiten her eben bei Männern üblich sei. Maksim war in ausgesprochen guter Laune, als ob sich bald etwas Überraschendes oder gar Großartiges zutragen werde. Er trug schwarze, zerrissene Jeans, moderne Sneakers und ein dunkelgrünes Kapuzen-Sweatshirt. Um den schlanken Hals funkelte eine massiv wirkende, silberne Kette, die über das Sweatshirt herunterhing. Maksim hatte seit jeher einen überaus auffälligen, stechenden Blick, welcher nun, da er nicht wenig abgenommen hatte, nun noch mehr hervorstach. Seine Wangenknochen unter den dunkelgrünen Augen waren ungewöhnlich gut sichtbar, sie ließen Maksims Gesicht einfallen und unnatürlich schmal wirken. Dass er stark abgenommen hatte, bemerkte Gregor sofort. Immer schon von unruhiger Natur, schien Maksim nun geradezu die Nervosität in Person zu sein. Die kurzen, hellbraunen Haare waren nach oben gestylt, ansonsten hatte er einen klassischen Fassonschnitt. Einige junge, typisch städtisch gekleidete Leute saßen an den modernen Glastischen, andere standen lässig an der langgestreckten

Bar. Gregor waren zwei reizende Damen am Nebentisch nicht entgangen, immer wieder schielte er rüber, wobei auch jene dessen Blicke beiläufig erwiderten. Maksim interessierte sich nur wenig für Gregors neues Leben in der Schweiz, er fragte nur aus der Gewohnheit heraus, damit keine unerwünscht langen Pausen in den ersten Minuten aufkamen, damit das Gespräch nicht stockte und damit niemand in Verlegenheit gebracht wurde. Gregor begann trotzdem ausführlich von seinem neuen Leben am Vierwaldstättersee in der fernen Schweiz zu sprechen. „Die europäischen Alpenameisen" nannte Gregor fast liebenswürdig die immer fleißigen Schweizer. Über seine Praxis erzählte er lang und breit und mit viel Stolz. Die Patienten seien viel geduldiger und höflicher als bei uns, fügte er zufrieden hinzu. Insgesamt seien aber die Schweizer ein verschlossenes Volk, bestätigte er ein vorherrschendes Klischee.

„Man kommt schwer in Kontakt mit den Einheimischen, uns hat jedenfalls noch niemand nach Hause eingeladen. Noch eher lernt man Immigranten kennen. Viele Ausländer leben dort und das aus aller Herren Länder, eine sehr durchgemischte Gesellschaft, von Italienern, Portugiesen, Deutschen, Spaniern, viele aus Osteuropa und dem Balkan, über Türken, Inder und arabischstämmige Menschen. Irgendwie lebt dort die halbe Welt, so kommt es mir manchmal vor. Ja, wirklich, man kommt eher mit Ausländern in Kontakt als mit den Einheimischen. Genau das ist mir übrigens passiert. Dir kann ich es ja sagen, es ist nichts dabei, sie heißt Helena und ist eine slowenische Italienerin, denn sie stammt aus dem norditalienischen Triest, wo eine slowenische Minderheit lebt", gab Gregor offenherzig sein kleines Geheimnis preis.

„Ah, du alter Schlingel", grinste Maksim laut auf, so laut, dass sich auch die Damen am Nebentisch kurz zu ihnen umdrehten.

„Ähm, nun ja, sie hat etwas Anziehendes, etwas Wildes an sich, doch es ist nichts passiert zwischen uns", beschwichtigte er Maksim, als ob er ihm Rechenschaft schuldig wäre.

„Sie lebt mit einem Schweizer zusammen, nicht wirklich glücklich, wie ich letztens erfahren habe. Bald wird sie noch meine Patientin werden, so lautete jedenfalls ihr Wunsch."

„Oh, unser Herr Doktor, nicht schlecht, das tönt auf jeden Fall höchst spannend und amüsant", neckte ihn Maksim unverhohlen weiter.

„Und bist du denn glücklich in deiner Ehe, Gregor?", fragte er ihn unverblümt.

Gregor zögerte ein wenig, bevor er ihm antwortete.

„Ehrlich gesagt, bin ich es schon. Aber irgendwie, wie soll ich es sagen, alles ist wunderbar, die Kinder, unser neues Zuhause, ähm ... ja ...", stockte Gregor, „doch in den letzten Wochen haben sich kleinere Risse in unserer Ehe bemerkbar gemacht. Maria war in letzter Zeit mir gegenüber sehr kühl gewesen. Seit wir in der Schweiz leben, hat sie sich verändert. Sie war immer schon eine sehr pflichtbewusste, gewissenhafte und sorgsame Person, doch nun kennt sie nur noch Pflichten, lässt sich nur noch von Sorgen führen und plagen. Mir fehlt die Leichtigkeit in unserer Ehe", redete sich Gregor den Kummer von der Seele.

„Oder du brauchst ein bisschen Abwechslung", stieß ihn Maksim mit einem Augenzwinkern gegen die Schulter.

Irgendwie schien es, dass sich Maksim über diese kleine Ehekrise seines Freundes freute, als ob es ihm äußerst gelegen käme.

„Übrigens kenne auch ich Schweizer, und ja, es stimmt, es ist ein fleißiges Volk, das dem Wohlstand bringenden Fortschritt unermüdlich ergeben ist, ja, Arbeit ist Gott bei denen ... und ja, bei den Deutschen ist es ja ähnlich", ergänzte er mit dezentem Spott in seinen Augen.

Schon leicht angeheitert, hob er mehr großtuerisch als weltmännisch sein Glas: „Lass uns auf uns trinken. Auf die Liebe und auf Geld, es soll nicht mangeln."

„Auf unser Wohl!", stimmte Gregor ebenso hochmütig mit ein.

„Das wäre auch das Thema, wozu wir uns hier getroffen haben", begann Maksim von den hochgelobten Geschäften mit den Waffenlieferungen zu sprechen. Leidenschaftlich pries er die Sicherheit und Lukrativität jener Finanzinvestitionen an. Es ginge nur darum, möglichst viele Gelder zu sammeln, um günstig an große Mengen an Waffen für den Krieg zu kommen. Danach würden diese Waffen der ukrainischen Regierung, also dem Militär direkt weiter verkauft, natürlich zu einem viel besseren Preis. Die Regierung schwimme im Geld, sie werde geradezu von Hilfsgeldern aus dem Westen, aus der Europäischen Union und den Vereinigten Staaten von Amerika überhäuft.

„Gott weiß, wie schnell ein Krieg wieder vorbei sein kann, deshalb ist Zeit ein so wichtiger Faktor. Vielleicht ist der Krieg in einem Jahr zu Ende, alsdann ebenso solche einmaligen, hoch lukrativen Geschäfte hinfällig werden. Solche Chancen gibt es kein zweites Mal in unserem Leben, glaube mir, Gregor", mahnte Maksim eindringlich.

Gregor hörte den Worten Maksims gespannt zu, ohne ihn zu unterbrechen. Je mehr er redete, umso mehr festigte sich Gregors Entschlossenheit, mit jenen Geschäften den Hauptgewinn seines Lebens zu machen. Die Gier hatte ihn im eisernen Griff, dessen er sich nicht mehr widerstrebte, innerlich war er bereits in diesen verheißungsvollen Tanz eingestiegen. Die leichte Skepsis und die Zweifel, die Gregor anfangs gehabt hatte, waren endgültig verflogen. Nun herrschte eitler Übermut. Für ihn bestünden keine Risiken, Gregor solle nur der Investor sein, wie Maksim und viele andere ebenso. Alles sei legal, versicherte ihm Maksim mit breitem Grinsen.

„Wie können Geschäfte mit der Regierung rechtswidrig sein?", fragte er rhetorisch und beteuerte damit nochmals die Seriosität dieser Finanzinvestitionen. Für Maksim war es ein Leichtes, Gregor zu überzeugen. Beide waren in bester, hochmütiger Stimmung, ihre beider Seelenkräfte hatten sich auf einander abgestimmt, um sich dem besiegelten Jahrhundertgeschäft vollends zu widmen. Darauf musste angestoßen werden.

Maksim ließ zur Feier eine exquisite Flasche Rotwein servieren, die teuerste, welche die Weinkarte hergab. Die Formalitäten wurden gleich erledigt. Gregor unterschrieb ein mehrseitiges Dokument, das ziemlich seriös wirkte. Darin waren alle vertraglichen Vereinbarungen dieser Finanzinvestition schriftlich festgehalten. Ebenfalls enthalten waren sowohl eine Garantieklausel, welche besagte, dass dem Investor dessen eingesetztes Kapital bei Nichtzustandekommen der beabsichtigten Geschäfte umgehend zurückzuzahlen sei, als auch eine Verschwiegenheitserklärung beider Parteien. Die freundliche Kellnerin brachte die edle Flasche an den Tisch, noch bevor der Augenblick der Geldübergabe anstand. Maksim mochte diese vermeintliche Störung zu jenem wichtigen, entscheidenden Zeitpunkt irgendwie nicht, er beunruhigte sich und wurde sichtlich leicht nervös. Sie präsentierte kurz den edlen Tropfen, um ihn dann gekonnt zu öffnen und zum Kosten anzubieten. Maksim übernahm die ehrwürdige Aufgabe der Weinprobe, die er mit einem bestätigenden Kopfnicken als Zeichen der geglückten Abnahme beschloss, um dann gleich anzuordnen, sie möge doch einschenken. Gesagt, getan, endlich verschwand die Kellnerin wieder. Gregor griff in seine schwarze Aktentasche, wo er ein überaus prall gefülltes Couvert herausnahm. Er öffnete es behutsam und zählte langsam und versteckt vor den Augen anderer Gäste die wie frisch gedruckt wirkenden Geldscheine ab. Begierig beobachtete Maksim das formell anmutende Schauspiel und zählte seinerseits still mit. Eine nervöse Angespanntheit lag in der Luft. Endlich war Gregor durch. Maksim nahm das abgezählte Geld rasch an sich, um es in einer kleinen Tasche sofort zu verstauen. Die vorherrschende Spannung sank sogleich wieder, als sie sich die Hände als Zeichen des endgültigen Vertragsabschlusses feierlich reichten. Gregor erhob sein Glas und mit einem hörbaren Klang stießen die beiden nicht nur Freunde, fortan auch Geschäftspartner, auf den sicher geglaubten Geschäftserfolg an. Maksim trank das Glas gierig aus, um Gregor gleich nachzuschenken und um sich seinerseits das Glas wieder zu füllen.

„Ein Hoch auf Geld und Luxus!", platzte es aus ihm in dekadenter Haltung heraus. „Zum Wohl, auf den Luxus und auf uns!", erwiderte Gregor ebenso in eifrigem Übermut und stieß mit ihm an.

„Die Leute hier sind dumm, keiner macht was aus seinem Leben. Sie begnügen sich mit Wasser und Brot, einer einfachen Arbeit, einem kleinen Häuschen und das wars. Sie behaupten noch, dass sie damit zufrieden seien, das ist doch himmeltraurig. Alles Nichtsnutze, die sich selber in die Tasche lügen", lästerte Maksim und spottete weiter über die einfachen Leute und über die Nutzlosigkeit der sogenannten normalen, ehrlichen Arbeit.

Gregor war nun quasi in Maksims Boot, durch das Waffengeschäft mit ihm verbunden und daher in einer neu entstandenen, spürbaren Abhängigkeit, mit einem Bein stand er unwillkürlich in dessen rüpelhafter, spottlustiger Welt, wodurch er selbst hin zu Niedertracht und Spott verführt wurde. Zwar noch nicht hörbar durch seine Zunge, doch seine Gedanken waren schon im Begriff sich zu vergiften. Die beiden reizenden Mädels saßen immer noch am Nebentisch, was von Gregor nicht unbemerkt blieb, denn dessen Augen hatten den Blickkontakt die ganze Zeit aufrechterhalten. Mit jedem Schluck Wein wurden die Blicke Gregors länger und intensiver. Maksim sah in Gregors Augen jene noch etwas mit Scham behaftete, lüsterne Begierde und es schien ihn außerordentlich zu amüsieren.

„Wenn du nichts dagegen hast, mein Freund, dann werde ich diese zwei hübschen jungen Frauen einladen, um

mit uns zusammen zu feiern. Was meinst du, Gregor?",
fuhr es plötzlich und unerwartet von Maksim heraus.

Gregor war ganz überrascht, denn so extrovertiert
kannte er Maksim gar nicht. Früher hatte er eher durch
Schüchternheit geglänzt, was jedenfalls die Damenwelt
betraf. Doch dieses Früher war mittlerweile schon über
fünf Jahre her. Damals sind sie zuletzt zusammen um die
Häuser gezogen. Maksim hatte sich augenscheinlich auch
in dieser Hinsicht enorm verändert, was Gregor mit wohl-
wollendem Erstaunen annahm. Nach kurzem Zögern
willigte Gregor ein und meinte locker: „Ein bisschen gute
Gesellschaft kann nicht schaden."

Ohne wirklich auf Gregors Einwilligung zu warten,
stand Maksim bereits auf, wissend, dass es lediglich eine
rhetorische Frage gewesen wäre, und schritt selbstbewusst
zu den zwei Frauen am Nebentisch hin. Gespannt schaute ihm Gregor nach. Als ob sie es erwartet hätten, folgten
die beiden Auserwählten nach wenigen Worten Maksim
an den Tisch, wo Gregor mit größtem Erstaunen die Szene beobachtete und ein Teil von ihr wurde. Die Leicht-
fertigkeit und die Kunstfertigkeit, mit denen Maksim die
Mädels in einer Selbstverständlichkeit augenscheinlich im
Nu überzeugen konnte, verblüffte und imponierte Gregor.
Dies würdigte er durch seine anerkennenden Blicke hin
zu Maksim, der stolz mit den beiden im Schlepptau am
Tisch angelangt war. Es folgte eine herzliche Begrüßung,
die Hände wurden gereicht, innige Blicke ausgetauscht,
um sich schließlich hinzusetzen. Gregor rief die Kellnerin,
um zwei Weingläser zu bringen.

„Hee, Mädel, bring noch eine Flasche Wein!", befahl

Maksim der Kellnerin mit forscher Stimme, die schon auf halbem Weg mit den Gläsern war, kehrtmachte, um noch die bestellte Flasche Wein zu holen.

Ungewöhnlich vertrauenswürdig gaben sich die beiden übermäßig geschminkten jungen Damen. Anastasia, die dunkelhaarige Schönheit, machte sich neben Gregor gemütlich, der nur noch Augen für sie hatte. Ein persönliches, leidenschaftlich-amüsantes Gespräch begann. Sie war an seiner Arbeit als Psychologe und auch am Leben in der fernen Schweiz interessiert, und so wurde Gregor intensiv ausgefragt. Geschmeichelt von ihrem Interesse erzählte er gewandt und mit großem Stolz lang und breit von seiner Praxis, den Patienten und den Eigenarten der Schweizer und deren Kultur. Anastasia erwähnte, sie habe ebenfalls in der Schweiz als Au-pair-Mädchen gearbeitet, aber lediglich für eine kurze Zeit. Gregor war sehr angetan von ihr, von ihren Gemeinsamkeiten und von ihren Reizen. Sie schien Gregor zu bewundern, was seiner Seele schmeichelte. Jene Bewunderung ihm gegenüber vermisste er seit geraumer Zeit bei Maria. Heiter und leidenschaftlich floss das Gespräch in jener mittlerweile überschwänglichen Atmosphäre, ebenso bei Maksim und Olga, der blonden, die lauthals mit jenem lachte und scherzte. Aus der Flasche Wein floss der letzte Tropfen und so musste eine neue her. Gregor dachte bereits daran, der Kellnerin zuzuwinken, als sein Freund ihm dazwischen kam. „Champagner!", rief Maksim hochmütig und laut auf, „auf meine Rechnung!", fügte er prahlerisch hinzu.

Alle waren begeistert von diesem passenden Einfall und so wurde ein französischer Champagner geordert. Dieser kam standesgemäß in der mit Eiswürfeln gefüllten Champagnerschale. Die angeheiterte Stimmung wuchs nun rasant und bei allen gleichmäßig an, deren Seelen wurden enthemmter und eitler Hochmut und lustvolles Begehren dirigierten zunehmend das Geschehen. Jegliche Mäßigung in der Befriedigung menschlicher Bedürfnisse, die doch jene angewachsene, genusssüchtige, ordinär wirkende Dekadenz zuverlässig verhindert hätte, wurde rigoros außer Acht gelassen. Wieder klirrten die Gläser, nun waren es Champagnergläser. Im Eifer und Übermut, sowie mit mittlerweile beträchtlichem Alkohol im Blut stieß Maksim sein halbvolles Glas um, das zerbrach, dessen Inhalt über den Tisch bis zum Tischende lief und dann direkt auf den Teppichboden tropfte. Ein wenig verärgert über das ihm unterlaufene Ungeschick wollte er die Kellnerin rufen. Diese erschien bereits ohne Zurufen, da sie das Zerspringen des Glases gehört hatte. Übrigens hatten fast alle übrigen Gäste das fröhliche Treiben an jenem Tisch schon längst bemerkt. Geduldig und gewissenhaft machte die Kellnerin den Tisch sauber, entfernte die Glassplitter und das zerbrochene Glas. Sie solle sich doch etwas beeilen, schnauzte Maksim sie frech an. Als sie schon gehen wollte, rief er ihr nach, sie solle ein neues Glas bringen.

„Natürlich, sofort", sagte leise die verschüchterte Kellnerin.

Es dauerte einige Minuten, bis sie mit einem neuen Glas an den Tisch zurückkam. Wieder schnauzte Maksim sie leicht aggressiv an, diesmal mit beleidigenden Worten, die schon etwas lallend aus Maksims Mund dröhnten. Die sich zusehends bemerkbar machende Trunkenheit war bei ihm offensichtlich. Die nun höchst zurückhaltend wirkende Kellnerin entschuldigte sich. Er ließ sich nicht besänftigen und beleidigte sie dreist weiter. Gregor, ein wenig verwirrt über Maksims bösartiges, ihm unbekanntes Verhalten, versuchte, die Situation zu schlichten und ermahnte seinen Freund, doch nicht so streng mit ihr zu sein. Es dünkte Gregor schäbig, wie er mit der Kellnerin umgegangen war. Jene dunkle Seite von Maksims Seele kannte Gregor bis anhin gar nicht. Tatsächlich beruhigte er sich, wenigstens für eine kurze Zeit, grinste verwegen in die Runde. Es wurde weiter getrunken, viel Blödsinniges geschwatzt, lauthals bis schrill gelacht und wild herum gestikuliert. Auf dem Gang zur Toilette begegnete Maksim dem Hausherrn, einem großen, streng wirkenden, schwarzhaarigen, etwas korpulenten Mann mittleren Alters, der ihn angemessen freundlich begrüßte. Sie kannten sich nicht. Maksim wusste jedoch, dass er der Besitzer des Lokals war. In seiner heiteren, trunkenen Stimmung ließ es sich Maksim nicht nehmen, sich bei der ihm wichtig erscheinenden Person anzubiedern. Angriffig fing Maksim ein Gespräch an, das sich von Beginn weg in eine unangenehme Richtung entwickelte. Es war ein merkwürdiges, schmieriges Schauspiel mit einseitig vielen belanglosen Worten, aus dem der absolut nüchterne Hausherr gekonnt und bestimmt herauszutreten wusste. Gerade mal eine Minute dauerte diese Szene. Er habe zu tun und wünsche noch einen angenehmen Abend – mit diesen knapp gehaltenen Worten verließ ihn der gleichmütig scheinende Hausherr in Richtung Küche. Etwas verdutzt darüber und leicht grimmig über das wenige Interesse sowie die Gleichgültigkeit des Hausherrn ihm gegenüber, suchte Maksim achselzuckend die Toilette eiligst auf.

Je länger der Abend dauerte, umso sittenloser und zügelloser benahm sich besonders Maksim, dessen Geltungsdrang etwas Aggressives an sich hatte und aus dessen Mund nicht wenige derbe und vulgäre Ausdrücke schossen. Olga und Anastasia schien das nicht zu stören, im Gegenteil, sie schienen daran gewöhnt zu sein und machten keine Anstalten, dem übermütigen, draufgängerischen, zügellosen Gebaren Einhalt zu gebieten. Gregor ließ Maksim machen, obschon ihm nicht wirklich wohl dabei war, doch er war mit der feurigen Anastasia im dermaßen intensiven Austausch, dass er sich immer weniger um seinen frevelhaften Freund kümmerte. Olga, die blonde, unterhielt sich inbrünstig mit Maksim, der ihr immer näher kam und sie ohne Hemmungen mal an der Schulter, mal an der Hand berührte. Sie ließ ihn überraschenderweise gewähren und widerstrebte sich keineswegs Maksims etwas plumpen Annäherungen. Gregor bemerkte diese aufkommende Intimität zwischen den beiden. Es herrschte eine von Lust geschwängerte Atmosphäre. Der Champagner ging zu Ende. Die letzten Hemmungen fielen, mehr Privatsphäre war angesagt und so wurde beschlossen, zu Maksims Wohnung zu gehen, um dort weiter zu feiern. Auf protzige Art und Weise beglich Maksim die Rechnung, warf sogar der ihm in Ungnade gefallenen, ihm unwürdigen Kellnerin einige Scheine als Trinkgeld auf den Tisch. Liederlich, abschätzig und geschmacklos erschien Gregor diese Geste, worauf er selbst der Kellnerin in höflicher Manier Trinkgeld gab, um doch noch einen anständigen Eindruck dieser

Gesellschaft zu hinterlassen. Er dachte sich nichts weiter dabei, seine Augen weideten sich nun fast ausschließlich und ohne Scham an der rassigen, fesselnden Anastasia, mit der er unentwegt im verbalen Austausch stand.

Stark angeheitert bis betrunken verließen die vier das Lokal, zur Erleichterung der Kellnerin, die schon weitere Eskapaden befürchtet hatte. Es war bereits dunkel draußen, denn die Uhr schlug schon elf. Die Wohnung war nur wenige Minuten entfernt, sodass Maksim mit Olga im Arm, sowie Anastasia in Gregors Arm dorthin flanierten. Gregor ließ sich gehen, wilde Gefühle eroberten seine Seele, er war in Hochstimmung, und so fühlte er sich einfach unbesiegbar. Die Temperaturen waren in jener Frühsommernacht sehr angenehm und der Vollmond erhellte die Gassen in Odessa, wo sich neben der naiven Jugend auch übles Gesindel herumtrieb. Maksim und Olga sangen eng umschlungen und leicht torkelnd ein volkstümliches Lied zusammen, das sich grässlich anhörte. Darüber mussten Gregor und Anastasia arg schmunzeln, peinlich erschien es ihnen obendrauf, trotzdem konnten sie ihr Lachen nicht unterdrücken und es platzte synchron aus ihnen heraus. Erlöst vom üblen Gesinge erreichte die Gesellschaft Maksims Wohnung, die sich in der obersten Etage eines achtstöckigen, in die Jahre gekommenen Wohnblocks befand. Die Wohnung hatte drei Zimmer, eine großzügige, offene Küche und ein schlicht eingerichtetes Wohnzimmer, wo ein schwarzes Ledersofa mit einem Glastisch stand und wo ein überdimensional großer Flachbildfernseher an der Wand hing. Außer einem weißen, ovalen Spiegel waren die Wände alle kahl, weder Bilder noch Fotos schmückten die Wände. Die Mädels zog es direkt auf den Balkon, wo es eine atemberaubende Aussicht auf die Stadt und auf das Meer zu bestaunen gab. Es war eine laue, leicht bewölkte Vollmondnacht, weshalb das dunkle, ruhig wirkende Meer durch den Mondschein magisch und anmutig glitzerte. Maksim machte sich sofort daran, die Kaffeemaschine bereitzustellen. Das laute Mahlgeräusch des Kaffeeapparates ließ alle Gäste, selbst auf dem Balkon, wissen, was demnächst serviert werden würde. Die Tassen wurden mit schwarzem, heißem Kaffee gefüllt. Gregor gesellte sich zu Maksim, um ihm Hilfe beim Servieren anzubieten.

„He, nimm doch den französischen Cognac aus dem Schrank, von dort oben, ähm … und vier Gläser dazu!", wies ihn Maksim lautstark an.

Gregor folgte den Anweisungen und fand auch ohne weiteres Nachfragen die gewünschte Flasche und die kleinen Schnapsgläser. Da klingelte Maksims Handy. Er nahm es etwas behäbig aus der Hosentasche, wobei es beinahe heruntergefallen wäre, schaute argwöhnisch darauf, um den ominösen Anruf abzuweisen.

„Ah, Denis, der fehlt mir noch …", murrte Maksim vor sich her, um gleich darauf zu schimpfen, „dieser Schuft, ein ganz mieser Halsabschneider … Gregor, mach nie Geschäfte mit Denis, du kennst ihn doch noch von früher, oder … ähm … egal, er ist ein gewissenloser Bastard."

„Denis … ähm, wer?" fragte Gregor verwundert.

Maksim beließ es dabei, ging nicht weiter auf diesen Denis, einen anscheinend gemeinsamen Bekannten aus Jugendzeiten, ein.

„Egal, egal, komm Gregor, lass uns rausgehen!" wimmelte Maksim ab und packte sein Handy wieder in die Hosentasche.

Sodann begaben sich die zwei Freunde samt den heißen Getränken und dem Hochprozentigen auf den Balkon und gesellten sich zu den Mädels, die sie freudig erwarteten. Ziemlich ungestüm stellte der Hausherr das Tablett mit den Kaffeetassen auf den kleinen Holztisch, wobei ein wenig Kaffee aus zwei Tassen verschüttet wurde, Gregor hingegen schaffte es, den Cognac und die Gläser ordentlich, ohne Missgeschick hinzustellen. Der Kaffee roch wunderbar und schmeckte allen köstlich, trotz der späten Stunde. Maksim rühmte mehrmals seine italienische Kaffeemaschine, erläuterte deren Funktionen und vergaß dabei fast den französischen Cognac. Hitzig griff er nach der Flasche und schenkte allen ein, offensichtlich ziemlich angestrengt, aber diesmal gekonnt, und nach lautem, wildem Zuprosten wurde auch der Cognac verköstigt. Kurz erboste sich Maksim über die Russen, es fielen böse Worte über den mächtigen, verfeindeten Nachbarn, der einst der große Bruder war.

„Unweit von hier stehen sie, dieses, ähm ... dses ... üble Gesindel ... dort", stammelte Maksim und stockte, um sogleich seine linke Hand ruckartig erhebend Richtung Osten zu zeigen, nach Cherson, wo die Kriegsfront verlief.

„Mein ältester Bruder hatte Glück im Unglück, fast hätte er sein Augenlicht bei einem Granateneinschlag vor Cherson verloren", fing Gregor mit unerwartet sentimentaler Stimme an zu erzählen.

„Es war ein Wunder, wirklich, ein Wunder, dass er nach

zwei oder drei Tagen, glaub ich, plötzlich wieder sehen konnte. Ähm ... ja, und selbst die Ärzte waren fassungslos, sie konnten sich diese Spontanheilung medizinisch nicht erklären."

Gespannt hörte ihm Anastasia weiter zu. Olga und Maksim turtelten währenddessen am Balkongeländer, bis sie schließlich hineingingen und nicht mehr auftauchten. Anastasia hing Gregor an den Lippen, die Blicke wurden immer tiefer. Der Mondschein und die warme Brise ließ leise Romantik aufkommen. Gregor konnte seine Begierde, sein heftiges Verlangen nach der ungemein aufreizenden Anastasia nicht mehr zügeln. Es gab kein Halten mehr. Sie küssten sich innig und leidenschaftlich. Es vergingen Minuten, in denen sie allein auf dem Balkon sich ihrer ersten Lust hingaben. Gregor nahm Anastasia an der Hand, ging mit ihr zurück ins Wohnzimmer, wo weder Olga noch Maksim anzutreffen waren. Es war still, Gregor ging weiter, öffnete vorsichtig das Gästezimmer und spähte mit Diebesaugen hinein, wo er hoffte, niemanden zu sehen. Beide dachten und ahnten, dass sich die anderen beiden wohl im Schlafzimmer aufhielten. Das Gästezimmer war jedenfalls frei, und so ergab sich, was sich bei Gregor schon lange abgezeichnet hatte. Er begehrte immer schon das Schöne, in ihm war die Begierde immer wieder aufgeflammt, süße Verlockungen ließen ihn des Öfteren Knecht seiner Triebe werden. Gregor war nie ein Kostverächter gewesen. Seit der Hochzeit mit Maria war er Herr jener Lüste gewesen, doch nun, in seiner Schwachheit geprüft, fiel er.

V

Früh am nächsten Morgen wachte Gregor ziemlich verkatert auf. Er war allein, seine Bettgespielin war schon verschwunden. Es war ihm komisch zumute, er war verwirrt und dann brummte noch der Schädel.

„Oh Mann, was habe ich getan, was hat mich gestern geritten?", fragte sein Gewissen. „Wo ist bloß Anastasia? Wo steckt Maksim? Nichts wie weg von hier", dachte er sich etwas beschämt.

Er zog sich rasch an und ging ins Bad, um halbwegs zu sich zu kommen. Danach ging er auf Zehenspitzen zur Schlafzimmertür, wo laute Schnarchgeräusche zu hören waren. Maksim schien noch tief und fest zu schlafen, und so entschied sich Gregor, sich schnell einen Kaffee zuzubereiten mit der gestern vom Hausherrn so oft gepriesenen italienischen Kaffeemaschine, um dann nach Hause zu fahren und später Maksim anzurufen. So war sein Plan. Doch die laute Kaffeemaschine ließ den gerade noch tief schlafenden Freund aus den Träumen fallen. Er wachte auf, schlief aber im nächsten Moment wieder ein, um wenige Minuten später doch aufzustehen und das Bad aufzusuchen. Gregor hörte ihn kommen, schlürfte am Kaffee, dessen Geschmack irgendwie bitterer war, als ihm von letzter Nacht in Erinnerung gewesen war, nahm den letzten Mundvoll und trank aus. Maksim kam in die Küche, bleich im Gesicht und arg verkatert. Sofort nahm auch er die Kaffeemaschine in Beschlag. Ob er gut geschlafen habe, fragte er Gregor. Mit einem verschmitzten Schmunzeln bejahte Gregor. Wo denn Olga und Anastasia geblieben seien, fragte er zurück.

„Ah ... wen kümmerts, du hast bekommen, was du gesucht hast, ist es nicht so? Auch sie haben bekommen, wozu sie herkamen. Alle sind wir zufrieden. Wir hatten Spaß und sie ... vielleicht ebenso! Wenn nicht, tja, so wenigstens Kohle."

„Ähm, warte mal, wie meinst du das, hast du sie etwa für die letzte Nacht bezahlt?", fragte Gregor irritiert und ungläubig.

„Was dachtest du denn, mein Freund?", gab ihm Maksim harsch und mit einem nicht geringen Spott in der Stimme zurück.

„Kanntest du denn Olga und Anastasia schon vorher?", fragte Gregor verdutzt und leicht beschämt.

„Tja ... ja, ähm ... nicht gut, flüchtig", stammelte Maksim sichtlich missmutig auf die ihm lästige Frage. Ein kurzes Schweigen folgte.

„Verfluchter Alkohol ...", brummte Maksim und wandte sich dem Kaffee zu.

Langsam dämmerte Gregor einiges, nun begann er langsam zu begreifen, was ihm gestern so wunderlich vorgekommen war. Er dachte an die Szene in der Bar sowie an die erste Begegnung mit Olga und Anastasia zurück. Es fiel ihm wie Schuppen von den Augen, wobei sich seine verkatert-gelassene Stimmung stückweise in hitzigen Groll zu verwandeln schien. Irgendwie wollte Gregor nur schnell weg aus dieser Wohnung, als ob er jene Nacht ungeschehen machen wollte.

„Hauptsache das Geschäft wird ein Erfolg", dachte er

sich, um auf andere Gedanken zu kommen, und um die in ihm erwachte Wut zu besänftigen und seine Enttäuschung zu unterdrücken.

Deshalb, wegen dieser gekauften Weiber, wollte er Maksim auch keine Vorwürfe machen. Er wollte es sich nicht mit ihm verderben, denn seine Investition, das nicht wenige, Maksim anvertraute Geld hing doch von ebendiesem ab. Dass er sich im Suff mit einer Dirne eingelassen hatte, die offensichtlich von Maksim engagiert worden war, war ein ziemlicher Schlag gegen Gregors männliche Würde. Er ließ sich nichts anmerken, doch es keimten reumütige Gefühle in ihm auf. Seine Seele empfand leise Reue, was Gregor in früheren Zeiten nicht kannte. Das Blatt hatte sich gewendet, seine Seele empfand für Gregor urplötzlich jene unangenehme Scham sowie jene, noch verhaltene Reue. Dies alles verwirrte ihn, er fühlte sich schäbig, als er an Maria dachte. Maksim bot ihm einen Cognac an, doch er lehnte mit nun bestimmter, ernster Stimme ab. Zuwider erschien ihm im neuen Licht der Realitäten Maksims heuchlerisches, hochmütiges Getue, er ertrug es nicht. Er machte sich auf, verabschiedete sich mit einer geringen, aufgesetzten Freundlichkeit von Maksim, um gleich darauf augenscheinlich in zerknirschter Manier von dannen zu ziehen.

Immer noch leicht benebelt von der durchzechten Nacht lief Gregor zu seinem Auto, stieg rasch ein und fuhr los. Seine Fahrweise war keineswegs vorbildhaft, sie glich eher einem ungestümen Ritt auf einem ungezähmten Gaul. Unkonzentriert und in Zerstreutheit, in Gedanken bei Anastasia, dann bei Maria, dann bei der Finanzinvestition und dem darauf basierenden Waffengeschäft, dann bei Maksims spöttischen Worten gerade eben und dessen verschlagenem Gesichtsausdruck dabei, und dann wieder bei den nächtlichen, leidenschaftlichen Intimitäten, fuhr er nach Hause zu seinen Eltern.

Gregor fummelte noch am Handy herum, um seine eingegangenen Nachrichten zu lesen, war deswegen kurzzeitig unaufmerksam, guckte nicht mehr auf die Straße, und es passierte. Er kam von der Fahrbahn ab und fuhr in die rechte Leitplanke, geriet mit dem Vorderreifen darauf, hob kurzerhand ab, schwebte kaum einen halben Meter über dem Boden durch die Luft, um gleich darauf höchst fokussiert, aber ziemlich unsanft zu landen, gegenzusteuern und eine Vollbremsung hinzulegen.

„Oh, scheiße!", schrie er laut und zornig auf. „Verdammtes Handy!", kam vorwurfsvoll und Schuld zuweisend hinterher. „Scheiße, verdammter Mist!"

Total erregt und verstört stieg Gregor aus, wobei er bemerkte, dass sein linker Fuß schmerzte. Sein Interesse galt in diesem Augenblick vornehmlich dem Zustand des Autos. So begutachtete er mit dicken Sorgenfalten und Schweißperlen auf der Stirn den Schaden am vorderen, rechten Kotflügel, welcher arg in Mitleidenschaft gezogen worden war. Ziemlich zerbeult, doch immerhin noch ganz, sodass ein Weiterfahren möglich war.

„Gott sei Dank", dachte sich Gregor etwas erleichtert, „das werde ich morgen reparieren lassen, nichts wie nach Hause."

Noch mehr Gedanken verschmutzten nun seinen immer diffuser werdenden Verstand. Endlich gelangte er zum Haus seiner Eltern, parkte sein Auto, schaltete den Motor aus und seufzte tief, bevor er ausstieg und ins Haus trat. Gregor war nach dem Höhenflug letzter Nacht symptomatisch hart gefallen, wie es in den Sprüchen Salomos heißt: Hochmut kommt vor dem Fall. Seine Mutter und Boris saßen in der Küche beim Frühstück und staunten, als sie Gregor reinkommen sahen. Sofort kam die Frage, wo er denn die ganze Nacht gewesen sei, denn solche nächtlichen Eskapaden hatte er abgelegt, so jedenfalls schienen die Mutter und Boris zu glauben. Eine abgespeckte Fassung der wenig tugendhaften Ereignisse von letzter Nacht gab Gregor preis. Anastasia blieb sein Geheimnis, auch das Waffengeschäft. Da er vom Unfall augenscheinlich noch sehr aufgedreht war, kam er sogleich zu seinem Missgeschick mit dem Auto und erzählte davon. Die Mutter fragte gleich nach dem linken Fuß, da sie sofort erkannt hatte, dass er leicht hinkend ging, als er hineingekommen war. Jene diffuse Zerstreutheit Gregors konnte nun dem Unfall zugeordnet werden. Auch Boris erkannte, dass bei Gregor wohl etwas Einschlägiges vorgefallen war. Dass nicht der Unfall die eigentliche Ursache von Gregors konfusem Verhalten, sondern nur ein unglücklicher, nacheilender Bote war, oder einfach eine Folge dessen, was sich letzte Nacht zugetragen hatte, wusste in diesem Augenblick niemand. Gregor kannte zwar die Realität jener Nacht, doch konnte er zu diesem Zeitpunkt die Zusammenhänge nicht in Gänze verstehen, noch die Wahrheit dahinter erkennen. Der linke Fuß war angeschwollen und schmerzte nun zusehends, umso mehr auch deshalb, weil sich besonders die Mutter übermäßig Sorgen darum machte. Sie brachte

Eis, eine Salbe und einen Verband. Zuerst wurde mit Eis gekühlt. Es lag eine mäßige Prellung vor. Mit der Salbe zum Kühlen der Schwellung sowie einem Verband wurde die Verletzung gleich von Gregor selbst verarztet. Von der Mutter verarztet zu werden war ihm in diesem Moment irgendwie unangenehm. Das Leben schien ihn ermahnen zu wollen, ihn anzuhalten, um in sich zu gehen, ihn vom eingeschlagenen Weg lösen zu wollen, um andere Wege zu beschreiten. Boris kannte die Unfallstelle und wusste von der gefährlichen Kurve, bei der es schon viele Unfälle gab und sogar Todesopfer zu beklagen waren. Er habe großes Glück gehabt, meinte er zu Gregor. Dieser schaute etwas ungläubig zurück. Nur knappe hundert Meter weiter gab es nämlich eine Brücke und davor eine verhängnisvolle, scharfe Linkskurve, aus der Gregor wohl geflogen und in die dortige Schlucht hinab gedonnert wäre. Dies wurde Gregor erst jetzt mit einem Schlag bewusst.

„Viel Glück gehabt", sagte er verhalten, dabei schauderte es ihm.

Die Mutter brachte ihm unterdessen eine Tasse Kaffee. Sie unterhielten sich noch eine Weile, frühstückten zu Ende und jeder ging seinen anstehenden Aufgaben nach. Gregor begab sich in sein Zimmer, um Ruhe zu suchen. Allein auf dem Bett liegend und den Fuß betrachtend erinnerte er sich urplötzlich wieder an den verhängnisvollen Moment, als er in die Leitplanke gekracht war, in jenen Augenblicken erschien ihm Alexej vor seinen Augen, klar und deutlich sah er dessen Antlitz, als ob sein kürzlich verstorbener Freund, Lehrer und Vorbild sein Schutzengel gewesen wäre.

„Sehe ich schon Geister oder habe ich Halluzinationen?", sprach er betrübt zu sich selber.

Gregor schloss die Augen und begriff erst jetzt, dass sein Leben gerade eben am seidenen Faden gehangen war. Vielleicht war es doch Alexejs Seele, die ihn gerettet hatte. Er wusste es nicht. Zum ersten Mal in seinem Leben bekam er es mit einer spürbaren, übermächtigen Furcht und ihren lähmenden Kräften, die seine ganze Seele erfasst hatten, zu tun. Er spürte eine innere Verzweiflung, eine bedrückende Hilflosigkeit und ein bitteres Gefühl der Unterlegenheit. Eine innere, tiefe Ohnmacht überkam ihn. Er dachte an Maria und an seine Kinder. Danach betete er, sprach Dank für das Glück im Unglück aus und bekreuzigte sich. Er suchte unwillentlich Gott in diesem Moment. Später beschloss er, zur Abendmesse zu gehen. Die Kirche wurde für Gregor zum ersten Mal ein bewusster Sehnsuchtsort, wo er Ruhe zu finden suchte, wo er nach Antworten suchte und wo er danach trachtete, Gott zu empfangen, um neue Hoffnung, Halt und Stärke zu finden.

Maria hatte ihn schon vergeblich mehrmals versucht, telefonisch zu erreichen. Gregor wusste um die Sorge seiner Frau, er war jedoch zu diesem Zeitpunkt nicht bereit, mit ihr zu sprechen. Zu viele Gedanken und reumütige Gefühle belasteten sein Gemüt. Nach der Abendmesse nahm er sich vor, seine Frau zurückzurufen. Gregor schlief ein und wachte erst nach dem Mittag wieder auf. Der Schlaf hatte ihm gutgetan, der Kopf war klar und mit geordneten Gedanken stand er auf. Das Gehen war durch die Verletzung des linken Fußes erschwert, weshalb er

vorsichtig hinkend aus dem Zimmer in Richtung Wohnzimmer ging. Die Mutter bemerkte ihren hinkenden Sohn
sofort, da sie im Wohnzimmer sitzend die Tageszeitung
las. Sofort sprang sie auf, um nach ihm zu sehen und ihm
das Mittagessen aufzuwärmen.

„Geh doch zum Arzt wegen des Fußes", riet sie ihm
fürsorglich und mit typisch mütterlichen, sorgenvollen
Augen.

Doch Gregor winkte ab.

„Es geht schon, ist nichts gebrochen", sagte er trocken.

Er aß rasch auf. Sie unterhielten sich über das Leben
in der Schweiz und planten bereits ein nächstes Wiedersehen, diesmal wollten Mutter und Vater in Gregors neue
Heimat kommen, um ihn, Maria und die Enkel zu besuchen. Auch Gregor verspürte in diesen Augenblicken ein
leises Heimweh nach seiner Familie. Die Mutter servierte
noch Kaffee und einen selbstgemachten Apfelkuchen, von
dem sie wusste, dass er Gregor schmecken würde. In Kind-
heitstagen hatte sie die Söhne häufig mit dieser Nachspeise verköstigt. Gregor lobte sie entsprechend dafür. Unverhofft klingelte Gregors Handy, es war Maksim.

„Maria?", guckte die Mutter ihn fragend an.

„Nein, geschäftlich!", antwortete Gregor kurz angebunden und verzog sich auf die Terrasse, um in Ruhe reden zu
können.

Ob er gut nach Hause gekommen sei, fragte Maksim, so,
wie man halt nach einer feuchtfröhlichen Nacht üblicher-
weise nachfragt. Gregor konnte diese Frage leider nicht
bejahen, er fing hingegen sofort an, sein Missgeschick auf
dem Heimweg zu schildern.

„Ach, halb so schlimm", unterbrach ihn Maksim barsch, kaum hatte Gregor zu Ende erzählt.

Vielmehr wollte er das Gespräch geradewegs auf den Grund seines Anrufes richten. „Ich treffe mich morgen mit Olga in einem neu eröffneten Restaurant in der Innenstadt. Komm doch auch mit. Ich werde Anastasia ebenso einladen, die ganz verrückt nach dir ist, so wie ich gehört habe", bemerkte Maksim neckisch.

„Du Maksim, nein ... ähm ... morgen muss das Auto repariert werden und übrigens werde ich schon übermorgen wieder abreisen", redete sich Gregor heraus, doch in Wirklichkeit war ihm überhaupt nicht nach Maksims Gesellschaft zumute.

„Wirklich nicht? Komm schon, sei kein Spielverderber!", hakte Maksim nochmals schmierig, mit gekünstelt freundlicher Stimme und drängelnd nach.

„Ähm ... wirklich ... ich habe wirklich keine Zeit", sprach Gregor deutlich und lehnte Maksims verführerisches Angebot ab.

„Schade", erwiderte Maksim leicht enttäuscht.

„Wenn du es dir nochmal überlegst, dann weißt du ja, wie du mich erreichen kannst", schloss Maksim in der vagen Hoffnung, Gregor doch noch umzustimmen und zu überzeugen, damit diesem ein Gelage wie letzte Nacht nicht entgehen würde.

Gregor nahm ihm das mit den zwei Mädels übel, dass Maksim ihn nicht in dessen Pläne eingeweiht hatte, ihm das offensichtliche Arrangieren jener Gesellschaft, der zwei Callgirls, verheimlicht hatte, doch er wollte es sich mit ihm nicht verscherzen. Das Gespräch mit ihm fühlte sich befremdlich an. Seit jener Nacht wurde Maksim in Gregors Augen unwillkürlich nur mehr als Geschäftspartner als bisher als Freund betrachtet. Die neuen, unbekannten Seiten Maksims gefielen Gregor nicht. Es wurde Abend und Gregor ging allein zur Abendmesse.

Hinkend schritt er in die halbleere Kirche hinein, wo er sich in den hinteren Bänken hinsetzte. Die vielen wunderschönen Fresken, die tadellose Jesus-Skulptur und die vielen anmutigen Engel fielen ihm zum ersten Mal in ihrer ganzen Pracht auf. Ein andächtiges, beinahe mystisches Schweigen herrschte vor. Seine Augen weideten sich an den Kirchensymbolen in einem für ihn neu erwachten Wohlgefallen, das ebenso nicht geringe Ehrfurcht in ihm weckte. Die Messe begann. Aufmerksam hörte er zu. Der Priester sprach in der Predigt von den weltlichen Dingen, die uns verführten, uns vereinnahmten, sodass der Mensch nicht nach Gottes Wort leben könne. Zu viele Gedanken kreisten in Gregors Kopf. Doch je länger die Messe andauerte, desto freier wurde sein Kopf. Nach dem Gottesdienst kam unverhofft mehr Frohsinn, Leichtigkeit und Mut in Gregors Seele auf. Bestärkt beschloss er, zu Hause seine Frau anzurufen. Das Gespräch verlief wie immer, bis Gregor sein Malheur mit dem Auto erwähnte. Maria geriet gleich in Sorge, gemischt mit leichtem Argwohn. Er beschwichtigte sie, es sei ein dummer Fauxpas gewesen, an dem nur das blöde Handy schuld sei. Maria hörte geduldig zu. Anschließend bombardierte sie ihn mit haufenweise Fragen, vor allem, ob er getrunken hätte und wo er vorher gewesen wäre und mit wem. Sie ahnte, dass er ihr nicht die ganze Wahrheit gesagt hatte, nämlich, was in der Nacht zuvor vorgefallen war. Gregor verschwieg seinen eigentlichen Fauxpas, seine Untreue, erwähnte mit keinem Wort die Gegebenheiten rund um sein amouröses Abenteuer. Es sollte sein Geheimnis bleiben. Doch wohl war ihm nicht mehr zumute. Gregors anfängliche Freude war nun weg, selbst David, der den Papa vermisste und vieles zu erzählen hatte, konnte dessen Laune nur mäßig anheben. Er versprach, früher als geplant nach Hause zu kommen, sobald das Auto wieder fahrbereit wäre. Dass sein linker Fuß verletzt war, ging im Gespräch ganz unter. Eva, ihre kleine Tochter, quengelte im Hintergrund, offensichtlich hatte sie Hunger, sodass Gregor die Gelegenheit beim Schopf packte und sich von seiner Familie verabschiedete. Er war froh, dass Maria in diesem Moment weit weg war. Auf der anderen Seite vermisste er sie sehr.

Später als gewohnt kam der Vater nach Hause. Er und Gregor setzten sich zu Tisch und aßen gemeinsam zu Abend. Der Vater kannte seinen jüngsten Sohn, kannte seine übermütige, eitle Seite und wusste von früheren, nächtlichen Eskapaden und Frauengeschichten. Er dachte, das sei vorbei. Etwas grimmig sprach er Gregor direkt auf das offensichtliche, nächtliche Gelage mit einer hörbaren, leichten Enttäuschung an. Gregor hatte wenig Lust, nochmals über jene Nacht, auf die er nun reumütig zurückschaute, zu sprechen.

„Was suchst du, Gregor? Geschäfte macht man zu solch später Stunde doch keine, jedenfalls keine legalen", ließ ihn der Vater wissen, der schon immer äußerst streng und diszipliniert, auch mit sich selber, gewesen war.

Auch er hätte in jugendlichem Leichtsinn gesündigt, doch als Erwachsener nie mehr. Gregor hatte seinen Vater nie betrunken gesehen. Sein Lebensmotto hieß: Disziplíniere dich selbst, ansonsten bleibst du ein Knecht anderer. Genauso sei es mit der Tugend, ohne die die Sünde leichtes Spiel habe.

„Ja, es hat sich halt so ergeben, wir ließen uns gehen, ohne es beabsichtigt zu haben", beschwichtigte Gregor mit einem schuldbehafteten Gefühl, als ob er noch zu Hause bei Vater und Mutter leben würde und ihnen Rechenschaft schuldig wäre. Die Erinnerungen an jenen Abend entwickelten sich in Gregors Seelen- und Gedankenwelt in kürzester Zeit zu etwas Ungenießbarem, je länger desto unausstehlicher wurden ihm die Empfindungen daran.

„Lassen wir das", klemmte Gregor die ihm geltenden Vorwürfe genervt ab.

Insgeheim spürte er Vaters wahre Worte, die sich unmissverständlich in seine Seele einprägten, was früher, wenn Vater dieselben Wahrheiten ausgesprochen hatte, nie passiert war. Das Vater-Sohn-Gespräch plätscherte nun zusehends wortkarger dahin und kam rasch zu seinem Ende. Die Mutter kam hinzu und bot Kaffee an, als müsste sie die laue Stimmung aufheitern, als ob sie intuitiv die Spannung, die in der Luft lag, bemerkt hatte. Beide lehnten ab und der Vater stand auf, um sich die Fernsehnachrichten im Wohnzimmer anzusehen. Gregor leistete ihm für eine kurze Weile Gesellschaft, bevor er sich ins Zimmer aufmachte und einige Korrespondenz aus der Praxis am Laptop abarbeitete. Erst spät legte er sich hin. Viele Gedanken und beklemmende Empfindungen jenes ereignisreichen

Tages kamen wieder hoch und ließen ihn nicht einschlafen. Im Bett erkannte Gregor erstmals die Vorzüge der Tugendhaftigkeit, Standhaftigkeit und Disziplin im Leben seines Vaters. Wo er doch genau diese bis anhin so gern in eitlem Übermut infrage gestellt hatte. In seinem Herzen tobte ein Kampf, der gestern verloren gewesen schien, das Schändliche rang mit den guten Tugenden. Gregor schlief endlich mit unentschlossenem und spürbar unruhigem Herzen ein. Ein ungewöhnlicher, folgenschwerer Tag in Gregors Leben neigte sich dem Ende zu.

VI

Am nächsten Vormittag war die Reparatur von Gregors Auto geplant. Allein fuhr er nach dem Frühstück zur Werkstatt eines Bekannten der Familie, um den rechten Kotflügel austauschen zu lassen. Währenddessen gönnte sich Gregor einen Kaffee im Lokal daneben. Schneller als erhofft klingelte Gregors Handy. Der gestresste Automechaniker war am Apparat, um Meldung zu machen, dass das Auto repariert und bereit sei, abgeholt zu werden. Gregor bezahlte und eilte in eher langsamem Tempo aufgrund seines verletzten Fußes zur Werkstatt. Gregor strahlte vor Freude, als er sein in seinen Augen neues Auto sah. Es war noch dasselbe, doch der Schandfleck, der ihn an jene unheilvolle Nacht erinnert hatte, war ausradiert, quasi unsichtbar gemacht worden. Noch selten bezahlte Gregor so freimütig und gut gelaunt eine Autoreparaturrechnung wie an diesem Tag. Danach fuhr er ins Einkaufszentrum, um noch einige Lebensmittel und andere Dinge für sich und die Familie zu Hause in der Schweiz zu besorgen. Selbstverständlich waren auch Geschenke für die Kinder und Maria dabei. Morgen versprach er seinem Bruder, mit dem unverhofft eine neue Nähe entstanden war, diesen zu einer Parteibesprechung für die nächstmöglichen Stadtratswahlen gleich nach Kriegsende zu fahren. Danach sollte er seinen Bruder noch in ein Möbelhaus außerhalb der Stadt kutschieren, wo sich Boris endlich einen neuen, größeren Schreibtisch für sein Büro besorgen wollte. Lieber würde Gregor morgen an den Strand gehen, sich einen Sprung ins kühle Nass gönnen, doch die Strände vor der Stadt waren alle aufgrund von Minen, die sowohl im Sand lagen als auch im Meer trieben, gesperrt worden. Der Krieg nahm den Einwohnern ihre große Liebe, ihr Meer, einen Sehnsuchtsort der Leute aus Odessa. Obgleich vor der Tür, vor den Augen, doch schien in diesen Zeiten das vertraute Meer mit dessen stets erquickenden, salzigen Nass so weit weg zu sein. Ein großes Stück selbstverständlich geglaubter Freiheit wurde den Leuten aus Odessa spürbar und schmerzlich entzogen. Der morgige Tag war mit Boris verplant, deshalb wollte er heute noch alles Nötige in der Stadt erledigen, denn in zwei Tagen sollte er bereits auf dem Nachhauseweg sein und keine Zeit mehr dazu haben.

Pünktlich wie eine Schweizer Uhr erschien Gregor zum Mittagessen, obschon rein zufällig, denn er trug nichts dazu bei. Boris, der ebenso zu Tisch saß, neckte ihn gern mit Schweizer Klischees, weshalb dieser auf Gregors vermeintlich neue Tugend der Pünktlichkeit verwies. Mit einem Lächeln bestätigte Gregor dieses Klischee der tatsächlich überaus pünktlichen Schweizer und fügte noch hinzu, dass es als Geringschätzung angesehen werde und es verpönt sei, wenn man sich in der Schweiz auch nur wenige Minuten verspäte. Daher kämen viele lieber zehn Minuten zu früh zu einem Termin, als dass sie in eine peinliche Verlegenheit geraten würden. Zu Mittag gab es Kartoffelsalat mit Wurst, der typischen Kovbasa. Es schmeckte vor allem Gregor vorzüglich, denn er vermisste diese heimischen Aromen, die bei ihm Wohlbehagen auslösten und eine reine Gaumenfreude waren. Gregors Entscheidung, früher als geplant wieder zurückzureisen, ließ die Mutter etwas traurig stimmen. Besorgt um dessen Fuß, bat sie ihn, doch noch einige Tage zu bleiben. Der Fuß sei schon besser, in zwei Tagen werde er genesen sein, meinte Gregor zuversichtlich. „Und wann kommt dein Gips ab, Boris?", fragte Gregor nochmals, da er es vergessen hatte.

„Wahrscheinlich schon in der nächsten Woche, spätestens aber in 14 Tagen", antwortete dieser.

„Komisch, Gregor, du und ich, der jüngste mit dem ältesten Bruder gemeinsam bei Mutter am Tisch sitzend, beide verletzt, der eine vom Leben gezeichnet, der andere bloß ein wenig angeschlagen ... schon irgendwie seltsam ...", witzelte Boris, obschon in leicht nachdenklicher Art und es nicht eindeutig in seinen Worten und Gesten zu lesen war, wen er als „vom Leben gezeichnet" betitelt hatte.

Die beiden Brüder grinsten sich ein wenig verlegen an, um sogleich heiter vor sich hin zu schmunzeln. Beide hatten dabei ihre eigenen Gedanken. Die Mutter genoss das traute Zusammensein mit den beiden Söhnen, im Wissen, dass einer bald wieder weit weg von ihr sein würde. Oft seien jene seltenen Familienzusammenkünfte süßer als die tagtäglichen, gewohnten Begegnungen mit den Vertrauten. Die Ursache dessen sei die bewusste, volle Aufmerksamkeit des Erlebten in solchen außergewöhnlichen Augenblicken. Den Alltag bewusst zu leben, würde dem Menschen gewiss mehr Süße in dessen Leben verleihen.

Boris erzählte von der Parteisitzung, zu der er am nächsten Tag eingeladen war. Es gebe Neueintritte, aber auch Austritte zu verzeichnen und man würde große Zukunftspläne in der Partei schmieden, so Boris. Gregor versprach, ihn dorthin zu fahren. Die beiden Brüder planten daraufhin den morgigen Tag, die Fahrt zu Boris' Termin sowie zum Möbelhaus wegen des neuen Schreibtisches. Sie speisten genüsslich zu Ende.

„Das war ausgezeichnet, sehr köstlich, Mama", lobte sie Gregor für die gelungene Speise.

Solche Lobesworte trieben sie noch weiter in ihrem Bestreben an, ihre zwei Söhne, besonders den jüngsten, zu verwöhnen. Sie servierte zum Nachtisch Kaffee und den schmackhaften Apfelkuchen, zwar von gestern, aber heute mit einer Kugel Eis und Sahne dazu. Eine ausgelassene Fröhlichkeit hatte die Gemüter der Brüder als auch der Mutter erfasst, woraus sich sowohl leicht anmutende als auch amüsante Gesprächsthemen entwickelten. Gregor ließ sich fast wie in alter Manier bei manch einem Thema zu übermütigen Reaktionen hinreißen. Trotzdem kam bei Boris keine Missgunst auf. Er suchte nicht das Wortgefecht, die Konfrontation, wie es früher so oft in solchen Gesprächen oder Debatten vorgekommen war, er blieb hingegen ruhig und hatte keine Neidgefühle auf den verwöhntesten, jüngsten Bruder. So ließ die ausgelassene Stimmung bis zum Ende des Mittagsplausches nicht nach. Am Nachmittag musste Boris etliche Dokumente für die morgige parteipolitische Veranstaltung durchgehen. Gregor erledigte ebenfalls geschäftliche Korrespondenz am Laptop. Am Abend rief er Maksim nochmals an, weniger aus freundschaftlichem Interesse, sondern mehr aus geschäftlichem. Gregor wollte wissen, ob seine ihm anvertrauten Gelder ordnungsgemäß transferiert worden seien.

„Es läuft alles planmäßig ... ja, doch, doch, sicherlich, nur keine Angst", wimmelte ihn Maksim, der offensichtlich in Eile war, ab.

Er habe gerade keine Zeit, er melde sich morgen, sagte dieser hastig und verabschiedete sich, ohne konkrete Antworten auf Gregors Fragen gegeben zu haben. Hauptsache, das Geld liege nicht mehr bei ihm zu Hause herum, dachte sich Gregor beruhigt, obschon er nicht ganz sicher wusste, ob dem wirklich so sei. Gregor hoffte vielmehr, als dass er wusste, um so seinen inneren, neu entfachten Argwohn Maksim gegenüber ruhig zu stellen. Nun war er gezwungen, sich in Geduld und Hoffnung zu üben, jene Hoffnung, die reichlichen Geldsegen aus den Waffengeschäften versprach.

Der nächste Tag verlief wie geplant, Gregor fuhr Boris zu dessen parteipolitischer Veranstaltung, holte ihn danach wieder ab, um gemeinsam in ein Möbelhaus außerhalb der Stadt zu fahren. Den gewünschten Schreibtisch gab es auf Lager, sodass sie ihn gleich mitnahmen. Boris freute sich über die Hilfe seines jüngsten Bruders, obschon auch dieser immer noch etwas humpelte. Doch Gregor ließ sich nichts anmerken, dem Bruder zu helfen schien ihm gut zu tun. Der Lagermitarbeiter, der die verpackten Einzelteile des Tisches herausbrachte, bemerkte gleich, dass nicht nur der eine, mit dem offensichtlichen Gips am Arm, sondern auch der andere in nicht ganz unversehrtem körperlichem Zustand war. Ohne zu zögern, half jener zuvorkommende Lagerist Gregor beim Tragen des größten und unhandlichsten Pakets zum Auto. Beide bedankten sich und fuhren los, nicht nach Hause, aber in Richtung Küste. Denn Boris lud Gregor in ein schmuckes Café am Strand ein. Er wusste, dass auch Gregor das heimische, Schwarze Meer vergötterte, wie fast alle Odessaner. Wenn er schon nicht darin schwimmen durfte, dann sollte Gregor doch immerhin die Sehnsucht nach ihm durch den anmutenden Anblick, den unverkennbaren, salzigen Geruch in der Luft und durch das an diesem Tag sanfte Rauschen der Wellen etwas stillen können. Es war nicht zu heiß, etwas bewölkt und ein leichter Wind blies aus südwestlicher Richtung, ideal zum Draußensitzen. Das Café war fast leer, nur wenige saßen auf der großen Terrasse, die aufgrund ihrer Größe irgendwie überdimensional erschien. Die beiden Brüder nahmen Platz an einem der unzähligen Tische. Sie schienen in diesem Meer von leeren Tischen und Stühlen ein wenig verloren. An solchen Sommertagen wäre für gewöhnlich das Café bis zum letzten Tisch besetzt gewesen. Früher, vor dem Krieg, war man des Öfteren vor der Herausforderung gestanden, einen freien Tisch zu ergattern. In diesen Zeiten vermisste manch einer kurioserweise jenes lästige Tischesuchen. Obschon unweit von Odessa der unerbittliche Bruderkrieg tobte, kam bei Gregor und Boris wie von selbst ein Hauch von Urlaubsgefühl auf. Sie unterhielten sich über Gott und die Welt und genossen diesen Augenblick des unverhofften Bruderglücks. Es gab Leute, die sich und selbst anderen verbaten, in diesen Zeiten Fröhlichkeit Ausdruck zu verleihen. Man könne doch in Zeiten des Krieges nicht lachen und fröhlich sein, war ihre zementierte Meinung, die in ihren missmutig verdrossenen Gesichtern deutlich abzulesen war. Dass solche Leute mit einer derartigen inneren Haltung noch mehr Verbitterung unter den von Leid gebeutelten Menschen streuen, noch mehr Angst, Groll, Wut und Hoffnungslosigkeit wachsen lassen, aus denen zunehmend tiefer Hass entstehen kann, ist kaum jemandem in den Wirren eines jeden Krieges bewusst. Das Böse erhebt sich, der Tod grassiert, der Satan feiert dessen Trophäen durch den Blutzoll der Kriegsopfer und ergötzt sich am Leid der Menschen. Die Besinnung auf das Wahre, das Gute und das Schöne vertreibe doch jegliche Verbitterung, eben auch in angeblich hoffnungslosen Zeiten. Es sei der echte Weg zum Leben, ein Leben in Hoffnung und Freude unter Gottes Gnaden, wie immer auch die äußeren Umstände sein mögen. Das Gespräch lief unweigerlich wieder hin auf die Politik und den Krieg. Ein geeintes Vaterland für alle Völker in der Ukraine, ob Ukrainer oder Russen, Polen oder Deutsche, sei anzustreben, meinte Boris mit euphorischer Stimme. Frieden würden sich fast alle wünschen, doch zu welchem Preis, fragte er ausdrücklich, jedoch im gleichen Atemzug wissend, dass niemand die vollkommene Antwort zur Beilegung dieses Konfliktes kenne.

Die besetzten Regionen im Osten und Süden des Landes abzutreten, dazu war noch niemand bereit, auch wollte zu diesem Zeitpunkt noch niemand über mögliche Abtretungen von einzelnen Gebieten zumindest reden – so etwas auszusprechen käme einem Vaterlandsverrat gleich. Allem Anschein nach war der Leidensdruck noch nicht groß genug, um sich mit solch kühnen Vorschlägen überhaupt an den Verhandlungstisch zu wagen. Die Fronten waren nach über einem Jahr Krieg verhärtet und es bewegte sich wenig, an der Ostfront konnten kleinere Landgewinne verzeichnet werden, auf der anderen Seite musste sich die Armee punktuell auch zurückziehen. Ein Sieg schien in weiter Ferne zu sein, was jedoch niemand

auszusprechen wagte. An die Rückeroberung aller besetzten Gebiete glaubten immer weniger. Der unerbittlich
scheinende, übermächtige Gegner im Osten verteidigte
unbeirrt und mit beharrlicher Konsequenz die besetzten
Gebiete, griff immer wieder auch die Hauptstadt Kiew
und andere Gebiete im Landesinnern an. Doch so sicher
wie das Amen in der Kirche ist die Tatsache, dass Kriegsmüdigkeit alle Parteien irgendwann in die Knie zwinge
beziehungsweise an den Verhandlungstisch. Es sei immer
nur eine Frage der Zeit. Dies gelte für jeden blutigen Konflikt auf der Welt. Jedes kriegsgebeutelte, einfache Volk
gewöhne sich zumeist schnell an eine neue Nachkriegs-
realität, dagegen täten sich dessen ranghohe Politiker und
Armeekader äußerst schwer damit, deshalb zögen sich viele Konflikte unnötig in die Länge. Stolz und das Nichtwahrhabenwollen würden die Herzen der Obrigkeiten
verstocken, darüber hinaus seien einzelne Gruppen von
Gewinnsucht getrieben. Ein Krieg sei doch immer nur der
Großbrand, der augenscheinlich für alle sichtbar auftreten
würde, mit Panzern, Raketen und mit blutigen Kämpfen,
hingegen lodere es stets seit geraumer Zeit, fast unbemerkt
von der Weltöffentlichkeit – bisweilen auch gewollt –
jeweils an vielen Enden im jeweiligen Konfliktgebiet. Jener
lodernde Konflikt in der Ukraine wurde jahrelang rück-
sichtslos unter den Teppich gekehrt. Der Zyniker würde
meinen, der Krieg bringe die Lösung. In einem Aspekt
trifft es leider zu, nämlich, immer wenn das Gute vernachlässigt werde, trete das Böse unwillkürlich auf. Solange, bis
sich die Menschen und vor allem die Obrigkeiten nicht
besinnen, sich wieder sehnsüchtig und hoffnungsvoll dem

Guten, dem Frieden zuwenden, so lange dauere doch der bittere, kriegerische Tanz mit dem blutrünstigen Fürsten der Finsternis an.

„Weißt du Gregor, dieser Gips, dieser Bruch, meine kurzzeitige Erblindung hatten doch viel Gutes an sich. Ich bin weg vom Schützengraben, muss nie mehr zurück an die Front gehen und mich Tod und Leid aussetzen, ich brauche mich nicht mehr unter diesem Holzkopf von Offizier demütigen zu lassen und sitze anstelle dessen hier mit dir und genieße mein sozusagen neues Leben. Das Schicksal spielt verrückt, ich kann es manchmal, wenn ich am Morgen aufwache, nicht fassen, was mir widerfahren ist. Habe ich das alles nur geträumt, denke ich mir dann. Wahrhaftig, ich bin dem Tod von der Schippe gesprungen", fing Boris an zu erzählen.

„Ich muss neue Wege gehen, neue, bessere Wege suchen. In der Politik werde ich beginnen, denn in mir ist eine Idee erwachsen, und zwar, eine neue Partei zu gründen. Dieser Krieg soll allen die Augen öffnen, dafür braucht es eine neue Bewegung. Es ist die beste Zeit für die Gründung einer neuen Partei mit frischen, nicht vorbelasteten, mutigen Gesichtern. Eine Partei für eine prosperierende, demokratische und friedliche Zukunft aller Menschen in unserem Land", sprach er zu seinem Bruder mit einem Hauch von staatsmännischer Art.

„Du hast mich jedenfalls schon überzeugt", antwortete Gregor schelmisch, aber dennoch würdigend.

Etwas überrascht von Boris' Plänen, wusste Gregor nichts weiter dazu zu sagen, es herrschte kurzzeitiges Schweigen. Lautes Kreischen von unzähligen, plötzlich auftauchenden Möwen vor dem Café zog alle Aufmerksamkeit auf sich. Anscheinend waren die Vögel auf Nahrungssuche. Wo früher überall Essensreste zu finden gewesen waren, gab es heute kaum was zu stibitzen. Selbst die Möwen schienen von den menschenleeren Strandlokalen verwirrt zu sein. Bald flogen sie wieder davon. „Nimm dir die Schweiz als Vorbild, dort herrscht seit Hunderten von Jahren Frieden. Ob es an ihrer Neutralität liegt oder doch an der Macht der Banken, welche große Vermögen aller Mächtigen von Politik und Wirtschaft bei sich horten, weiß ich nicht zu beurteilen", wandte Gregor etwas verzögert ein, um durch diesen gescheiten Geistesblitz, wie er fand, das Gespräch rund um die idealen Parameter und Werte eines funktionierenden Staates weiterzuführen.

„Ein Bankenstaat werden wir nie werden, oder wenigstens sicherlich nicht in den nächsten hundert Jahren. Wer kennt schon die Zukunft? Hingegen wankt unsere bisherige Neutralität. Müssen wir uns denn entscheiden? Werden wir zerrissen von den Mächten im Osten und im Westen? Sind wir unwillkürlich, wie bereits vor Sowjetzeiten, ein Spielball zwischen denen und deren Machtgelüsten geworden? Wäre nicht eben gerade eine Neutralität der Weg des Friedens?", fragte Boris mit rhetorischem Unterton.

„Nun, vielleicht hast du Recht, Bruder, aber die Obrigkeiten haben sich anders entschieden", sagte Gregor prägnant, um damit dieses eher schwermütige Thema abzuschließen, obschon es eben wie ein Damoklesschwert über allen Köpfen schwebte.

Dieser absurde Krieg, er passte so gar nicht zu dieser wunderbaren Kulisse im Strandcafé unter der mittlerweile erstrahlten Sonne zwischen Fetzen von Restwolken. Gregor stand auf, um die Toilette aufzusuchen und dabei gleich noch die Rechnung an der Theke zu begleichen. Boris roch den Braten und rief ihm sofort laut hinterher: „Kleiner Bruder, lass das sein, ich habe dich eingeladen, ich bezahle!"

Gregor grinste verschmitzt, erkannte Boris' lautere Absicht und ließ ihn mit einem Handzeichen wissen, dass sein Wunsch ihm Befehl sei.

Die Sprache des Militärs, das Befehlen und Kommandieren war übrigens in diesen Zeiten überall vermehrt zu hören. Die Kinder auf den Höfen spielten Soldaten, sie ahmten den doch so tragisch-bitteren Krieg mit dessen Vokabular in ihrer kindlichen Naivität vergnügt und eifrig nach. Wieder zurück am Tisch, unterbrach Gregor unfreiwillig das heitere Schwätzchen, das sich zwischen seinem Bruder und der, mit einer aufgesetzten Freundlichkeit wirkenden, blonden Kellnerin entfacht hatte. Ihr Bruder sei ebenfalls seit Kurzem vor Cherson stationiert, wo in diesen Tagen viel Chaos wegen der Überschwemmungen aufgrund des Dammbruchs des Kachowka-Staudammes herrsche, hatte sie erzählt. Sie war Studentin und spielte mit dem Gedanken, die Heimat ebenso zu verlassen, wie es bereits viele ihrer Freundinnen und Bekannte wegen der wachsenden Perspektivlosigkeit getan hätten. Wieder hatte sich allen der Krieg mit dessen Folgen unwillkürlich ins Bewusstsein gerufen, wie ein böser Geist, den man nicht los wurde. Der Krieg war allgegenwärtig. Die Kellnerin verschwand sogleich zurück hinter den Tresen, was Boris zu bedauern schien. Gregor musste ihn sofort darauf anspielen, nämlich auf jenes private Thema, von dem sich viele Alleinstehende insgeheim erheblich fürchten, auf das des Status in der Liebe, sowie der grundsätzlichen Frage nach einer Hochzeit.

„Wie sind denn deine Pläne in Bezug auf die Liebe, auf die Frauen, mein Bruder?", fragte ihn Gregor ziemlich unverblümt.

„Du bist im besten Alter und jünger wirst du nicht mehr", schob er hinterher.

Boris' forsche Natur wollte schon auf Angriff gehen, denn solche Fragen beinhalten doch neben der menschlichen Neugier auch immer leichte Vorwürfe. Aber er wollte sich nicht rechtfertigen, warum auch? Seit dem schicksalhaften Unglück im Schützengraben hatte er sich gewandelt. Hingegen gab er zu, noch nicht bereit für eine ernsthafte Beziehung zu sein, er sei noch unentschlossen, quasi ein gebranntes Kind, das sich zuerst nach Heilung sehnte.

„Du weißt doch, die Sache mit der Ex hat mich arg in meiner Seele verletzt. Aber die Zeit heilt bekanntlich alle Wunden, sodann, wenns kommt, dann kommts", meinte Boris munter und mit einer soliden Zuversicht in der Stimme.

„Das wünsche ich dir auf jeden Fall. Zu zweit ist das Leben meist leichter als allein, abgesehen von den zerrütteten Beziehungen, die ich in meiner Praxis fast täglich zu retten suche, nicht selten leider ohne Erfolg. Das sind die hoffnungslosen Ausnahmen", erwiderte Gregor anfangs uneins, doch letztlich hoffnungsvoll und mit überzeugtem Zuspruch für das Leben zu zweit, als ob er zu sich selber spräche.

„Du hast mit Maria einen echten Glücksgriff gezogen, so gewissenhafte, treue, tüchtige Frauen sind eine Rarität geworden. Unser Konrad hatte mit seiner Anna ebenso schon früh seine Liebe des Lebens gefunden. Ich bewundere Annas Sanftmütigkeit, heute mehr denn früher. Damals kam manchmal Neid bei mir auf, besonders auf Konrad. Alles ist ihm in den Schoß gefallen, so glaubte ich. Aber, in letzter Zeit, insbesondere seit der ungeheuerlichen Explosion, ja, seit meiner zweiten Geburt könnte man sagen, seitdem sind diese wenig tugendhaften Gefühle von mir gewichen, worüber ich dankbar bin. Glück bei anderen zu sehen und es ihnen zu gönnen, sei doch ein Segen. Das Leben sollte doch nur Segen sein, oder?", ereiferte sich Boris und fuhr fort, „und ... ähm, ja, jetzt wollte ich noch was sagen, aber, ähm ...", und stockte, „... ach ... ich hab gerade den Faden verloren."

Gregor überbrückte das plötzliche Schweigen des Bruders, der stirnrunzelnd seinen vergessenen Gedanken angestrengt zu fassen suchte, und so ergriff Gregor seinerseits das Wort.

„Ja, du hast bestimmt Recht, mit Maria habe ich bisher viel Glück erfahren dürfen. Sie gibt mir wenig Anlass, mit ihr unzufrieden zu sein. Sie hat eine gute Seele, so denke ich, ja, Maria ist wirklich ein Segen für mich. Trotzdem gab und gibt es auch bei uns Disharmonie und Misstöne. Ob es vielleicht allein meine Schuld ist, erwarte ich zu viel von ihr? Das frage ich mich in letzter Zeit des Öfteren", ließ Gregor leicht seufzend in seine Seele blicken, ohne dass er zum wahren Punkt, zu seinen Gewissensbissen und deren Ursachen ein Wort sagte.

Auch hütete er sich, Helena, die in ihm leidenschaftliche Begierden geweckt und ausgelöst hatte, irgendwie zu erwähnen. Boris erkannte erste, kleinere Risse im sonst so ideal scheinenden Eheglück seines Bruders, wollte sich hingegen nicht weiter dazu äußern, überhaupt wollte er sich nicht in dessen Eheleben einmischen. Dass Gregor ein überaus großer Idealist besonders in Bezug auf Familie war, wusste Boris schon lange.

„Das Leben meinte es doch bisher gut mit dir, obschon gewiss nie alles zu passen scheint. Oder sehen wir einfach nicht mit den richtigen Augen auf jene unpassenden Puzzlestücke, die sich in unserem Leben offenbaren?", fing Boris an zu philosophieren, indes blieb unklar, ob er seinen verlorenen Gedanken wieder gefunden hatte.

„Oh, welch tiefsinnige Worte aus dem Mund meines großen Bruders ... ich bin beeindruckt, derartig philosophisch ... das kannte ich bisher gar nicht von dir", lobte ihn Gregor aufrichtig und fuhr seinerseits fachmännisch weiter: „Der Mensch ist häufig in dessen Vorstellungen, Erwartungen und Idealen gefangen. Er träumt sich ein Leben, anstatt es zu leben. Er hechelt unnützen Dingen hinterher, anstatt sich einfach dem Leben zu stellen. Aus psychologischer Sicht wird der Mensch durch Ängste und Sorgen getrieben, die heutzutage verstärkt überall in Europa und auch auf der übrigen Welt grassieren. Es wird uns weisgemacht, dass die Welt nur noch aus Problemen besteht, man nehme die vermeintlich wachsende Klimakatastrophe, unzählige Konflikte und Kriege, heimtückische Seuchen, Elend und Armut, Drogen- und Bandenkriminalität oder irgendwelche fanatischen, gesellschaftlichen

Strömungen. Der Blick richtet sich ausschließlich auf das Leid, auf die dunklen Seiten des Lebens. Der Einzelne kopiert diese Anschauung auf dessen Privatleben, wo er ebenso anfängt, sich fast zwanghaft auf die dunklen Seiten, auf ebensolche Probleme zu fokussieren. Kleine, dunkle Flecken können so mit der Zeit viel Raum einnehmen und das Familienleben unnötigerweise mit Leid überschatten. Zudem stehen der menschliche Wille sowie der selbstsüchtige Egoismus dem Menschen zu seinem Glück im Weg, er kreist zu sehr um sich selber. Habgier, Geiz oder Eitelkeit treten dadurch rasch zum Vorschein. Wenn du wüsstest, wie viele Narzissten und Egomanen ich in meiner Praxis kennengelernt habe, du würdest staunen. Leider verfällt der Mensch in jene Untugenden und versündigt sich damit. Auch ich als Psychotherapeut, der sich tagtäglich mit der menschlichen Seele auseinandersetzt, bin nicht davor gefeit, was ja viele denken", spielte Gregor unwillkürlich auf sein frisches, gut gehütetes Geheimnis an, als ob er es beichten wollte, als ob seine Seele trotz vieler Befürchtungen diese Last abstreifen wollte.

„Ja, mehr Tugendhaftigkeit schadet dem Menschen bestimmt nicht, wie auch Sinn für die Gemeinschaft, Demut und Dankbarkeit. Der Mensch soll sich besinnen, in sich kehren und nicht zuletzt eine gewisse Gottesfurcht zeigen, denn wie ich es am eigenen Leib erlebt habe, bewirkt sie Wunder. Der Herr ist bei Weitem nicht ein lediglich strafender Gott, sondern eben auch ein barmherziger. Ich glaube daran", sprach Boris entschieden und mit leuchtenden Augen.

„Übrigens hatte ich ganz vergessen zu fragen: Wie lief

es eigentlich mit jenen ominösen Finanzgeschäften, von denen du mir erzählt hast? Seid ihr ins Geschäft gekommen?", fragte Boris neugierig und riss damit das Gespräch hin auf weltliche Dinge.

Gregor räusperte sich kurz, es war ihm offenkundig unangenehm, auf diese Frage einzugehen.

„Wir konnten uns einigen, alles ist geregelt", antwortete er darauf spärlich.

„Worum geht es bei diesem Geschäft?", bohrte Boris hartnäckig nach und fügte noch hinzu, ohne ihm tatsächlich etwas unterstellen zu wollen: „Es scheint nicht ganz koscher zu sein?"

„Nein, nein, alles ist rechtens. Es ist nur so, dass das ganze Projekt mit den Investitionen noch in den Kinderschuhen steckt, es beginnt sich gerade erst richtig zu entwickeln. Außerdem besteht wegen der Konkurrenz noch eine Verschwiegenheitserklärung, woran alle Investoren gebunden sind, sodass ich dir erst nach erfolgreichem Abschluss der ersten Investitionsphase mehr erzählen darf und dich danach vielleicht sogar als neuen Investor, wenn du denn möchtest, einberufen kann", redete sich Gregor in seiner leichten Verlegenheit eloquent heraus.

Indes festigten sich in ihm mehr und mehr Zweifel an der Gesetzmäßigkeit jener Waffengeschäfte. Es waren lästige, unerwünschte Gäste, die er nicht in seine Gedankenwelt eintreten lassen wollte. Doch die Zweifel blieben und wuchsen weiter.

„Dann hoffe ich, es kommt alles gut. Ich möchte dich nicht in Verlegenheit bringen, dich nicht bedrängen. Es ist deine Sache, mein Bruder. Lass uns gehen", sagte Boris.

Gregor nickte stumm und beide standen auf. Boris blickte kurz Richtung Tresen, in der Hoffnung, die Kellnerin zu Gesicht zu bekommen, sich höflich zu verabschieden, ihr vielleicht noch zuzuwinken, doch sie war nirgends zu sehen. Stattdessen tauchte wie aus dem Nichts ein älterer, hagerer, ärmlich gekleideter Mann auf. Als beide schon aufgestanden waren, bereit loszugehen, kam dieser Mann mit Bart und grauen, gescheitelt gekämmten Haaren auf sie zu. Er grüßte auf Russisch und schien kein gewöhnlicher Bettler zu sein, was beide anfangs dachten. Er war nüchtern und hatte einen auffallend starren Blick in seinen hellblauen Augen, woran zu erkennen war, dass seine Seele in arger Bedrängnis steckte. Beide, Gregor sowie sein Bruder ahnten, dass dieser bald nach Almosen bitten würde. Doch der Alte, der einen schwarzen Hut in der Hand hielt, sprach nicht. Gregor missachtete ihn, gab ihm nichts und ging an ihm vorbei. Boris wollte dem Bruder folgen, hörte dennoch ein leises, schamhaftes „bitte um Almosen" über die Lippen des Alten kommen, der seinen Blick unterwürfig auf die Erde gesenkt hatte. Boris erbarmte sich seiner und gab dem Alten das Kleingeld, welches er gerade erst von der Kellnerin bei der Bezahlung zurückerhalten hatte, in dessen Hut. Der Alte bedankte sich leise und fügte dann bestimmt hinzu: „Gott lohne es dir."

Boris nickte und ging wortlos seinem Bruder hinterher, dem das Geschehene nicht unbemerkt geblieben war. In der Schweiz gäbe es überall Bettler, niemand wolle mehr Almosen geben, diese Menschen wären lästig geworden, so würden die Schweizer denken, erklärte Gregor und rechtfertigte sein Verhalten gleichzeitig.

„So ein reiches Land, und doch will niemand mehr geben", bemerkte er fast im gleichen Atemzug selbstkritisch.

In vielen Großstädten sei das Betteln mittlerweile sogar rechtswidrig, fügte er noch entschieden hinzu, als ob er sein Gewissen zu beschwichtigen suchte.

„Gnade vor Recht", sprach darauf Boris.

Gregor verstummte. Sie gingen zum Auto und sahen dem Alten nach, der weiter langsamen Schrittes auf dem Strandweg entlanglief. Das Wetter war prächtig. Gerade nicht zu heiß und mit einem lauen Lüftchen. Nicht wenige Spaziergänger und Jogger nutzten das herrliche Wetter. Nach einigen Minuten, gerade als sie das Auto erreichten, hörten sie plötzlich Menschen laut rufen, ein Arzt wurde verlangt, wildes Treiben herrschte unten am Strand, unweit entfernt von den Brüdern. Gregor entschied sich kurzerhand, zum Ort des Geschehens zu laufen, um nachzusehen, was passiert war. Obschon er nicht lief, denn aufgrund des linken Fußes trottete er vielmehr, doch immerhin schneller, als bis anhin möglich schien. Boris blieb beim Auto stehen und schaute dem Bruder hinterher. Kaum schien Gregor bei der Menschenansammlung angelangt zu sein, da kam bereits ein Krankenwagen mit Blaulicht herangebraust. Auch Gregor kehrte zum Bruder zurück, als er die Sirenen wahrgenommen hatte, denn den allseits mit Erleichterung erwarteten Krankenwagen konnte niemand überhören. Überall blieben die Menschen stehen, schauten neugierig, einige hemmungslos, andere eher verschämt. Jugendliche machten mit ihren Handys gar Videos und Fotos. Der Notarzt und ein weiterer Rettungshelfer eilten zum Ort des Geschehens hin.

Mit ungemein überraschtem, verdutztem Gesicht und mit aufgerissenen Augen kam Gregor zurück und sprach leicht erregt und betroffen zu Boris: „Es war der Alte, er schien kollabiert zu sein, wahrscheinlich ein Herzinfarkt."

„Was, wirklich, der Alte mit dem schwarzen Hut von eben gerade ... krass!"

„Ob er es überleben wird?", fragte Gregor, ohne seinen Bruder damit anzusprechen.

„Hoffen wir es, doch wenn seine Zeit gekommen ist, ist sie gekommen. Lass uns nach Hause fahren, hier werden wir nicht gebraucht", sagte Boris, und nachdem beide noch ein letztes Mal in Richtung Schauplatz, der mit einigen bedrückt wirkenden Schaulustigen umringt war, schielten, stiegen sie ins Auto und fuhren nach Hause. Beide waren in Gedanken versunken.

„Der Tod klopft an, wann er will. Nicht nur im Krieg", dachte sich Boris bei der Rückfahrt.

„Wie das Leben wahrhaftig am seidenen Schnürchen hängt, wenn es reißt, dann für die Ewigkeit", dachte sich zur gleichen Zeit sein Bruder Gregor.

Trotz des Vorfalls am Strand, der beinahe den Tod des alten Mannes brachte, oder gerade deswegen kam in beider Seelen unwillkürlich ein sanfter, freudiger, echter, hoffnungsvoller Lebensmut auf. Beide Brüder verbargen ihn allerdings in jenen Minuten im Auto vor einander.

Das letzte Abendbrot stand im Haus der Eltern in Odessa an. Irgendwie war niemandem so wirklich wohl zumute. Es herrschte eine leicht betrübte Stimmung. Außer Boris, dessen Gesicht Freude auszustrahlen schien. Gregor wünschte sich so sehr, endlich nach Hause zu seiner Frau und den Kindern in die Schweiz zu fahren, so sehr, dass es fast wie eine verzweifelte Flucht aus tiefer Bedrängnis erschien. Es irritierte ihn deswegen. Jenen inneren Drang galt es zu verbergen, denn die Geschehnisse rund um den unrühmlichen Abend sollten sein Geheimnis bleiben. Es war noch frisch, sodass es einen großen Raum in Gregors Seele beanspruchte. Es wartete nur darauf, es wartete auf eine Chance, zur Oberfläche emporzusteigen, um sich zu offenbaren. Er mochte diese reumütigen, mit Schuld behafteten Gefühle überhaupt nicht, doch sie waren es, die das Geheimnis zu lüften suchten. Sie nagten an ihm. Bereits jegliche noch so kleine, verdächtige Gefühlsregungen oder Bemerkungen seinerseits könnten ihn und sein Geheimnis verraten. Obschon niemand, weder seine Eltern noch Boris, ihn durch weiterführende Fragen zur besagten Nacht in Verlegenheit bringen würden, verhielt er sich ungewohnt, ja, auffällig zurückhaltend, was seinerseits verdächtig erschien. Doch zu gefährlich schien es ihm, sich in leichtsinniger Gelassenheit vor drei seiner vertrautesten, ihm am nächsten stehenden Menschen, die ihn gut lesen konnten, seine Mimik, seine Worte und vielleicht sogar seine Gedanken im Nu wahrnehmen konnten, zu begeben. Gerade Mütter sollen ja besonders feinfühlige Antennen für das innere Seelenleben, für das innere Wohlergehen ihrer Kinder haben. Außerdem probte Gregor bereits unbewusst für die große Prüfung, die ihn zu Hause bei der Wiedervereinigung mit Maria erwarten würde. Er war felsenfest entschlossen, sein Geheimnis in einer dunklen Ecke seiner Seele in Ewigkeit zu verscharren. Der letzte Abend im Hause der Familie Kronmeier verlief dementsprechend eher ruhig, es wurden die letzten Dinge vor Gregors Abreise besprochen und erledigt. Früh gingen alle an diesem Abend zu Bett. Vater und Mutter wollten Gregor am Morgen bei Kaffee und Brötchen Gesellschaft leisten, ihrem jüngsten Sohn noch eine kurze Weile ganz nah sein, bevor ihn die Welt wieder vereinnahmen und ihn weit weg von Odessa katapultieren würde. In der Schweiz hingegen herrschte große, angespannte Vorfreude auf den bald kommenden Tag, an dem Gregor wieder mit Maria und den Kindern vereint werden würde.

Die letzte Nacht im heimischen Odessa war geprägt von heulenden Sirenen, die vor Luftangriffen mit unbemannten Luftfahrzeugen, sogenannten Drohnen, gewarnt hatten. Dabei seien auch Opfer zu beklagen gewesen. Der Krieg war gefühlt wieder näher gerückt, ein Teil der in letzter Zeit gewachsenen Hoffnung war den Menschen in Odessa in jener Nacht abrupt und gnadenlos zerstört worden. Irgendwie symptomatisch, dass Gregor sich just jetzt, wo sich ein Hauch des Todes unerwartet auf Odessa gelegt hatte, nach einer Nacht voll von ohrenbetäubendem Sirengeheule, von Schlaflosigkeit, Hoffnungslosigkeit, von Sorgen und Existenzängsten, gerade jetzt machte er sich auf, um zurück zu seiner Familie in die sichere und viel gelobte Schweiz zu fahren. Der Abschied nahte, es war Zeit zu gehen. Der linke Fuß zwang ihn immer noch zum leichten Humpeln, so liege es nun am Rechten – sinnbildlich gesprochen –, der ihm den rechten Weg werde weisen müssen. So eifrig, übermütig, wohl gelaunt und voller Vorfreude Gregor in Odessa angekommen war, so bekümmert, zerstreut in tausend Gedanken, was ihm gar nicht ähnlich war, mehr noch, es verunsicherte und irritierte ihn tief in seinen Grundfesten, verließ er Odessa mit einem beklemmenden Gefühl in der Brust, als ob sein Herz verwundet wäre, um sich wieder seiner Familie und seiner Arbeit in der Schweiz zu widmen. Es schien so, als ob ein Stück seiner Seele Odessa für immer verließe. Nach der Morgendämmerung und dem eiligst eingenommenen Frühstück verabschiedete sich Gregor, ohne viel Aufsehen, mit einer festen, liebevollen Umarmung von seinen Eltern, stieg ins Auto und fuhr los, wobei immer noch vereinzelt Sirenen aufheulten. Die Mutter liebte ihren jüngsten Sohn besonders, sodass der frühmorgendliche Abschied ihr Mutterherz, wie nicht anders erwartet, etwas betrübt zurückgelassen hatte. Von Boris hatte er sich schon am Vorabend, mit dem gemeinsamen Versprechen, ihn, den ältesten Bruder, bald in der Schweiz begrüßen zu dürfen, verabschiedet.

KAPITEL 3

I

„Endlich, die Heimreise hat begonnen", dachte sich Gregor in einer unerwarteten Erleichterung.

Je weiter er Odessa hinter sich ließ, umso mehr Leichtigkeit kam bei ihm auf. Jene Schwere, jene Verbitterung, die gedanklichen Irritationen und die reumütigen Gefühle verschwanden allmählich. Wieder übernachtete er in denselben Hotels wie auf der Hinreise. Nichts Außergewöhnliches ereignete sich auf der Rückfahrt, jedenfalls nicht in Gregors Augen. In Prag nächtigte er in demselben Hotel wie auf der Hinfahrt. Eine junge, schüchtern wirkende Schönheit mit prächtigem, langem, braunem Haar, welche eine ganze Weile zwei Tische neben ihm beim Frühstück saß, nahm Gregor kaum wahr, vielmehr schien er gerade dabei zu sein, solche bis anhin begehrenswerten Schönheiten zu verschmähen. Ungewöhnlich für Gregor, dass er nicht mehr auf ebensolche Schönheiten schielte, ihnen kaum Beachtung schenkte, denn jene Braunhaarige hatte etwas Extravagantes an sich, dessen Blickfang besonders die langen, türkisgrünen Perlenohrringe in Kombination mit einer gleichartigen Halskette mit Blütenanhänger am Dekolleté ausmachten. Durch ihr ganzes, leicht aufgetakeltes Erscheinen zog sie alle Blicke auf sich, wenn auch einige versteckt, fast verschämt oder gar verstohlen zu ihr hinschielten. Hingegen kamen bei Gregor beim zufälligen

173

Hinsehen fast leichte Schamgefühle auf, krampfhaft suchte er darauf, sie vollkommen zu ignorieren. Dadurch wollte er einerseits bewusst vergessen, gewisse Erinnerungen
willentlich ausradieren, sowie andererseits sich vor neuen
Versuchungen schützen. Es schien zu funktionieren, schon
etwas blasser war sein gut gehütetes Geheimnis geworden,
es schien in Gregors Seele tiefer nach unten gesunken zu
sein. Aber es war noch da, präsenter als er es sich wünschen
würde. Endlich auf Schweizer Boden angekommen, fühlte
er sich gefestigter, sicher und überaus gut, die Bedrängnis
in ihm schien gewichen zu sein, als ob es keine Bedrohung
mehr gäbe, obgleich ihn nicht der äußere, blutrünstige
Krieg auf den heimischen Schlachtfeldern bedroht gehabt
hätte. Im Hafen der sicheren Schweiz angelangt, schien
es so, als ob er den inneren Kampf von Reue und Sühne
durch seinen eigenen Willen bereits besiegen konnte.
In der Früh des dritten Reisetages rief Gregor Maria an,
damit sie wusste, dass er bald bei ihnen zu Hause sein
werde. Die Vorfreude war etwas gesunken, nun schien die
Anspannung allmählich Überhand zu gewinnen. Nicht
nur bei Gregor, ebenso bei seiner Frau. Nur noch wenige
Kilometer trennten ihn von seiner Familie.

„Wie es wohl bei der Ankunft zu Hause sein wird?",
dachte er sich.

Bilder seiner Liebsten zeigten sich vor seinem inneren
Auge. Die liebevollen Umarmungen, die echte Freude in
den Gesichtern, die Küsse mit Maria, die Liebkosungen
der Kinder und ihre großen Augen beim Überreichen und
Auspacken der mitgebrachten Geschenke, all das stellte er
sich gedanklich vor. Kaum hatte er sich das alles ausgemalt,

fuhr er schon in den Hof des Familienanwesens vor. Maria hörte das Auto ihres Mannes, das lange erwartete und ersehnte Geräusch klang in ihren Ohren wie zauberhafte Musik, wie ein reizendes Harfenspiel zur Eröffnung einer zwar neuen, jedoch bekannten Opernaufführung. Weder er noch sie wussten in diesem Moment, welche Art von Aufführung auf sie in den nächsten Wochen warten würde. Sie prüfte mit strengem Blick nochmals ihre Frisur und ihre Kleidung, den hellen, kupferfarbenen Rock und die weiße Bluse, ob auch alles perfekt sitze. Gregor seinerseits atmete tief durch, glücklich ob der tadellosen Reise spähte er Richtung Haustür, wer ihn wohl als Erstes erblicken würde? Kaum aus dem Auto gestiegen, rannte ihm der quirlige David entgegen, wie von Gregor insgeheim erwartet war. Dieser nahm ihn hoch zu sich an die Brust, küsste ihn und drückte den Sohnemann fest an sich. Anfangs noch etwas scheu und wortkarg, spürte David doch bald wieder die gewohnte Vertrautheit seines Vaters und begann, ihn auszufragen sowie seinerseits von Dingen, die in Kinderaugen größte Wichtigkeit genießen, zu erzählen. Doch da erschien schon Maria mit Töchterchen Eva in den Armen an der offen stehenden Haustür. Gregors Augen erblickten sie sofort und noch mehr Freude, gemischt mit jener merkwürdigen Anspannung, ließ sein Gesicht erstrahlen und gleichzeitig sein Herz höherschlagen. Der Sohn ließ sich aus Vaters Armen runtergleiten und mit Schwung setzte er gekonnt auf die Erde auf, um für Mama und das Schwesterchen Platz zu machen. Gregor lief ihnen freudig und mit stolzer Haltung entgegen, sein linker Fuß war auf der dreitägigen Fahrt fast geheilt worden, sodass das lästige Hinken kaum noch erkennbar war. Auch Maria kam ihm einige Schritte entgegen, sehr graziös, lächelte zaghaft in ihrer disziplinierten Zurückhaltung, worin ebenso eine Anspannung deutlich sichtbar wurde. Eva hingegen schaute den ihr neuen Ankömmling mit ihren großen Engelsaugen in solch einer unschuldigen Art an, wie sie nur kleinen Kindern vorbehalten ist. Sie küssten sich, Gregor Maria, dann Eva, umarmten sich und drückten sich. Gregor war wieder mit Maria und den Kindern vereint. Es war aber bei Weitem nicht die allergrößte Liebesbekundung zwischen Ehegatten, denn es fehlte jene echte, tiefe, reine Herzlichkeit, welche weder von Maria noch von Gregor in diesem Augenblick aufkommen konnte. Gregor spürte allerdings eine starke, körperliche Sehnsucht nach Maria, die sich für ihn heute besonders hübsch gemacht hatte. Ebenso spürte Maria einen Drang nach Hingabe zu ihrem Mann, welche sie aber nicht imstande war, ihm zu zeigen. Einerseits war sie seit jeher äußerst bedacht, zu sehr vernunftgesteuert, und andererseits hatte sie viele Fragen zur Reise in Odessa. Weiblicher Argwohn hatte sich in ihr breitgemacht seit Gregors Unglück mit dem Auto. Er war von außen betrachtet ziemlich glücklich, wobei das Glück sich seltsamerweise nicht so recht in seiner Seele entfalten wollte. Sofort fragte Maria ihn nach dem Fuß und blickte ihm dabei tief in die Augen. Gregor spürte dabei eine unangenehme Skepsis, die an Marias Worten haftete.

„Es geht schon wieder, rennen sollte ich noch nicht, ansonsten ist der Fuß wieder ok, fast gesund", antwortete Gregor selbstsicher.

„Willst du nicht trotzdem zum Arzt gehen, nur um sicherzugehen?", drängte Maria besorgt.

Gregor wimmelte ausdrücklich ab: „Nicht nötig, der Fuß ist ja wieder geheilt."

„Wenn du meinst", sagte sie mit abschließendem Wortlaut, und alle begaben sich ins Haus hinein.

Etwas war anders, etwas lag in der Luft, etwas lag zwischen ihnen, Maria spürte das ebenso wie Gregor. Drinnen wurde zuerst gegessen, eine typische Schweizer Spezialität, nämlich Rösti mit Kalbsbratwurst und dazu eine Zwiebelsauce. Seit Gregor dieses Gericht das erste Mal gegessen hatte, hatte er sie zu einer seiner Lieblingsspeisen erkoren. Maria wusste das und tischte dieses Gericht seitdem des Öfteren auf. Er lobte sie dafür gleich mehrmals, diesmal sogar in einer vorher nie gezeigten Überschwänglichkeit. Gregor verhielt sich ansonsten, wie schon am letzten Abend in Odessa, ungewöhnlich zurückhaltend. Er vermied es, seiner Frau zu lang und zu tief in die Augen zu schauen, diese Blicke empfand er als anstrengend, vielmehr noch, sie schienen eine latente Gefahr zu sein. Nicht umsonst heißt es im Volksmund, die Augen seien das Tor zur Seele. Dies wusste Gregor.

„Je weniger ich erzähle, desto weniger Verdächtiges kann mir rausrutschen", dachte er sich siegessicher.

Am Tisch erzählte er etwas widerwillig die abgespeckte Fassung der Geschehnisse von jener Nacht, vom Weingelage mit Maksim und von der verhängnisvollen Fahrt mit dem Unfall am Morgen danach. Ihr, Maria, erzählte er auch von Maksims Geschäften und von seiner Investition in dessen Waffengeschäfte. Warum er ihr davon erzählte, wusste er selber nicht. Maria war nicht begeistert darüber, doch sie beließ es dabei und wollte sich nicht weiter in Gregors Geldgeschäfte einmischen. Einerseits verstand sie zu wenig davon, andererseits erachtete sie Geldangelegenheiten als mühevoll und belastend, deshalb überließ sie gern ebendiese Aufgaben und die damit verbundenen Sorgen ihrem Ehegatten. Anschließend verteilte Gregor die mitgebrachten Geschenke, die besonders David in freudiges Staunen versetzten. Nicht nur der Sohn, auch Maria freute sich über edle Perlenohrringe aus der Heimat. Die gewünschten Lebensmittel und die Dinge für den Haushalt, die Maria ihm aufgetragen hatte, präsentierte Gregor alle auf dem Küchentisch. Es war viel los, es gab viel zu tun, auch kam zwischendurch jene unerwünschte Hektik auf, es gab viel aufzuräumen, zu verstauen und den Rest aus Gregors Koffer auszupacken. Eva schienen der ganze heutige, mit viel Freude geladene Trubel, die vielen Geschenke und die unzähligen Liebkosungen des Vaters müde gemacht zu haben, denn sie schlief früher als sonst ein. David jedoch war noch ungemein lebendig und voller Energie vor Glück. Er wollte nicht schlafen gehen, um seinem Vater, ja seinem heutigen Helden noch möglichst lang ganz nah zu sein. Kinder denken nicht an morgen, sie leben und gehen vollkommen in den ihnen geschenkten, glückseligen Augenblicken auf. Dennoch kam die Müdigkeit, sie erreichte schließlich auch David, übermannte ihn und dessen Lebendigkeit, ließ missmutiges Quengeln als letzten willentlichen Widerstand kurzzeitig aufflackern, bevor ihn der Schlaf endgültig erlöste und dies ebenso zur Erleichterung der Eltern.

Nun keimte in Gregor wieder jene knisternde Anspannung auf, eine tiefe, mächtige Sehnsucht nach Innigkeit mit Maria erhob sich. Später, als endlich beständige Stille im Haus der Kronmeiers eingekehrt war, die Kinder tief und fest wie liebliche Engelsgestalten schliefen, kam die Zeit für Maria und Gregor. Sie gaben sich der Sehnsucht und der Liebe hin, wobei ihn eine unerwartete, irritierende Scham erfasste, die ihm sein Liebesglück zu sabotieren drohte. Er überging einfach diese merkwürdigen Gefühle, in der Hoffnung, sie würden von selbst verschwinden. Sie passten nicht in sein Idyll vom Heil des Ehelebens, an welchem Gregors Stolz ehrgeizig festhielt. Maria erlebte ebenso eine innere Angespanntheit, und zwar schon seit Längerem. Denn in ihrer Seele hatte sich viel Unnützes angestaut, viele Altlasten und innere Wunden aus der Vergangenheit, die im Begriff waren hervorzutreten, sich gehörig bemerkbar zu machen, sie zutiefst zu erschrecken, um ihr einen Denkzettel, ja, eine allerletzte Warnung zu schicken. Sie ahnte insgeheim, dass etwas ihr Leben bald prüfen werde, dass sie bald vor einem Scheideweg stehen würde. Jene Gefühle schob sie kühn weg, sie entschloss sich, so weiterzuleben wie bisher. Sie ließ es darauf ankommen, zu sehr war sie in ihrer unglückseligen Vergangenheit verhaftet, wovon sie unfähig war, sich zu befreien und anstelle dessen das ewigliche Hadern sich zu eigen machte. Doch in jenen betörenden Momenten der Zweisamkeit verflog die Schwere aller Anspannung, beide konnten sich nicht der magischen Kraft der reinen Liebe entziehen, sie gaben sich ihr hin und so erfüllte sich die Liebe selber.

Der nächste Morgen begann mit viel Sonnenschein, der Sommer hatte auch in der Innerschweiz endgültig das

Zepter übernommen. Draußen waren es bereits angenehme achtzehn Grad. Gregor fühlte sich wohl, die leidige Anspannung der letzten Tage war weg, auch die lästigen Reuegefühle, er fühlte sich fast so wie vor der Reise in die Heimat, als ob es Anastasia nie in seinem Leben gegeben hätte. Sein Eifer und seine Lebendigkeit waren zurück, wenigstens oberflächlich, in seinem übermütigen Menschsein. Maria schien hingegen nicht von Gregors überschwänglicher Leichtigkeit angesteckt worden zu sein. Jene Anmut, die ihr reizendes Gesicht gestern an der Haustür verziert hatte, und jene sehnsuchtsvollen Augen in den innigen Momenten der Hingabe waren plötzlich wieder verschwunden. Zwar bemerkte Gregor die trüben Augen seiner Frau, ließ sich jedoch nicht dazu hinreißen, irgendwelche Anmerkungen zu äußern oder gar Fragen zu stellen.

Pflichtgemäß hatte Maria das Frühstück vorbereitet. Jene Kälte, an der sich Gregor schon vor der Reise vermehrt gestört hatte, war bei ihr wieder spürbar. Sie fragte ihn nach seinen Terminen und ob er heute zu Hause esse. Dann schwieg sie eine Zeitlang. David kam auch zu Tisch, dessen sich Gregor mehr als sonst erfreute, denn dadurch wurde das unangenehme Schweigen durchbrochen. Nach dem gemeinsamen Frühstück ging er in die Praxis, um diversen Papierkram zu erledigen und Patiententermine zu bestätigen. Gespannt wartete er auch auf Nachrichten von Maksim, der sich per E-Mail zum Stand der Geschäfte und zu den daran hängenden Finanzinvestitionen melden wollte. Alles schien wieder in geordneten Bahnen zu verlaufen. Die Arbeit in der Praxis vereinnahmte Gregor im Nu, was ihm nicht ungelegen kam. Maria spielte die Rolle der Mutter und Hausfrau gewissenhaft, sie gönnte sich wenig, denn sie litt sehr schnell an Gewissensbissen. Auch echte Freude und Liebenswürdigkeiten zu zeigen, vermied sie zusehends. Obschon Bescheidenheit eine vorbildliche Tugend sei, soll sie maßvoll gelebt werden, nicht übermäßig, um nicht dem Geiz zu verfallen und damit die Tugend der Bescheidenheit zur Untugend werden zu lassen. Je länger desto mehr ähnelte sie ihrer Mutter, deren Lieblosigkeit sie doch insgeheim aufs Schärfste verurteilte. Sie wollte nie so werden wie ihre Mutter, sie mochte sich nicht in diesem trüb-kalten Licht, mit genau diesen Eigenschaften, die Maria immer öfters an ihrem Wesen erkannte. Innerlich war sie deswegen zerrissen, doch ihr Pflichtbewusstsein und das eiserne Hemd der Gewohnheit ließen sie diesen harzigen Weg weitergehen. Sie hoffte darauf, durch beharrliche Willenskraft ihre inneren Zwiespälte allein zu überwinden. Gregor hingegen hoffte darauf, dass die Zeit es richten werde, die unrühmliche Nacht in Odessa würde bald ganz vergessen sein, sowie die aufkeimende, lieblose Kälte zwischen ihm und Maria, wie es Gregor am Tag vor der Abreise nach Odessa empfunden hatte, ebenso bald gekittet würde. Dabei vergaß jeder, dass nur ein gemeinsam beschrittener Weg von Erfolg gekrönt werden könne. Gregor vergrub sich in seine geliebte Arbeit und Maria ging eisern ihren Weg der überaus gewissenhaften Mutter und Ehefrau, wobei das innere Hadern mit ihrer Vergangenheit zusehends unerträglich wurde. In ihrem Gesicht zeichneten sich erste Spuren jener seelischen Last ab. Die zunehmende Kälte zwischen ihnen blieb. So wurde der kleine Riss in ihrer Ehe allmählich größer.

II

Gregor rief am Nachmittag Maksim an, doch erfolglos, denn dieser war nicht erreichbar. Später versuchte er es nochmals, auch ohne Erfolg.

„Komisch, dass Maksim sein Handy den ganzen Tag aus hat. Aber vielleicht sind Funksignalmasten bei Raketenangriffen in Mitleidenschaft gezogen worden, deshalb gibt es kein Funksignal", dachte sich Gregor, sich selber beschwichtigend.

„Ich werde es morgen nochmals versuchen."

Trotzdem kam es ihm etwas merkwürdig, ja fast unheimlich vor. Am späten Nachmittag, als Gregor die meiste Arbeit erledigt hatte, keine Patiententermine mehr anstanden, sozusagen tagfertig war, wollte er gern spazieren gehen, und zwar zum See hinunter mit Maria und den Kindern. Die immer noch pralle Sonne ließ den See in herrlichen, dunkelblauen bis tannengrünen Farbtönen erscheinen. Maria war nicht begeistert von Gregors Vorschlag, maulte gar leicht, sie hätte irgendwie gerade keine Lust, sie wolle nicht mit. Sie fühle sich nicht wohl, ein anderes Mal, vertröstete sie ihn letztlich. Er solle allein mit David gehen, sie werde mit Eva zu Hause bleiben, sagte sie ziemlich schroff hinterher, so, wie es jemand tut, wenn er kränklich ist und Schmerzen hat. Gregor empfand Marias Worte irgendwie als wehtuend und engstirnig, beinahe bieder, wie eine kalte, herzlose Zurückweisung, als ob sie ihm mit Absicht diese kleinen Giftpfeile entgegenschösse. Es kam ihm selber merkwürdig vor, diese seine plötzlich entstandene, allzu große Empfindsamkeit. Dabei ging es Maria tatsächlich nicht gut. Sie nahm seit einiger Zeit Schmerztabletten dagegen, und zwar immer heimlich, damit sich Gregor keine Sorgen machen würde. Gewissenhaft kümmerte sie sich um ihre Tochter, die sich mit einem goldfarbenen Glöckchen am Bügel der Babyschale amüsierte, sowie gleichzeitig herzhaft an einem ihrer Plüschtierchen knabberte. Sie schien hungrig zu sein. Maria bereitete sich zum Stillen vor. Währenddessen gingen Vater und Sohn in zügigem Tempo und plaudernd Richtung See. Es waren zu Fuß eine knappe Viertelstunde dorthin. Der Weg führte durch eine Waldlichtung, über einen typischen Schotter-Feldweg und weiter unter dem schattigen Laub von Ahorn, Eichen und Eschen hinab zum See. In diesen sommerlichen Tagen zeigte sich dieser Teil der Innerschweiz mit dem herrlichen Vierwaldstättersee und den unzähligen imposanten Bergen und grün bewaldeten Hügeln der mächtigen alpinen Gebirgsketten rundherum von der prächtigsten Seite. Eine malerische Kulisse, wie sie im Bilderbuch zu finden sei.

„Schau David, ein Eichhörnchen, dort auf dem Ast!", rief Gregor mit zurückhaltender und leiser Stimme, um das putzige Tierchen nicht zu erschrecken, damit es auch David bestaunen könne.

„Was isst es denn da, Papa? Etwas hält es in den Händen", wollte er wissen.

„Wahrscheinlich eine Eichel, denn das ist seine Lieblingsspeise, neben Haselnüssen und Walnüssen", erklärte ihm Gregor in väterlicher und zugleich etwas lehrerhafter Manier.

Das Eichhörnchen schien an Menschen gewöhnt zu sein und blieb, an der Eichel knabbernd, eine Weile auf dem Ast sitzen. Einen Himbeerstrauch mit vielen reifen und vereinzelt bereits überreifen Himbeeren entdeckte Gregor einige Schritte weiter am Waldrand. Das Eichhörnchen saß noch immer auf dem Ast, als David seine Augen noch einmal auf ihm weiden ließ. Doch kurz darauf sprang es mit flinken Sätzen weiter den Baum hinauf und verschwand im dichten Blätterwald.

„Komm David, versuch die Himbeeren, sie schmecken köstlich!", lud Gregor seinen Sohn ein.

Tatsächlich, auch David war entzückt von den schmackhaften, pink-roten Früchten, welche übrigens botanisch gesehen der Familie der Rosengewächse zuzuordnen seien. So verweilten sie einige Minuten beim üppigen, stacheligen Himbeerstrauch und pflückten um die Wette. Gregor wollte danach weiter, doch David dachte nicht daran. Emsig suchte er weiter nach den süßen Beeren, denn es hingen noch einige prächtige Beeren am Strauch und er wollte um keinen Preis jene versäumen und zurücklassen, so schob er die einzelnen Ruten mit viel Vorsicht weg, um sich nicht an den Stacheln zu stechen.

„Komm, David, lass uns weiter zum See!", drängte Gregor.

„Ja, nur noch eine", versicherte David in seinem kindlich lustvollen Himbeerrausch.

Ein Prachtstück von Himbeere offenbarte sich tatsächlich noch hinter einem unscheinbaren Blättchen und ließ David hochjubeln, um danach fast hüpfend und zutiefst zufrieden dem Vater Richtung See zu folgen. Nach weiteren fünf Minuten gelangten sie zum Seeufer. Eine Parkbank lud zum gemütlichen Sitzen ein. Nachdem Gregor die Wassertemperatur geprüft und für badetauglich befunden hatte, warfen beide ein paar Steine ins Wasser, welches fast so klar wie ein Bergsee erschien. Danach setzte sich Gregor auf die dunkelgrüne, hölzerne Bank, um das Idyll des herrschaftlichen Sees und der atemberaubenden Kulisse mit den dunkelgrün bewaldeten Bergen, den satten, grasgrünen Wiesen darauf und den kahlen, mattgrauen Berghälsen auf sich wirken zu lassen. Die Spiegelung dieser zauberhaften Kulisse auf den See ließ denjenigen malerisch in vielen grünlichen bis bläulichen Farben, hin zur silbern glitzernden Seemitte erscheinen. Von einer weiter entfernten Weide hörte man die monotonen Klänge typischer, traditioneller Kuhglocken Schweizerischer Rinder, deren duldsame Genügsamkeit sich aus dem Geklänge unmissverständlich erkennen ließ. Jener kurz empfundene Missmut über die Schroffheit Marias war schon längst vergessen. Kaum hatte er sich entspannt, seine Gedanken sacken lassen, da kam schon David heran gelaufen.

„Schau, was für einen schönen, weißen Stein ich gefunden habe, Papa", zeigte er voller Stolz und mit kindlich unschuldigen Augen seinem Vater, um gleich wieder zurückzulaufen und weitere Steine zu sammeln.

Das klare Wasser plätscherte leise dahin, ein Touristenschiff – noch ein tadelloses Dampfschiff aus alten Zeiten – war in der Ferne am Horizont des Sees zu sehen, ein mäßig starker, angenehm warmer Südwind spielte mit Gregors leicht gekräuselten Haaren, blies ihm sanft über das fast faltenlose Gesicht und über die freigelegten Unterarme, wo sich die braunen, dichten Härchen in der Sonne zeigten.

Eine Gruppe Jugendlicher schlenderte lässig, in einer derartigen Manier, wie es nur Pubertierende tun, an Gregor vorbei, einige grüßten sogar zu seiner Verwunderung freundlich, um die linke Parkbank und die Wiese um sie herum in Beschlag zu nehmen. Aus ihren Rucksäcken war laute, moderne Musik zu hören. Gregor kannte die Musik nicht, sie gefiel ihm auch nicht sonderlich, er hörte aber die schweizerdeutsche Sprache heraus, die er mittlerweile gut erkannte.

„Nichts mit Ruhe", dachte sich Gregor leicht verdrießlich.

Einige Jungs der Gruppe, ziemlich wahrscheinlich waren es Einheimische, liefen in Badehosen zum Wasser, nahmen drei große Schritte und sprangen furchtlos kopfüber ins kühle Nass. Es sei frisch, meinte der eine Blondschopf.

„Du musst nur schwimmen, dann wird dir warm", ermunterte ihn der andere, der sich als erster ins etwa zwanzig Grad warme Wasser wagte.

„Super, genial", war danach von einem frenetisch zu hören.

Wie unbeschwert doch die Jugendjahre seien, dachte sich Gregor, den es beim Anblick des fröhlichen Treibens ebenso reizte, im See zu baden. Für den morgigen Tag nahm er sich vor, ebenfalls schwimmen zu gehen. Darauf freute er sich schon jetzt. Nachdem David noch zweimal weitere Steine dem Vater zum Besichtigen gebracht hatte, vertiefte er sich im Bau von Steinhaufen und Wassergruben, welche unwillkürlich durch das Steine Sammeln entstanden. Gregor war inzwischen tief in Gedanken versunken, ungewöhnlich viele Dinge geisterten ihm durch den

Kopf. Die heutigen Patienten – vor allem der letzte, ein redseliger Herr, dann die Investitionen von Maksim, wann sich dieser wohl endlich melden würde? Wieder Maria und die Beziehung zu ihr, wobei jener schnell verflog und sich ein fast vergessener Gedanke zaghaft, aber bestimmt meldete. Es war jener an Helena. An die gemeinsamen Gespräche und an ihre tiefen Blicke, das war es, woran er zum Schluss seiner kurzweiligen Gedankenreise, mitunter mit ein wenig Scham, dachte. Nicht zuletzt wegen der mit ihr vereinbarten Therapiestunden, die bald anstanden. Es war ihm merkwürdig zumute bei der Vorstellung, die rassige Helena in seiner Praxis zu empfangen. Gleichzeitig spürte er auch eine reizvolle, nicht ganz ungefährliche Neugier ihrer umfassenden Person gegenüber, insbesondere in der neuen Rollenkonstellation von Therapeut und Patientin. Mit einem vorfreudigen, etwas übermütigen, inneren Lächeln schloss er seine Gedanken zu Helena und ihren baldigen Begegnungen zu Hause in seiner Praxis.

Schließlich war es Zeit zu gehen, die Sonne am Horizont der westlichen Berggipfel bedeckte sich zunehmend mit ihrem bekannten, rötlichen Abendkleid. Gregor rief seinen Sohn, der sich, nachdem er den Steinhaufen mit großem Spaß zerstört hatte, gleich aufmachte, den Vater an der Hand nahm, womit beide wohl gelaunt nach Hause schlenderten. Ob sie morgen wieder herkämen, fragte David fröhlich. Gregor schmunzelte und nickte ihm zu.

„Wenn das Wetter so herrlich wird, wie es heute war, dann bestimmt", antwortete er ebenso frohmütig.

Unverhofft klingelte plötzlich Gregors Telefon in seiner Hosentasche.

„Wer das wohl sein mag, zu dieser Stunde?", dachte er sich neugierig, um sogleich für sich zu raten, wer es sein könnte.

Dies tat er oft und lag dabei nicht selten richtig. Patienten schloss er aus, und nach kurzem Nachdenken tippte er auf Maria. Das war sein eher vager Tipp, als ob er es wüsste, dass nicht sie es sei, aber jemand anderes. Es klingelte weiter, noch lauter, so schien es ihm wenigstens und endlich hatte Gregor das Telefon aus der Tasche genommen, um den Anruf anzunehmen. Und tatsächlich, es war nicht Maria, es war die Heimat, die rief, es war Vaters Nummer. Währenddessen Gregor die kurze Idylle mit seinem Sohn am See genossen hatte, wurde das heimische Odessa abermals beschossen, wobei wieder Verletzte zu verzeichnen waren. Vater hörte sich trotz der dort herrschenden Widrigkeiten gefasst an, die Mutter hingegen, die sich später am Telefon meldete, sprach mit besorgter Stimme, dabei schluchzte sie sogar ganz kurz. Nicht unweit vom Haus hatte nämlich eine Rakete eingeschlagen. Dass es ihnen und dem Bruder Boris trotz allem gutgehe, das Haus und auch Vaters Fabrik unbeschädigt geblieben seien, ließ Gregors Seele und seinem Gemütszustand eine wohltuende Erleichterung erfahren. Beim Haus angelangt, verabschiedete sich Gregor von seinen Eltern, die wohlwollende Grüße an Maria sendeten, er hingegen wünschte ihnen Gesundheit, Sicherheit und vor allem Frieden für die Heimat, mit Gottes Segen. Jenen himmlischen Segen, jenen Schutz Gottes bediente er sich bisher selten, nun aber drangen diese kraftvollen, zur rechten Zeit gebotenen Worte unwillkürlich und aus einer unsichtbaren, reinen

Quelle schöpfend aus Gregors Seele empor, um sich aus seinem Mund zu ergießen. Ebenso zu seinem eigenen Erstaunen.

An der mit eleganten Zypressen der Thujagattung bewachsenen, über zwei Meter hohen, herrlich hellgrünen Hecke vorbei, kamen sie in den Hof ihres Anwesens.

„Oh, schon zu Hause!", stellte der kleine David munter fest.

Beide schauten sich an und wunderten sich über den kurzen Weg nach Hause, obschon es der gleiche war wie zum See hinunter. Der Rückweg ist gefühlt stets kürzer beziehungsweise schneller als der Hinweg. Vielleicht deshalb, weil sich der Mensch schwerer von zu Hause trennt, hingegen kommt er doch meist gern und sehnsüchtig nach Hause. Eben jenes Nachhausekommen erfüllt den Menschen der Vorfreude wegen, und so verfliegt auf dem Heimweg die Zeit im Nu, oder zumindest gefühlt schneller. Zu Hause gab es bald darauf Abendessen. Maria ging es wieder besser, man konnte es an ihrer sanfteren Stimme hören. Die kleine Eva hingegen quengelte viel und laut, irgendetwas passte ihr nicht. Maria nahm sie zu sich, um sie zu beruhigen. Leider schrie das sonst so engelhafte Kind nur noch mehr.

„Ich bringe sie zu Bett", sagte Maria, stand auf und ging entschlossen und schnellen Schrittes mit Eva die Treppe hoch, rauf ins Kinderzimmer.

„Ja, es ist wohl ...", fing Gregor an, doch beendete den Satz nicht. Es schien ihm unnütz, da Maria schon fast weg war und sich auch auf dem Weg nicht nach ihrem Mann umgeblickt hatte.

David mochte das Geschrei seiner Schwester nicht, daher war er erleichtert über die wieder eintretende Ruhe am Esstisch. Vor allem mochte David die Zeit allein mit dem Vater, er genoss die Aufmerksamkeit vom Vater, auf den er aufschaute, als ob er Gott persönlich wäre. Nach einigen Minuten kam Maria heruntergelaufen und setzte sich wieder zu Tisch. Vater und Sohn hatten schon zu Ende gespeist, warteten aber höflich auf Maria, dass auch sie in familiärer Gesellschaft das Abendmahl verköstigen konnte.

„Sie war müde und schlief sofort ein", gaben Marias Lippen mit Erleichterung von sich, um gleich darauf jene Worte mit einem tiefen, hörbaren Seufzer zu ergänzen.

Gregor nickte ihr zustimmend zu, sie bemerkte es und ihre Blicke wechselten sich, aber nur kurz, es waren jene oberflächliche, welche man beruflich oder mit Fremden austauscht. Gregor trieb unwillentlich eine innere Unruhe, weshalb er den innigen Blickkontakt zu seiner Frau unbewusst suchte. Erstens spürte er die Veränderung in Marias Wesen, die eben auch in ihren Gesichtszügen sichtbar geworden war, es hatte etwas Niedergeschlagenes, eine mäßig abstoßende Kraft umfasste sie, es gefiel ihm nicht, diese unheimliche Veränderung, welche schon länger im Begriff war, Maria mehr und mehr zu vereinnahmen. Zweitens gab es dieses Geheimnis, jene wirre, verhängnisvolle, unrühmliche Nacht in Odessa, welches ihn in seiner bisher gewohnten, übermütigen Unbeschwertheit immer wieder aufs Neue zu beeinträchtigen suchte. Obschon es in jener Kiste, tief in seiner Seele, zeitweilig bereits fast unauffindbar vergraben zu sein schien. Er schaute zu Maria, die gerade abräumen wollte. Sie ignorierte einmal mehr seine Blicke. Er fühlte sich dadurch mehr und mehr vernachlässigt. Langsam fing er an zu denken, sie wisse alles, und sie wolle ihn damit bestrafen. Gespenstische Gedanken, die sich ihm in den Kopf gesetzt hatten. Sie hingegen fühlte sich von ihm nicht verstanden, als ob er Schuld an ihrem Unwohlsein hätte. Sie brachte den Mut nicht auf, mit Gregor offen darüber zu reden, war nicht in der Lage, sich von ihrer Vergangenheit zu lösen. Sie haderte weiter und lebte in einer stillen Verzweiflung, wie es nicht wenige Menschen tun. Schwäche zu zeigen war in Marias früherer Familie verpönt gewesen. Jeder hatte sein Leid in sich rein gefressen, besonders ihre Mutter, die eine Meisterin darin gewesen war, alle Sorgen und Ängste der Familie und der Welt in sich hineinzusaugen, abzulegen und wie Wertgegenstände zu hegen und zu pflegen, sodass die innere Schwere zunehmend unerträglich geworden war, deren Druck in tiefe, dunkle Depressionen geführt und sie am Ende in den unwürdigen, schmachvollen Selbstmord getrieben hatte. Ein Stück ihrer Mutter, eben jenes Dunkle, lebte weiter in ihr und suchte sich ihrer mehr und mehr zu ermächtigen.

Ihre, Marias und Gregors, beider Seelen steuerten in eine Sackgasse hinein, aus der sie beide nur gemeinsam oder durch harte Schicksalsschläge herauszukommen vermochten. Unwillkürlich wuchs der kleine Riss in ihrer Ehe an, er hatte sogar an Geschwindigkeit gewonnen.

„Übrigens, mein Vater hat angerufen", fing Gregor an, um Maria von den neuesten Kriegsereignissen in Odessa zu erzählen, und auch um seine lästigen Gedanken zu vertreiben.

Die Grüße der Eltern vergaß er weiterzugeben, denn sofort nahmen die erschreckenden Berichte von den Raketenangriffen auf die Heimatstadt den ganzen gedanklichen Raum ein.

„Keine zwei Kilometer vom Elternhaus entfernt hatte eine Rakete eingeschlagen, ein Lagerhaus in Brand gesetzt und es gänzlich zerstört. Aber meinen Eltern und Boris geht es gut soweit", fasste Gregor das Telefongespräch mit seinen Eltern knapp zusammen.

Das übliche „Gott sei Dank" und „gottlob sind sie wohlauf", und „hoffentlich hat das Ganze Elend bald ein Ende" folgten abwechselnd, zustimmend, teils ziemlich synchron aus Marias und Gregors Mund, bevor kurzes Schweigen eintrat. Durch die Gewöhnung der mittlerweile schon ein knappes Dutzend Angriffe auf ihre Heimatstadt kam hingegen keine echte Empörung mehr auf, wie es bei den ersten Raketeneinschlägen einhellig und in größter, hitziger Entrüstung erschallen war. Es war merkwürdig, ihre beiden Seelen rührten sich nur unmerklich darüber. Wie schnell sich der Mensch doch an böse Dinge gewöhnen könne und alsbald gleichgültiges Hinnehmen an der Tagesordnung sei. Ob sich hier die Weisheit, das eben alles am Ende die gleiche Gültigkeit habe, in tragischer Weise offenbare?

Gregor ereiferte sich in unnatürlicher Weise, um das zu erwartende Entsetzen irgendwie kundzutun und zu zeigen, um jene gewachsene, leicht beschämende Gleichgültigkeit beider immerhin ein wenig zu übertünchen. Es war jedoch ziemlich kraftlos, jene Ausdrücke von Unverständnis, jenes Kopfschütteln währenddessen und seine

Worte sorgenvoller Zukunftsängste. Er beließ es dabei. David verstand von alldem noch nichts, er sah die Welt, wie sie um ihn herum war, eben mit naiven, unbeschwerten Kinderaugen. Davon ließ sich Gregor gern anstecken und so gingen beide ins Wohnzimmer, um es sich auf dem Sofa gemütlich zu machen. Sie scherzten, balgten miteinander, wobei David eher einem übergroßen, unhandlichen Plüschtier glich, das man in die Lüfte stemmen konnte und gleich wieder behutsam zur Brust fallen ließ. Beide genossen diese typische, harmlose Balgerei, dieses Kräftemessen unter Jungs beziehungsweise zwischen Vater und Sohn. In der Zwischenzeit war Maria zu Bett gegangen, wo sie kurz in ihrem Roman las und alsdann sich dem Schlaf erschöpft ergab. Gregor bemerkte die fortgeschrittene Zeit, setzte sich auf und nahm den Sohnemann mit einem unmissverständlichen „es ist Schlafenszeit!" auf den Arm, um zusammen in den oberen Stock zu steigen, wo sich die Schlafräume sowie das große Badezimmer befanden. Nachdem Gregor David ins Bett gebracht hatte, ihm eine kurze Gute-Nacht-Geschichte vorgelesen hatte, schritt er leise ins Schlafzimmer, legte sich hin und bedeckte sich nur halbseitig mit der dünnen Sommerdecke. Maria drehte sich schlafend, mit leisen, ihr typischen Schlürfgeräuschen auf die andere Seite, während Gregor noch an den nächsten Tag dachte, an die Arbeit, die Patienten, und gleich darauf blitzten wieder Gedanken an Helena auf, die er am übernächsten Montag in seiner Praxis empfangen würde. Er wollte willentlich jenen Gedanken nicht vertiefen, es beschämte ihn ein wenig, er fand es unangebracht, neben Maria an die rassige Helena zu denken. Doch nun sei sie seine Patientin, dachte er sich zuletzt. Der Schlaf kam ihm zu Hilfe und so versank er in den nächtlichen Träumen, die ihn in Odessa im herrlichen Meer schwimmen ließen, um sich gleich darauf wegen Raketenalarm wie wild ans Ufer retten zu wollen. Aber die Kraft fehlte ihm, es schien ihm nicht zu gelingen, er schien wie gelähmt zu sein, hilflos trieb er im Wasser, gottlob kam die Rettung ... mit der Musik von Udo Jürgens aus dem Radiowecker wachte er erleichtert auf.

III

„Was für ein irrer Traum!", dachte sich Gregor, die Augen noch halb zugekniffen, um gleich darauf den lebhaften Traum wieder zu vergessen.

Nach dem kurzen Frühstück, bevor Gregor den ersten Patienten empfing, versuchte er wiederum, Maksim telefonisch zu erreichen, doch schlug sein Anruf erneut fehl. Leise Unruhe kam in seiner Brust auf.

„Mit seinem Handy stimmt was nicht. Wahrscheinlich ist es kaputt gegangen, oder, ja, bestimmt hat er sein Handy verloren. Wie kann ich ihn bloß erreichen?", überlegte er sich.

Er beschloss, ihm zu schreiben, um herauszufinden, was los sei. Gesagt, getan. Die nächsten Tage schlief Gregor unruhig. Dann, zwei Tage später, es gab wieder Raketenangriffe auf Odessa mit Verletzten und einigen Toten, bekam Gregor einen Anruf aus der Heimat, und zwar von seinem Bruder Boris. Etwas erstaunt, aber zugleich erfreut meldete er sich am Apparat.

„Schön, von dir zu hören, wie geht es dir? Ist alles in Ordnung bei euch?", fragte Gregor sogleich seinen Bruder.

„Alles gut, den Eltern und mir geht es gut. Vielleicht hast du es schon gelesen, in der Nacht explodierten wieder Raketen in unserer Stadt, im Süden, in der Hafengegend. Es gab Verletzte und einige Tote, man spricht von vier oder fünf Todesopfern. Neben einem Fabrikgebäude kam auch ein Wohnblock zu Schaden", berichtete Boris fast so professionell, wie es in den täglichen Nachrichten, die sich europaweit inhaltlich mittlerweile kaum noch zu unterscheiden schienen, zu hören und lesen war.

„Gott sei Dank. Und wie geht es deinem Arm?"

„Der Gips ist weg, der Arm wie neu", witzelte Boris. „Wie geht's dir und der Familie?"

„Ganz gut, ja, außer Maria, sie klagt in letzter Zeit vermehrt über Magenverstimmungen, ja, so glaube ich zumindest. Den Kindern geht's gut, sie sind gesund und munter", berichtete Gregor seinerseits frohmütig von seiner Familie.

„Weshalb ich anrufe, Gregor, etwas Schlimmes ist in Odessa geschehen. Die Leute in der Umgebung sind schockiert darüber", begann Boris in einer merklich tieferen Stimmlage.

Gregor stand reflexartig von seinem Sessel auf und hörte gebannt und mit großer Neugierde zu.

„Es gab vor zwei Tagen einen fürchterlichen Mord in der Stadt", ertönte es in klaren, eindringlichen Worten am anderen Ende des Apparates.

„Ach, wirklich?", wandte Gregor rhetorisch ein, um gleich wieder den Mund zu halten und in nun übermäßig angestiegener Neugierde weiter dem Bruder zuzuhorchen.

Boris erzählte in gleicher Stimmlage weiter. Er habe es in der Zeitung gelesen, ein gewisser Maksim H. wurde ermordet in dessen Wohnung in der Innenstadt aufgefunden.

„Hieß dein Freund, den du bei deinem Besuch letztens hier getroffen hast, nicht auch Maksim? Es gibt ja viele Maksims in Odessa, aber wer weiß, vielleicht ist es gar nicht jener Maksim, ich meinte nur, ich frag mal nach, ob du vielleicht mehr weißt. Heute wurde sogar im Fernsehen kurz darüber berichtet", sagte Boris und hielt inne, um gespannt Gregors Reaktion abzuwarten.

Tausend Gedanken blitzten in Gregors Kopf gleichzeitig auf, alle kreisten um seinen Freund Maksim und dessen letzte Worte am Telefon, um die letzte Begegnung in der Wohnung am Morgen nach der durchzechten Nacht und um sein investiertes Geld. „Ja, er heißt wirklich Maksim. Aber ja, es gibt viele davon in Odessa, sodass ...", Gregor wurde kurz still.

Dann fuhr er mit zögernder Stimme weiter: „Ich habe von ihm seit meinem Besuch nichts mehr gehört, das ist schon merkwürdig. Auch versuche ich ihn schon seit einigen Tagen erfolglos telefonisch zu erreichen."

Wieder machte er eine kurze Pause.

„Ich hoffe, der Tote ist nicht mein Maksim, nein ... ich meine, unmöglich."

„Auch im Internet ist ein Bericht über diesen Mordfall zu finden. Selbst ein Foto vom Opfer ist abgebildet. Schau doch mal nach, ob das vielleicht doch dein Freund ist!", schloss Boris das Gespräch und verabschiedete sich.

Gregor wollte nicht sofort nachsehen, ob es sich wirklich um seinen Maksim handelte, denn er erwartete gleich einen Patienten. Nach der Sitzung wollte er die Sache in Ruhe überprüfen. Er ging in der Praxis auf und ab, suchte Gedankenstille zu finden, allerdings vergebens. Umso mehr er diese Gedanken unterdrücken wollte, desto stärker wurden sie. Aber er erachtete es gerade für wichtiger, einen klaren Kopf für die Therapiestunde zu kriegen, als sich unnötig mit möglicherweise Halbwahrheiten aus dem Internet zu belasten. Er wollte alledem nicht wirklich glauben, was seine Ohren eben gerade mit höchster Sensibilität aufgenommen hatten und was seine Seele intuitiv zu erahnen suchte, wobei es schließlich wahrhaftig noch keine Sicherheit gab, dass das Opfer tatsächlich sein Maksim wäre. Äußerlich schien er ruhig zu sein, innerlich hingegen kochte Gregor, und die Therapiestunde entwickelte sich für ihn zur reinsten Qual. Seine Gedanken kreisten fortwährend um Boris' Worte, nur mit Mühe konnte er sich auf den Patienten und auf dessen Leiden und psychische Störungen konzentrieren. Es saß wieder dieser redselige Patient bei ihm, der an diesem Tag in besonderer Plauderlaune war, breit und lang von dessen Kokainsucht, den linksautonomen Eltern und der geschiedenen, selbstsüchtigen Schwiegermutter berichtete. Jene, nicht selten strapaziöse Redseligkeit kam Gregor gerade äußerst gelegen. Andauernd schielte er, was ihm gar nicht ähnlich sah, auf die silbergraue Wanduhr oberhalb der Couch, auf der der Patient sichtlich bequem saß. Obschon dieser viel erzählte, dabei immer wieder unterschwellig unterschiedliche Schuldige in dessen familiärem Umfeld für sein Opferdasein benannte, bemerkte er trotz allem die Unaufmerksamkeit und leichte Zerstreutheit des Doktors. Kaum war der Patient aus der Praxis, setzte sich Gregor, nun noch angespannter, an den Computer. Nach wenigen Sekunden fand er den erwähnten Artikel mit dem Foto des Opfers, Maksim H.

Gregor konnte seinen Augen nicht trauen. Er war wie gelähmt, wie paralysiert vor Schreck, als er auf das abgebildete, leicht unscharfe Foto starrte. Das Opfer war tatsächlich Maksim, sein Maksim!

„Nein ... nein ... WAS? N-nein, das kann nicht wahr sein ... oh ... mein GOTT! Mein GOTT!", sprach Gregor zutiefst erschrocken, als ob er einen Geist gesehen hätte, vor sich hin.

Um gleich wieder die Worte der Unbegreiflichkeit und des Unglaubens zu wiederholen.

„Das kann nicht wahr sein ... ich GLAUB das nicht! Mein Gott!", Gregor wusste momentan nicht, wie ihm geschah.

Er wollte diese nun feststehende Tatsache nicht wahrhaben, sträubte sich innerlich noch dagegen, vergrößerte das Foto und suchte vergeblich nach Indizien, die auf einen anderen, ihm unbekannten Maksim auf dem Foto hätten hindeuten sollen. Nachdem er anfing zu begreifen, die Akzeptanz dessen, was geschehen war, über das Nichtwahrhabenwollen obsiegte, atmete er tief ein und verharrte stumm einige Augenblicke, den Blick nach oben an die Decke gerichtet.

„N-nein, nein ... nicht schon wieder!", sprach Gregor daraufhin in furchtsamer Stimme und innerlich vollkommen aufgewühlt zu sich.

Der plötzliche Tod von seinem geschätzten Lehrer und Freund Alexej Grönefeld, die beinahe Tragödie seines Bruders Boris an der Front, dann noch der unbekannte Alte am Strand in Odessa und nun das, ein Mord an seinem Freund. Der Tod schien Gregor auf den Fersen zu kleben, überall schien er zu lauern. Es schauderte ihn bei diesen Gedanken. Nach weiteren stillen, regungslosen Augenblicken widmete er sich den Zeilen neben dem Foto Maksims. Die Überschrift verhieß nichts Gutes, wobei doch nie etwas Gutes in ebendiesen reißerischen Zeitungsartikeln über Kapitalverbrechen zu erwarten sei. Die Überschrift hieß folgendermaßen: *„Bestialisch zu Tode geprügelt."*

Weiter war im Artikel zu lesen: *„Todesschreie seien bis unten im Erdgeschoss des Hauses zu hören gewesen."*

Dieses niederträchtige Verbrechen soll im Affekt geschehen sein, woraus juristisch gesehen Totschlag resultiere. Es wurde erstaunlicherweise bereits zu diesem Zeitpunkt der Untersuchungen von einer nicht vorsätzlichen Tat gesprochen beziehungsweise geschrieben. Es soll sich zudem um mehrere Täter gehandelt haben. Angeblich soll das Opfer hohe Schulden gehabt haben. Maksim hatte sich mit üblen Gaunern eingelassen, sich von denen viel Geld geborgt, was sich später herausstellte. Auch eine kleine Menge an synthetischen Drogen wurden bei ihm in der Wohnung gefunden. Das ganze Bargeld wurde gestohlen, auch Gregors Geld, das sich entgegen der gemachten Versprechungen noch immer in der verhängnisvollen Wohnung befand. Gregor hatte es geahnt, der leise, von Beginn weg bestehende Argwohn hatte ihn nicht getäuscht. Gregor war wie erstarrt – ein Fiasko sondergleichen. Die ganze Sache mit ihm und dem angeblich so lukrativen vielversprechenden Geschäft, es war wie ein Setzling, den man gepflanzt hatte, an dem man jedoch schon von Beginn weg sah und ahnte, dass er nicht gedeihen und keine Früchte bringen würde, und trotzdem hegte man Hoffnung. Das Verderben war aber schon von Beginn weg beschlossene Sache. In der Zeitung stand zudem noch, dass die Polizei einen Mann festgenommen hatte, der in dringendem Tatverdacht stünde. Dieser Tatverdächtige soll, angeblich auch aus Rache

wegen einer Affäre von dessen Frau mit dem Opfer, dermaßen gnadenlos und in einer übermäßigen Brutalität
gehandelt haben. Von Neuem erschrak Gregor zu Tode,
sein Gesicht wurde bleich und erstarrte, als ob ihm das
Blut in den Adern gefrieren würde, so war ihm zumute. Die
Frau des gefassten, mutmaßlichen Totschlägers – einer die-
ser üblen, aufstrebenden Straßengauner – soll denselben
mit Maksim seit geraumer Zeit schamlos betrogen haben.
So zumindest das sich rasant ausbreitende Getuschel und
Gerede, das in den heimischen Cafés oder auf dem Markt-
platz unter den Leuten von Odessa zu entnehmen war. In
jener verhängnisvollen Nacht, nachdem das grauenhafte
Verbrechen geschehen war, war Maksim noch am Leben.
Unheimlich schwer verletzt, an Händen, am Hals, an den
Armen und Schultern, an der Brust, am Kopf, überall mit
Blut überströmt und mit blauroten Hämatomen übersät,
hatte er sich mit letzter Kraft ins Schlafzimmer geschleppt,
wo sein Handy gelegen war, um Hilfe zu rufen. Derweil
raubte die Täterschaft die Wohnung aus. Anstatt der allseits bekannten Notrufnummer, hatte er, Gott weiß warum, Gregors Nummer angewählt, doch seine Kraft reichte
nicht mehr darüber hinaus, der Anruf war nicht aktiviert
worden. Er entschlief, seine Seele verließ seinen Körper,
der sich sofort begann zu versteifen. Von alldem, der letzten verzweifelten Handlung seines Freundes, sollte Gregor
nie erfahren, Maksims Handy wurde nie gefunden.

Maksim, der arme Sünder, der unheilvolle, leidselige
Unglücksrabe, er wollte hoch hinaus, fiel hingegen tief. Er
strebte nach Geld, Macht, Ruhm und Ansehen. Nun war
er in aller Munde, jeder in Odessa kannte seinen Namen,

immerhin für einige Tage, bis alles wieder vergessen sein werde, er hatte es geschafft, er war in der Zeitung – mit Foto! Nur leider auf unendlich schändliche, tragische Weise. Weltliche Ruhmsucht und eitle Begierden, jene Götzen trieben ihn ins Verderben. Der Mensch dürfe wohl Wünsche hegen, doch nie dürfe er sich durch sie binden und fesseln lassen. Gregor erinnerte sich an Maksims Worte, an dessen Spruch, den er zwei- oder dreimal in jener durchzechten Nacht von sich gegeben hatte. Es war jeweils wie ein Nageleinschlag, als er sich zwischen seinem hochmütigen, teils aggressiven, frevelhaften Getue unerwartet in trübseliger Melancholie und mit leeren, nichtssagenden Augen, jedoch mit bestimmter, sehnsüchtiger Stimme geäußert hatte: Kurz und beschissen sei doch das Leben. Man könnte daraus folgern, dass er sich nach dem Tod gesehnt habe, sich gegen das Leben entschieden und sich den dunklen Mächten ergeben habe, die ihn fortan geknechtet hätten, Drangsal und Geißel über seine Seele kommen ließen, um Tod und Verderben zu ernten. Gregor drehte sich unwillkürlich, von Neuem aufgeschreckt, auf dem Stuhl um und schaute mit leeren, verängstigten Augen aus dem offenen Fenster gen Himmel, der sich wolkenverhangen zeigte. In seinen Gedanken tauchten unversehens die bedürftigen Augen Maksims auf, Augen, die nach Hilfe zu schreien schienen, solche, die Gregor erstmals wahrnehmen musste. Einige Augenblicke ließ er seinen Blick über die sich hinziehende, dunkelgraue Wolkenmasse schweifen, die etwas Bedrohliches an sich hatte. Dieser Tod erschreckte ihn zwar um ein Vielfaches heftiger als derjenige von Alexej Grönefeld, insbesondere erschütterte ihn sicherlich die rohe Gewalt, dessen sich der Tod in Maxims Fall bedient hatte, doch im Herzen fühlte er erstaunlich wenig Bedauern. Gregors Mitleid zum Tod Maksims hielt sich in Grenzen, es verursachte lediglich einen Hauch von Schmerzen in seiner Seele. Ein wenig Scham überkam ihn unwillkürlich dabei, die allerdings gleich darauf wieder verschwand. Gregor erkannte, das Opfer war ihm kein echter Freund gewesen.

Sein investiertes Geld war weg, so viel war bald sicher. Viel Geld hatte Gregor verloren, er hatte sich aufs Gröbste hinters Licht führen lassen, in die dunklen Seiten des Menschen einwickeln lassen, sich täuschen, sich blenden und an der Nase herumführen lassen, sich in einfältigster, törichtester Weise in die Irre führen lassen. „Ich Esel", hörte er eine beschämende Stimme in seiner Seele deutlich sagen, und „ich habe es gewusst." Es stellte sich heraus, dass jene zwielichtigen Waffenlieferungen nur anfangs bestanden hatten, obschon nicht ganz legaler Natur, erfüllten sie ihre Aufgabe als Köder für gierige Gewinnsüchtler. Alle Folgegeschäfte danach waren fingiert gewesen. Es ging lediglich darum, möglichst schnell an viel Bargeld zu kommen, mit großen Gewinnversprechungen, wie es üblich sei in den allseits bekannten, rechtswidrigen Geschäftsmodellen mit sogenannten Pyramidensystemen. Sein Geld konnte er nicht mehr holen, es war weg, nicht aufgelöst oder verbrannt, nur auf irgendwelchen Konten anderer Leute oder in deren Taschen. Es rumorte ihm tief im Bauch, was hätte er alles mit dem Geld Besseres anstellen können, dachte er sich verdrießlich bei diesem schmerzlichen Gedanken. Einige Zeit später, es dürften keine Monate gewesen sein, wurde diese kriminelle Bande hochgenommen, der ganze Waffen-schieber-Ring zerschlagen und die Führungsriege dahinter konnte dingfest gemacht werden. Auch lokale Politiker und Personen aus der Militärverwaltung seien angeblich darin verwickelt gewesen. Die Urteile, die nach unendlich vielen Prozessverhandlungen gesprochen wurden, fielen lächer-lich milde aus. Die Verteidigung hatte alle nur erdenklichen Rechtsmittel gnadenlos ausgeschöpft und so rechtmäßig das Rechtssystem von innen mit Bravour ausgehöhlt. Es hatte etwas Beschämendes, die ehrfurchtgebietenden Rich-ter wie gestutzte Autoritäten in ihren schwarzen Roben mit zwiegespaltener, befangener, unfester Stimme urteilen zu hören. Es hing mitunter auch mit dem Krieg zusammen; im Krieg wird das Recht nicht selten zugunsten der eigenen Landsleute ausgelegt, mitunter sogar bewusst ausgehebelt, dabei würden schonende Gerichtsurteile zum Schutz der eigenen Männer gefällt, gerechtfertigt durch die Priorisie-rung des Krieges und durch die dabei über allem stehende Landesverteidigung. Ein anderes Rechtsempfinden mache sich in derartigen Zeiten unwillkürlich breit, obschon sich dabei bei manch einem ehrwürdigen Richter das Gewissen merklich rege und Zwiespalt in dessen Herzen säe.

In Gregors Seele regte sich wieder die Reue, diesmal sprach sie mit kräftigerer Stimme. Das schlechte, schuld-beladene, reumütige Gewissen wegen der Sache mit dem leichten Mädchen war noch existent. Er fühlte sich noch beschämter als am Morgen nach der verschrienen Nacht, nachdem er sich, in aufgekratzter und gleichzeitig verka-terter Stimmung, mit Maksim in der Küche unterhalten hatte. Er spürte eine abgrundtiefe Demütigung, die er bisher nicht kannte. Der Mensch wird arg gedemütigt, bevor sich dieser das rettende Kleid der Demut überzieht. Um sich diesen erniedrigenden Gefühlen nicht hinzugeben, um sich von ihnen nicht vereinnahmen zu lassen, begann er, intensiv über Maksims Leben nachzudenken. Es half, immerhin für eine kurze Weile.

Maksim hatte die letzten Jahre ein ausschweifendes Leben geführt, hatte gezecht und geprasst – wie ein nichtsnutziger, unverbesserlicher Halunke es tut. Er hatte den guten Weg seit dem mysteriösen Tod seines Vaters vor zehn Jahren verlassen, ein Wendepunkt, vielmehr ein kalter Bruch in Maksims Leben. Angeblich sei dieser ein zufälliges Opfer eines Raubüberfalls im städtischen Spielcasino gewesen. Vieles war jedoch ungeklärt geblieben, die Drahtzieher konnte man nie fassen, lediglich ein Mittäter, der zu vielen nebulösen Umständen eisern schwieg, wurde zu einer Haftstrafe verurteilt und für dreizehn Monate eingesperrt. Maksim konnte den unerwartet harten Verlust des Vaters nie verkraften, die tiefe Wunde in seiner Seele konnte nie geheilt werden. Obgleich der Vater kein frommes Schaf und ebenso die Beziehung zu ihm keineswegs ideal gewesen war, sehnte er sich nach ihm, suchte im Geist weiter dessen Ratschläge und Liebe. Der Vater hatte Maksim unbewusst ein klein wenig Halt und Hoffnung gegeben. Seit dem schrecklichen Ereignis glaubte er weder an das Gute noch an Gott, er haderte zusehends mit dem Leben, eine verzweifelte Bitterkeit zerfraß ihn innerlich, weswegen er den Pfad der guten Tugenden endgültig verlassen hatte. Das Böse erhob sich und wurzelte in Maksims Seele. In seiner Schlechtigkeit hatte dieser Gregor geködert, ihn in dessen ungefestigter Seele gefangen, ihn, Gregor, in dessen Schwachheit menschlicher Gewinnsucht und leidenschaftlicher Begierden versucht.

Maksim hatte sich entschieden, seinen eigenen Weg zu gehen, abseits göttlicher Quellen, auf dem er sich quasi aus der Schöpfung nehmen und sich von ihr befreien wollte, die äußere, begehrenswerte Freiheit suchend – ein unrühmlicher, verzweifelter Versuch, sei doch alles Teil der vollkommenen Schöpfung. Ebenso begünstigten die äußeren Umstände, die Zeiten von großen Veränderungen und des Umbruchs, dass er den Kompass vollkommen verloren hatte. Im Rausch des Zeitgeistes verliere manch einer die guten Tugenden von gestern. Maksim hatte keine der vielen Gelegenheiten ausgelassen, um in jener hoch gepriesenen Freiheit seinen Begierden und sündigen Leidenschaften liederlich nachzustreben, hatte keine Schönheit verschmäht, auch nicht, wenn diese eine sogenannte verbotene Frucht gewesen war, er war ein elender Sklave seiner Begierden gewesen, hatte außerdem gern und oft gespottet, hatte seiner Zunge, die mit arg bösen Worten und zynischen Bemerkungen nur so um sich geworfen hatte und die nicht selten in ohrenbetäubender Weise schändlich und obszön geflucht hatte, ungehemmt freien Lauf gelassen. Mit gemeinen Lügen und Halbwahrheiten bis sogar arglistigen, bösartigen Verleumdungen hatte er ebenso nicht zurückgehalten, es schien, als ob sich Maksim mit der ganzen Welt angelegt hätte. Diesen Kampf konnte er nicht gewinnen, er würde in die Knie gezwungen, so stand es seit Beginn an fest. Doch Maksim war unverbesserlich, er hatte nach dem hedonistischen Prinzip der

Lustmaximierung und zugleich der Unlustvermeidung gelebt, war seinen niederen Lüsten und wirren Gedanken, seinem menschlichen Willen gefolgt, um weltlichen, eitlen Bedürfnissen hochmütig nachzueifern, eine vermeintliche Verheißung, der die Menschen aufgesessen sind. Er hatte dem Guten, dem Schönen und dem Wahren den Rücken gekehrt. Das Böse, die Erbsünde jedes Menschen hatte kräftig in ihm gewurzelt, und ohne Gottes Gnaden war es prächtig gediehen. Dabei besaß er die ganze Zeit die innere Freiheit in seinem Herzen, dort, wo jeder doch willentlich über Gut und Böse, über gute und böse Taten entscheiden könne. Diese heilbringende Quelle, die all unsere Wunden zu heilen vermöge, hatte der Verstorbene in Gänze vernachlässigt, gefangen in seiner dreisten, törichten, impulsiven Getriebenheit, und so war es ein Leichtes gewesen, dem Satan, dem Fürsten der Finsternis in die Hände zu geraten und dessen elender Knecht zu werden. Denn das Böse trete doch erst bei Vernachlässigung des Guten in Erscheinung.

Draußen kam ein Sturm auf, wie aus heiterem Himmel begann es heftig zu regnen. Schnell schloss Gregor das große Fenster, das zum Hof hinausschaute. Kurz darauf fing der stürmische Wind an, die übergroßen, schweren Regentropfen mit großer Wucht ans Fenster zu peitschen, dann erleuchtete der dunkle Himmel kurzzeitig, ein heller, fast weißer Blitz war zu sehen, der wie ein kopfüber stehender, blätterloser Baum mit dünnem Stamm, vielen spitzen Ästen und Zweigen aussah, um gleich daraufhin dessen fürchterliches Donnern erschallen zu lassen und am dunklen Horizont zwischen den imposanten Bergmassiven jäh wieder zu entschwinden. „Schauriges Wetter, passt zum Geschehen", dachte er sich trübsinnig auf das dunkelgraue bis fast schwarze Wolkenmeer blickend, worin sich nur vereinzelt helle Fetzen zeigten. Obschon die Uhr mitten am Vormittag zeigte, erinnerte draußen nichts daran, man könnte beinahe denken, es wäre im Eiltempo wieder Abend geworden. Der Himmel bewegte sich indes in augenscheinlicher Geschwindigkeit gen Osten.

Gregor sollte in den kommenden Nächten lebhaft wilde Alpträume erfahren, die ihn erbarmungslos vom Schlaf abhielten und die Nächte gespenstisch werden ließen. Die zwei unerwarteten Todesfälle, den sanften – aus Gregors heutiger Sicht – von Alexej Grönefeld und den grausamen Tod von Maksim, erschreckten ihn, ja erschütterten ihn bis tief ins Knochenmark, nahmen sein wankendes Herz fest in Beschlag. Jene Furcht gepaart mit einer gleichzeitigen Anziehung bis hin zur Faszination des Jenseits ist seit jeher tief im Menschen angelegt, und genau das brach mit einer alles durchdringenden Wucht in kürzester Zeit in Gregors Leben ein. Die Angst vor dem erbarmungslosen, endlichen Tod stehe der sehnsüchtigen Faszination des insgeheim erhofften Himmelreichs im Jenseits gegenüber. Diese menschliche Furcht vor der Macht des Todes sei es, die derweil die Hoffnung, ja das Licht trübe, nach dem sich der Mensch doch im Innersten seiner Seele sehne. Erst durch den Tod zweier nahestehender Menschen wurde Gregor sich der Endlichkeit, der Vergänglichkeit des Menschseins zur Gänze bewusst, jene Gedanken und Gefühle wogen anfangs schwer in seiner Seele. Jeder Menschenseele und ebenso jedem anderen Geschöpf auf Erden ereile doch dasselbe Schicksal, so auch den Kindern, den

Enkelkindern und den noch ungeborenen Menschenkindern. Das Spiel des Lebens, es sei der ewige Bund mit dem Allerhöchsten. Doch diese Furcht wird sich erst zum Segen wandeln, wenn der Tod in Hoffnung verwandelt werde, die Verheißung des ewigen Lebens. Unwillkürlich dachte Gregor an seinen eigenen Tod, der ihn eines Tages mit absoluter Gewissheit heimsuchen würde. Merkwürdig fühlte es sich an, diese Vorstellung, den eigenen Tod in seiner bitteren Endlichkeit vor Augen zu haben, dabei war es ihm ganz anders zumute. Zu seiner Verwunderung regte sich nach jenen düsteren Gedanken seine Seele, sie erwachte unverhofft in einer Leichtigkeit über den neuen, kraftvollen, hoffnungsvollen Gedanken „ich bin am Leben". Er erkannte: das Leben ist ein Geschenk auf Zeit, es soll bewusst und zum Guten genutzt werden.

Kaum war es ihm ein bisschen leichter ums Herz, dachte er wieder, ohne es zu wollen, an die besagte Nacht in Odessa, an das viele törichte Gerede, an das trunkene, selbstgefällige Getue und an die Prostituierte. Lästige Gewissensbisse quälten Gregors Seele beständig weiter, nie in gleicher Intensität, mal mehr, mal weniger. Verhängnisvoll, dass er sich im Netz von eitler Habgier und menschlicher Begierden wie ein törichter Hanswurst hatte einfangen lassen. Obschon er die Falle insgeheim erkannt hatte, sein Gewissen sich mehrere Male merklich gerührt hatte, damals am frühen Abend im angesagten Lokal in Odessa, war er doch, getrieben durch hoch- und übermütige Listigkeit, hineingetappt. Ständig schossen ihm Bilder von Maksim durch den Kopf, dessen schäbiges Getue, dessen übermütige, gekünstelte Mimik, dessen aufdringliche, bis mitunter unangenehm schmeichelnde Berührungen, dessen niederträchtiges Verhalten der Kellnerin gegenüber sowie dessen letzte, verkaterte Worte am Morgen danach, beim Kaffeetrinken in dessen Küche. Ob er irgendein Anzeichen nicht übersehen habe, ob er diese furchtbare Tragödie nicht hätte retten können, fragte sich Gregor angestrengt. Jeder, der einen Menschen auf solch eine fürchterliche, unfassbare Weise verliert, sucht in den letzten, gemeinsamen Stunden unentwegt nach etwaigen Antworten. Jedes Wort, jeder Blick, jede Mimik und Gestik, wie auch jede beobachtete Interaktion des Verstorbenen mit anderen Personen wird immer wieder von Neuem im Geist betrachtet und beurteilt. Gregor versuchte dies ebenso zu tun, aus Gründen der bestandenen, erheblichen Trunkenheit und der daraus entstandenen Erinnerungslücken gelang es ihm jedoch nur bruchstückhaft. Plötzlich tauchte ein gemeiner, mit Vorwürfen behafteter Gedanke auf. Ob er die Einladung Maksims am Tag darauf hätte doch annehmen sollen? Hätte er dadurch möglicherweise die Tragödie abwenden können? Vielleicht hätte sich Maksim ihm anvertraut und ihm dessen kriminelle Verstrickungen gebeichtet? Wäre er jetzt vielleicht noch am Leben? So redete es ihm sein Gewissen ein.

„Unwahrscheinlich. Nein, es hätte nichts daran geändert. Meine Entscheidung, nicht hinzugehen, war doch richtig", beschwichtige Gregor sein Gewissen.

Es war an der Zeit, sich zu bewegen, rauszugehen, einfach etwas tun, um die starren Gedanken zu verscheuchen, um sich wieder dem Leben zuzuwenden. Gregor fasste den Entschluss, an die frische Luft spazieren zu gehen.

IV

Unverhofft wurde es draußen wieder heller, der Regen ließ nach. Der Himmel tat sich stückweise auf, die grauen Wolken machten allmählich dem sehnsüchtigen Blau widerstrebend Platz, um dem Himmel mehr Leichtigkeit zu verleihen. Schließlich hörte es ganz auf zu regnen. Gregor nahm zur Sicherheit den kleinen, schwarzen Regenschirm mit und verließ unbemerkt das Haus. Er ging raus, quer über den Hof, um in den Wald allein spazieren zu gehen.

„Danach, wenn ich zurück bin, will ich mit Maria sprechen", sagte er sich.

Diesmal ging er in die andere Richtung, in die nördliche, nicht wie am Tag der Todesnachricht von Alexej Grönefeld. Es tat ihm gut, die frische Luft zu atmen, das Tropfen des nassen Blätterwaldes zu hören und die noch zaghaften Sonnenstrahlen durch den wolkenverhangenen Himmel zu betrachten. Schneller als gedacht waren die vielen schweren Gedanken verflogen. Gregor kam an einer unscheinbaren, gemauerten Betsäule, einem sogenannten Bildstöckli, am Wegesrand vorbei, dem er bisher wenig Beachtung geschenkt hatte. Solche sakrale Objekte seien besonders auf Innerschweizer Wanderwegen gang und gäbe. Unwillentlich blieb er stehen. Stumm betrachtete und musterte er diesmal die gut dreißig Zentimeter große Holzfigur des Heilands, der mit offenen, ausgestreckten Armen dastand, hinter den von der Witterung und der Sonne erbleichten, nicht mehr ganz schwarzen, nach oben hin geschwungenen Gitterstäben, besonders genau. Auf der Inschrift, unterhalb von Jesus Christus, stand geschrieben: *„Kommt* *alle zu mir, die ihr mühselig und beladen seid.*" (Matthäus Evangelium, Kap. 11, Vers 28) Gregors Augen saugten diese Worte begierig auf, als ob sie Seelennahrung in reinster Form wären. In diesen Augenblicken erwiesen sich jene hoffnungsvollen Worte wahrlich als heilsbringend für Gregors arg verschüchterte, verstörte Seelenwelt. Der Mensch, in seinem Elend, soll sich, soll seine Seele dem Herrn anvertrauen, wer sonst wird dem leidgeprüften Menschen dessen Last unentgeltlich und wohlwollend abnehmen und dessen ermattete Seele erquicken lassen? Gregor setzte sich auf die nebenstehende Bank. Die einladenden Worte unter der Jesusfigur im weißen Bildstöckli drangen in sein Herz, als ob sie allein für ihn geschrieben worden wären. Gregor nahm diese hoffnungsvollen, tröstenden Worte auch zu seiner freudigen Verwunderung in ihrer ganzen Tragweite wahr. Die Kirche und der Glauben wurden in den letzten Jahren in Gregors Leben eher stiefmütterlich behandelt, obschon seine Kindheit von (fast) regelmäßigen Gottesdienstbesuchen mit der Familie, von Osterfestlichkeiten und Weihnachtsfeierlichkeiten geprägt worden war. Doch wie viele andere lebte er jene Art der Volksfrömmigkeit, welche sich diejenigen zunutze machen, die weiter nach den weltlichen Dingen trachten wollen, doch unter dem Deckmantel der Kirche. „Der Mensch lebt eben tatsächlich nicht vom Brot allein", dies schoss Gregor in einer ihm unerwarteten Klarheit durch den Kopf, ja, der Mensch dürstet nach dem Seelenbrot. Schmerz und Verzweiflung lassen den Menschen nach dem Seelenbrot verlangen. In Gregors Seele regte sich eine unbändige, wohltuende Kraft, jene aus den unversiegbaren Quellen der Hoffnung, dabei, in dieser ihm angenehmen Empfindung, verweilte er eine kurze Zeit auf der Holzbank. Die vielen Dinge, die ihm in seinem Leben bisher ungemein wichtig waren, wurden gedanklich infrage gestellt. Die Vergänglichkeit aller Dinge schoss ihm durch den Kopf. Wie viel Bedeutung der Mensch doch den vergänglichen Dingen schenke, wo doch das Geistige im Menschen, dessen einzigartige Seele Vorrang haben sollte. Sei der Schlüssel zur Leichtigkeit, zur Glückseligkeit, zur Kraft und zur echten Freude nicht in des Menschen Seele zu suchen, die – nicht grundlos – ausschließlich uns Menschen gegeben wurde? Der Mensch soll aus ihr schöpfen, aus den Quellen Gottes, dem Allmächtigen, der uns das Leben eingehaucht hat, der uns die Kraft und jedem unterschiedliche Gaben verliehen hat. Das Tor zum segensreichen Leben bestehe sehr wohl aus Selbsterkenntnis und Selbstverwirklichung, ohne jedoch dabei ins selbstsüchtige, egoistische Handeln zu verfallen. Gregor überlegte, welche Gaben er eigentlich habe und wo seine Selbstverwirklichung stehe, inwieweit er sich bisher verwirklicht habe. Dann schoss ihm wieder ein klarer Gedanke durch den Kopf: „Erst jetzt beginnt meine Wirklichkeit, die Wirklichkeit meines Selbst, wodurch sich meine Gaben erst vollständig entfalten können und eine echte Berufung die Folge dessen sein sollte." Im Geist schüttelte er all die weltlichen Dinge, die er bislang prioritär behandelt hatte, ab. Diesen inneren, bedeutungsvollen, fundamentalen Diskurs schloss Gregor frohmütig ab. Sein Inneres hingegen regte sich weiter in sehnsüchtiger Erwartung neuer, geistiger Nahrung. Alle bisherigen Glaubenssätze wankten in seinem Bewusstsein. Ein ganz unorthodoxer

Gedanke blitzte plötzlich in Gregors Geisteswelt aus dem Nirgendwo auf. Er war selber erstaunt, sich gerade jetzt an die Erkenntnis der Maslowschen Pyramide, die er im Psychologiestudium an der Universität hatte lernen müssen, zu erinnern. Er ließ den Gedanken zu, dachte ihn weiter. Die Selbstverwirklichung, erinnerte er sich, stehe ganz oben auf der Pyramide, was bedeute, dass erst am Ende, erst zuletzt, nachdem alle anderen Bedürfnisse gestillt worden seien, danach getrachtet werden könne und solle. So hatte er es gelernt. „Ganz verkehrt!", dachte er sich nun im neuen Licht seines Bewusstseins.

Alles Irdische, all die materiellen Dinge wie Wohnung, Haus, Auto, finanzielle Absicherung, aber auch soziale Bedürfnisse und ebenso die Sicherheit, die Arbeit und der Erfolg seien vorrangig, gemäß jener Theorie der Bedürfnishierarchie. Maslow ging von der kapitalistischen Annahme aus, dass der Mensch erst, wenn er alle weltlichen Dinge in Gänze erfüllt hätte, sich der eigentlichen, wahren menschlichen Sehnsucht widmen könnte.

„Sie, die Selbstverwirklichung, sollte zuerst stehen, als allererste, oberste Priorität, denn erst wenn der Mensch zu sich selbst findet, seine Gaben und seine Berufung erkennt, erst dann findet er auch zu Gott, der ihm sowohl das ersehnte Seelenheil bringt, als auch alle weltlichen Bedürfnisse, die ihm zuständen, schenkt", fasste Gregor geistig den gewandelten Glaubenssatz zur Priorisierung der menschlichen Bedürfnisse zusammen.

Jenes eitle Streben nach materieller Bedürfnisbefriedigung diene doch nur der Täuschung und Verführung des schwachen Menschen, um ihn im kräftezehrenden

Hamsterrad des Strebens nach weltlichen, vergänglichen Gütern das wahre Glück zu verwehren. Es halte den Menschen von der Wirklichkeit und von dessen ersehnter Selbstverwirklichung ab, stattdessen erbe dieser innere Unfreiheit und Seelenunheil, verharre im Sinn raubenden Hamsterrad und vergeude das Geschenk des Lebens. Das Begehren nach weltlichen Dingen sei doch wie Milch trinken: es sollte nur Kindern vorbehalten sein. Das geistige Brot hatte Gregors bereitwillige Seele erfasst und goss darin ein Fundament, um ihm eine beständige Stütze im weiteren Leben zu werden, was sich bereits in Odessa abgezeichnet hatte, damals, als er diese tiefe Ohnmacht gespürt und die Abendmesse besucht hatte, es war jene innere Wandlung, die im Begriff war, ihn nun vollends zu bemächtigen. Gregor spürte, dass seine Seele unmissverständlich daran war, sich zu reinigen. Die Läuterung hatte begonnen. Der Zauber des Anfangs lag in der Luft. Er stand von der Holzbank auf, blickte nochmals frohmütig zum Bildstöckli, lächelte zaghaft, bekreuzigte sich und verließ diesen ihm nun liebgewordenen Platz.

Zurück im Haus wartete er einen günstigen Moment ab, in dem Maria nicht mit den Kindern und dem Haushalt beschäftigt war, um mit ihr in Ruhe für ein paar Minuten sprechen zu können. In der Praxis ließ er die Tür offen, damit er den Geräuschpegel und die Umtriebigkeit wahrnehmen konnte, um den richtigen Moment nicht zu verpassen. Jener Moment war gekommen, die kleine Eva war versorgt und gab zufriedene Quietschtöne von sich, ihr großer Bruder spielte im Wohnzimmer mit seinen Lieblingsspielzeugen, mit einem schnittigen Polizeiauto und einem schwarz-silbernen Lastwagen mit Anhänger, dem ein Rad an der hinteren Achse schief stand. Maria begab sich emsig in die Küche. Gregor schritt aus der Praxis durch die Eingangshalle, vorbei unter dem prächtig schmucken Kronleuchter, der auch nach über einem Jahr immer noch ein Garant für einen immerhin flüchtigen Augenfang war, geradewegs zur Küche, ohne von David bemerkt zu werden.

„Du, ich muss dir was sagen. Hast du einen Moment Zeit?"

„Ja, ich muss noch ... ja, nein ... mm ... gut, es geht ... was, was ist denn los?", fragte sie neugierig, etwas im Küchenschrank suchend und deshalb in anderen Gedanken verhaftet.

„Etwas Grausames ist in Odessa passiert, Maria", fing Gregor geradewegs und mit ernster Stimme an.

Maria erschrak und zuckte mit den Händen zusammen. Sie kannte ihren Mann und wusste, dass diese ernste Stimme nichts Gutes verhieße. Sie ließ ab vom Küchenschrank und wendete sich ihrem Mann zu.

„Etwas mit unseren Familien? Ist Odessa wieder getroffen worden?", stieß es aus ihr heraus, dabei erstarrte sie gleichzeitig, schaute ihn unverwandt und mit weit aufgerissenen Augen an.

„Nein, keine Bange, mit der Familie in Odessa ist alles in Ordnung. Es ist Maksim, der Freund, von dem ich dir erzählt hatte. Du weißt schon, der, durch den ich in jene Waffengeschäfte Geld investiert hatte", rief er ihn ihr in Erinnerung.

„Ach ja, dieser Maksim. Ja, was ist mit ihm? Gibt es Schwierigkeiten mit dem Geld?", fragte sie in gespannter

Neugier, heilfroh und erleichtert wegen ihrer anfänglichen Befürchtungen, nichtsahnend, was da kommen mag.

Gregor begann zu erzählen. Maria hörte aufmerksam, bald wieder in reichlich angespannter Stimmung zu. Sie saß stumm und regungslos da, nachdem sie gebannt seinen Worten gelauscht hatte. Geschockt vom grausamen Tod Maksims, erhoben sich wirre Gefühle in Marias Seele, Unglaube, Unverständnis und insbesondere Furcht vor der dunklen Macht, dem endlichen Tod, der sich verwegen nah an ihre Familie gewagt hatte. In Marias Gedanken keimten neue Befürchtungen auf, nämlich jene, ob ihr Mann irgendwie in diese Sache involviert sei. Sie fragte Gregor danach, da es ihr von enormer Wichtigkeit schien, wobei sie an dieser schrecklichen Tragödie eine mögliche Schuld Gregors ausgeschlossen haben wollte.

„Nein, mit dem Ganzen habe ich nichts zu tun", antwortete Gregor seiner Frau in bestimmter, wahrhaftiger Weise. Sie war erleichtert, diese entschieden klare, unzweideutige Antwort bekommen zu haben.

„Die Waffengeschäfte werden sich wohl erübrigen", schnitt Gregor sein Investment eher beiläufig an, ohne darüber wirklich mit ihr reden zu wollen. Maria horchte kurz auf, sah in Gregors enttäuschter Gesichtsmimik, den schlaffen Mundwinkeln, die nach unten gezogen waren, dass jene Geschäfte passé waren, für immer. Es schmerzte Gregor, dass sah sie ihm an, doch war sie merkwürdigerweise innerlich froh darüber, nicht über den Schmerz ihres Mannes, vielmehr über die Tatsache, dass ihm diese Schnur in die Unterwelt zerschnitten worden war.

„Was für ein ehrloser Tod", sagte Gregor und atmete tief

aus. Mit diesen trüben, doch ebenso klaren Worten beendete Gregor die Ausführungen rund um das bittere, tragische Ende seines Bekannten M. H., dessen Schicksal sich bedauerlicherweise nicht wie das des Saulus zum Paulus gewandelt hatte.

Die tatsächliche Summe des verlorenen Geldes, die nicht unbeträchtlich gewesen war, verschwieg er ihr, Maria fragte auch nicht danach. Ein bekanntes Geräusch war plötzlich zu hören, es riss beide aus ihren Gedanken, es war das Telefon in der Praxis, es klingelte lautstark. Gregor schaute mit vertrauensvollem und gleichzeitig etwas verschüchtertem Blick zu Maria, stand ruckartig auf und wollte losgehen. Maria hielt ihn zurück, indem sie seinen Namen deutlich und bestimmt aussprach, ihm in die Augen sah und ihn bat, er möge nie mehr mit solchen Leuten Geschäfte tätigen. Gregor nickte zustimmend und lief eiligst in die Praxis.

Als Gregor an seinem Schreibtisch angelangt war, verstummte das Telefon. „Ach, dann halt nicht ... egal", sagte er sich und dachte gar nicht daran, gleich zurückzurufen.

Nur wenige Augenblicke später, während er sich hinsetzte, um sich für die nächste Patientensitzung vorzubereiten, poppte eine kurze Nachricht auf seinem Handy auf. „Ach, noch eine Hiobsbotschaft?", dachte sich Gregor etwas beängstigt und leicht genervt.

Mit einer ihm bisher unbekannten, unangenehmen Furcht schaute er auf die Mitteilung. Es war Helena. Sie schrieb: „Hallo Gregor, ich muss unseren morgigen Termin leider verschieben. Ich schlage dir nächsten Montag, selbe Zeit, vor. Sorry. Liebe Grüße. Helena."

Ihre Terminverschiebung kam Gregor ganz gelegen, denn in seiner Seelenwelt ging es gerade drunter und drüber. Erleichtert legte er das Handy auf den Tisch, wobei er seine Gedanken der Erleichterung unverständlich vor sich hin murmelte. Maria ging Gregor hinterher, sie wollte sich vergewissern, ob der eben erschallende Anruf nicht doch etwas mit den Ereignissen in Odessa zu tun habe. Sie trat in die Praxis hinein, in den Armen die lebhafte Eva, die nicht mehr ganz so hilf- und wehrlos war, wie es Babys in den ersten Wochen nach der Geburt sind. Die Kleine war wach, voller Energie, die Äuglein weit geöffnet, das Mündchen offen, als wäre sie in Erwartung, in höchster Vorfreude von etwas, das gleich geschehen würde, was hingegen nicht eintrat. Nichts Spektakuläres geschah, immerhin nicht aus den Augen der Erwachsenen. Eva stramm festhaltend, stand Maria an der Türschwelle.

„Ist alles gut?", fragte Maria besorgt und blickte ihrem Mann direkt in die Augen.

„Ein Patient", sagte Gregor stoisch und fasste dabei unwillentlich sein Handy an, hielt es kurz fest, um es sogleich wieder loszulassen.

Plötzlich sprang David ins Zimmer hinein, rechts neben Mutters Beinen vorbei, flitzte er zu Papa, als ob er instinktiv bemerkt hätte, dass Vater und Mutter Ablenkung oder gar Trost bräuchten. Tatsächlich wurden beide, Maria und vor allem Gregor, vom quirligen, frohmütigen David im Nu von ihren schwermütigen Gefühlen abgelenkt. Die erhaltene Zuwendung und Aufmerksamkeit Marias gaben Gregor in diesen schweren Augenblicken ebenso Mut und Hoffnung. Wie hatte er jene echte Zuwendung seiner Frau in letzter Zeit doch vermisst, die ihm jetzt unverhofft, erst durch die Grausamkeit des Todes mit dessen seelischbelastender Trübseligkeit, ironischerweise, immerhin ein wenig zuteilwurde. Als die kleine Eva ihren Bruder so herumtollen sah und hörte, wurde auch sie etwas ungestüm in Mutters Armen, strampelte mit ihren weißen, knuddelig rundlichen Beinchen und drehte den Kopf immerzu von einer zur anderen Seite, dabei suchte sie David mit ihren Augen zu erspähen. Dieser schien das zu ahnen und so machte er sich ein lustiges Spiel daraus, indem er sich minutenlang flink aus ihrem Blickwinkel zu stehlen suchte. Schließlich blieb er bei Papas Beinen hängen, kletterte auf Gregors Schoß und ergab sich den Blicken seiner Schwester, die nun mit ihren großen, blauen, engelhaften Äuglein ihn zusammen mit Papa bewunderte.

„Was ist das?", fragte David, neugierig auf ein graues Ding neben ein paar losen Papierseiten zeigend, seinen Papa.

„Ein Hefter, damit kann ich diese Papiere zusammenheften", antwortete Gregor, um gleich darauf eine Demonstration mit jenen Blättern (es waren Patientenberichte) vorzuführen.

Begeistert über den interessanten Hefter begutachtete und betastete er ihn eine Zeitlang, immer unter den wachsamen Augen Papas. Eva beobachtete derweil unablässig ihren Bruder, gab muntere Quietschgeräusche von sich und wurde immer unruhiger.

„Kommt, lassen wir Papa, er muss noch arbeiten. Gehen wir raus spazieren, draußen scheint die Sonne", unterbrach Maria Davids Neugierde dem Hefter gegenüber und Evas Fixierung auf deren Bruder abrupt.

Gregor widmete sich sogleich einem Patientenbericht, bereitete sich auf den nächsten Termin vor, empfing den augenscheinlich betrübten Patienten, mit dem er eine unerwartet überaus fruchtbare Therapiesitzung abhielt und machte dann früher als sonst Feierabend. Er war über sich selber erstaunt, wie viel nicht nur menschliches Verständnis, aufmerksames Zuhören, aktive Beratung und ähnliche psychotherapeutische Hilfsmittel er dem in Depressionen verfallenen, etwas jüngeren Patienten geben konnte, nein, vielmehr verblüffte ihn, wie viel durchdringende Hoffnung Gregor dem Patienten gerade an solch einem Tag schenken konnte. Als ob er ein Seelenbrot weitergereicht hätte, so spürte er es, sowie ebenso der Patient Gregors heilsame Kraft spürte, die ihm das Haupt unwillentlich erhöhte und dessen Augen öffnen ließ, sie tatsächlich runder und voluminöser erscheinen ließ, dabei die Augenlider nach oben gezogen wurden und sich ein wacher Blick in den Augen des Patienten offenbarte. Durch das erschütternde Geschehen in Odessa wurde vieles in Gregors Leben relativiert, gleichzeitig besann er sich auf das Jetzt, auf das momentane Leben, denn die übermächtigen Gefühle und Gedanken zwangen ihn unwillkürlich dazu. Sich dem zauberhaften, einzigartigen Augenblick achtsam zu widmen, ihn mit größtmöglicher Wertschätzung anzunehmen, lediglich das bewahrte ihn vor unnötigem, seelischem Leid, verscheuchte trübe Gedanken und trug ihn liebevoll und mit einer ungeheuren Souveränität über die wild tobenden Gewässer seines momentanen Lebens. Für Gregor eröffnete sich eine andere Welt, etwas, worin er unverhofft ein wohltuendes Vertrauen fand.

Am Nachmittag, nach dem köstlichen Mittagessen (es gab Hähnchenbrust an einer Pilzrahmsauce mit Kartoffelstock) legten sich auch Maria und Gregor ins Bett, um die Ruhe sowie die Zweisamkeit zu genießen, als sich auch im kühleren, dunklen Schlafzimmer der sengenden Sommerhitze zu entziehen. Die Kinder schliefen fest in ihren Bettchen. Gregor dachte daran, später gemeinsam an den See zu gehen.

„Etwas später, wenn es nicht mehr so heiß ist", antwortete ihm Maria, als er sie danach fragte.

In Gedanken, als er die Augen geschlossen hatte, sah er den glasklaren See vor sich, umgeben von den herrlichen Bergen und den saftigen Wiesen, jenes reine, ideale Idyll. Wenn doch nur die Menschenseele auch jene idealen Attribute hätte, so klar und rein, so vollkommen wie der Anschein jenes Sees, idealisierte Gregor vor sich hin. Diese für ihn neuen, hellen Gedanken faszinierten ihn und bekümmerten zugleich seine Seele. Suche denn der Mensch nicht das ganze Leben lang nach einem Ideal? Jenes Streben, meist unbewusst, zu einem Ideal hin, treibe ihn unwillkürlich an. Es sei uns allen in unseren Seelen angelegt, jene tiefe Sehnsucht, aus den reinen, vollkommenen Quellen des Guten zu schöpfen, um diese einzigartige, wohltuende, göttliche Reinheit in uns zu finden. Leider lasse sich der Mensch, dessen Fleisch unzweifelhaft schwach sei, zu leicht verführen, verblendet werde der Mensch durch die weltlichen Begierden, woraus er zunehmend gierig und gleichzeitig je länger desto krampfhafter und verzweifelter schöpfe, um doch nicht das Heil zu finden, wodurch die wahrhaftigen, reinen Quellen je länger desto mehr versiegen. Dennoch versiege dieser wahrhaftige Quell der Liebe, der Hoffnung und der Verheißung nie in Gänze, nie, bis zum unvermeidlich alles beendenden, irdischen Tod. Maria griff nach Gregors Hand, drückte sie, als ob sie seine reinen Gedanken anziehen würden. Seine Gedanken wichen der Sehnsucht zu Maria. Sanft schmiegte sie sich an ihn, er nahm sie in seinen Arm und sie ergaben sich einander.

KAPITEL 4

I

Am Sonntag darauf besuchten die Kronmeiers den Gottesdienst in der mittelgroßen, im Barockstil erbauten, in
prächtig gelber und weißer Farbe strahlenden Dorfkirche, mit typisch grüner Kuppel, mit zwei runden Säulen
vor dem dunklen Holztor, an dem vier Löwenkopfver-
zierungen zu erkennen waren. Evas baldige Taufe musste
mit dem Priester besprochen werden. Sie nahmen in der
drittvordersten Bank rechts, neben den Bildern Jesu auf
dem Kreuzweg, Platz. Die ganze Bank würde nur die ihre
sein, denn die Messe war an diesem gewöhnlichen Sonntag
spärlich besucht, was Maria und besonders Gregor überraschte, den dieses Bild des beinah leeren Kirchenschiffes
zu seiner eigenen Verwunderung sogar etwas betrübte. In
seiner Erinnerung lebte das Bild von gut besuchten, lebendigen Sonntagsmessen, an denen Gregor in Jugendjahren
hatte teilnehmen müssen. Damals hatte er die gefühlt ewig
dauernden Predigten, wie in typisch jugendlicher Manier,
nicht aus Bosheit, vielmehr aus mangelndem Zugang zum
Wort Gottes, in trotzigem Übermut verschmäht. Ebenso
hatte er wenig Gefallen an den frommen, oft nicht ganz
fehlerfreien, nicht immer in gleicher Weise lebhaften
Chorgesängen gefunden. Sein Vater nahm es ihm nie Übel,
obschon es ihn an manchen Sonntagen leicht nachdenklich gestimmt hatte. Gregors Gedanken kreisten sogleich

um Vaters bewundernswerte innere Festigkeit und um dessen unermüdliche Geduld zu ihm, was Gregors Herz unwillkürlich erwärmen ließ. Bisher erst wenige Male, einmal zu Weihnachten, dann zu Ostern und nochmals kurz vor der Geburt Evas, waren die Kronmeiers zusammen in der hiesigen Kirche gewesen. Lediglich an jenen hohen, christlichen Feiertagen füllte sich ebenso die Dorfkirche, dies immerhin bis zum hinteren Viertel der Bänke. Ein knabenhafter, noch recht junger Ministrant, eingepackt in der typisch weißen, bodenlangen Kutte, welche durch einen grünen Stoffgürtel – den sogenannten Zingulum – über den Hüften zusammengeschnürt war, und wo am untersten Ende des überlangen Gewandes nur die Spitzen von gewöhnlichen Sandalen zu sehen waren, zeigte sich schüchtern beim Eingang zur Sakristei und seine zierliche Hand griff ebenso fast beschämt die Glocke rechts an der Wand, worauf er etwas zu zaghaft klingelte, um damit den Gottesdienst feierlich zu eröffnen. Der Jüngling trat mit den restlichen, ebenfalls in weißen Kutten gekleideten Ministranten zusammen mit dem ehrwürdigen Priester, im grünen Messgewand gekleidet, im halbgotischen Stil, im Gleichschritt hinter den Altar, wo alle in einer Reihe stehen blieben. Die Gläubigen in der Kirche erhoben sich, wie eine Welle von vorn beginnend bis zur letzten Bank standen alle auf und der Chor fing in stimmungsvoller Begleitung der Orgel an zu singen. In einer erfrischenden Festigkeit hallten die erlesenen Lieder die alten Kirchengemäuer und die ebenso meist älteren Ohren der Ansässigen, die teilweise leise vor sich mitsangen oder stumm zum Altar blickten.

Die Predigt, wie es der Zufall so will, handelte vom Römerbrief, dessen Inhalt den menschlichen Zwiespalt vom Leben im Fleisch und im Geist darlegt. Gregor sehnte sich nach Antworten, nach innerem Frieden, nach Vergebung, denn tiefe Reue hatte sich in sein Herz gebohrt und dabei seelische Schmerzen verursacht. Maria begleitete ihn pflichtbewusst, ohne dass sie selber einen inneren Drang nach Gottes Wort verspürte. Eva und David verhielten sich, wie eben Kleinkinder es tun in einer Welt der Erwachsenen, in der sie sich fremd fühlten und die etwas Strenges, etwas nicht Fassbares, etwas Mystisches, ja fast etwas Unheimliches an sich hatte. Mal schauten sie vertieft die prächtigen Fresken und meisterlichen Bilder an, dann musste David unbedingt etwas wissen, worauf er an Mutters Ärmel zerrte, zwar Antwort bekam, doch trotzdem unruhig wurde, womit er Eva ansteckte, die anfing zu quengeln, es dann nach Marias geduldigem Zureden gottlob wieder abstellte. Der Pfarrer ließ sich in keiner Weise von Störgeräuschen, wie sie meist von Kleinkindern ausgingen, ablenken, er sprach davon, wie der heutige Mensch in seinen vielen Alltagssorgen zu versinken drohe, sich dem ständigen Aktionismus ergebe und dabei die Beziehung zum lebendigen Gott erkalte, sogar fast in Gänze verkümmere. Hinter ihm standen in stoischer Ruhe die Ministranten, in der vorderen Reihe die kleineren, offensichtlich jüngeren, einer in eher eingeschüchterter Haltung, die anderen mit etwas verschmitzter Miene, sogar mit Schalk in den Augen. Sie wurden von zwei dahinter stehenden, größeren Ministranten, mit teils Argusaugen beobachtet, um sich bei etwaigem Klamauk oder Getuschel ebendieser jüngeren sofort bemerkbar zu machen, konsequent einzugreifen, damit Ernsthaftigkeit, Andacht und Würde der heiligen Messe nicht leiden würden. Der Pfarrer stockte kurz, machte eine bewusste, kurze Pause, dann fuhr er mit bestimmter Stimme fort. Die echte Wahrheit werde nicht mehr gesucht, die Hoffnung ins wahrhaftige Leben würde schwinden. Die Gefahr der totalen Verweltlichung von uns Gottes Kindern sei überall zu beobachten. Das Glück werde in der eifrigen Ansammlung von Gütern gesucht oder in unnatürlichen Lebensformen abseits der göttlichen Ordnung. Nun, alles sei erlaubt, doch nicht alles sei gut und nützlich für den Menschen. Erst in der Stille finde der Mensch wieder zu sich selbst, zum Tempel Gottes in seinem Herzen, nur so könne die Beziehung zum Höchsten wieder gestärkt werden, um infolge dessen das Heil zu erlangen. Der nutzenorientierte, eigenmächtige Wille im Menschen solle mehr dem himmlischen Vertrauen weichen, die Gier zugunsten der Bescheidenheit, der Neid zugunsten des Wohlwollens und das Begehren zugunsten der Enthaltsamkeit, als auch die Eitelkeit bzw. der Hochmut zugunsten der Demut.

„Es ist umsonst, dass ihr früh aufsteht euch spät erst niedersetzt, um das Brot der Mühsal zu essen; was recht ist, gibt der HERR denen, die er liebt, im Schlaf" (Psalmen 127). Mit diesem Psalm schloss der Priester seine Sonntagspredigt. Jene erlesenen Worte fanden den Weg direkt in Gregors verwundetes Herz, als ob sie eigens für ihn auserwählt worden wären. Er erkannte, ohne den Herrn rackere sich manch einer umsonst ab, alles vergebliche Mühsal. Eine echte Verbindung und Treue zum Herrn eröffnet uns

erst das Paradies bereits hier auf Erden (oder immerhin ein bisschen), es war reiner Balsam für seine arg geprüfte Seele, so angenehm wohlig fühlte sich dieser Gedanke an. Warum bloß dürfe in der Psychotherapie die Religion, ja Gott, weder empfohlen noch aktiv angepriesen werden? Dadurch werde die Gottesbeziehung, eine derart reiche Quelle für die Menschenseele, faktisch ausgeschlossen, flammte es unerwartet in seinen Gedanken auf. Diese Frage blieb unwillkürlich an ihm haften. Er pries beim Hochgebet den Herrn, bereute seine Taten, bat und hoffte demütig auf Vergebung. Sogleich dachte er an seinen fromm lebenden Bruder Konrad, dem er in der Vergangenheit Unrecht getan hatte. Nicht wenige Male musste Konrad Spott ernten und wurde wegen seiner Lebensweise bei Diskussionen unter Brüdern ins Lächerliche gezogen, noch ärger spottete der ältere Bruder Boris, welchen Gregor unbewusst nachgeahmt hatte. Das tat Gregor leid, im Herzen schmerzte es ihm jetzt. Er versprach sich, achtsamer mit seinen Worten Konrad gegenüber zu sein. Er spürte, dass er in einer geistigen Wandlung stand, doch hatte sie erst gerade begonnen, er würde nochmals geprüft werden.

Wieder erhoben sich alle ziemlich ungleichmäßig von den Knien, auf denen das Hochgebet gehalten worden war. Der Gottesdienst kam zum Ende. Nachdem Gregor wie auch Maria die Hostie vom Priester empfangen hatten und dieser hernach die nächsten Gottesdienste und besonderen Veranstaltungen, die in der kommenden Woche anstanden, zügig abgelesen und allen den himmlischen Segen ausgesprochen hatte, um mit dem üblichen

Bekreuzigen, das keineswegs synchron von den stehenden Gläubigern nachgeahmt worden war, zu schließen, verließen, etwas gestaffelt, alle die Kirche. Es eilte vielen, einige schienen in Gedanken versunken zu sein, andere wechselten freundliche Worte aus, doch jeder ging bald darauf wieder in dessen Welt zurück, mit der Hoffnung, eine bessere für ihn vorzufinden. David freute sich sichtlich darüber, draußen zu sein und wieder laut reden zu dürfen, sich frei zu bewegen, um seiner Neugierde nachzugehen, indem er dieses und jenes erfragte oder zusammen mit Mama überreife, tiefschwarze Brombeeren am Wegesrand zum Parkplatz von deren Ranken mit einer spielerischen Leichtigkeit löste und ratzfatz verköstigte. Gregor nahm sich indes vor, jenes wohltuende, geborgene Gefühl der geistigen Festigkeit, das er gerade verspürte, möglichst lang zu halten, es quasi in sich zu konservieren. Der Blick auf die vergnügliche Heiterkeit Davids gerichtet, ließ sein frohmütiges Herz zusätzlich beglücken. Doch kaum waren sie im Auto losgefahren, erlosch das Gefühl wieder, nachdem sich ein Auto von links kommend, dreist und ohne die Vortrittsregel beachtend, vor ihn rein bugsiert, vielmehr gedrängt hatte. Diese kurze Aufregung seinerseits warf ihn wieder in die irdische Welt hinein, was Gregor nach den wenigen Momenten der Entrüstung über das erlittene Unrecht bewusst wurde, es bedauerte und eifrig wieder begann, nach jenem seelischen Wohlbefinden zu streben, das sich jedoch nur zaghaft wieder zeigen und entfalten wollte. Die Sehnsucht nach jener geistigen Leichtigkeit sei tief im Menschen verankert. Doch: Eben diese Leichtigkeit des himmlischen, geistigen Lebens, des

Vollkommenen, des Reinen wird dem Menschen jäh entzogen, sobald allein der Zeh ins Wasser der irdischen Welt eingetaucht würde, denn dessen Kälte besitze die Macht, des Menschen Seele im Nu zu verhärten.

II

Am Montag darauf erschien Helena pünktlich in Gregors Praxis. Sie kam flotten Schrittes, im eleganten, dunkelgrauen Kleid mit weißen Blumenmustern, sichtlich erwartungsvoll und in einer angriffig-einnehmenden, freudigen Erregung, um ihn, ihren charmanten Psychologen, in dessen Praxis, nun in der Rolle der Patientin, wiederzusehen. Gregor erwartete sie bereits an der Tür und wies sie auf seine beigefarbene Couch, auf jene weltberühmte Couch, die jeder neue Patient nicht nur ersehne anzutreffen, sondern jenes Mobiliar beinahe einfordere, als ob er Anspruch darauf hätte. Erst dieses faszinierende Möbelstück vervollständige und gebe dem Zimmer eines Psychotherapeuten den Glanz, die Legitimation und die Existenzberechtigung in den Augen vieler mit diesem Klischee behafteten Patienten. So wurden auch Helenas Erwartungen erfüllt, obgleich sie die Bedingung jener Couch nur als mäßig wichtig und überhaupt nicht absolut betrachtete. Eloquent nahm sie Platz und legte ihre ebenso elegante, teuer wirkende, hellbraune Handtasche links neben sich auf die Couch, mit einem Auge immer Gregor im Blick. Kurz fasste sie mit der rechten Hand über ihre schönen, dunklen Haare, um sie mit einer eleganten Leichtigkeit über das linke Ohr zu streifen. Was für ein umwerfender Anblick von wilder, verführerischer Schönheit in einem Teufelsweib, dachte sich Gregor, während sie sich auf seiner Couch hinsetzte. Die Stunde begann mit klassischem, vertrauensbildendem Smalltalk, mit Lob ihrerseits für das schöne Haus und die traumhafte Lage am See, seinerseits mit ihrer Pünktlichkeit und ihren guten Ortskenntnissen, derer sie sich bedienen musste, um Gregors Anwesen zu finden. Eine vertraute, offene Atmosphäre, die durch Zulächeln, Zunicken, durch allgemein wohlwollende Mimik und eine leicht bis mäßig nach vorn gebeugte Körperhaltung beider Seiten gekennzeichnet war, erfüllte den Raum zwischen Doktor und Patientin. Immer wieder warf sie ihm tiefe Blicke zu, durch die sie ihn einzufangen suchte, ihn wieder auf jenen prickelnden, anziehenden Zustand zwischen ihnen, wie er bei der letzten Begegnung vorgeherrscht hatte, erinnern wollte, um ihn in seiner männlichen Schwachheit zu versuchen, wenn auch auf spielerische Art und Weise. Gregor bemerkte ihre zutraulichen, überfreundlichen Blicke, die konstanten Blickkontakt suchten, was ihm nicht ganz angenehm war, dennoch schmeichelte es ihm. Die Intimität der Gespräche wuchs zwar nach und nach an, die Nähe zwischen ihnen nahm zu, auch keimten sündhafte Gedanken und leise Gefühle von Begierden bei ihm auf, trotzdem nahm Gregor diese Gedanken und Begehren nun anders wahr. Nach dem sündigen Vorfall in Odessa betrachtete er Helena mit anderen Augen, nämlich mit den verschreckten Augen eines verbrannten Kindes. Ebenso bemerkte Helena den neuen, veränderten Zustand zwischen ihnen. Die offensichtliche Veränderung in Gregors Seelenwelt verwirrte Helena zusehends, wo doch der Anreiz bei ihr nach wie vor groß war, Gregor, ihren charmanten Psychotherapeuten zu betören, ihn durch ihr reizvolles Wesen zu fesseln. Irgendwie war diese bis dahin unwiderstehliche Anziehung, dieser verführerische Reiz zwischen Helena und Gregor am

Verblassen, nach jeder weiteren Sitzung würde sich die bis dahin erotische Spannung ein Stück weiter verringern. Helena missfiel diese neue, in ihren Augen gehemmte, distanziertere Verbindung zwischen ihren Seelen, sodass sich diffuse, leicht beleidigte Gefühle in ihr regten. Sie mochte diese neue Distanz gar nicht, sie war äußerst verwirrt darüber und fühlte sich zunehmend gekränkt von Gregors seelischer Haltung. In ihren Augen war es eine Ablehnung.

Offensichtlich war sie immer noch nicht glücklich in der neuen, von viel Leidenschaft und Gefühlschaos geprägten Beziehung, ihr sofort erkalteter Blick, der in ihren Augen hervortrat, als Gregor danach fragte, sprach Bände. Die Therapie begann mit der Analyse ihrer Ursprungsfamilie und deren Beziehungen untereinander, insbesondere zu Helena. Gregor wollte mit Helena zuallererst über die Beziehung zum Vater und die zu ihrer Mutter sprechen. Er bat sie höflichst und einfühlsam, einfach frei zu erzählen, so viel sie möchte und sie möge selber entscheiden, mit wem, ob mit dem Vater oder der Mutter, sie beginnen möchte. Gregor ahnte nicht nur, er wusste, dass sie mit ihrem Vater beginnen würde, und so war es auch. Ihr Vater habe die Familie früh verlassen, Helena sei damals kaum vier Jahre alt gewesen. Danach habe es anfangs noch gelegentliche, sporadische Besuche gegeben, die seien hernach immer spärlicher geworden, bis der Kontakt schließlich in der Pubertät ganz abgebrochen sei, vor allem durch Helenas Wunsch, erzählte sie freimütig, aber in einer merkbaren Anspannung in ihrer unfesten Stimme. Lange habe danach Funkstille geherrscht, wobei sie ihn zu dieser Zeit wenig vermisst habe. An ihrem achtzehnten Geburtstag habe er sie mit einer eher lapidaren Geburtstagskarte, worin wenig Persönliches gestanden sei, überrascht. Etwas Geld sei ebenso im Couvert gelegen. Es sei sogar ein großer Schein drin gewesen. Es habe sie ungemein beglückt, nicht des Geldes wegen, aber dass ihr Vater an sie gedacht habe, an ihren so wichtigen Geburtstag, obschon die Karte mit herkömmlichen Blumensujets, auf denen bunte Schmetterlinge abgebildet gewesen waren, nichts wirklich Besonderes gewesen sei. Es war eine jener Karten gewesen, die an jedem Kiosk um die Ecke gekauft werden können, eine jener Karten, die man von Großmüttern geschenkt bekommt und die im Allgemeinen zu wenig gewürdigt werden.

In jenem Augenblick, am Tag ihrer Volljährigkeit, habe Helena eine wohlige Erleichterung im Herzen gespürt, nicht zuletzt aufgrund dessen, dass er ihr ihre schroffe Ablehnung, ihre kalte, dauerhafte Zurückweisung ihm gegenüber nicht übel genommen habe. Trotzdem sei in der darauffolgenden Zeit kein Treffen zwischen Vater und Tochter zustande gekommen, was sie sich eigentlich gewünscht habe, jedoch ohne ernsthaften Eifer danach getrachtet hätte. Warum, das wisse sie heute nicht mehr. Ihre Mutter habe ein Jahr nach der Trennung von ihrem leiblichen Vater wieder geheiratet, einen deutlich älteren Mann, mit dem sich Helena mäßig gut, stets in genügender Distanziertheit, verstanden habe. Echte, väterliche Liebe habe sie von ihrem Stiefvater nie gespürt, erzählte sie mit viel Wehmut in der immer noch unfesten Stimme. Heute vermisse sie ihren leiblichen Vater sehr, doch sie traue sich nicht, sich bei ihm zu melden, zu groß sei die Angst, abgelehnt zu werden. Er soll übrigens in der Nähe von Triest, ihrer Heimatstadt leben. Viele Fragen aus ihrer Vergangenheit würde sie gern beantwortet bekommen, das quälte sie zusehends. Doch im tiefsten Innern suchte sie doch nur Zuneigung und väterliche Liebe, wonach sie sich seit dem Trauma, als der Vater die Familie verlassen hatte, beständig sehnte. Es sei der Halt des starken, des seelisch-geistig starken Vaters, der den Kindern Kraft gebe, jene Kraft, woraus sich die seelische Grundfestigkeit im Kind entwickeln könne. Eben jene Festigkeit, woraus die süße Frucht der Leichtigkeit des Lebens erwachsen könne, hatte sie weder von ihrem Stiefvater noch von ihrer Mutter mitbekommen.

Helena suchte je länger desto mehr nach Beständigkeit, nur standen ihr ihre weiblichen Leidenschaften im Weg, die sie unzweifelhaft von ihrer Mutter vererbt bekommen hatte. Ihre Mutter habe ein seelisch unbeständiges Leben geführt, ewiges Gefühlschaos habe ihre Ehe wie auch die Beziehung zu ihren Kindern beherrscht. Einige Male seien die Streitereien zwischen ihr und ihrem zweiten Mann dermaßen eskaliert, dass es zu gewalttätigen Ausbrüchen geführt habe und sogar die Polizei gerufen worden sei, um zu schlichten. Einmal sei die Mutter so außer sich gewesen, aus Gründen, welche niemand mehr genau wüsste, dass sie sich in der Küche betrunken und sich danach draußen an der Gartenhecke schlafen gelegt habe. Erst am nächsten frühen Morgen, als ein Nachbarhund sie angebellt habe, sei sie aufgewacht und ganz verstört ins Haus geschlichen. Die nächsten Tage sei sie ganz verschämt gewesen, niemand von den Kindern habe ein Wort darüber verlieren dürfen, nie mehr sei darüber gesprochen worden, erzählte Helena selber immer noch leicht verschämt darüber, unterbrach kurz, schaute Gregor in die Augen und fuhr fort. Ihr Stiefvater sei ein typischer Gelegenheitstrinker gewesen, ein Mitläufer, durch Freunde und Bekannte habe er sich meistens mitreißen lassen und sich der maßlosen Sauferei willentlich nicht entziehen können. Immerhin seien dadurch nie ernsthafte, verhaltensbedingte Schwierigkeiten entstanden. Er sei der Mutter nie der Fels in der Brandung gewesen, nach dem sie sich so sehr gesehnt habe, namentlich immer dann, wenn ihre Gefühle sie übermannt hätten. Durch ihr Alter hätten sich die Ausschläge ihres Gefühlspendels merklich abgeschwächt, die körperliche wie auch die geistige Kraft habe nachgelassen und deswegen habe die nun schon alte Mutter endlich zumindest etwas Gnade, die Gnade des inneren, seelischen Friedens erstmals erfahren dürfen. Der deutlich ältere, zweite Ehemann, der Stiefvater von Helena, verstarb vor wenigen Jahren, unmittelbar bevor Helena mit ihrem damaligen Ehemann in die Schweiz emigriert war.

Helena sah sich klar in der Opferrolle, geplagt durch den frühen Verlust des leiblichen Vaters und die unbeständige, auf emotionalen Missbrauch gründende Beziehung zur Mutter. Gregor sah in ihrem Blick, dass sie nun, nachdem sie doch die Missetäter ihres verpfuschten Lebens offengelegt hatte, das passende Medikament dazu verschrieben bekommen wollte. Ein Medikament, das keine aktive Teilnahme von ihr verlangen würde, das sie quasi von außen heilen sollte. Sie war nicht willens, irgendetwas an sich zu verändern, in der trügerischen Überzeugung, als Opfer weder Verantwortung übernehmen zu müssen, noch eine Schuld zu tragen. Sie forderte von ihrem Doktor eine klare Abkanzelung ihrer Eltern und dadurch eine Bestätigung ihres Opferdaseins. Das würde ihr reichen, mehr wollte sie gar nicht, denn ihre Leidenschaften mit dem dazugehörenden Leid fesselten sie dermaßen, dass sie blind an sie glaubte und nichts daran ändern mochte. Sie war das Opfer, die Schuldigen waren bekannt, somit konnte sie ihr Spiel der menschlichen Leidenschaften getrost und in überheblicher Weise weitertreiben, ohne irgendeine Schuldigkeit ihrerseits zu verspüren. Schuldig waren selbstverständlich auch ihre Männer. Sie spielte keck mit ihren schönen, nun etwas längeren, dunkelbraunen Haaren, während Gregor fachmännisch, mit psychologischen Fachbegriffen, ihre Kindheit grob analysierte und kurz zusammenfasste, was er sich während ihrer knapp dreißigminütigen Ausführungen gewissenhaft notiert hatte. Das geforderte Medikament, das sie sich von ihm erhoffte zu hören, kam indes nicht über Gregors Lippen.

„Bei meiner Therapie geht es nicht primär um Aufarbeitung oder Schuldzuweisungen, sondern mehr um den Blick nach vorn, um sich leichter von belastenden Dingen zu lösen und um ein besseres Ich zu schaffen", fasste Gregor nochmals seinen Therapieansatz knapp zusammen, als er Helenas Unwillen zur aktiven Teilnahme an der Selbsterkenntnis und zur aufrichtigen Selbstkritik bemerkte. Sie hörte ihm derweil nicht zu, war in ihren Gedanken ganz woanders, es waren zudem leidenschaftliche Gefühle, die sich bemerkbar machten, während sie ihren charmanten Doktor am Tisch intensiv betrachtete. Gregor nahm diese offensichtlichen Schmeicheleien durch dieses reizende, herausfordernde Liebäugeln ihrerseits wahr, ließ jedoch keinen Zweifel zu, dass ausschließlich die Therapiestunden die alleinige Absicht ihrer nun neuartigen Beziehung umfassten. Er ließ keine Nähe in Form von zweideutigen Wortspielereien oder Erwidern der arg tiefen, intimen Blicke zu. Froh über seine innere Festigkeit vereinbarte er mit Helena einen nächsten Termin. Wieder am Montag. So vergingen einige Termine mit dieser besonderen Patientin, mit Helena.

Maria fiel die rassige Schönheit, die auch etwas Wildes, Ungestümes und Ungezähmtes ausstrahlte, vom ersten Besuch weg auf. Ihre elegante Gestalt, ihr modisches, aufreizendes Äußeres und ihr flotter Gang riefen in Maria unbewusst Befürchtungen hervor, als ob dieses Weibsbild gekommen wäre, um sich zu nehmen, was sie haben wollte, und dies in rücksichtsloser Manier. Maria spähte jeweils aus dem oberen Badezimmer heraus, immer wenn sie ankam oder in ihrem silberfarbenen Mittelklassewagen wieder vom Hof davonbrauste. Doch Maria schwieg eisern, duldete jenen Pseudo-Eindringling, sie sprach ihren Gregor nicht darauf an und verkniff sich argwöhnische Fragen oder indirekte Anspielungen, denn sie wollte sich nicht die Rolle der eifersüchtigen, verbitterten, neurotischen Ehefrau überstreifen lassen und suchte in ihrer Seele diese lästigen Gefühle zu ersticken. Gregor erzählte nur wenig Konkretes über seine Patienten, da er an die Schweigepflicht gebunden war und er sich pflichtgemäß daran halten wollte. In Helenas Fall erhob sich die Schweigepflicht zu einem Segen, ihre gemeinsamen vergangenen Treffen im Café und in ihrem Friseursalon, das aufkeimende Prickeln zwischen ihnen, die betörenden Gefühle, die nach wie vor in seinen Gliedern lauerten, all dies durfte Gregor nun guten Gewissens seiner Frau verschweigen. Obgleich es nichts war im Vergleich zu jener Sache in Odessa.

Eines späten Nachmittags war Maria gerade mit der kleinen Eva im Badezimmer beschäftigt, und das bei geschlossenem Fenster, sodass sie nichts von draußen mitbekam und infolgedessen Helenas Auto nicht kommen hören konnte. Helena parkte unorthodox entlang der Hauswand, links von der Eingangstreppe. Niemand parkte auf diese Weise, nur Helena, alle Besucher parkten rechts neben dem Carport, wo Gregors gepflegte Limousine stand, und wo im Sommer, der sich gerade in diesen Tagen in dessen Blütezeit befand und vor Sonnenkraft nur so strotzte, wohltuender Schatten das Auto vor zu viel Hitze immerhin in den Vormittagsstunden schützen konnte. Helena stieg eilig, dennoch galant aus dem Wagen und ging zur Haustür, die Gregor, immer wenn er Patienten erwartete, halb offen stehen ließ. Währenddessen ging Maria hinunter, um nach David zu sehen, den sie vom Kindergarten erwartete, der sich aber verspätete. In der Eingangshalle erblickte sie hingegen Helena, als diese gerade eingetreten war und in ihrer typisch koketten Manier in die Praxis hineingehen wollte, zu Gregor, zu Marias Ehemann, zu Helenas Psychotherapeuten. Auch Helena erblickte sie, zum ersten Mal begegneten sich die beiden Frauen, die unterschiedlicher nicht sein konnten. Ungewohnt lange prüften Marias strenge Augen das ganze Wesen dieser Gefahrenquelle, dieser potenziellen Nebenbuhlerin. Helena musterte die Hausherrin ihrerseits, wobei abschätziger Neid auf Maria, auf das herrschaftliche Haus sowie auf deren Ehe mit Gregor in Helenas Gefühlswelt aufblitzte. Unmissverständlich erkannte sie Marias ablehnende Blicke. Es folgte eine rasche, kühle Begrüßung, wobei sich argwöhnische Blicke gegenseitig trafen, quasi um die Wette eiferten. Maria erschrak innerlich vor diesem Weibsbild, die energisch, sinnlich in halboffenen, hellrosa Sommerschuhen mit leichten Absätzen in Richtung Praxiszimmer ihres Mannes stolzierte. Nach der fliegenden, leicht unheimlichen Begegnung verschwand Helena in der Praxis von Gregor. Es brodelte in ihr, Maria schämte sich vor diesen Gefühlen des Misstrauens Gregor gegenüber. Gleichzeitig meinte sie einen Hauch von beleidigendem Spott und arrogantem Übermut in Helenas Mimik, im Besonderen an ihren hochgezogenen Augenbrauen sowie an ihrem schamlos gekünstelten Lächeln erkannt zu haben. Diese Gedanken reiften weiter in Marias Seelenwelt und ließen Angst, Misstrauen und niedere Gefühle wie Eifersucht und Zorn unwillkürlich heranwachsen, außerdem tiefe Verachtung jener Teufelsbraut gegenüber. Widerlich und abstoßend blieb in ihrer Erinnerung Helenas gekünsteltes, dreistes, unverfrorenes und herausforderndes Lächeln.

Zwei Tage später sagte Helena, zu Gregors Erstaunen, ohne irgendwelche Begründung alle weiteren Termine ab. Die nächsten Wochen meldete sie sich nicht mehr in der Praxis. Es war ihm auf der einen Seite froh zumute, in der Hoffnung, sie hätte mehr Stabilität in ihrem Leben gefunden, doch andererseits gab es eine mahnende Stimme in seiner Seele, welche düsteres Elend und eine Flut Ungemach in Helenas Leben vorausahnen sollte.

III

Im September stand die Taufe ihrer Tochter in der örtlichen Kirche an. Der weiterhin anhaltende, zermürbende Stellungskrieg in der Südostukraine schränkte manch einem Eingeladenen aus der Heimat die Auslandsreise ein, sodass nur Gregors Eltern in die Schweiz flogen, um an den sakramentalen Feierlichkeiten ihrer Enkelin teilzunehmen. Marias Brüder, alle im wehrfähigen Alter, mussten an der Front dienen, ebenso ließ sich Boris entschuldigen, der dringende, parteipolitische Termine hatte. Gregors Bruder aus dem deutschen Freiburg hatte indes sozusagen freie Fahrt und reiste mit seiner Familie per Auto in die ländliche Innerschweiz, am malerischen Vierwaldstättersee, an. Anna, Konrads Frau, erschien in einem eleganten honiggelben Kleid mit weißem Sommerhut mit drei schwarzen Federn angesteckt, in Erwartung spätsommerlichen, heiteren Wetters. Denn gestartet sind sie im sonnendurchstrahlten Freiburg in Richtung Schweizer Grenze. Konrad erwies sich als vortrefflicher Taufpate seiner Nichte Eva, achtsam tat er seinen ehrenhaften Dienst, drängte sich in keiner Weise auf und wusste, sich nicht zu leger wie auch nicht zu steif, wie manch wenig Vertrauter im Gotteshaus es tue, zu benehmen. In seiner Glückwunschkarte war ein Zitat zu lesen, eines aus den Bibelsprüchen: *„Der Segen des Herrn allein macht reich, und nichts tut eigene Mühe hinzu",* und weiter schrieb er in eleganter, blauer Füllfeder-Schrift: *„... und dass dich Gottes Segen ein Leben lang begleite."* Gregor las die Karte am Abend nochmals, die lauteren Wünsche Konrads an Eva sowie der Bibelspruch fanden in seinem Herzen großen Gefallen. Die ganze Zeremonie, das heilige Sakrament der Taufe, verlief wie am Schnürchen, Eva machte keine Anstalten, ließ alles über sich ergehen, als der grau- bis fast weißhaarige Pfarrer ihre glatte Stirn mit Weihwasser übergoss und dessen helle, gepflegte, mit lediglich einigen wenigen Altersflecken bedeckten, Hand auf ihren Kopf legte, um sie im Namen des dreifaltigen Gottes mit etwas lauterer, klarer und die ganze Kirche durchdringender Stimme zu taufen.

Lediglich das Wetter spielte leider nicht mit, denn der Herbst machte sich in der Innerschweiz bereits in heftigen Stürmen und unablässigen Regenschauern bemerkbar. Dadurch, durch den dunkelgrauen, wolkenverhangenen Himmel, wurde die Stimmung getrübt, wenngleich nur unwesentlich. Zu Hause bei den Kronmeiers angekommen, versammelten sich alle im gediegenen, großzügigen Esszimmer. Edles Porzellan wurde aufgetischt, dazu gaben Silberbesteck und moderne Kristallgläser dem ansonsten bürgerlich wirkenden Zimmer mit Holztisch und gepolsterten karamellfarbenen Massivholzstühlen einen Hauch von aristokratischem Flair. Eine edle, nussbaumfarbene Vitrine mit Glastüren in der linken Ecke verlieh dem Zimmer zusätzlich einen noblen Charme. Die Familie der Kronmeiers etablierte sich indes in den letzten Jahrzehnten in der oberen Mittelschicht, wo Haushaltshilfen und Privatlehrer für die Kinder oder sogar Schulausbildung an Elite-Internaten nichts Außergewöhnliches mehr darstellten. Ein Adelsgeschlecht waren die Kronmeiers hingegen nie gewesen, kein blaues Blut floss in deren Adern, weshalb sie trotz ansehnlichem Wohlstand keinen Einlass in die vornehmen, feudalen, hochherrschaftlichen Kreise, wo sowohl das Familien- als auch das gesellschaftliche Leben traditionell und gewissermaßen in ehrwürdiger Absicht strengstens ordentlich geregelt waren, erhielten, und wo sich aber ebenso das eigentlich vorbildliche, gute Benehmen in jenen Kreisen bei manch einem Blaublütler zu einem hochmütigen, eitlen, teils lächerlichen, selbstgefälligen Gehabe umschlagen und sogar ins Geschmacklose ausarten konnte. Die Aristokratie dürfe nicht Selbstzweck sein, sie müsse einen Dienst an der Gesellschaft leisten, um ihren Fortbestand zu sichern, so treffend hatte es einmal Gregors Vater formuliert, als bei einem Diner mit Geschäftsfreunden über den politisch bedingten, gesellschaftlichen Niedergang des europäischen Adels seit dem Ersten Weltkrieg diskutiert worden war. Am Tisch bei den Kronmeiers herrschte eine ausgelassene, friedliche Stimmung, wie sie sich so oft nach solch würdevollen Anlässen in den Herzen aller Teilnehmenden breitmacht. Nur die Kinder spielten wie eh und je, saßen ruhig und beobachtend da, aßen, was ihnen angeboten wurde, dann wiederum neckten sie einander oder die Erwachsenen in harmloser, kindlicher Weise, genauso harmlos war deren Blödsinn, alles so, als ob an diesem Tag nichts Besonderes stattgefunden hätte. Jene Diskrepanz, die übliche Stimmung der Kinder im Vergleich zu der feierlichen Stimmung der Erwachsenen, vermochte eben dieser feierlichen Stimmung noch mehr Festigkeit zu verleihen. Dass die Erwachsenen größtenteils – die Kinder hingegen noch nicht – die Vorzüge solcher wohltuenden, festlichen Annehmlichkeiten bewusst wahrnehmen, erhöht deren

Stellenwert um ein Vielfaches. Alle Anwesenden am Tisch der Kronmeiers fühlten sich dadurch, eben durch ihr Erwachsenendasein an derartigen Festlichkeiten und (eher unbewusst) durch jene Diskrepanz der Stimmungen, privilegiert.

Die Gespräche zwischen Gregor, Konrad und ihrem Vater drehten sich anfänglich besonders um den grausamen Mord in Odessa, worüber bereits im Vorfeld die eine und andere Information telefonisch ausgetauscht worden war. Der Krieg in der Heimat war immer noch Thema, jedoch bei Weitem nicht mehr in jener Intensität, in jener Leidenschaft, wie er im ersten Kriegsjahr in allen ukrainischen Familien debattiert worden war. Immer wieder, wenn gleich in unregelmäßigen Abständen, gab es Drohnenangriffe auf das heimische Odessa, wobei letztens die Hafenanlagen und ein Getreidesilo getroffen worden waren. Kriegsmüdigkeit ließ den anfänglich unvorstellbaren, mit enormer, hitziger Empörung verurteilten Krieg zur alltäglichen Normalität werden. Mit deutlich weniger Entsetzen wurden solch vereinzelte militärische Angriffe auf Odessa, mit keinen oder sehr geringen Opferzahlen, in der dortigen Bevölkerung aufgenommen, dasselbe galt für die Kronmeiers.

„Schlimm, was in Odessa passiert ist ... ich meine, dieser grausame Mord letztens", eröffnete Konrad das heikle Thema und suchte dabei den Blickkontakt zu seinem Bruder.

Gregor kam leicht in Verlegenheit, gern hätte er nie wieder über diese Sache gesprochen. Denn dabei erwachte in seinem Gewissen stets auch jene Affäre, die er ebenso zu vergessen suchte. Aber wie ein anhaftender Schatten blieben sowohl sie als auch das damit entstandene Reuegefühl gegenwärtig in seinem Geist.

„Ja, unglaublich, was ihm zugestoßen ist … ähm … pardon, was ihm Grauenhaftes angetan wurde", entsetzte sich Gregor noch ein weiteres Mal, wenn doch lediglich in hörbar abgeschwächter Form.

„Ich gebe zu, du hattest Recht, Konrad, ich hätte auf dich hören sollen und keine Geschäfte mit ihm machen dürfen. Doch es ist am Ende nur Geld, das ich verloren habe. Es wird mir eine Lehre sein", meinte er mit angestrengt strenger, schuldbewusster Stimme.

Die wechselnden Blicke des Vaters, mal zu Gregor, dann wieder zu Konrad, um gleich wieder Gregor geradewegs in die Augen zu schauen, hatten eine leicht anklagende Note, so empfand es zumindest Gregor. Die wenigen Sekunden Stille, die nach seinen reumütigen Worten herrschten, waren ihm höchst unangenehm. Kurzzeitig fühlte sich Gregor so, als ob er gerade am Pranger stände. Der Vater war im Begriff, so gab es wenigstens den Anschein, da er sich tief räusperte, etwas zu sagen. Da kam ihm unverhofft Konrad dazwischen.

„Warum muss der Mensch doch immer wieder und wieder arg gepeinigt, erniedrigt oder gar gewaltsam aus dem irdischen Leben entrissen werden? Weil er nicht auf sein Gewissen, ja auf Gottes Stimme hören will … und … eben, in jeder Generation dasselbe, seit Menschengedenken. Immer wieder muss der unbelehrbare Mensch von Neuem durch dieses Leid, bis gar zum Tod, wie bei deinem Freund in Odessa", platzte es aus Konrad heraus, womit er sowohl sein enormes Unverständnis des leidgestraften, widerspenstigen Menschen deutlich zum Ausdruck gebracht als auch Gregors sichtbare Verlegenheit im Handumdrehen weggewischt und das Tor zu philosophisch-religiösen Themen ohne Umschweife sperrangelweit geöffnet hatte.

„Hör auf dein Gewissen, das sei recht, denn es führt dich auf den richtigen Weg", warf der Vater, diesmal ohne sich vorweg zu räuspern, in einer angenehm ruhigen Stimme rein.

„Ja, so steht es geschrieben, folge deinem Gewissen, deiner Seele und auch so erfüllst du Gottes Gebote", bekräftigte Konrad Vaters wahre Worte.

„Wenn das immer so einfach wäre, sind wir nicht innerlich häufig einfach zwiegespalten, uneins in unserer Entscheidungsfindung, gar unfähig, uns vernünftig zu entscheiden? Sollten wir uns nicht auch nach unseren Gefühlen richten? Wir sind doch keine Maschinen", suchte Gregor nach einem kritischen Einwand, wobei er eigentlich seinen Fehltritt, sein Fremdgehen, die Begierde per se für sich selber zu entschuldigen suchte. Als Psychologe wusste er nur zu gut um die Ambivalenz der menschlichen Gefühle. Aber die ganze Geschichte in Odessa nagte dermaßen an seiner Seele, als ob man ihn ständig anprangern würde, als stände er beziehungsweise seine Seele kurz davor, gekreuzigt zu werden, so kam es Gregor jedenfalls vor.

„Du sprichst von den typischen Gewissensbissen, wodurch ja jener innerer Diskurs in des Menschen Seele offensichtlich zum Tragen kommt und unmissverständlich wahrnehmbar ist. Genau diesem sollte man sich stellen, denn solange viel Zwiespalt unsere Seele verdunkelt und durch jene Uneinigkeit und durch übermäßigen Zweifel unser Herz zu zerreißen droht, solange agieren wir halbherzig und sind dadurch unwillentlich in weit größerem Maß dem Bösen ausgeliefert. Das Gewissen spricht tagtäglich mit uns, es hört nicht auf, bis sich der Mensch ihm ergeben hat. Doch wie gesagt, der Mensch ist sündhaft und widerspenstig, oft unbelehrbar und sucht hastig und begierig seine weltlichen Bedürfnisse zu befriedigen, und überhört so manche lautere Eingebung. Beharrlich dürstet manch einer nach allem Neuen in der Welt, dabei ist doch das Paradies, die Quelle der umfassenden Schöpfung seit jeher im Menschen angelegt. Gott schuf den inwendigen Menschen, damit dessen Herz eng mit dem Schöpfer verbunden sei."

Gregor dachte während Konrads tiefsinnigen Äußerungen an sein schlechtes Gewissen, was es ihm wohl zu tun befehligte. Er wusste es nicht und wollte sich nicht damit plagen. Er verdrängte willentlich jene beharrlich unangenehmen Gedanken und lauschte stattdessen weiter den Worten Konrads.

„Gibt es denn keinen Fortschritt im Menschsein oder wird das uns nur überall weisgemacht? Werden wir ständig durch einflussreiche, manipulative Medien in die Irre geführt, so quasi weg vom Licht ... will uns stattdessen das Böse ständig nur auf das Böse hinweisen, in die Dunkelheit führen, uns damit vom Guten, von Gott abbringen, uns einfangen, uns dorthin treiben, ins Leid und schlussendlich ins Verderben? Obschon die Welt und die Menschen in Wirklichkeit viel besser geworden sind?" Hier machte er eine kurze Denkpause, schaute zum Bruder und zu den fröhlich aufgeweckten Kindern rechts daneben sitzend.

„Oder werden wir doch nie die Wahrheit erfahren, wird der Mensch und sein ewigliches, irdisches Leid für immer Gottes Geheimnis bleiben?", schloss Konrad rhetorisch, als ob er seine nach Antworten dürstende Seele letztlich absichtlich unbefriedigt ließe.

Der Vater horchte gespannt hin und schaute nicht mit wenig Stolz auf Konrad, seinen zweiten Sohn, und erkannte dessen geistige Wandlung nun in ganzem Ausmaß. Etwas verblüfft war er dennoch. Seit der Emigration nach Freiburg war der Kontakt zu Konrad merklich weniger geworden und man hatte sich wortwörtlich aus den Augen verloren. Er erkannte die wohlwollenden, erkenntnisreichen Worte, die in ihrer Reinheit allesamt aus Konrads Herzen entsprangen. Doch erkannte der Vater auch die Gefahr der Eitelkeit, der geistigen, frommen Eitelkeit, aus der zu viel Strenge und somit Verbitterung wegen der Sündhaftigkeit der Menschen entstehen könne. Dessen war sich Konrad noch nicht bewusst. Doch Vaters Freude über die gottgläubige, tugendhafte Ernsthaftigkeit seines Sohnes war in jenem Moment größer, jene Gefahr von übermäßiger, zu sehr nach Regeln ausgerichteter Frömmigkeit schien in weiter Ferne.

Gregor nickte seinem Bruder zu, erkannte dessen Gottesfürchtigkeit im Eifer der besonnenen Worte.

„Der Mensch ist schwach, den Versuchungen des Bösen nicht selten gnadenlos ausgeliefert, insbesondere, wenn der Mensch fortwährend das Gute vernachlässigt, womit das Böse eben erst in Erscheinung treten kann. Ohne den

Glauben ermatten unsere Seelen im Wirrwarr dieser überaus unbeständigen, chaotischen Welt", fügte Konrad in fester Stimme noch hinzu.

Auch der Vater, selbst mäßig gläubig, widersprach Konrads Worten zum Glauben nicht, stattdessen räusperte er sich erneut und wandte sich mit etwas strengerem Blick, seine Handballen auf den Tischrand stützend, an seine Söhne: „Die Welt ist nicht so schlecht, wie manch einer zu glauben vermag, nur müssen wir durch die richtigen Augen schauen und ins Tun kommen. Ein Glauben ohne Taten bringt gar nichts."

Die letzten Worte gingen ein wenig unter, denn in der Küche wurde es lauter und etwas Hektik kam auf. Die Essenszubereitung schien in den letzten Zügen zu sein, Schubladen und Küchenschränke hörte man fortwährend auf- und zugehen, sowie metallenes Besteck auf das Küchenpult hektisch hinlegend, als auch sich wiederholende, dumpfe Schlaggeräusche eines hölzernen Kochlöffels, vom üblichen Abklopfen auf dem Rand eines Kochgefäßes herstammend. Gregor fasste die günstige Gelegenheit vor dem Festschmaus, um sich bei seinem Bruder für dessen Mitwirken bei Evas Taufe herzlich zu bedanken. Endlich war das lang erwartete, bereits seit Längerem aus der Küche duftende Essen angerichtet. Gekonnt und gewissenhaft, jedoch mit etwas angestrengter Miene, tischte Maria zusammen mit Anna auf. Zu diesem feierlichen Anlass wurde vor dem Essen ein Tischgebet gehalten, welches vom Hausherrn gesprochen wurde. Beim Festmahl herrschte eine ruhige, fast besinnliche Stimmung, zu der das köstliche, dreigängige Gericht nicht unwesentlich beitrug. Besonders die Kürbis-Polenta fand, doch eher unerwartet, großen, begeisterten Anklang unter den Erwachsenen, hingegen erntete die hausgemachte Rüebli-torte, eine traditionell-schweizerische Nachspeise, großen Applaus vor allem bei den Kindern. Alles in allem wur-den die Gaumen würdig verwöhnt und niemand dachte nur daran, sich über irgendeine Speise zu beklagen. Aus-genommen die Kinder, die jene in den höchsten Tönen gelobte Polenta scheußlich fanden und alle, außer Sarah, die Tochter Konrads, fast unangetastet liegen ließen.

„Ein Hoch auf uns! Auf die Gesundheit! Zum Wohl!", ertönte es im wilden Durcheinander beim Anstoßen der noblen Kristallgläser, gefüllt mit erstklassigem Rotwein aus dem österreichischen Burgenland. Der kleine David amüsierte sich ganz besonders bei diesem lauten Geklirre und stieß ebenso mit allen an, indem er eine Runde um den langen Tisch nicht nur lief, sondern beinahe tänzelte, zum Vergnügen aller. Draußen verzogen sich die grauen Wolken etwas und mehr Helligkeit erfasste den herbst-lich-trüben, grünblauen Vierwaldstättersee.

Maria unterhielt sich nach dem Essen lange mit ihrer Schwiegermutter, die bemerkt hatte, dass es ihrer Schwie-gertochter gerade nicht so gut ging. Natürlich wiegelte die-se ab, es gehe schon, meinte sie etwas trotzig und mit dem-jenigen Stolz, dessen sich jede Schwiegertochter bediente, um sich vor deren Schwiegermutter sowohl zu behaup-ten als auch zu schützen. Vor den Gästen konnte Maria pflichtbewusst ihre Rolle als Gastgeberin spielen und ihre Beschwerden kaschieren, doch sie wusste, dass etwas bei ihr nicht in Ordnung war, denn eine noch größere

Erschöpfung erfasste sie des Öfteren in letzter Zeit. Davor ängstigte sie sich zusehends. Sie solle sich untersuchen lassen, wenn es nicht besser werde, riet ihr die Schwiegermutter abschließend und mit sichtlich sorgenvoller Miene. Maria bemühte sich, die Contenance zu bewahren und versprach ihr, sich untersuchen zu lassen, einerseits um das unangenehme Thema abzuschließen und andererseits, um nicht unnötig viel Wirbel darum zu machen. Sie hatte selber gewisse Befürchtungen, hoffte aber darauf, dass alles gut werde.

Am nächsten Tag verabschiedete sich Konrad mit seiner Familie, um nach Freiburg zurückzufahren, während die Eltern von Gregor noch zwei weitere Tage, welche wie im Nu vergingen, blieben. Als der Abschied gekommen war, als ebenso die Eltern Gregor, Maria und die Enkelkinder in Richtung Heimat verließen, umfasste bald darauf wieder mehr Stille das herrschaftliche Haus der Kronmeiers, abgesehen vom üblichen Kinderlärm und dem dazu passenden, gelegentlichen Geschimpfe der tadelnden Eltern.

IV

Insgeheim war Maria froh, die Gäste wieder los zu haben, denn schon seit Längerem spürte sie, dass etwas in ihrem Körper nicht stimmte. Die Schmerzen in der Bauchgegend wurden häufiger und teils intensiver. Sie ließ sich einen Termin bei einem Spezialisten im Luzerner Kantonsspital geben, es sei eine reine Routineuntersuchung, schwindelte sie Gregor an, um ihn nicht unnötig zu beunruhigen. Nach einem knappen Monat der quälenden Ungewissheit stand das Ergebnis der Untersuchung fest. Ein kleines, aber keineswegs harmloses Krebsgeschwür wurde im Dickdarm festgestellt. Maria erschrak zutiefst über diesen unerwarteten Befund, doch noch vielmehr erschauderte sie der mysteriöse Traum an Timotejs Erstkommunion in Freiburg, der urplötzlich in ihren Gedanken in einer ungewöhnlichen Deutlichkeit hervorstach, als ob jener Traum ein Vorbote dessen, was sie heute erfahren musste, gewesen wäre. Der entdeckte Tumor wurde im Befund als bösartig diagnostiziert. Gregor war an diesem Morgen, als Maria in der dreißig Minuten entfernten Klinik von einem deutschen Facharzt, einem Gastroenterologen, über die Ergebnisse aufgeklärt wurde, zu Hause geblieben und hatte auf die Kinder aufgepasst, bis sie wieder zurückkam. Gregor fuhr zusammen, als er diese bereits vierte, erneut schlechte Botschaft, diesmal aus Marias Mund, vernehmen musste. Sichtlich angespannt, brachte sie jene Worte nur mit hörbarer Anstrengung über ihre Lippen.

„Geht es dir gut, ich meine, wie fühlst du dich nach dieser Diagnose?", fragte Gregor etwas verunsichert auf Maria blickend, die noch beschuht dastand.

„Es ist mir schon mulmig zumute, aber nun habe ich Gewissheit", meinte sie, zu Gregors Erstaunen, ziemlich gefasst.

Eine kurze, unheimliche Stille erfasste die beiden, die ziemlich unbeholfen im Wohnzimmer bei der Tür zur Eingangshalle standen. Doch ihre Gefasstheit trog, denn in ihren groß aufgerissenen, grünen Augen stach das reinste Entsetzen heraus. Gregor trat zu Maria, nahm sie endlich in den Arm und drückte sie ganz nah an sich, dabei küsste er mehrmals ihre Stirn und ihre rechte Wange. Als David nichtsahnend in seiner aufgeweckten wie naiven Weise herangeschossen kam, Mama neugierig fragend, wo sie denn gewesen wäre und was los sei, ergossen sich unwillkürlich dicke Tränen aus Marias traurigen Augen. Gregor spürte das Nass der Tränen an seinem Hals, drückte mit seiner Hand sogleich den Sohnemann ebenso dicht an seine und die Beine Marias, und tröstete ihn mit den Worten, die man kleinen Kindern bei heiklen Themen erzählt: „Mama geht es gerade nicht so gut, sie braucht ein wenig Ruhe, dann wird sie wieder gesund. Mach dir keine Sorgen, David."

Maria schluchzte angestrengt leise und vergrub ihr eingefallenes Gesicht zwischen Gregors Hals und dem weißen, herausschauenden Hemdkragen unter Gregors weinrotem Pullover.

„Habe ich denn noch nicht genug gelitten? Jetzt will der Tod mir noch mein Liebstes nehmen?", haderte

Gregor vorwurfsvoll in stillen, verzweifelt nach Erklärungen suchenden Gedanken.

Mitgefühl vermischte sich mit Lebenslust raubender Verbitterung, einer Schwere, die sich in Gregors Seele unverzüglich breitzumachen begann. Die letzten drei Hiobsbotschaften steckten ihm noch in den Knochen, sein Herz noch arg geschunden, es hatte sich kaum ein kleines bisschen erholt und schien für neues Leid überhaupt noch nicht bereit zu sein. Diesmal jedoch stand enormes, langwieriges Leid in Aussicht, wovor Gregor in jenem Augenblick in seinen Vorstellungen bereits zu kapitulieren drohte.

Eine zutiefst bedrückte Stimmung beherrschte beide in jenen ersten Tagen nach der unheilvollen und ungerecht empfundenen Diagnose. Maria machte sich anfangs große Vorwürfe, ihre Pflichten als Mutter und Ehefrau nun wegen der Krankheit und der schwer abzuschätzenden Folgen zu versäumen, und damit kläglich in ihrer Vorzeigerolle zu versagen. Sie versuchte trotz allem, tapfer ihre Pflichten zu erfüllen, als wenn sie ein angeschossener, arg verwundeter Soldat wäre, der aus strengem, angezüchtetem, pflichtbewusstem Patriotismus weiter an die Front kämpfen ginge. Es war pure Verzweiflung. Maria wurde zusehends erschöpfter, ebenso griff die Schwere ihrer Erschöpfung auf Gregor über. Sie verfiel beinahe in Wahnsinn, dessen Mutter ihr Unglaube war. Ein Unglaube, von dem sie sich nicht losreißen konnte, sie wollte das alles nicht wahrhaben, sie sträubte sich vehement gegen diese in ihren Augen feindliche Diagnose, sie hing fest, vom Leben gefesselt und geknebelt, so hilflos und kläglich litt

Marias Seele in diesen Tagen. Sie erzählte Gregor nichts vom unheimlichen Traum, damals in Freiburg, vielmehr behielt sie ihn für sich, vor allem aus der Befürchtung heraus, für verrückt erklärt zu werden.

„Wer will mir Böses? Gott? Was habe ich falsch gemacht?", fragte sie sich unaufhörlich, ohne zu einer Antwort zu gelangen, dafür übermannten sie Todesängste, Wahnvorstellungen und gar nächtliche Halluzinationen.

Der gänzlich überforderte Verstand drehte sich im Eiltempo, ließ ihre mächtigen Gefühle Achterbahn fahren, beinahe hysterisch werden, um ihre Seele immer näher, stückweise dem Tod hinzuführen. Es waren Tage und Wochen des Schreckens, der sie innerlich zu verzehren schien. Sie hielt es kaum noch aus, es war ihr elendig zumute und ihr Kopf schien bald, vor unendlich vielen Ängsten und Sorgen, bis hin zu Paranoia, zu platzen.

Schließlich ergab sie sich, Maria schloss innerlich mit dem weltlichen Leben ab, endgültig. Alles, woran sie bisher hing, am Schlechten wie am Guten, begann sie abzustreifen: Die leidige Last ihrer Vergangenheit wie auch das mit Zukunftsängsten geplagte, sorgenvolle Familienleben. Erstmals spürte sie ein Gefühl einer sanften, inneren Freiheit in ihrer geschwächten Seele, die unverhofft an innerer Stärke gewann. Das verzehrende, innere Feuer verlor allmählich an Kraft. Sie betete oft, dachte dabei nicht selten an ihre verstorbene Mutter, welcher sie bis zu deren Tod einige Dinge verübelt hatte. Insbesondere dachte sie ewiglich an ein Ereignis zurück, das sich förmlich in ihr Gedächtnis eingebrannt hatte. Es war die Sache mit der Porzellan-Schüssel.

Die Mutter hatte eines Sonntags einen Sprung in jener weißen Porzellan-Schüssel, die mit herrlich bunten Blumenmuster verziert und mit goldfarbenem Rand bemalt war, entdeckt. Sofort hatte sie Maria bezichtigt, nur aufgrund dessen, weil Maria gerade erst ein Glas beim Abspülen zerbrochen hatte. Indes war Maria an der nicht zu übersehenden Beschädigung des edlen Porzellans ganz und gar unschuldig. Der beschädigte Zankapfel war übrigens ein seltenes Familienerbstück ihrer Mutter, also von Marias Großmutter, an die sie nur wenige Erinnerungen hatte, da sie früh an einem damals unerklärbaren Herzleiden verstorben war. Eine halbe Tragödie hatte sich aus jenem misslichen Vorfall entwickelt, den die Mutter als unverzeihlich befand. Maria fühlte sich schmerzlich ungerecht behandelt. Sie wehrte sich lautstark und mit aller Macht.

„Du Lügnerin, dir werde ich's zeigen", war der drohende, einschüchternde Wortlaut der Mutter auf die vermeintlich leugnenden Worte Marias.

Jedes ungerechtfertigte, beschuldigende Wort trug Maria beständig weiter in ihrer Seele herum, jedes einzelne jener Worte tat weh, als ob spitzige Stacheln an ihnen hingen. Maria trug ihr das und noch andere unliebsame Vorkommnisse eisern und mit einer krankhaften Unerbittlichkeit nach. Die Mutter ließ in ihrer Überzeugung nicht nach, für sie war Maria eindeutig die Schuldige, wofür sie in der Konsequenz auch bestraft worden war. Maria war am Abend nach der ungerechtfertigten Bestrafung von zu Hause weggelaufen, die ganze Nacht bei einer Freundin geblieben und erst frühmorgens zurückgekehrt. Alle hatten sich bereits Sorgen gemacht, auch ihre Mutter.

Doch als Maria wieder zu Hause war, verflogen sogleich alle Ängste, und Mutters Ärger über sie, besonders über die wertvolle Porzellan-Schüssel, erlebte einen erneuten, nun mit kalter Bitterkeit versehenen Aufschwung. Die Brüder hingegen wurden in Marias Augen bevorzugt. Seit jenem Ereignis hegte sie großen Groll ihrer Mutter gegenüber, nie hatte sie ihr vergeben können, in ihrem Herzen blieb jener Groll haften und verstockte es mit dessen zäher, schmutziger Energie. Das tat ihr heute leid. Jedem Menschen sind Ungerechtigkeiten in der Kindheit widerfahren, wer erinnert sich nicht an jene seines Vaters oder seiner Mutter? Genau jene unsägliche Vergangenheit konnte sie bis dato nicht loslassen, verdrängte die Schreie ihrer Seele nach Vergebung, denn sie schämte sich ihrer Eltern, an die sie zu oft mit viel Hader dachte, sie schämte sich der lieblosen, kaltherzigen, stets mit Sorgen geplagten Mutter, die mit neunundvierzig Jahren Suizid begangen und alle ratlos zurückgelassen hatte. Maria hatte ihr diesen, für sie als Schlag ins Gesicht empfundenen Abgang anfangs enorm verübelt. Als feige und unverzeihlich verurteilte sie Mutters letzte Tat. Maria schämte sich auch ihres alkoholkranken, cholerisch-jähzornigen Vaters, mit dem sie bis zu dessen Tod vor zwei Jahren nur sporadisch Kontakt gepflegt hatte. Sie konnte ihre bittere Kindheit mit den vielen seelischen Verletzungen durch die Eltern und deren bitterböse Streitereien einfach nicht loslassen, sie haderte mit ihrer Vergangenheit. Sie grämte sich selber, immer wenn sie bei sich, in ihrer Erziehung mit ihren Kindern oder in der Beziehung zu Gregor Ähnlichkeiten zur Mutter feststellte. Wie so oft übernehmen Kinder unbewusst vieles der Eltern, solange sie nicht zu Bewusstsein kommen. Maria kämpfte in ihrer Rolle als Ehefrau und Mutter leidenschaftlich gegen jene übernommenen Muster an. Ihre durch das jahrelange Hadern verletzte Seele wehrte sich, die belastende Verzweiflung im Innern zeigte sich im Außen. Es schien, als ob ihr die geschundene Seele ein deutliches Warnsignal geschickt hätte.

Anfangs betete Maria allein, bald zusammen mit Gregor, dessen Gesicht viel vom festen, jugendlich-gesunden, fleischlichen Aussehen, das ihm bis anhin eigen war, verloren hatte, es sah eingefallen und hager aus, gezeichnet von den sich an Schrecken überhandnehmenden Hiobsbotschaften. In seinen Augen gab es keinen Blick des Übermutes mehr, seine einst gern nach außen gelebte Eitelkeit war verschwunden, nun überwogen Hilflosigkeit, Angst und Verzweiflung im Wechsel mit Wut und Hader, nicht nur dem Leben gegenüber, auch Hader gegen Gott kam unwillentlich in ihm auf. Sie hingegen versuchte, ihre mühselige Vergangenheit für immer hinter sich zu lassen. Maria hatte nur einen Wunsch, den einzigen, den Kranke haben, den für so selbstverständlich geglaubten Wunsch, nämlich jenen nackten, bloßen Wunsch nach Gesundheit und nach Leben. Alles Vergangene, alles Belastende, den ganzen Groll begann Maria endgültig abzuschütteln, nun war sie in der Lage dazu. Sie begann, innerlich allen zu vergeben, allen, die ihr Unrechtes angetan hatten. Ebenso vergab sie sich ihre eigenen Verfehlungen. Marias Seele wurde erhört und bekam Genugtuung für den jahrelang erlittenen Hader und ewigen Groll, die in ihr bösartig wucherten. Durch diese seelische Wiedergutmachung konnte eine Reinigung beginnen. Eine wohltuende Leichtigkeit erfasste ihr Herz. Endlich, sie hatte begonnen loszulassen. Merkwürdig, wie sich in Marias Seele auf einmal, aus dem Nichts, jene seit Langem vermisste, echte Lebensfreude in einer wohligen Festigkeit, zart, aber bestimmt bemerkbar machte.

„Jetzt, mit einem Krebsgeschwür im Körper soll ich Freude haben?", dachte sie sich ein wenig beschämt und versuchte, im ersten Moment diese scheinbar gerade ziemlich unpassende Freude zu unterdrücken.

Doch, es half nicht, Maria ließ jene wachsende, freudvolle Stimmung zu, sie ergab sich der unverhofften Kraft echter Freude. Gregor war verwirrt darüber, er konnte Marias Gemütsveränderung zuerst nicht annehmen, mit leichtem Unverständnis und Argwohn beobachtete er die plötzliche, zaghaft erblühende Fröhlichkeit im Gesicht seiner Frau.

Im Krankenhaus besuchten beide einige Zeit später denselben deutschen Facharzt, der ebenso Oberarzt war, der ihr riet, eine, nach seinen Worten, routinemäßige Operation zu machen. Das Geschwür sei noch im Anfangsstadium, meinte der Doktor, deswegen und wegen der chronischen Überlastung in den Operationssälen, wurde Maria auf eine Warteliste gesetzt mit der vagen Aussicht, in zwei bis drei Monaten den operativen Eingriff vornehmen zu können. Sie nahm es hin, ohne darauf zu reagieren, und gleichzeitig begann ihre Seele unerwartet, weiter Hoffnung zu schöpfen.

Erst wenn das Ende naht, erwacht manch einer, erst wenn es ganz dunkel wird, beginnt man, nach dem Licht zu suchen.

Gregor hingegen wurde aufbrausend und bald zornig in seiner jähen Verzweiflung. Es stände ihm zu und wäre gerechtfertigt, so dachte er, in Gänze davon überzeugt, sich in fordernder bis wütender Manier beim Oberarzt für einen früheren Termin seiner Frau einzusetzen. So schnauzte er den, solche aggressiven, beschuldigenden Ausbrüche von verzweifelten Angehörigen schon gewöhnten, deutschen Arzt lautstark an. Es half hingegen nicht, außer weiteren, beschwichtigenden Worten wurde nichts erreicht. Gregor suchte nach dem Desaster in Odessa seelische Zuflucht in seiner Familie, gerade bei Maria. Dieser Ort der seelischen Geborgenheit und Ruhe schien nun wegzubrechen, gnadenlos, ohne Rücksicht auf Gregors momentane Befindlichkeiten. Sie verließen das Spital und fuhren nach Hause, Gregor war besonders aufgewühlt und in misslicher Stimmung, von der sich Maria aber nicht anstecken ließ.

„Reg dich nicht auf, Gregor", sagte sie ihm in einem seltsam ruhigen Tonfall, während er auf die Hauptstraße einbog, die dem See entlang nach Hause führte.

Gregor blickte zu Maria, etwas verblüfft über ihre Gefasstheit, und nach einigen Momenten der Stille beruhigte er sich tatsächlich, doch in seinem Kopf drehten sich alle Gedanken um die hoffentlich baldige Operation und die Heilung des üblen Krebses weiter.

Zu Hause war für Maria Ausruhen angesagt, soweit es wenigstens die Kinder zuließen, denn Gregor hatte an diesem Tag noch zwei Patiententermine wahrzunehmen. Auch darüber dachte er nach, nämlich, ob er die Kinder allein versorgen und den ganzen Haushalt schmeißen

könne und ob dafür eventuell ein Kindermädchen anzu-
stellen sei. Unwillkürlich werden jene mit Sorgen behafteten Gedanken an eine sich anbahnende Notlage geboren.
Gelegen kämen ihm die vielen geflüchteten Ukrainerin-
nen, die gerade notgedrungen in der Schweiz lebten und
Arbeit suchten. Das wäre eigentlich ganz ideal, dachte er,
es gäbe dabei keine lästigen sprachlichen oder kulturellen
Barrieren. Hilfe würde er im Notfall, also im Fall einer länger andauernden Genesung, bestimmt benötigen, deshalb
schien ihm die Idee mit den einheimischen Haushaltshilfen als kleiner Lichtblick in der momentan eher düsteren
Vorausschau. An den schlimmsten aller Fälle, nämlich an
den eines Hinscheidens seiner Maria, wagte er kaum zu
denken, er hinderte seine Gedanken, vielmehr, er bezwang
sie, nicht daran zu denken, an jene schrecklich düstere
Vorstellung. Gregor verdrängte jenen Gedanken an den
schlimmsten aller Fälle, um Platz für lebensbejahende zu
schaffen, denn er glaubte, dass unsere Gedanken uns und
das Leben um uns herum erschaffen können. Die prakti-
sche Umsetzung dieses Glaubenssatzes erfordere hingegen
enorme, innere Kraft und Beständigkeit, denn gerade das
Menschliche sei das Hindernis, wie Angst, Furcht, Zweifel, Mutlosigkeit, Trübsinn oder Unglaube, die uns im Weg
ständen. Es waren schwierige Zeiten, Zeiten zwischen
Hoffen und Bangen. Gregor litt zunehmend mehr als
Maria, von der er doch das große Leid, die dunkle Hoffnungslosigkeit und die ganze, bittere Verzweiflung bis hin
zur unseligen Selbstaufgabe erwartet hätte.

Später, am Abend jenes Tages, geschah bei den Kronmeiers etwas Unerwartetes, etwas beinahe Mystisches.

Maria hatte eine, vielleicht waren es auch einemhalb Stunden tief geschlafen, war aber wieder wach, als Gregor ins Schlafzimmer hereinkam. Die Uhr zeigte bereits auf zehn. Die Arbeit war getan, nach zwei Patiententerminen hatte Gregor noch die monatlichen Abrechnungen am Computer erledigt. Danach verließ er die Praxis und stieg die Treppe hoch in den ersten Stock. Auf Zehenspitzen, ganz leise und ohne das Licht einzuschalten, trat er ins Schlafzimmer zum Ehebett.

„Mach ruhig das Licht an", erklang es plötzlich aus dem Dunkeln.

„Oh, du bist wach, Maria, ich dachte, du schläfst", erwiderte er überrascht, dabei den Lichtschalter suchend.

Es wurde Licht. Gregor setzte sich sacht, noch im weißen Unterhemd und Hosen zu seiner Frau ans grau melierte, lederne Polsterbett. In letzter Zeit, seit der unheilvollen Diagnose, betrachtete Gregor seine Frau intensiver, länger und mit anderen, häufig mit beklemmenden, sorgenvollen Augen. Jede kleinste Veränderung an ihrem ganzen Wesen nahm er wahr, welche zum Guten, die Gregor ermutigten, andere hingegen weckten in ihm schlimme Befürchtungen. Wieder betrachtete er Maria lange und in jener akribischen Gründlichkeit, mit der man für gewöhnlich ein Neugeborenes betrachten würde, oder mit jenem fokussierten Blick, den Ärzte aufsetzen, während der Patient seine Beschwerden schildert. Es war ihr nicht unangenehm, sie hatte sich mittlerweile an das intensive Prüfen und Betrachten ihres Mannes gewöhnt. Maria lag still da, mit einem lieblichen, warmen Lächeln im Gesicht, ihre runden, grünen Augen stachen glänzend hervor, als ob Gregor gerade diese anstelle der Deckenlampe angeknipst hätte. Marias Aura zog ihn sofort in ihren Bann.

Leicht verwirrt darüber fragte Gregor sie: „Wie geht's dir, Maria, hast du geschlafen?"

„Es geht mir gut, ich fühle mich gerade sehr wohl", sprach Maria ganz erleichtert und gelöst, wie es schien.

Mit einer sanftmütigen Stimme gesprochen, folgten wohlwollende Worte, unerwartet liebenswürdige Worte, denen ihr am Bettrand sitzender Ehemann, Gregor, gespannt und verblüfft lauschen durfte. Die Worte erklangen in einer besonders sanft-angenehmen Klangfarbe, als ob ein Engel aus ihr spräche, sie berührten Gregor zutiefst. Unbewusst hing er wie hypnotisiert an ihren Lippen. Noch nie durfte er jener engelhaften Stimme aus Marias Mund lauschen. Obschon die Stimme sanft war, hatte sie etwas Elektrisierendes, etwas nicht Alltägliches, sie setzte eine krafterfüllte Energie frei, die alles und vor allem Gregors ganzes Herz in ihren Bann zog. Aus tiefster Seele traten ihre Worte zutage, es waren Worte des Lobes und der Dankbarkeit an Gregor, an das Leben und an Gott. Gregor spürte unmissverständlich, dass sich Maria mit ihrem Leben endgültig ausgesöhnt hatte. Der ganze, belastende Groll und Hader war weg, wie ausradiert, wie ausgewaschen aus ihrer Seele. Es war anmutig und herzerwärmend, wenngleich ihm diese wohlwollenden Worte in ihrer reinen Klarheit und tadellosen Unbeschwertheit gleichzeitig gehörigen Respekt sowie punktuell sogar Angst einflößten. Denn es hatte auch etwas Endliches, es glich einer Atmosphäre des Abschieds. Doch wovon Abschied nehmen? Vom Menschsein? Es erinnerte an jene Atmosphäre, kurz vor dem Lebewohl, bevor sich der geliebte Sohn auf eine lange Reise aufmacht, oder in den Krieg zieht, und sich oft besonders die Väter friedfertig, seelenruhig, ja fast verschüchtert geben, ob dem trüben Gedanken des womöglich letzten Wiedersehens, des sogenannten „auf Nimmerwiedersehens". Gregor erkannte zum ersten Mal die Schönheit Marias in der Schlichtheit, in ihrer ganzen Verletzlichkeit, als ob er ihre göttliche, reine, vollkommene Seele betrachten würde.

Sie erkannte, das Leben ist ein Geschenk auf Zeit. Das Gestern ist Geschichte. Das Morgen ist ein Geheimnis. Nur das Heute ist ein Geschenk, das tagtäglich freudvoll gelebt werden sollte.

Gregor war in dieser schweren Zeit für Maria da, er bemühte sich und tat viel Gutes. Er sah nun seine Frau mit anderen, neuen Augen. Er bewunderte sie trotz allem, ja, noch mehr als vorher. Er erkannte die reine Schönheit ihrer Seele, die sich in Maria endlich entfalten konnte. Gregor schloss insgeheim, nachdem er sich zu Maria hingelegt hatte, mit sich einen Bund. Die Wahrheit wolle er suchen, dem Wahrhaftigen nachstreben, um damit das Wahre des Lebens zu erkennen. In diesem Augenblick erkannte Gregor unzweifelhaft, dass er geprüft wurde. Unwillkürlich vereinten sich in diesem Moment das Gute, das Schöne und das Wahre in Gregors Seele, festigten sich durch die unsichtbare Kraft des Höchsten, um bei ihm endgültig feste Wurzeln zu schlagen und dadurch sein Herz den Rhythmus enormer Leichtigkeit und Liebe verspüren zu lassen. Trotz der Hiobsbotschaften hörte er auf, mit Gott zu hadern, er erkannte: „Dein Wille geschehe." Im Herzen söhnte er sich mit dem Höchsten demütig aus. Eine wohltuende Dankbarkeit erfasste seine Seele, unwillentlich, in sanfter Art und Weise, als ob ihn eine übergeordnete Kraft geheimnisvoll lenken würde. Ein Geheimnis von unzähligen, die unerklärbar seien, wie zauberhafte Magie der allerhöchsten Klasse, all die Wunder und ewigen Rätsel des Universums. Wer kenne denn das Geheimnis der ewig brennenden Sonne – wo sie doch unübersehbar, majestätisch strahlend über den Menschen seit jeher thront? Welche Geheimnisse sich abseits des menschlichen Auges wohl noch verbergen mögen?

Mit einem noch nie dagewesenen Gefühl der Hoffnung, mit einer wohltuenden Seelenstille und mit vollkommener Liebe erfülltem Herzen schliefen beide bald ein. Sie hatten sich gemeinsam endgültig der himmlischen Liebe ergeben, und es schien, als ob wieder der Zauber des Anfangs in der Luft läge.

V

Nach zwei Wochen, in denen mehr Hoffen als Bangen das Ehepaar Kronmeier begleitet hatte, stand eine erneute Kontrolle beim Spezialisten an. Höchst angespannt saßen sie auf grau-metallenen, wenig gepolsterten Stühlen vis-à-vis vom zuständigen Oberarzt. Maria blickte ihn friedvoll, mit einer erfüllenden Sehnsucht in ihren Augen an. Gregor hingegen starrte den Halbgott in Weiß beinahe regungslos an. Gleich sollte eben dieser die leicht unangenehm verlegene, gehemmte Stille brechen. Der deutsche Arzt sortierte ohne Eile einige Papiere mit (offensichtlich) Marias Befunden. Ein kurzes Räuspern und das darauffolgende leicht trockene Hüsteln seinerseits ließen die gleich beginnende Rede vermuten. Gebannt schauten beide auf ihn, auf jede Lippenbewegung, auf jede noch so unscheinbare, belanglose Gestik sowie auf jede kleinste Veränderung der Gesichtsmimik. Ohne hörbar Luft zu holen, fing der Arzt an zu sprechen, dabei richtete er seine silberne, oval-förmige Brille der Nase hoch, ansonsten eröffnete er, unerwartet nüchtern, fast apathisch, den Kronmeiers die neuesten Befunde Marias. Es herrschte eine riesige Diskrepanz der Gemütszustände vor: Auf der einen Seite die äußerst angespannten Kronmeiers und auf der anderen der fast teilnahmslose Arzt, dies schien den Raum energetisch ins Ungleichgewicht stürzen zu wollen. Der Mediziner teilte ihnen endlich, mehrmals schielend auf die Papiere und die Röntgenbilder, in sachlich nüchternen Worten mit, dass der Krebs nicht gewachsen sei.

„Gott sei Dank", fuhr es unwillkürlich aus Gregor heraus.

Beide waren zuerst mal erleichtert, heilfroh über diese Mut machende, gute Botschaft. Sofort blickte Gregor zu Maria, deren Augen wieder etwas mehr an Hoffnung ausstrahlten. Es sei nicht außergewöhnlich, dass sich das Wachstum im ersten Stadion verlangsame oder gar, vorübergehend, zum Stillstand komme, man müsse abwarten, um mehr sagen zu können, meinte der Deutsche im penibel gebügelten, weißen Arztkittel. Er schob seine silberne, oval-förmige Brille erneut hoch und schlug einen weiteren Kontrolltermin vor. In zwei Wochen wurde ein neuer Termin festgelegt.

Die Kronmeiers waren schon des Öfteren am berühmten Kloster Einsiedeln vorbeigefahren, doch hatten sie nie angehalten, um es zu besichtigen. Am Tag nach dem Arzttermin, es war ein kühler, typischer Novembervormittag, als sie gerade in der Nähe des altehrwürdigen Klosters einige Besorgungen zu erledigen hatten, bat Maria ihren Mann kurz entschlossen, er möge doch beim Kloster anhalten.

„Gregor, bitte, lass uns ins Kloster hineingehen, wer weiß, ob es nochmals eine Gelegenheit für mich geben wird", sprach sie zu Gregor eindringlich und mit weit aufgerissenen Augen.

Natürlich konnte er ihr diesen Herzenswunsch kaum abschlagen, obschon die Zeit eilte, denn Gregor hatte noch Patiententermine, dennoch willigte Gregor ein und fuhr ins angrenzende Parkhaus des Klosteranwesens, wo er den Wagen parkte. Nach kurzem Zweifeln erschien ihm selber die Idee der Besichtigung gerade vortrefflich passend zu sein. Frohmut und Neugier stiegen bei beiden unwillkürlich empor, während sie aus dem Wagen stiegen. Die kleine

Eva war auch mit dabei, doch zum Glück schlief sie gerade ziemlich fest und ließ sich trotz leicht ruppigem Umzug in den Kinderwagen nicht davon abbringen. Ein mäßiger, kühler Wind blies ihnen ins Gesicht und gelegentlich zeigten sich hinter dem grauen Wolkenband zarte Sonnenstrahlen, die gebündelt wie eine weiße Lichtflut durch die Wolken auf die Erde schimmerten. Durch die Tiefgarage ging es mit dem Aufzug hinauf, um nach einigen Metern Fußmarsch die Pracht des Klosters Einsiedeln Blick für Blick von außen bewundern zu dürfen. Umso mehr sie sich der prachtvollen, monumentalen Kirche näherten, umso größer wurde die Begeisterung. Nur von der Größe allein waren beide erschlagen. Reger Betrieb herrschte überall rund um das Kloster, das bekannt, beliebt und berühmt nicht nur für Touristenbesichtigungen, sondern vor allem für Wallfahrten war. Immer noch vom Schwall der Begeisterung berauscht, traten sie in die heiligen Gemäuer ein, um noch mehr Überschwänglichkeit und höchste Entzückung auf sich einwirken zu lassen. Noch nie konnte Maria die sichtbar gemachte Liebe in den Malereien und Fresken so deutlich wahrnehmen wie an diesem Tag, es schien sogar so, als ob sie, Maria, von all den reizenden Figuren, von den lieblichen Engeln, den Heiligen oder der Muttergottes oder vom Gottessohn selbst erstmals erkannt und wahrgenommen wurde. Sie war an diesem Tag körperlich etwas erschöpfter, deshalb setzte sie sich bereits nach zehn Minuten auf eine Bank in den vorderen Reihen. Trotzdem tat es der wohligen Überschwänglichkeit keinen Abbruch, sie benötigte lediglich gerade eine kurze Pause sowie etwas Stille, um in sich zu gehen. Gregor schritt gemächlich und ebenso entzückt über das Gesehene weiter Richtung Altar, vorbei an goldverzierten Orgeln, über denen weiße, andächtige Engel schwebten. Maria betrachtete all die vielen religiösen Symbole, an denen man sich nicht satt sehen konnte, ein liebreizender Überfluss vollkommener Kunstwerke, die überdies manch einem tiefe Ehrfurcht erweckten, dabei erinnerte sie sich an falsch verstandene Frömmigkeit, an kirchlich organisierte Frauenausflüge, bei denen ihre Mutter auch einige Male teilgenommen hatte. Sie schloss ihre Augen.

Maria erinnerte sich an Mutters Erzählungen über einen Streit bei eben so einem Frauenausflug. Wegen eines simplen Wortgefechts über das richtige Rosenkranzbeten brach ein bissiger Streit aus, der die Gruppe in zwei Lager teilte. Es waren kleinere, kaum ins Gewicht fallende Details, worüber sich die Gruppe immer verbissener zankte, doch bald saß man nicht einmal mehr beieinander, es wurde angefangen zu lästern und plötzlich fand man unheimlich viele Unterschiede zwischen den Lagern, die nun offensichtlich die Spaltung rechtfertigten. Nach jedem Ausflug stieg der Graben zwischen den zwei Fronten weiter an, bald schien er unüberbrückbar zu sein. Jede Seite suchte, immer gehässiger und starrsinniger ihre Sicht der Dinge, also ihre Ansichten der richtigen Befolgung kirchlicher Regeln durchzusetzen. Emsig wurde auch nachgedacht, wurden neue Ideen, Aktivitäten und Strukturen vorgestellt, die meist aus Neid und Missgunst des anderen Lagers wieder verworfen wurden. Es entfachte ein regelrechter Wettbewerb. Darin, in jener übermäßigen Emsigkeit äußerer, weltlicher Sinnfindung wurde nun nach dem Heil gesucht. Menschlicher, getriebener Aktionismus wurzelte in beiden Gruppen, der sich in der Folge zum eigentlichen Götzen entwickelte. Rechthaberei und Machtspielchen ersetzten das frohe Miteinander in der Gemeinschaft. Fortan war eine latente Missstimmung in der ganzen Frauengruppe spürbar, die bald, als zwei angesehene Mitglieder (die eine war die Kirchenchorleiterin) verdrossen und genervt die zwiegespaltene Gruppe verließen, auseinanderbrach und sich infolgedessen endgültig auflöste. Das äußere, regelkonforme, oberflächliche Tun überschattete die wahre Botschaft Christi. Das übereifrige Tun, der überhandnehmende Aktionismus erstickte den Geist Christi. Mäßigung, eine wunderbare Kardinaltugend, würde sich auch hier als Selbstschutz beweisen. Beim in sich frommen, heiligen Tun schütze eben Mäßigung bzw. Maß halten vor unrechtem Tun und vor weltlichem, übermäßigem Regeleifer.

Auch eine fromme Tante mütterlicherseits erschien ihr plötzlich vor ihrem geistigen Auge. Zwar verheiratet, verbrachte sie mehr und mehr Zeit in der örtlichen Pfarrei und deren Einrichtungen. Durch ihre übermäßigen, kirchlichen Aktivitäten hatte jene Tante ihre Ehepflichten aufs Gröbste vernachlässigt, ihren Mann und dessen Bedürfnisse immer öfters links liegen lassen, entgleiste folglich dermaßen, dass ihre Ehe in eine tiefe Krise schlitterte, sie, die Ehe hing förmlich am seidenen Faden. Um ein Haar wäre es zur klerikal schändlichen Scheidung gekommen, doch die Tante besann sich wieder auf ihr Eheversprechen, welches sie und ihr Mann unter Gottes Obhut gegeben hatten und rettete dadurch ihre arg angeschlagene Ehe.

Die Tante hatte erkannt, dass die Liebe zu Gott bedeutet, dessen Liebe in der Ehe zu verwirklichen und aufrechtzuerhalten. Aufgrund ihrer Änderung der Werte-Priorisierung begann ihr Mann unverhofft und gänzlich unerwartet, mit ihr gemeinsam regelmäßiger die Sonntagsmessen zu besuchen.

Es waren diese zwei prägenden Erinnerungen, die Maria eine bestimmte Distanz zur Frömmigkeit und zur Kirche hatten entwickeln lassen. Möglicherweise gab es noch andere, an die sie sich nicht mehr bewusst erinnerte. Maria spürte den Wunsch in ihrer Seele, dass sie eine ihrige, eine vorurteilsfreie Beziehung zu Gott aufbauen solle. Sie öffnete ihre Augen und ließ diese nochmals ausgiebig an all dem prächtig Schönen rundherum weiden, um hernach eben jene vollkommene Schönheit in ihrem Herzen zu bewahren. Sie ließ diese neue Verbindung in ihrem Herzen zu, es tat ihr gut, denn es fühlte sich gut an, dieser erste, unbekümmerte Schritt gen Himmel, wonach sich doch jedes Menschen Seele hinsehne. Maria stand auf, sah sich kurz nach Gregor und Eva um, da erblickte sie schon ihren Mann, der ihr lächelnd zuwinkte. Sie lächelte zurück, nickte zustimmend und machte sich auf. Gregor wartete im vorderen Teil, links von der schwarzen Gnadenkapelle, gemeinsam mit Eva im Kinderwagen auf Maria. Leichten Fußes und frohen Mutes lief Maria zu Gregor, der sie wohlwollend ansah, um gleich sanft nach ihrer Hand zu greifen, was in Marias Herzen eine bisher unbekannte Kraft von tiefer Verbundenheit auszulösen vermochte. Zusammen verließen sie das imponierende Gotteshaus mit viel seelischem Gnadenbrot, denn ihre beider Seelen waren in diesem Moment erfüllt. Am Ausgang herrschte Gedränge, es ging nicht vorwärts und die Besucherschlange kam vorübergehend zum Stillstand, da eine alte Dame im Rollstuhl Mühe hatte, über eine flache Schwelle zu kommen. Eigentlich war es deren Begleiterin, eine etwas hagere, ebenso ältere, grauhaarige Dame, die jene Frau schob und sich zwar angestrengt abmühte, doch es nicht schaffte, jenes steinerne Hindernis zu überwinden. Ein freundlicher, großgewachsener Herr, vielleicht Mitte vierzig, half der etwas unbeholfenen Begleiterin, den Rollstuhl samt der alten Dame endlich über die missliche Schwelle zu schieben. Draußen angelangt, knöpfte Gregor seinen Mantel leicht hastig zu, blickte wiederholt auf seine schwarz-silberne Armbanduhr, denn es eilte ihm, er hatte nämlich noch Patiententermine, außerdem war Eva wach geworden und fing an zu quengeln. Maria versorgte den augenscheinlich hungrigen Nachwuchs ohne Eile, aber gekonnt, um den Appetit fürs Erste zu stillen und damit Eva ohne Wimmern und unnötiges Gequengel zum Auto geschoben werden konnte. Ebenso fing es an zu nieseln, doch auch das konnte den freudvollen Besuch des eindrücklichen Klosters in keiner Weise mindern.

Nach zwei Wochen, die unglaublich schnell und mit weniger Bekümmertheit vorübergingen, stand für Maria wieder ein Kontrolltermin im Krankenhaus an. Diesmal ließ der Oberarzt immerhin etwas an Gefühlsregungen zu, denn er hatte gute Nachrichten. Der Krebs hatte sich mehr als halbiert, wovon der Arzt mehr als verwundert und gleichzeitig froh darüber war. Jene leichte Beglückung des Arztes war hingegen bei Weitem kein solches

Glücksempfinden, wie es die Kronmeiers in diesen Augenblicken verspürten. Tränen des Überglücks und der immensen Erleichterung kullerten Maria über ihre rötlichen Wangen. Gregor umarmte seine Maria, gab ihr einen sanften Kuss auf einer dieser benetzten Wangen, um sich gleich wieder dem Übermittler der frohen Kunde zuzuwenden und ihm aufmerksam zuzuhören, beide hingen förmlich an dessen Lippen.

„Tja, zwar erstaunlich, trotzdem keine Seltenheit, und selbstverständlich sind wir alle heilfroh darüber, doch sollten wir nicht voreilig Schlüsse ziehen", meinte der Oberarzt mahnend und die gerade beinahe euphorisch freudige Erregung der Kronmeiers etwas dämpfend.

„Was meinen Sie damit?", wandte Gregor sofort ein.

„Tja, es kommt eben auch vor, dass derartige Geschwüre vorübergehend schrumpfen, um bald darauf wieder zu wachsen. Nehmen Sie weiter die verschriebenen Medikamente und bereiten Sie sich nichtsdestotrotz auf eine Operation vor. Auf jeden Fall rate ich Ihnen dazu, Frau Kronmeier", wandte sich der Arzt direkt an Maria.

Unter die gerade vorherrschende Freude mischten sich nun leise Angst und wohlbekannte Sorgen, die aber der erstarkten Hoffnung wenig anhaben vermochten. Genau in dieser Stimmung, in jener erstarkten Hoffnung fuhren Gregor und Maria nach Hause.

In den folgenden Tagen und Wochen erfuhr Maria eine langsame, spontane Heilung. Wie von allein, als ob sich jemand dessen angenommen und Maria von jener Krankheit befreit hätte. Maria lebte auf, erstarkte innerlich und wandelte sich in eine neue, unbeschwerte Maria. Gregor war unglaublich dankbar, wobei er gar nicht recht wusste, wem er eigentlich dankbar sein sollte. In solchen Augenblicken schaute er nach oben und dankte dem Herrn und bekreuzigte sich. Maria erkannte, ja, sie spürte erstmalig eine vollkommene, innere Freiheit und nahm jene heilende Kraft wahr, welche den Menschen ganz bzw. heil macht, eben ganzheitlich, eine verbindende Kraft der Seele, des Geistes und des Körpers. Bald, nach einer weiteren Untersuchung war klar, eine Operation war obsolet geworden, obschon der deutsche Arzt, zwar froh darüber, dennoch gleichzeitig latent enttäuscht war, die Operation entgegen seiner fachmännischen Empfehlung absagen zu müssen. Maria lebte endlich bewusst, lebte im Jetzt, frei von ihrer misslichen Vergangenheit und den daraus gewachsenen, trübseligen Gedanken und all den verbitterten Gefühlen. All das Belastende, was sie jahrelang beharrlich mit sich herumgetragen hatte, hatte sie endgültig losgelassen, sie konnte sich letzten Endes von den dämonischen Fesseln der Schwermut und Niedergeschlagenheit, den ehernen Ketten des ewigen Haders befreien. Sie hatte verstanden, gerade noch rechtzeitig. Unendliche Dankbarkeit erfüllte ihr Herz. Zusammen mit Gregor beteten sie öfter an jenen Tagen, dankten immer wieder für das Geschenk der Gesundheit, wobei besonders Maria unendlich viel Gnade und Barmherzigkeit im Herzen fühlen durfte, durch die sie just in der schwierigsten Zeit ihres Lebens beseelt worden war.

VI

Es war einer dieser nass-kalten, neblig-grauen Tage Ende November, die sich an Unbeliebtheit kaum übertrumpfen lassen. Nach dem recht sonnigen Oktober versetzte der graue November manch einen in eine schwermütige Verstimmtheit, wenn auch meistens nur phasenweise. Gerade als sich Gregor die ersten Nachrichten aus der Heimat aufmerksam ansah, denn es gab erneut zahlreiche Drohnenangriffe auf Odessa und ebenso auf Cherson mit einigen Verletzten, meldete sich Helena mit der dringenden Bitte um einen kurzfristigen Termin bei ihm. Völlig überrascht, da er dachte, er sähe sie nie wieder, willigte er kurz entschlossen ein – und bereits am nächsten Tag saß Helena auf der beigefarbenen Couch in Gregors Praxis. Jener Mittwoch war ebenso ein nebliger, total verregneter, düsterer Tag mit Temperaturen nur knapp über dem Gefrierpunkt.

Dem Wetter entsprechend entpuppte sich Helenas Stimmungslage. Sie habe die letzten Nächte kaum, mitunter gar nicht geschlafen, erklärte sie mit gereizter Stimme auf Gregors höfliche Frage nach ihrem Befinden. Ohne weitere Umschweife kam sie geradewegs auf den Punkt, weshalb sie gekommen war. Gregor erkannte jene Dringlichkeit in ihrem sichtbar angespannten Äußeren und ließ sie gewähren. Viel war in den letzten Monaten im Leben von Helena geschehen. Mit reumütigem und sogar leicht beschämtem Blick fing sie an zu erzählen. Mit ihrem einst so hoch gelobten Schweizer war nach viel Streit und einigen unwürdigen Eskapaden endgültig Schluss. Er sei rasend vor Eifersucht gewesen, förmlich zerfressen vor

Eifersucht, was infolge auch in tätliche Gewalt gemündet habe.

„Er hat mich zweimal ins Gesicht geschlagen", gab sie zerknirscht und in verbittertem Ton zu und fuhr fort, „er hat mich erniedrigt, mich gedemütigt ... und beim letzten heftigen Streit, bei eben diesem er mich geschlagen hatte, musste ich gehen, einen Schlussstrich ziehen ... denn ... ach, ich konnte einfach nicht mehr."

Gregor hörte gespannt zu und sah in ihren dunklen Augen die große, bittere Enttäuschung, die ihre Seele hatte ertragen müssen. Helena hielt kurz inne, ein Gefühl der Empörung über das Gesagte überkam sie, als ob sie sich über ein fremdes Opfer entsetzen würde. Dann fuhr sie fort, musste unbedingt noch etwas loswerden. „Eine seiner eher unscheinbaren Macken, nämlich seinen Sauberkeitsfimmel, brachte mich zuletzt zur Weißglut. Jedes Mal hat er, nachdem ich in der Küche fertig aufgeräumt und geputzt habe, das Spülbecken und die Arbeitsplatte trocken gerieben, nicht selten auch nachgeputzt", erzürnte Helena, zwar echt, wenn doch mit theatralischem Ausdruck.

„Schrecklich, schrecklich!", stieß es gleich darauf aus ihr heraus, dabei fauchte sie beinahe, schnaubte zweimal, um endlich mit einem tiefen, lauten Seufzer auszuatmen.

Das Ende einer Paarbeziehung lasse die Seelen immer mit Schmerzen füllen, mal mehr, mal etwas weniger. Der Bruch mit dem Schweizer, den sie anfangs idealisiert hatte und den sie nun verteufelte, schmerzte sie zutiefst. Den seelischen Schmerz nahm sie nichtsdestotrotz hin, denn er konnte ihr leidenschaftliches Temperament lediglich mäßig und nur für eine kurze Zeit lähmen. Helena war eine derjenigen Frauen, die sich auf eine absolutistische Weise lediglich ihren unbeständigen Gefühlen hingeben und ihnen blind folgen. Sie lief unbeirrt von einer in die nächste Sackgasse. Nach eben demselben Schema verhielt sich fatalerweise auch die nächste Liebesaffäre, von der sie für Gregor ziemlich überraschend zu berichten begann.

„Ich war am Boden zerstört und musste mich nach dem Umzug in die neue Wohnung erst wieder zurechtfinden. Meine Tochter hat das Ganze auch mitgenommen ... und, ich meine, ich war einsam. Nach einem Monat erschien im Friseursalon ein neuer Kunde, ein außergewöhnlicher Mann mit einer ungemein starken Aura, Ende dreißig, groß, breite Schultern, schlaksig wirkende Statur, längere, dunkelbraune Haare, türkisblaue Augen und mit gepflegtem Dreitagebart. Es hat vom ersten Moment an gefunkt, und zwar explosionsartig. Ich war hin und weg, er hatte so ein betörendes Charisma ... ich fühlte mich magnetisch zu ihm angezogen“, sagte sie nun mit anderen Augen, in denen jene anfänglich bestandene, euphorische Schwärmerei zu erahnen war.

„Es hat sich dann herausgestellt, dass er eine Art Guru ist und spirituelle oder vielmehr esoterische Kurse anbietet, an denen ich bald darauf auch teilgenommen habe ... aber, ähm ... eigentlich wollte ich gar nicht, aber er bedrängte mich beharrlich ... mit ... mit seinem unwiderstehlichen Charme ... ich war verliebt, ja, und schließlich habe ich nachgegeben.“

Sie vertraute sich diesem neuen Mann besonderen Schlages, jenem Guru, an, der ihr zu diesem Zeitpunkt, kaum einige Wochen nach dem Aus mit dem Schweizer, erst einmal ausgesprochen guttat und sie wieder aus ihrem Tal der Tränen herauszuholen vermochte. Sie glaubte an ihn, leichtsinnig, wie sie war, und öffnete ihm in naiv törichter Kühnheit Tür und Tor ihres Lebens. Während Helena weiter erzählte, erinnerte sich Gregor an eine zufällige Begegnung mit Helena und einem ihm unbekannten Mann, es war vor wenigen Wochen am See, nun konnte er ihn einordnen, jener groß gewachsene Unbekannte mit langem Haar müsste der Guru gewesen sein. Er wollte sie später darauf ansprechen, vergaß es jedoch. Helena war Feuer und Flamme für den neuen Mann, sie liebte ihn abgöttisch, betete ihn beinahe an. Im Handumdrehen war sie diesem zwielichtigen Guru verfallen, was er tatsächlich war, wie es sich bald herausstellte. Doch sie war wie berauscht von ihm, ihm zuweilen hörig. Zu Beginn dieser explosiven Liaison flog sie wie in Trance, leider folgte ziemlich rasch eine jähe Bruchlandung. Er fing nach wenigen Wochen allmählich an, sie zu manipulieren, mitunter zu bevormunden und brachte sie sogar dazu, ihm Geld zu leihen. Erst wurde es zurückbezahlt, dann war er angeblich pleite und konnte ihr einige Hundert Franken vorerst nicht zurückgeben. Sie fühlte sich belogen und bestohlen, stellte ihn deshalb zur Rede, wobei er sich gekonnt herauszureden vermochte, um sie zu vertrösten. Helena glaubte ihm, denn ihre Gefühle ihm gegenüber waren zu mächtig. Sie war nicht imstande, seinem Charme zu widerstehen. Schamlos missbrauchte er ihr Vertrauen und benutzte sie auf schändliche Weise, gerade seelisch. Er war ein notorischer Lügner und Betrüger, dessen esoterische Seminare zunehmend nur zur persönlichen Bereicherung dienten. Er hatte sie kaltblütig getäuscht, nichts lag ihm an Helena und ihrer Beziehung, denn er liebäugelte hinter ihrem Rücken, bald darauf schamlos vor Helenas Augen mit einem jener unzweifelhaft leichten Mädchen, die sich keinen Deut um Spiritualität scherten, vielmehr den Guru fesseln und ihn angeln wollten. Helena hatte sich durch ihre mächtigen, ambivalenten, leidenschaftlichen Gefühle gleichermaßen täuschen lassen, sich von jenem skrupellosen Scharlatan blenden und in die Irre führen lassen, ja, in Teufels Küche war sie geraten, eben dort, wo das Verderben schamlos frohlocke. Jene Liebesaffäre mit folgenreichen Konsequenzen hatte sich überhaupt nicht als harmlos erwiesen, denn bald klagte sie über psychische Beschwerden, sie wurde von plötzlichen Heulkrämpfen heimgesucht, sie durchlebte sprunghafte Stimmungsschwankungen, die bis zu Angstzuständen reichten, wobei all dies psychosomatische Auswirkungen hatte, die sich in körperlicher Niedergeschlagenheit bemerkbar machten, sie war sowohl kraftlos als auch antriebslos, was sie zusehends in den Wahnsinn tief düsterer Gedanken verfallen ließ. Ihre angeschlagene Seele war nach dem Fiasko mit dem Schweizer nicht bereit, hatte dieses Experiment nicht lange ertragen können, sie musste bereits nach zwei Monaten blindem, leidvollem Wahnsinn Reißaus nehmen, Helena warf das Handtuch. Es war Schluss mit dem Guru.

„Es war der absolute Wahnsinn, der Mann ist krank, verrückt, manipulativ, ich meine ... er ist geisteskrank!", schimpfte sie, „ein Narzisst! Ein Monster!", fuhr es schroff aus ihr heraus.

Gregor erschrak über ihr erregtes und angstverzerrtes Antlitz. Er sah Helena in höchst aufmerksamer Weise an, er sah eine andere Helena, eine angeschlagene, verschreckte Helena, die durch die Odyssee mit dem Guru offensichtlich arg gelitten hatte. Sie schaute aus ihren tot wirkenden, halb geöffneten Augen, unter den schwarz geschminkten Augenlidern, finster hervor. Keine Spur jenes verführerischen, tollkühnen Blickes, mit dem sie einst Gregor in ihren Bann zu ziehen vermochte.

„Ein elender Schmarotzer und Parasit!", kam mit nun etwas leiser, doch gereizter und hasserfüllter Stimme, unerwartet und mit etwas Verzögerung hinterher.

Sie saß kümmerlich da, als ob ein verheerender Wirbelsturm begleitet von Hagelkörnern so groß wie Tennisbälle ihre Seele tagelang gepeitscht und gepeinigt hätte. War sie verloren, vom Leben in Gänze enttäuscht? Oder sollte nun endlich etwas Neues, etwas Besseres in Helenas Seele keimen und sich festigen? Alles hing an ihrer noch zu zögerlichen Bereitschaft zur Umkehr. Der Verderben bringende Wirbelsturm hatte paradoxerweise gleichzeitig das Tal ihrer geschundenen Seele gesäubert, deren lichte Quellen sich wiederum äußerst zaghaft, jedoch in absoluter Klarheit und Reinheit zu offenbaren schienen. Es lag allein an ihr, sich dessen zu bedienen, sich der Hoffnung gebenden Quellen zu bedienen. So blitzten tatsächlich ganz scheue Funken von Hoffnung unerwartet in ihren ansonsten matten, finsteren Augen auf. Gregor drängte es, nachdem er lange aufmerksam zugehört hatte, ihr seine psychologische, fachmännische Sicht der Dinge aufzuzeigen. Schließlich schwieg sie. Gregor sprach ihr zunächst Mut zu und dankte für ihre schonungslose Offenheit.

„Die Beziehung zum anderen Geschlecht, also zum Mann, ist bei dir vehement gestört", so fing er, geradewegs den Finger auf den wunden Punkt legend, mit seinen Ausführungen an.

Sie blickte ihn verdutzt und ungläubig an, öffnete dabei ihren Mund kaum einen halben Fingerbreit und seufzte leise vor sich hin.

„Die Ursache liegt wie oft in der Kindheit. Da du, wie du mir erzählt hast, als Kleinkind von deinem leiblichen Vater verlassen wurdest und jenes Trauma nie behoben wurde, suchst du all dein Leben lang sehnsüchtig und verzweifelt Geborgenheit und Liebe in einer Vaterfigur. Daher zwingst du unbewusst den Mann an deiner Seite förmlich in diese Rolle hinein, anfangs noch zurückhaltend, doch je länger die Beziehung andauert, umso größer wird dein Verlangen nach dieser väterlichen Figur. Unwillkürlich baut sich dabei ein Druck in der Beziehung auf, denn kein Mann kann gleichzeitig dein Partner und dein Vater sein beziehungsweise diese spielen. Andererseits fürchtest du dich ungeheuer vom Verlassenwerden wie der Teufel vor dem Weihwasser ... ja, und, es ist eben genau diese Angst, die wie ein Damokles-Schwert über dich schwebt. Aus dieser Angst heraus kannst du dich kaum auf eine Beziehung einlassen, denn du bist befangen. Diese Angst treibt deine Gedanken, die sich stets um das Ende, um den Zeitpunkt, ihn zu verlassen, kreisen. Du bist zwiegespalten, du sehnst dich einerseits unheimlich nach einem Mann, nach einer Liebesbeziehung, anderer-

seits fürchtest du dich fast existenziell vor dem Verlassenwerden."

Helena hörte gespannt zu und nickte zwar, doch verriet
ihre Mimik und auch ihre nun andere, leicht abgewandte
Körperhaltung, dass sie mit all dem Gesagten nicht ganz
einverstanden war. Die übermäßige Verachtung ihrem
Exmann gegenüber, über die Gregor auch sprach, konnte
sie hingegen nicht abstreiten. Noch mehr hasste sie indes
die zeitweilig auftretenden nostalgischen, durchaus hellen
Gedanken an genau jenen Exmann, den Vater ihrer Tochter, der sie verlassen hatte, genauso wie es auch ihr Vater
(in ihren Augen) getan hatte, doch ihn konnte sie nicht
wirklich hassen, denn Helenas Herz sehnte sich im Grunde abgöttisch nach ihm. Sie verdrängte zeitlebens jenes
nicht ausgesöhnte Verhältnis zu ihrem leiblichen Vater. Sie
haderte mit der väterlichen Abwesenheit und der unerfüll-
ten Liebe. Mit Angst, Groll und mit viel Rachegefühlen
vermengt, so trat Helena bisher dem anderen Geschlecht
gegenüber. In solch einer argwöhnischen, anprangernden
Haltung den Männern gegenüber konnte keine Beziehung
Bestand haben, sich in einer gesunden Form entwickeln
oder überhaupt in sich wachsen.

Die neu gewachsene Distanziertheit zwischen ihr und
Gregor kippte allmählich hin zu Skepsis. In ihrer Seele
regte sich ein nie dagewesenes, beinahe feindseliges Misstrauen ihrem Doktor gegenüber, den sie aus ihrem inneren
Kreis begehrenswerter Personen bewusst auszuschließen
suchte. Gregor war für Helena nunmehr lediglich ein
Mann jener Sorte, der in ihr keine Gefühle, keine Begierde
mehr weckte, vielmehr ihr gefährlich erschien, denn das

teuflische Spiel des manipulativen Treibens, dessen Spielfigur sie unbewusst geworden war, spielte Gregor nicht mit. Sie war vollends verwirrt, gleichwohl drängte es sie, ihm zu vertrauen, er erschien ihr als ein hoffnungsvoller Strohhalm in ihrem kaputten, von ewigem Gefühlschaos geprägten Leben zu sein. So lebte sie in ständiger seelischer Unruhe und in Zwiespalt, haderte mit ihrem Leben, was ihre Psyche und ihren Körper zusehends schwächte. Gregor riet ihr, für eine Zeit lang keine Männer zu „daten", sie solle ihr Seelenheil abseits von sexuellen Begierden suchen, und wenn sie bereit sei, mehr Selbsttranszendenz zu üben.

Was das denn bedeute, diese Selbsttranszendenz, unterbrach sie ihn fragend.

„Es ist die Suche nach dem Lebenssinn, nach einer übergeordneten Sache, die die menschlichen Bedürfnisse übersteigt. Etwas, wovon du in erster Linie keinen Nutzen hast, etwas, worin du seelisch und geistig aufgehst, dich hingibst und über dein Menschsein herauswächst", erläuterte Gregor und fuhr mit behutsamer Stimme fort, „Religiosität kann zum Beispiel ein möglicher Weg zu mehr Selbsttranszendenz sein."

„Ach, n-nein, mit der Kirche habe ich schon lange nichts mehr am Hut, alles doch nur Ammenmärchen, reine Erfindung, um den Menschen ihre Freiheit zu nehmen ... ähm ...", stockte sie, „... ist ja heutzutage fast wie eine Sekte ... ich meine ..., entschuldige, bitte, wir sind doch alle erwachsen und aufgeklärt", empörte sie sich, schaute mit sowohl verständnislosen als auch leicht spöttisch anklagenden Augen nach Gregor. Unüberhörbar tat sie ihre Auffassung kund, sie machte keinen Hehl an ihrem Gotteszweifel, es ließ gar Züge von Gotteslästerung in ihrer geistigen Gesinnung erahnen.

„Es soll nur ein Weg von vielen sein, den ich dir beispielhaft nennen wollte. Es ist selbstverständlich deine persönliche Sache, wie du mit dem Glauben und Gott umgehst", beschwichtigte er Helena, die sich leicht in Rage redete.

„Ich sollte einfach mal allein bleiben, mich nur um mich und um meine Tochter kümmern, mich von den Männern abwenden", so schwor sie den Männern ab, in der willentlichen Absicht, erst einmal alleinstehend zu bleiben.

In ihrer Gedankenwelt erwuchs die skurrile Idee einer Abkapselung nicht nur von der Männerwelt, sondern eine Trennung von all den irdischen, belastenden Dingen, um sozusagen in einer geschützten Kapsel zu existieren. Dass doch alles durch ein unsichtbares, geistiges Band verbunden sei, weshalb eine Trennung vom Ganzen dem irdischen Tod nahe käme, dessen war sie sich in diesem Moment nicht bewusst. Ein reines Hirngespinst sei diese Idee, von der viele Menschenseelen schon Gebrauch gemacht hatten, indem sie die willentliche Abkapselung, die zwanghafte Isolierung in der Abgeschiedenheit der Wildnis, der Einöde oder eines Einsiedlerlebens gesucht hatten. Allesamt erkannten, als sie wieder mit sich selbst, mit ihrem inneren, geistigen Heiligtum verbunden waren, dass die seelische Verbundenheit mit der Welt, mit den Menschen in Ewigkeit Bestand haben werde und dass jeder ein einzigartiger Teil des Ganzen sei. In Helenas Gedankenwelt mengten sich unwillkürlich Gefühle von Angst und Furcht. Helena blickte mit ihren dunklen, aufgerissenen

Augen ins Leere, sie war verwirrt und sichtlich ungehalten darüber. Sie solle nicht den Kontakt mit den Menschen meiden, vielmehr achtsam und vorsichtig sein, wem sie wie viel ihrer Seele schenke, unterbrach Gregor ihren wirren, anstrengenden Gedankenschwall. Dieser Ratschlag Gregors blieb in der Tat bei Helena hängen, wenn auch nur für wenige Wochen. Die Zeit drängte, Gregor erwartete gleich noch einen Patienten und musste, nachdem sich Helena wieder etwas gefasst hatte, die Sitzung pünktlich beenden.

Ohne einen neuen Termin vereinbart zu haben, begab sich Helena, die Praxis zu verlassen. Als ob sie Gregor nie wieder sehen sollte, so dünkte es ihm, ein Abschied, bei dem sie ihn länger als sonst musterte. Gregor half ihr in ihren trendigen, hellgrauen Wollmantel, den sie sogleich zuknöpfte, wobei sie die oberen zwei schwarzen Knöpfe offen ließ. Die dabei unwillkürlich auftretende, körperliche Nähe zu Gregor und die flüchtigen Berührungen an Schulter und ihren beiden Händen schien sie zu genießen. Mit einem leicht verwegenen Lächeln, augenscheinlich in aufhellendem Gemüt und einem stechenden Blick in ihren dunklen Augen verabschiedete sie sich von Gregor und ging.

KAPITEL 5

I

Im fernen Odessa sollte das noch junge Jahr gleich zu
Beginn eine riesengroße, zukunftsprägende Überraschung
für Boris bergen. Eine von diesen, auf die niemand gefasst
sein kann. Jene Überraschung kam ihm äußerst ungelegen, denn Boris machte gerade politisch Karriere, war als
Bürgermeister von Odessa überraschend gewählt und vor
wenigen Tagen feierlich, und zum überaus großen Stolz
seiner Eltern, aber auch der Brüder, vereidigt worden. Als
ob das nicht schon übergroße Schuhe wären, in die Boris
zuerst einmal hineinwachsen musste! Wegen des anhal-
tenden Krieges hatten keine eigentlichen Wahlen stattgefunden. Eine unglaubliche Reihe von Ereignissen, die
Boris' Karriere günstig in die Hände spielten, hatten sich
innert kürzester Zeit zugetragen. Zuerst war ein Stadtrat
unerwartet verstorben, an dessen Stelle Boris als erster
Ersatzkandidat ins Stadtparlament nachrücken konnte.
Kurz darauf musste der Bürgermeister nach etlichen Kor-
ruptionsvorwürfen, die letztlich zu einer Strafanzeige mit
gerichtlichem Epilog geführt hatten, dem öffentlichen
Druck nachgeben und schließlich zurücktreten. Sein Stellvertreter, der eigentliche, gesetzlich vorbestimmte Nachfolger, war ebenso just in diesen Tagen an den öffentlich
Pranger gestellt worden. Durch einen überaus delikaten
Skandal war dessen Reputation arg belastet, seit einigen

Tagen standen nämlich Anschuldigungen sexuellen Missbrauchs an einer Ratskollegin im Raum, wobei der Beschuldigte, sprich der stellvertretende Bürgermeister, das Opfer angeblich mit K.-o.-Tropfen gefügig gemacht hätte. Der öffentlich in Ungnade gefallene Stellvertreter war ebenfalls von seinem Amt zurückgetreten, nicht zuletzt durch eine parteiinterne Verfügung. Ein solch folgenschwerer Doppelskandal in so rascher Abfolge war einzigartig in der bisherigen politischen Geschichte Odessas, noch nie gab es derart viel Furore, Polemik und öffentliche Empörung wie in jenen Tagen. Wie eine Fügung Gottes kam es, dass man kurzerhand eine Bürgermeisterwahl nur durch die Stadträte durchgeführt hatte und sich Boris als Novize, als unbelasteter und zudem als verdienstvoller Kriegsveteran beinahe spielerisch leicht durchsetzen konnte. Es war die politische Überraschung des Jahrzehnts in Odessa und für Boris ging ein Traum unerwartet und erstaunlich schnell in Erfüllung. Die einstigen Pläne von Boris, die von der Gründung einer eigenen, neuen Partei, waren vorerst auf Eis gelegt, nichtsdestotrotz sollten sie ihn schneller als gedacht wieder einholen. Bevor über die eigentliche, eben jene riesengroße, nie zu erwartende Überraschung, von der anfangs begonnen wurde zu erzählen, berichtet wird, verschiebt sich die Kulisse zunächst noch ins Rathaus.

Es begab sich an einem kalten Wintertag im städtischen Rathaus. Eine hart geführte, hitzige Auseinandersetzung um die Teilerneuerung der für die Stadt existenziellen Hafenanlage war im Gange. Im Vorfeld hatte man bereits innerhalb der Partei mit viel Anstrengung um eine gemeinsame Haltung gerungen. Mit diesem Kraftakt in den

Knochen ging es in die Stadtratsversammlung, wobei in Boris' Auftreten und Gesichtsausdruck eine leicht aggressive Gereiztheit deutlich zu erkennen war. Als ob das die Opposition gerochen hätte, fing diese sofort an zu schießen, mit scharfer Munition, mit bösen Unterstellungen, argen Verleumdungen und sogar mit perfiden, absurden Verschwörungstheorien an die Adresse des Bürgermeisters, also an Boris. Nachdem die Opposition das derart bedeutende Projekt wegen angeblicher finanzieller Ungereimtheiten abermals torpediert hatte, es an diesem Vormittag wiederum nicht zu unterlassen gedachte, begann in Boris' Seele dessen aufbrausendes, cholerisches Temperament Überhand zu gewinnen. Der alte, forsch-jähzornige, cholerische Boris erwachte in ihm, rief wütende Hassgefühle hervor und verführte ihn zu boshaften Schimpftiraden.

„Verfluchte Bande ... elende Parasiten ...!", schimpfte Boris in Rage vor sich hin, Gott sei Dank kaum hörbar, denn das Mikrofon hatte er rechtzeitig ausgemacht.

Selber überrascht darüber, über seine Bösartigkeit, wandte er sich mit stechendem, scharfem Blick an die Oppositionsvertreter, die nur darauf zu warten schienen, den neuen Hausherrn straucheln zu sehen, ihn willentlich argen Nöten auszusetzen. Ein kurzes Raunen ging durch den Stadtrat, verächtliche Blicke waren vereinzelt auszumachen, es wurde uneins darüber gemunkelt und geflüstert, ob der Bürgermeister die Abgeordneten der Opposition gerade tatsächlich ernsthaft beleidigt hätte oder nicht. Der genaue Wortlaut konnte nicht ausgemacht werden, kein Konsens wurde dabei gefunden, weshalb mit den Wortmeldungen rund um das Traktandum „Teilerneuerung der Hafenanlage" fortgefahren wurde. Boris suchte sich zu beruhigen, seinen böswilligen Jähzorn zu beschwichtigen, denn er mochte diesen vergangenen, totgeglaubten Boris nicht. Er schaute bewusst in den Saal hinein, ließ seine Augen an den teils spöttischen, schadenfrohen oder übermütigen Gesichtern weiden, wobei es ihm vorkam, als ob eine Horde wild gewordener Affen rund herum, eben besonders in den Reihen der Opposition, säße, und ihn mit blankem Hohn und Spottgelächter in seiner Autorität gewaltig prüfte. Manch einer lebe mit jener inneren Überzeugung und gleichzeitigen Rechtfertigung, mit der vermeintlich wahren Theorie der blinden Evolution, dass der Mensch eben doch vom Affen abstamme, weshalb sich derjenige das Recht herausnähme, sich wie dieser rein instinktgesteuert, eben animalisch verhalten zu dürfen. Boris fasste sich wieder, atmete tief durch, besann sich an seinen inneren Schwur und ließ sich fortan in diesem „Affenkäfig" (wie er die stadträtlichen Versammlungen von nun an betrachtete) nicht mehr so leicht ins Bockshorn jagen. Die Woche darauf wurde das zäh verhandelte Geschäft um die Teilerneuerung der Hafenanlage schließlich abgesegnet.

Am nächsten Morgen, es war Donnerstag, kurz vor elf Uhr, eilte es Boris in die Stadt. Sein Handy klingelte, Boris nahm es hastig aus der Jackentasche, sein Blick darauf verriet, dass es ein unbekannter Anrufer war. Er zögerte, war unentschlossen, ob er überhaupt abnehmen sollte, denn es pressierte, und seit er Bürgermeister war, bekam er täglich Anfragen von unterschiedlichsten Organisationen, in letzter Zeit besonders von Medienhäusern, die zeitraubend waren und sich zunehmend lästig erwiesen. Nach einigen

Augenblicken der Unschlüssigkeit entschloss er sich dennoch dazu, den unbekannten Anruf anzunehmen.

„Kronmeier, ja bitte?", meldete er sich mit formal strenger, etwas hastiger Stimme, wobei er hörbar ins Handy schnaufte, was dem Anrufer den ungünstigen Augenblick des Anrufs sowie Zeitmangel verdeutlichen sollte.

In diesem Fall war es eine Anruferin.

„Hallo Boris", ertönte es deutlich zaghaft am anderen Ende der Leitung.

Es war eine ihm bekannte Stimme am Apparat, die er jedoch nicht sofort einem Gesicht mit Namen zuordnen konnte. Boris blieb kurzerhand wie angewurzelt stehen. Erst nachdem die Anruferin ihren Namen genannt hatte, Magdalena, dämmerte es ihm. Boris' Vergangenheit, seine kurzzeitige Affäre war am Apparat, diejenige, mit der er das Ende seiner langjährigen Beziehung zu trösten gesucht hatte. Was sie nur von ihm wollte, dachte er sich unwillkürlich und unablässig in den ersten Augenblicken des Gesprächs, das nur so von peinlicher Verlegenheit, Gehemmtheit und gar Befangenheit strotzte. Sie möchte ihn unbedingt treffen, bat sie, es gehe um eine äußerst wichtige, delikate Angelegenheit, kam sie gleich zur Sache, nachdem sie sich ihrerseits vom richtigen Boris überzeugt hatte. Als dies seine Ohren zur Kenntnis nahmen, platzte seine Seele fast vor Neugier, seine Gedanken spielten verrückt, sie überschlugen sich förmlich und machten gefühlt dauernd Purzelbäume. Die Neugierde obsiegte, Boris willigte letztlich ein und sagte dem Treffen, zwar mit leichter Skepsis, zu. Bis dahin, bis, oder wenn überhaupt, er Magdalena wiedersehen würde, malten sich seine Gedanken unzählige Geschichten aus, wie die Begegnung ablaufen könnte. Ein stutziger Gedanke quälte ihn dabei, und zwar, weshalb ihm Magdalena sein wenig kavaliersmäßiges Verhalten nicht übel genommen habe. Er hatte im Leben nicht mehr daran geglaubt, sie wiederzusehen.

Das Café, wo die Verabredung auf Wunsch von Magdalena stattfand, war in einem Vorort außerhalb von Odessa gelegen, was auch Boris zu Gute kam, denn wegen seines Bekanntheitsgrades in Odessa zog er ohnehin außerstädtische Treffpunkte vor. Pünktlich erschien Boris im Café, wo sie bereits an einem kleinen Tisch in der Ecke, neben dem Fenster, auf ihn wartete. Es herrschte wenig Betrieb, sodass er ohne Mühe Magdalena erspähte und sich zu ihrem Tisch hin begab. Die Begrüßung lief angespannt, gehemmt, ohne die große Herzlichkeit, fast ein bisschen formal, jedoch mit überaus viel Erwartungshaltung und knisternder Neugier beiderseits ab. Das saß sie nun, Magdalena, sie war eine Halbschönheit, blond gefärbte, lange, gerade Haare, grüne Augen auf einem nicht unüblichen slawischen Mondgesicht, mit schöner Nase, aber mit etwas schiefen Vorderzähnen, von eher kleiner Statur, mit prallen Oberschenkeln und einer üppigen Brust. Ihre ganze Erscheinung, besonders ihr Gesicht ließen beim ersten Eindruck weibliche Anmut und Schönheit vermissen, sie war keine besondere Augenweide, trotzdem barg ihre Erscheinung ein Geheimnis in sich, das anziehend wirkte, das fesseln konnte und allem Anschein nach eine nicht geringe Leidenschaft zu wecken vermochte. Auffallend intensiv musterte Boris seine alte, kurzzeitige Liebe von Kopf bis Fuß, ein ansonsten als schamlos geltendes, durchdringendes Beäugen erschien in solch einem Fall überhaupt nicht als unhöflich. Alte Erinnerungen kamen zwar stückweise hoch, doch sie zeigten sich eher undeutlich und verschwommen vor seinem inneren Auge, wobei ihr ganzes Äußeres und ebenso ihr Verhalten doch merklich von dem früheren abwichen. Diese Feststellung musste Boris zunächst innerlich einordnen, quasi ein Update der gespeicherten Daten vornehmen, um eine aktuelle Entscheidungsgrundlage für die weitere Beziehungsentwicklung zu schaffen, deren Grundlage gerade ein sehr unscharfes Bild abzugeben schien. Die anfängliche, zu große Erwartungshaltung an seine ehemalige, kurzzeitige Liebe wich der Wirklichkeit, was Boris unwillkürlich noch ein Stück zurückhaltender werden ließ. Ihre Erwartungen hingegen wurden erfüllt, denn Magdalena sah einen besseren, reiferen Boris, einen aufrichtigeren, einen ruhigeren sowie einen höflicheren, geduldigeren Boris. Das anfangs etwas holprige Gespräch verlief freundschaftlich, nur kam keine emotionale Spannung zwischen ihnen auf, jene, die beide, Magdalena und Boris insgeheim in ihren Herzen erhofft hatten. Nettigkeiten wurden ausgetauscht, über berufliche Neuigkeiten wurde informiert, wobei besonders das Bürgermeisteramt von Boris Thema war, tagesaktuelle Themen wurden kurz angeschnitten, um wie so oft gleich über den Krieg und dessen Einfluss auf ihrer beider Leben zu sprechen, was beträchtlich mehr Zeit in Anspruch nahm. Die gehemmte Anspannung ließ nach, mit ihr gleichermaßen die anfängliche Verlegenheit bei beiden, aber Boris' Neugierde blieb, denn in ihren Augen sah er, dass sie noch nicht zum eigentlichen Anliegen der

Verabredung übergegangen war. Das Eis war gebrochen, zwar gab es bei Weitem noch keine Annäherung, es waren keine Funken einer verbindenden, aussichtsreichen Liebe spürbar, doch sie nahm es hin, froh darüber, dass sich zwischen Boris und ihr ein freundschaftliches Verhältnis zu entfalten schien. Er hingegen spürte eine leichte Kränkung in seiner Seele, da sie in seinen Augen bis dahin angeblich zu wenig aufrichtiges Interesse an ihm gezeigt hätte. Seine eitlen Erwartungen hatten ihn getäuscht. Der eigentliche Zweck der Verabredung war nämlich Vladyslav, ihr Sohn, oder, so behauptete sie wenigstens, der gemeinsame Sohn.

„Boris, du hast einen Sohn!", ließ Magdalena die Bombe platzen, was Boris zuerst sprachlos hinnahm, denn derartige Überraschungen überfordern jeden menschlichen Verstand.

Er saß wie versteinert da, die Augenbrauen hochgezogen, darunter die aufgerissenen Augen, die ungläubig ins Leere blickten, dann direkt auf Magdalenas silberne Halskette fixiert, den Mund halb offen, rang er um Fassung. Boris war über das Gesagte vollkommen baff.

„Hier, das ist dein Sohn, das Foto darfst du behalten", unterbrach Magdalena das unangenehm anmutende Schweigen.

Mit unüberhörbarem Stolz in ihrer Stimme, mit einer Prise mütterlicher Verängstigung dabei und gleichzeitig in beschützender Manier, indem sie unweigerlich ihre Schultern aufrichtete, übergab sie Boris das Foto.

Nachdem sie Boris, dem angeblichen Vater, das Foto von Vladyslav überreicht hatte, zog sie merklich verzögert und schleppend ihre linke Hand weg, als ob sie es gleich wieder zurückhaben wollte. Gebannt schaute sie auf Boris, den ihr unterdessen etwas fremd gewordenen Mann, und wartete gespannt auf seine Reaktion. Es war ein Foto eines typischen Jungen von etwa vier bis fünf Jahren. Magdalenas weicher Blick auf das Foto ihres Sohnes, ihre großen, funkelnden Augen und ihre überaus wohlwollenden Worte verrieten unzweifelhaft, dass sie ihren Sohn übermäßig liebte, oder vielmehr noch, dass sie diesen kleinen Menschen vergötterte. Wieder herrschte angespanntes Schweigen, während am großen Stammtisch laute Entrüstung über vereinzelte Stimmen westlicher Staaten zur Forderung sofortiger Friedensverhandlungen seitens der Ukraine zu hören war, das sich als ein empörendes Ereignis in den Augen jener Einheimischen, es waren einfache Leute – ältere Bauern und Handwerker –, erwies. Mit feindseligen Augen, halb offenen, nach unten verzogenen Mündern, die Kinne angriffig nach vorn gerichtet und die Schultern steif hochgereckt, verfolgten jene Stammtischpatrioten gebannt die aktuellen Nachrichten im großen Plasmafernseher, in dem man in diesen kurzen Augenblicken glaubte, ein Feindbild zu erkennen. Weder Boris noch Magdalena nahmen die aufgebrachten, teils derb schimpfenden Arbeiter wahr, beide blickten stumm auf das magnetisch wirkende Foto mit dem Jungen. In umfassender Gründlichkeit scannten Boris' Augen den Kopf des Jungen, sie richteten sich auf dessen Haare, die Augen, die Nase, die Ohren und den Mund, um dabei möglichst viele Gemeinsamkeiten zu erspähen. Sie waren zweifellos da. Die etwas strengen Augen, als wären es Boris', die eher dünnen Lippen erkannte er auch als die seinen. Noch rang er um Fassung, tausend Gedanken blitzten in seiner Gedankenwelt kurz nacheinander, beinahe zeitgleich auf.

„Er hat viel von dir", ergänzte sie, indem sie Boris' Gesicht spitzfindig begutachtete. „J-ja, scheint so ...", meinte er endlich, zögerlich und mit leicht errötendem Antlitz, was Boris gar nicht ähnlich sah, selten rührte ihn etwas dermaßen.

Bisher jedenfalls, denn seit dem tragischen Vorfall an der Front hatte sich sein Leben in mancherlei Hinsicht gewandelt. In diesem Augenblick zeigte sich der sonst so wortgewandte Boris ziemlich wortkarg, verlegen um die richtigen Worte, wo doch Schlagfertigkeit in seine Wiege gelegt worden war. Seine Vergangenheit hatte ihn unmissverständlich eingeholt. Doch es war nicht nur das, sondern auch ein anderer, plötzlich in seinen Gedanken auftauchender Aspekt, der ihn zurückhaltender werden ließ und gar zu hemmen schien. Er machte sich nämlich Gedanken darüber, ob seine einstige Liebesaffäre im Sinn habe, ihn womöglich zu erpressen, denn sie hatte von Boris' neuer politischer Position mutmaßlich gewiss bereits vor dem Wiedersehen Wind bekommen, das könnte ihr Antrieb gewesen sein, weshalb sie ihn gerade jetzt aufsuchen würde. All diese Gedanken verwirrten ihn vollends und ließen ihn irritiert und überfordert, den Blick vom Foto abwendend, einige Augenblicke ins Leere starren.

„Und nun, wie weiter, Magdalena?", schoss es in unerwarteter, obgleich jene Frage zu erwarten gewesen wäre, Klarheit plötzlich forsch aus seinem Mund.

„Lass dir Zeit, überleg dir alles in Ruhe. Wenn du Zweifel am Ganzen hegst, meinen Worten nicht traust, bin ich bereit, mit Vladyslav und dir einen Vaterschaftstest durchführen zu lassen ... ja, wenn das dein Wunsch sein sollte, was ich verstehen kann ... nur, glaube mir, es geht mir einzig um Vladyslav, ich beabsichtige nicht, dich irgendwie in die Vaterrolle hineinzudrängen. Diese Entscheidung, ob du für ihn in Zukunft eine echte, präsente Vaterfigur sein möchtest, überlasse ich dir ganz allein, doch will ich dir diese Chance nicht vorenthalten, deshalb bin ich hier, ich möchte dir diese Chance geben, Boris. Und wenn du dich fragst, wieso gerade jetzt, warum ich dich gerade jetzt aufsuche, so wisse, es ist mir äußerst schwer gefallen, wieder in dein Leben zu kommen. Nach unserem Abenteuer vor über fünf Jahren, nach den bitteren Tränen danach und den unzähligen schlaflosen Nächten, in denen ich nach Antworten suchte, du jedoch nie mehr etwas von dir hast hören lassen, hielt ich es für besser, für uns beide, mich erst einmal allein um das Kind zu kümmern. Eine Abtreibung kam für mich nie in Frage.«

Gefasst hatte Boris jedes Wort von Magdalena gelauscht, jede noch so kleine Unsicherheit oder Unklarheit in ihren Worten aufgesogen, um am Ende doch die lauteren Absichten seiner flüchtigen Liebschaft zu erkennen. Trotzdem blieb ein schales Gefühl in Boris' Seele haften, an welches er sich unbewusst klammerte. Die Zeit des Abschieds war da, Boris', aber auch Magdalenas Seelen- und Gedankenwelt ertrugen keine weiteren Impulse, keiner von beiden fühlte sich bereit und willens, das Gespräch weiter in die Länge zu ziehen. Ein länger als üblich dauerndes Schweigen, ein kurzer Blick von Boris auf die Uhr folgend ließen das Ende des Treffens unzweifelhaft erkennen.

Beide Seelen bedurften nun Stille und Einsamkeit, um all die Eindrücke einzuordnen, das Gesagte nochmals in Ruhe Revue passieren zu lassen und nicht zuletzt die übermächtig wirkenden, enorm viel Raum einnehmenden Gefühle sacken zu lassen.

Zwar freundlich, wie es sich für Bekannte, die sich längere Zeit nicht gesehen haben, gehörte, verabschiedeten sie sich, wobei Boris innerlich doch etwas verdrossen schien. Jeder ging seines Weges, ohne eine weitere konkrete Verabredung festzusetzen. Man wolle telefonieren, war das einstimmige Votum. Es blieb bei der unverbindlichen, guten Absicht. Zwei Wochen ohne irgendwelche Versuche einer Kontaktaufnahme seitens Boris vergingen. Nach einer langen Zeit der Ungewissheit erreichte Boris schließlich eine kurze Nachricht Magdalenas. Sie schrieb, dass sie sich wünsche, dass Boris seinen Sohn kennenlerne. Sie werde ihm Zeit geben, noch etwas Zeit. Er solle sich bitte melden, um Klarheit in die Sache zu bringen. Boris dagegen lehnte jeden weiteren Kontakt in trotzig sturer Manier, vielleicht aus einer unerklärlichen Angst, ab. Zum anderen auch wegen der ihm nicht in genügend hohem Maße zugewendeten, aber von ihm insgeheim geforderten Aufmerksamkeit, sowie wegen ihrer angeblichen Geringachtung ihm gegenüber, das er sich jedoch viel mehr einbildete, als dass es der Wahrheit entsprochen hätte, ebenso war sein Interesse am mutmaßlichen Sohn erstaunlicherweise kaum noch existent. Bisher hatte er die ganze Geschichte niemandem erzählt, weder einem der Brüder noch den Eltern. Dabei sollte es bleiben, Boris' Leben sollte nicht auf den Kopf gestellt werden, davor ängstigte er sich und hoffte auf ein Ende dieses Spuks, ob mithilfe der „Vogel-Strauß-Politik" oder wie auch immer.

So vergingen die Tage und Wochen, ohne dass der Spuk schwinden würde, im Gegenteil, Zeiten suchten ihn heim, in denen Boris' Gewissen immer stärker an ihm nagte, der innere Zwiespalt wuchs unaufhörlich heran, die Stimmen im Kopf plagten ihn besonders in stillen Minuten und nachts. Er verstand sein kleinmütiges Verhalten nicht, mochte seine ungewohnt zögerliche, voller Zweifel behaftete Haltung in keiner Weise. Oder war es Feigheit? Eines sonntags, wieder erhoben sich die Plagegeister in seinem Gewissen, die ihm keine Ruhe ließen, drängte es ihn aus den Tiefen seiner Seele, und er besann sich und beschloss, Magdalena anzurufen, um sie zu treffen. Er wünschte, dass sie ebenso ihren Sohn mitbringen möchte. Bereits am darauffolgenden Tag trafen sich alle drei im demselben Café, diesmal verlief das Treffen weniger verkrampft, spürbar lockerer, sogar fröhlicher. Boris hatte erkannt, dass er sich der Wirklichkeit endlich stellen musste, nämlich der Frage nach dem zukünftigen Umgang mit dem gemeinsamen Sohn. Ebenso spürte Magdalena einen versöhnlichen Boris, mit welchem es nun galt, eine für alle zufriedenstellende Lösung hinsichtlich Vladyslav zu finden. Erste, zaghafte Annäherungen zwischen Vater und Sohn bildeten zweifelsohne den emotionalen Höhepunkt des Treffens. Um die vorhandene, innere Skepsis von Boris ein für alle Mal aus der Welt bzw. aus seiner Seele zu schaffen, wurde bald darauf ein Gentest durchgeführt, der die letzten Zweifel an Boris' Vaterschaft beseitigen konnte. Er nahm seinen Sohn an, sah Vladyslav nun als Geschenk und gewann ihn lieb. Nach anfänglicher Distanziertheit beider Seiten wuchs doch bald eine innige, vertrauensvolle, andererseits auch ganz übliche Vater-Sohn-Beziehung heran. Offensichtlich hatte die kurze Liaison mit Magdalena lediglich einer Sache gedient, nämlich der Zeugung von Vladyslav, ihrem gemeinsamen Sohn, den er fortan liebevoll Vladi nannte.

Auf politischer Ebene machte sich Boris stark für eine Versöhnung zwischen den Kriegsparteien, den einstigen Brüdern, obschon er dabei viel Gegenwind, Hassbriefe und sogar Morddrohungen in Kauf nehmen musste. Als Bürgermeister von Odessa, einer Stadt unweit der Kriegsfront gelegen, sah er sich in der Pflicht, sich mehr für einen baldigen Frieden zu engagieren. Es sei doch der einzige Weg. Zufällig erreichte Boris eine Nachricht, die ihn überraschte, schockierte und aufrüttelte. Der Krieg und dessen hässliche Fratze schienen in diesem Augenblick in unmittelbarer Nähe zu sein. Boris' ehemaliger Kompaniechef war zu Winterbeginn zusammen mit einem guten Drittel der damaligen Kompanie an die Ostfront versetzt worden. Dort war die Kompanie, als diese ein belagertes Dorf hatte zurückerobern wollen, in einen Hinterhalt geraten, wobei der Kompaniechef getötet worden war. Das Erstaunliche war, dass nur er, nur der boshafte Kompaniechef beim mörderischen Schusswechsel umgekommen war, alle anderen hatten unversehrt oder mit lediglich leichten Verletzungen überlebt. Ausgerechnet denjenigen Soldaten, den der üble Offizier des Öfteren hart geplagt hatte, hatten dessen sterbende Augen zuletzt geschaut, denn dieser Soldat hatte ihn zwar hinter eine alte Eiche in Deckung gezogen, doch es hatte nichts genutzt, das Leben im Körper des gefallenen Offiziers war augenscheinlich am Erlöschen. In jenem mystischen Augenblick war das Bittere, das Bösartige in dessen Augen erstarrt und einer unendlichen Leere gewichen. Die größte menschliche Genugtuung sei es, zu erleben – nach einer langen Zeit der prüfenden Geduld –, wie der Feind unvermittelt und meist unerwartet ins Verderben falle. Bei der Nachricht vom Tod des einst verhassten Kompaniechefs fühlte Boris zuerst eine moralische Befriedigung, wenngleich er sich dessen im nächsten Moment schämte.

Der unerbittliche Stellungskrieg an der Ostfront tobte indes weiter, wie auch Odessa abermals von gezielten Luftangriffen heimgesucht wurde. Die Hartherzigkeit der Menschen, dort sei das Übel, das den Krieg mit all den daraus erwachsenen Sünden und dem menschlichen Leid am Leben halte.

II

Nach langer Zeit, beinahe drei Monate waren ins Land gezogen, bat Helena wieder um einen dringenden Termin. Gregor willigte ein. Eine übermäßige Neugierde regte sich in ihm und zugleich ahnte er nichts Gutes, nachdem er Helenas zurückhaltende, aber verschreckte Stimme am Apparat gehört hatte. Mit ein klein wenig Unbehagen erwartete Gregor Helena. Er behielt Recht. Sie hatte nicht auf Gregors Ratschläge gehört, blieb lediglich wenige Wochen allein, bevor sie sich in unverbesserlicher Manier ihren Begierden willentlich ergab. Draußen lag gerade viel Schnee, denn die letzten drei Tage fiel, wie seit Langem nicht mehr, so wenigstens erzählten es die Einheimischen im Dorf, eine Unmenge der weißen Pracht vom Himmel.

Sie kam in einem langen, schwarzen Mantel mit Kunstpelzkragen und einer ebenso dunklen Lederhandtasche am linken Arm tragend. Ihr bis anhin forscher, stolzierender Gang trat diesmal weniger zur Geltung, es schien, als hätte er an Kraft verloren. Jene verschreckte Stimme am Telefon zeigte sich nun im ganzen Wesen, in der Mimik und Gestik Helenas. Ihr war nicht nach Austausch von Nettigkeiten und Smalltalk zumute, sodass dieser ansonsten typisch lockere, von Oberflächlichkeit geprägter Teil karg ausfiel. Sie fing an zu erzählen, Gregor hörte ihr gebannt zu. Lethargisch erklangen ihre ersten Worte, die aus ihren vollen Lippen hervorgingen, ihre dunklen Augen schimmerten schwach, Bedürftigkeit war darin auszumachen, es war mehr als eine gewöhnliche Niedergeschlagenheit, es schien, als ob ihr sonst so bezaubernd einnehmendes

Wesen betäubt wäre, als ob ihre Seele schlaftrunken wäre. Sie hatte einen neuen Mann kennengelernt. Trotz ihrer Lethargie drängte es sie, alle Einzelheiten der letzten Beziehung akribisch aufzurollen.

„Es fing harmlos an, eine leichte Verliebtheit brachte uns näher zusammen. Ich schwor mir, es diesmal langsam angehen zu lassen, aber die Gefühle waren doch zu mächtig. Bald darauf, nach den ersten zwei Verabredungen, wurden wir intim. Danach ging es ungewöhnlich schnell, ich meine ... ähm ... was ich sagen wollte, er gestand mir unverhofft seine sexuellen Vorlieben. Im ersten Moment wollte ich das Ganze beenden, einfach schnell weg, die Reißleine ziehen und verschwinden. Doch ... doch ich blieb. In meinen dunkelsten Träumen konnte ich mir damals nicht ausmalen, was er mit Sadomaso-Spielchen wahrhaft meinte."

Aus Patientenerfahrungen ahnte Gregor, was nun folgen würde. Tatsächlich bewahrheiteten sich seine Befürchtungen. Jener Mann war um zehn Jahre älter als Helena, stand in den besten Jahren, die er wie besessen seinen nimmersatt währenden sexuellen Fantasien und Neigungen widmete, zu denen er Helena bereits zu Beginn ihrer Beziehung nötigen wollte. Sie hatte zunächst abgeblockt, worüber sie selber erstaunt gewesen war, nämlich über ihre plötzliche Willensstärke. Dennoch hatte sie sich, auf sein penetrantes Drängen hin, nur Tage darauf zu ersten, eben derartigen Spielchen überreden lassen. Weitere, keineswegs harmlose, folgten, zu der immer abartiger werdenden Perversion mischten sich brutale, krankhafte Gewaltfantasien hinzu. Helena war danach jedes Mal wie gelähmt gewesen – unfähig, sich von solch einem Alptraum zu befreien, hatte sie in sich eine ungemeine Leere gefühlt. Sie fühlte sich seither aufs Neue schäbig, ungeliebt, schmutzig, es ekelte ihr immer noch bei den mit Scham behafteten Gedanken an jene von sexualisierter Gewalt und animalischen Lustgefühlen getriebenen Ereignissen, zuwider waren ihr jene Erinnerungen und Gefühle des Missbrauchs, unausstehlich empfand sie alles, was sich um jene verhängnisvolle Verbindung drehte, um jenen krankhaft lüsternen Mann, blanken Hass fühlte sie dabei und es grauste ihr in ihrem geschundenen Körper. Sie war in bitterer, tiefer Verzweiflung verhaftet. Ihre Seele litt grausam.

„Ich war diesem Mann verfallen, irgendwie ... irgendwie hörig", befand Helena mit stockender Stimme und unterwürfigem Blick, als ob sie sich ihrer eigenen Schuld bewusst wäre und sich dessen und ihrer Torheit schämte.

Die Wollust, die sexuelle Ausschweifung hatte in jenem Mann, Anfang vierzig, gewurzelt, ihren Ruf als Wurzelsünde alle Ehre gemacht, ihn durchseucht, die totale Herrschaft über ihn erlangt, jegliche Grenzen guten Geschmacks überschritten sowie jegliche Moralvorstellungen ausgelöscht und ihn letztendlich vollkommen aufgefressen. Dass der Beischlaf etwas Animalisches in sich habe, etwas, das den Menschen leicht versklaven lasse, in dessen Bann ziehe, den schwachen, unbewussten Menschen infolge zu unsittlichen, zu krankhaften, ja gar bis zu teuflischen Praktiken verführen könne, erkennt der Mensch oft viel zu spät. Es wären Abscheulichkeiten aus den menschlichen Niederungen gewesen, in ihrem ganzen Ausmaß, die satanische Züge aufwiesen, die er im Weiteren geplant hätte, mit und an Helena durchführen zu wollen.

Sie warf sich vieles vor, war untröstlich mit sich, gab sich die Schuld an allen gescheiterten Beziehungen, ausgenommen der letzten, diejenige mit ebendiesem sexbesessenen Teufel, von dem sie sich mit letzter Kraft schließlich hatte trennen können. Erst durch die leidenschaftlich getriebenen, „moralfreien" Begierden sowie durch den sich übermächtig anmaßenden Verstand (mit dessen unendlich vielen Gedanken) werde doch das seelenlose, trübe Ego unser elender Sklaventreiber. Dessen wollte oder konnte sich Helena nicht bewusst werden, sie war eine Getriebene, in Gänze identifiziert mit ihren mächtigen, begehrlichen Gefühlen. Ohne Selbsttranszendenz, eine Verbindung zu Übergeordnetem, hin zu Gott, weg vom eigenen, selbstgefälligen, selbstsüchtig getriebenen Ego, versinke der Mensch zum Sklaven seiner Gefühle und Gedanken. Helena war eine erneut folgenschwere Liebesaffäre eingegangen, die wiederum in keiner Weise zu verharmlosen sei. Sie war erschöpft, denn sie schöpfte aus den verkehrten Quellen. Weltliche Dinge seien eben allesamt erschöpfend, sie würden den geistigen Menschen nicht aufbauen und seien keine nachhaltige Stütze für dessen Seelenheil.

„Warum, warum bloß, was habe ich getan? Warum passiert mir das alles?", fragte sie mit niedergeschlagenen Augen Gregor, und fast sah es so aus, als ob Helena die Frage ebenso gen Himmel richtete, „und in der Nacht finde ich keinen Schlaf mehr, das ist wie blanker Horror, ich weiß nicht mehr weiter."

Gregor blickte stirnrunzelnd auf die Tischlampe, hörte ihr bis zur letzten Silbe aufmerksam zu und faltete währenddessen seine großen, schönen Hände unbewusst zusammen. Er schwieg noch einen Moment, als Helena ihre nach Mitleid schreiende, verbitterte Rede bereits zu Ende ausgeführt hatte. Gregor ließ ihre dunkle Trübseligkeit nicht an sich heran, er tat gut daran, seine Seele vor Helenas übergriffiger, von Leid getränkter Schwere zu schützen. Jetzt wurde ihm exemplarisch, wie es schien, vor Augen geführt, weshalb es für jeden Seelsorger, jeden „Seelenklempner" sowie ebenso für jeden Priester geboten sei, seine eigene Seele nicht durch Mitleid bzw. durch übermäßiges Mitgefühl in Mitleidenschaft ziehen zu lassen. Gregor fühlte zwar mit ihr, verblieb dennoch stets in einer emotionalen Distanz, blieb in seiner inneren Stärke, die er benötigte, um ihr aus objektiver, professioneller Sicht helfen zu können. Er rät ihr zu mehr Selbsttranszendenz. Bei Helena schien es, dass sie nicht willens war, aus ihrem misslichen, verzweifelt verbitterten Seelenzustand herauszukommen. Die einstige Anziehung zu Gregor war zudem am Verblassen. Darüber und über die sich in ihr festsetzende, dezent feindselige Gesinnung ihrem einst so begehrenswerten Psychologen gegenüber, war sie weiterhin irritiert. Dieses gewandelte Verhältnis zwischen ihnen hinderte sie ein Stück daran, Gregors gut gemeinten, fachlichen Ratschlägen ernsthaft Folge zu leisten, sie empfand es innerlich als eine Niederlage, projizierte ungerechtfertigterweise all das Böse ihrer vergangenen Männerliebschaften auf ihn, und zerstörte damit jegliche Vertrauensbasis zwischen ihnen. Sie haderte, sie vermochte es nicht, sich mit dem Leben und mit Gott auszusöhnen, auch wurde sie je länger, desto unverzeihlicher sich selber gegenüber. Sie war einer dieser Menschen, die immerzu im Schlamm ihrer unglückseligen Vergangenheit wühlen und sich darin wälzen, die im Opferdasein gefangen sind. Manch einer genieße punktuell – absurderweise – förmlich diese zur Gewohnheit gewordene, betörende, lähmende Schwelgerei, wonach er oder sie das Unglück treu an sich binde und kaum mehr loswerde. Es war, als ob ein Fluch auf ihr läge und als wenn eben deswegen die Bösewichte, all die Halunken und üblen Missetäter der Welt hinter jeder Hausecke auf sie und ihre verwegene Kühnheit lauerten, um sie immer tiefer ins Verderben zu ziehen. Sie speiste ihre Seele unbewusst durch jene dunklen, trüben Quellen, die sie beständig weiter in tiefes Leid und menschliche Hoffnungslosigkeit brachten. Erst im Schmerz finden viele zu sich, vielleicht sogar zu Gott, wenn sie denn wahrlich leben möchten.

Der Trennungsschmerz vom ersten Mann hatte sie gehörig leiden lassen, ein großer Teil ihrer Seele war auf der Strecke geblieben. Der bodenständige Schweizer, auf den Helena viel Hoffnung gesetzt hatte, nahm ihr ebenfalls ein weiteres Stück ihrer Seele. Nach dem Fiasko mit dem gaunerhaften, zwielichtigen Guru und dem Grauen mit dem krankhaft sexbesessenen Sadisten, woraufhin sie erstmals einen qualvollen, hysterischen Anfall erleiden musste, spürte sie sich nicht mehr, ihre geschundene Seele war lediglich noch ein Schatten ihrer früheren Pracht, ebenso erging es ihrem Äußeren, ihre einstig fesselnde Schönheit war im Begriff zu verwelken. Alles in ihr fühlte sich dunkel an, schwer, eng, lieblos und düster. Kalte Hoffnungslosigkeit erdrückte mit Gewalt den Rest von Helenas zerrissener Seele. Die Vereinigung von Mann und Frau sei doch etwas Heiliges, etwas Magisches, sie würden ein Fleisch werden, hingegen sei dessen Trennung durch den menschlichen Willen stets leidvoll. Ein Gesetz der Schöpfung, das in seiner geheimnisvollen Art beständig und unwiderruflich wirke. Es soll den Menschen ermahnen, sich seinen Begierden nicht leichtsinnig hinzugeben. Gregor riet ihr wiederum, wie er es schon in der letzten Therapiestunde getan hatte, sich eine Zeitlang von den Männern fernzuhalten. Diesmal versuchte Gregor es mit einem im ersten Moment unorthodoxen, psychotherapeutisch eher unüblichen Ratschlag, und zwar mit einem Verbot.

„Mit Bestimmtheit wird sich in naher Zukunft wieder eine Begebenheit ereignen, in der ein Mann dein Interesse wecken wird," begann Gregor, seine Hände auf der Tischkante zusammengefaltet, seinen Therapieansatz zu erläutern.

„Also, sobald du dich wieder von einem fremden Mann angezogen fühlst, und bevor du von Begierden und leidenschaftlichen Gefühlen gefesselt wirst und in glühende Gedanken verfällst, erteile dir bewusst ein Denkverbot! Ja, ein Denkverbot! Denk nicht mehr darüber nach! Deine scheinbar unbeherrschbaren Gefühle werden sich in der Folge abkühlen, wodurch in deiner Gedankenwelt unwillkürlich Raum für neue, andere Gedanken entstehen werden, weg von den ungezügelten, ambivalenten Gefühlswallungen. Dies bedarf aber strenger Achtsamkeit, was bedeutet, dass du dich und deine Gedanken und Gefühle besonders in den ersten Tagen und Wochen aufmerksam beobachten musst. Du brauchst … oder anders gesagt, mehr Zurückhaltung zum anderen Geschlecht wäre in deinem jetzigen Zustand angebracht, sogar längere Enthaltsamkeit zu üben, würde dir ganz bestimmt guttun. Es würde dir ungemein helfen, um die Zügel über deine starken, leidenschaftlichen Gefühle und Begierden wieder in die Hände zu bekommen. Bitte, Helena, versuch es! Bei der nächsten verlockenden Versuchung erteile dir selber ein Denkverbot!", riet Gregor ihr eindringlich und mit fester Stimme, dabei erhob er seine großen Hände ausgebreitet über den Schreibtisch.

Einige Augenblicke herrschte ein angespanntes Schweigen. Sie starrte ihn von unten ungläubig an, verzog alsdann ihren Mund zu einem verwegenen, leicht spöttischen Grinsen, als wenn dieser Ratschlag des Verbotes ihre leidenschaftlichen Begehren erst recht entfachten. Das Sündige blitzte in ihren dunklen Augen für einen Moment auf und suchte Gregors Seele zu fesseln. Ohne Erfolg. Nach einigen Augenblicken blickte sie etwas beschämt weg, wobei sie leicht errötete.

„Ja, meine Leidenschaften sind stark, sie übermannen mich sehr oft, das stimmt. Die Männer spielen damit, schätze ich ...", sagte Helena, drehte den Kopf zur Seite, erneut mit Scham in den Augen, wobei sie sich sichtlich bemühte, Haltung zu bewahren. „Und es nimmt immer dasselbe tragische Ende. Das macht mir Angst."

„Deshalb empfehle ich dir eben diesen Ansatz des strikten Denkverbotes, immerhin für eine Zeitlang, damit du erkennst, dass du deinen Leidenschaften nicht machtlos ausgeliefert bist."

Helena erzählte am Ende der Therapiestunde, ganz zum Erstaunen Gregors, dass sie zufällig vom Tod ihres verschrienen Gurus erfahren habe. Dieser sei wegen Missbrauchsverdacht an einer Minderjährigen in seinem Haus verhaftet worden. In der Untersuchungshaft soll er sich zwei Tage danach aufgehängt haben. Aus Helenas Worten, die nun in deutlich erhöhter Stimmlage erklangen, stieß eine gehörige Menge Genugtuung hervor, auch eine stolze, schadenfrohe Befriedigung war in ihren Augen zu erkennen. Gregor bemerkte ihren weit schweifenden, gedankenvollen Blick, der sich auf die weiße Tür richtete und sich gleich darauf nach unten senkte.

„Schlimm. Schlimm. Aber gut, dass du dich von ihm hast loslösen können", sagte ihr Gregor abschließend, um nicht Vergangenes wieder aufzuwärmen, und da die Stunde eh zu Ende war.

Gregor wiederholte nochmals eiligst das Gesagte, ermutigte sie nachdrücklich ein drittes Mal zu jenem Therapieansatz des Denkverbotes, wobei es mehr ein inständiges Ermahnen war, was Gregor selten tat, nur wenn es wahrlich vonnöten war, wie eben bei Helena, und dann tat er dies in höchst höflicher Manier, denn kein Patient mag sich einem tadelnden Psychotherapeuten anvertrauen. Sie musste sich von dem bösen Muster, welches sich in ihren Männerbeziehungen eingeschlichen hatte, unbedingt trennen, dazu musste sie eine Zeitlang in Enthaltsamkeit gehen, um sich in ihrem arg verschüchterten Herzen neu auszurichten, ihrer verbitterten Seele eine neue Chance zu geben, damit darin etwas Neues gesät werden und wachsen konnte, um schließlich einer neuen, hoffnungsvolleren Aussaat entgegeneifern zu können. Dieser Wandlung galt es, sich hinzugeben, alte Zöpfe, Gewohnheiten und

Muster Helenas würden sich so langsam auflösen, um Neuem, Besserem Platz zu machen.

Helena hingegen hörte, tief in anderen Gedanken versunken, längst nicht mehr zu, die überaus hilfreichen Ratschläge und Anregungen Gregors prallten an ihr ab, wo sie doch gerade deswegen zu ihm gekommen war. Doch Helena war träge im Hören geworden, Gregors Worte erreichten ihr widerspenstiges Herz nicht, sie konnten nicht darin wurzeln, deshalb erschien ihr all das Gesagte am Ende doch seicht und belanglos. Sie hatte ihre Seele bei ihm, bei Gregor, in den letzten Monaten fast gänzlich entblößt, teils unter empfindlichen Schmerzen, teils in wohliger Erleichterung. Doch ließ sie es versäumen, den nächsten Schritt zu tun, nämlich eine neue, innere Ordnung herzustellen, sich jener Wandlung zu stellen, sich nach den guten Werten zu besinnen, ihr chaotisches Seelenleben willentlich neu zu sortieren, es Stück für Stück aufzuräumen und dabei alles auszumisten, was nicht mehr in ihr Leben passte. Erst als sich Gregor von seinem schwarzen, ledernen Stuhl erhob, kam sie zu sich, griff nach ihrer Lederhandtasche, erhob sich ebenfalls rasch von der beigefarbenen Couch, dabei ihren karierten Rock zurechtrückend, und schritt geradewegs Richtung Tür. Dort streifte sie ihren schwarzen Mantel von der Wandgarderobe und schlüpfte flink hinein, bevor Gregor ihr überhaupt seine Hilfe hätte anbieten können. Ohne Händedruck, nur mit einem leisen Adieu und mit einem flüchtigen, leicht gequälten Blick verließ Helena Gregors Praxis. Sie schloss zum ersten Mal selber die Tür hinter sich, ohne dabei zurückzublicken, unbewusst, ohne Absicht. Dass dieser Abschied für immer war, dass sie sich nie mehr wiedersehen würden, wussten zu diesem Zeitpunkt beide nicht, wobei es abzusehen war, denn das Band der einstigen Anziehung zwischen ihnen war gerissen aufgrund der sich entwickelnden, entgegengesetzten Lebensanschauungen. Helena misstraute ihm dadurch, konnte und wollte nicht den Mut aufbringen, über ihren Schatten zu springen, Gregor, ihrem klugen Therapeuten wahrhaftig zuzuhören, ihm Vertrauen zu schenken, um aus ihrem offensichtlich zum Scheitern verurteilten, von übermäßigen Leidenschaften und vergifteten Begierden gefesselten Beziehungsmodell herauszukommen.

Am Fenster stehend, beobachtete Gregor, wie Helena recht ungestüm über den knöchelhohen Schnee zu ihrem Auto stampfte, tollpatschig hineinstieg, auf den Sitz plumpste, die Tür laut zuschlug und hastig vom schneebedeckten Hof fuhr. Die strahlend weiße Pracht überall rund um das Haus, auf dem Hof, an den Bäumen, herrschaftlich aufgetürmt auf den Zypressen der umliegenden Hecke, ließ in Gregor unweigerlich jene reine kindliche Freude aufkommen, besonders an dem Gedanken, mit Maria und den Kindern gleich zum nahen Hügel schlitteln zu gehen. Gregor liebte die weiße Pracht und die anmutig herunterfallenden Schneeflocken, er war fasziniert davon.

III

Nach einem durchschnittlich kalten, eher trockenen Winter ließ der Frühling nicht lange auf sich warten und trat pünktlich, wie es sich im Land der Uhren gehörte, in der letzten Märzwoche mit holdem Sonnenschein und frühlingshaft warmen Temperaturen zu Tage. Maria war unterdessen vollkommen genesen und erstrahlte in einer liebreizenden Schönheit, die überaus natürlich erschien. Ihre schönen, schulterlangen, aschblonden Haare umhüllten ihr hübsches, schmales Gesicht und die grünen, runden Augen kamen dabei noch mehr zur Geltung. Keine Unreinheiten konnten an ihrer glatten, festen Haut ausgemacht werden, weder am Gesicht, das in gesundem, frischem Teint hervorstach, noch an ihrem graziös schmalen Hals. Als ob Maria um die Wette strahlte, und mit ihr gemeinsam der Frühling, als ob jenes ungleiche Paar einen Wettstreit austrügen; wer erweise der Welt mehr Anmut? Mehr sichtbaren, lebendig wirkenden Zauber? Eine unsichtbare Kraft drängte das Leben auf den Wiesen, Gärten und in den Wäldern zu einem lautlosen Erwachen, abgesehen von dem allzeit fröhlich erklingenden Vogelgesang hoch oben auf den Baumwipfeln, auf den erst schwach begrünten Ästen darunter oder an den Dachrinnen der Nachbarhäuser. Auch in Marias Mutterschoß war neues Leben erwacht, das Wunder des Lebens ließ sie diesmal eine beglückende Schwangerschaft von Beginn weg erleben. Als sie Gregor die frohe Botschaft überbrachte, strahlte Maria dermaßen, wie Gregor sie noch nie zuvor gesehen hatte. Doch nun war es nicht nur der unverhoffte, hochwillkommene Kindersegen, der ihre Familie bald bereichern sollte, sondern Maria erfreute sich vor allem der tiefen Liebe zu Gregor, einer neu gewachsenen Liebe, die erst das geistig-seelische Fundament von Ehe und Familie ermöglicht hatte. Maria fühlte tief in ihrem Herzen, dass sie ihren Gregor in einer neuen, verbundenen Weise liebte. Sie hatte sich ihm durch die Kraft der Liebe von Gottes Gnaden bedingungslos hingegeben. Nichts trennte sie jetzt von ihm, eben auch nicht seine Schwächen, dadurch wurde sie letztlich innerlich frei, eine beständige, glückselige Leichtigkeit und Freiheit erfüllten ihr Herz.

Gregor spürte ebenfalls die neue, tiefere Verbindung zu Maria. Die Freude über die frohe Botschaft bei ihm war groß, obgleich nach jenem einschneidenden Jahr der vielen Hiobsbotschaften auch leise Ängste mitschwangen, die sich nicht weiter verstärkten, allerdings auch nicht verschwanden, stattdessen im Hintergrund seiner Gedankenwelt eine ganze Weile ausharrten. Ergriffen betrachtete er seine Maria, weidete sich stumm an ihrer Schönheit weiblicher Anmut, spähte nach ihrem Bauch, obgleich noch nichts zu erkennen war, um sie mit einem freudigen Grinsen endlich zu umarmen und zu küssen.

IV

Gregor war des Längeren bereits unzufrieden mit den bisherigen, wissenschaftlichen Therapieansätzen, die er bis anhin mit mehr oder weniger großer Überzeugung an und mit seinen Patienten angewandt hatte. Erst schleichend, doch je länger desto stärker kämpfte er mit dem Gefühl der Unvollständigkeit der klassischen Psychotherapie, seit dem letzten, verhängnisvollen Jahr hatte sich sein innerer Drang nach neuen Ansätzen in seiner Arbeit als Psychotherapeut noch vervielfacht. Nun wusste er, was sich schon seit geraumer Zeit unwillkürlich abgezeichnet hatte, denn er hatte erkannt, die Wissenschaft sei nur die Vorstufe zur wahrhaften, echten, ganzheitlichen Heilmethode. Er folgte jenem Drang seiner inneren Stimme, fügte sich bewusst einem höheren Willen, dessen er sich in Freude, in Demut und in einer ungemeinen Leichtigkeit hingab, wobei Letzteres ihn selbst am meisten verblüffte. Eine Zeitenwende war seit den drastischen Ereignissen im letzten Jahr in seiner Seele angebrochen. Er wandte sich von der klassischen Psychotherapie ab, stattdessen begann er, hauptsächlich Beratungen und Seminare in Gruppen anzubieten, die nach dem umfassenden Seelenheil des Menschen strebten. Seine bewährten Einzeltherapien, die sich nach wie vor großer Beliebtheit erfreuten, erhielten ebenso einen neuen Glanz, der die vertraute, manchmal beinahe intime, nicht selten angespannte Atmosphäre zwischen Patient und Therapeut zu veredeln vermochte. Es ließ Raum für die Öffnung des versperrten Tores zum Himmel (wegen der vielerorts immer noch geltenden Abstinenzregel), was die oft schwermütige, zu verkopfte Atmosphäre zu beseelen vermochte.

Dieser Sinneswandel, der noch immer weitverbreitet als Tabubruch innerhalb der Psychotherapeuten-Zunft galt, ließ Gregor aufblühen und sein Werk mutig in die Tat umsetzen. Dass nämlich die moderne, lehrende Psychotherapie ihm nie tiefgründige, existenzielle Antworten geben konnte, ihn dadurch geistig und seelisch unbefriedigt gelassen habe, hatte Gregors Seele unmissverständlich Aufschub geleistet, um etwas Neues, etwas Besseres, etwas Lichtvolleres zu suchen, um jene Sehnsucht zu stillen. In seiner Seele keimte etwas Neues, etwas, das stetig zu wachsen schien und das, je größer es wurde, ihn umso mehr erfüllte. Anfangs nur zögerlich und sporadisch las er im Buch der Bücher. Je mehr er darin las, desto mehr gewann er an neuen Erkenntnissen, die seinem bisherigen Wissen stückweise jene Vervollständigung gaben, nach der sich Gregors Seele insgeheim schon viel früher, als er sich bewusst war, gesehnt hatte. Das Studium der Heiligen Schrift intensivierte sich, wobei er bei jedem Lesen von Neuem verblüfft war, wie tiefsinnig, wie menschenfreundlich, wie lehrreich, wie wahrheitsgetreu die Schrift doch sei. Das hatte er gesucht, eine Bedienungsanleitung auf dem Weg zum wahrhaftigen, geistigen Menschsein und dessen Seelenbrot, nach dem viele seiner Patienten ebenso suchten. Zudem erkannte Gregor in den Predigten, deren Botschaften in seinem Herzen reichlich Anklang fanden, die Sinnhaftigkeit, welche in eine tiefere Dimension des umfassenden Menschseins hineinzuführen vermöge: Über die psychologische Analyse, über die Erklärung und

Beschreibung von Charaktereigenschaften und Temperamenten, über die persönlichen Lebensgeschichten der Menschen und deren Leid hinaus zu echter Hoffnung, die heil mache, die sich in den Herzen der Menschen, im Tempel Gottes offenbaren und aus denen man schöpfen solle. Dort sei Frieden, Geborgenheit, Sicherheit, Glückseligkeit, Verbundenheit, Beständigkeit und ewige Liebe zu finden. In jenen Kraft gebenden, hoffnungsvollen, Mut machenden, besonnenen, barmherzigen, vergebenden, liebenden, gerechten, demütigen, dankbaren Quellen sei die Wahrheit, nach der sich des Menschen Seele inbrünstig sehne. Erst damit finde der Mensch die echte, innere Freiheit, ein Leben ohne viele Ängste und Sorgen, stattdessen könne er in seinen ihm gegebenen Talenten aufblühen und damit seinen wahren Lebenssinn erfüllen. Lebensmüdigkeit überkomme allein denjenigen, der ohne Lebenssinn dahinlebe, weil der Sinn des Lebens zweifellos eine der existenziellen, menschlichen Sehnsüchte verkörpere. Das Wissen über die Psychologie des Menschen, das theoretische Grundgerüst der menschlichen Psyche und deren Therapie, das ganze Wissen, das sich Gregor angeeignet hatte, tat er auf keinen Fall ab, im Gegenteil, damit konnte er die Patienten abholen, ihnen das Zusammenspiel von Geist, Körper und Seele fachmännisch aufzeigen. Ein Teil der Patienten gab sich damit, mit diesen ersten Schritten zur Selbsterkenntnis, mit jenen fachlichen, logisch wirkenden Instrumenten, vorerst zufrieden, viele aber sehnten sich nach mehr, besonders nach der Sinnfrage der eigenen menschlichen Existenz. Gregor konnte nun diese Sehnsucht, wenn auch nicht in Gänze, stillen, das machte ihn in seinem Herzen froh. Der in sich verschlossenen, trennenden Psychotherapie wurden ihre Tore geöffnet, um sich mit der göttlichen Welt zu verbinden. Viele renommierte, erfolgreiche Psychotherapeuten erkennen die heilsame Kraft des Glaubens und der Heiligen Schrift erst spät, sperren sich aus Wissenschaftsgläubigkeit dagegen, wo doch dieses Meisterwerk unzweifelhaft genau darauf abziele, nämlich die ganzheitliche Heilung des Menschen Seele herbeizuführen, wonach die neuzeitliche Psychotherapie doch ebenso strebe. Weshalb sich einer derart reichhaltigen Ressource, eines derartig mächtigen Instrumentes verwehren, dessen wirksame Heilkraft manch eine Menschenseele zu läutern vermag? Der Mensch solle sich nach der geistigen, übersinnlichen Welt ausrichten, Selbsttranszendenz üben, über dessen Ichhaftigkeit hinauswachsen, ansonsten bleibe er in seinen niederen Trieben gefangen, was den Menschen infolgedessen kaum vom gemeinen Tier unterscheide. Dadurch erfahre der Mensch beständig Halt und Stärke, besonders im Alltag, im Umgang mit den Mitmenschen und mit der eigenen Seele. Denn ohne dieses Fundament, den Glauben an etwas Übergeordnetes, den Gott, Schöpfer, Allmächtigen, wer Er auch immer sein möge, ohne Ihn gäbe es keinen Weg für eine ich-distanzierte Psychotherapie.

Gregor, einst selber im Sog von menschlicher Eitelkeit, Begierden und Geltungsdrang verhaftet, hatte den verlockenden, betörend wirkenden, selbstgefälligen Irrweg erkannt, sich von seinem Ich gelöst und sich stattdessen eifrig, aber besonnen, dabei stets das Wahre, das Gute und das Schöne vor Augen, dem Dienst an der Gesellschaft zugewandt. Viel Gnade wurde ihm bei all den irdischen Prüfungen zuteil, wo er doch nach anderem strebte, seit der Zeit, als er Odessa verlassen hatte, um mit seiner Familie in die Schweiz zu emigrieren. Der Mensch muss sich dem Allerhöchsten unterordnen, um eines demütigen Lebens überhaupt fähig zu werden, diese innere Haltung, quasi wie eine neu gewandelte „Herzensausrichtung", führe erst zu einer heilbringenden Dankbarkeit, die hernach das Herz zu öffnen verhelfe bzw. zur schrittweisen Entfaltung vermöge. Oft fragte sich Gregor, wozu die Suche nach der Freiheit, die vor allem im Westen in diesen modernen Zeiten als übermäßig erstrebenswert, ja, als eine sehnsüchtige Verheißung gelte. Seit jeher suchen doch die Menschen die verheißungsvolle Freiheit.

„Welche Freiheit werde überhaupt mit allen erdenklichen Mitteln gesucht? Die Freiheit zum Sündigen vielleicht …?", erhellten ihn seine Gedanken eines Vormittags, nachdem sich soeben eine junge Patientin verabschiedet hatte.

Sie erzählte Gregor von ihrem neuen Leben in der Großstadt, wo sie ihre fleischlichen Begierden oft gepaart mit Alkoholexzessen versteckt vor den Augen der Eltern und Bekannten ausleben konnte. Nach dieser vermeintlichen Freiheit hatte sich jene junge Dame einst inständig und allzu naiv schwärmerisch gesehnt, von der sie jedoch bald nicht mehr loskam, sie war geknebelt, verhaftet im Teufelskreis der allgegenwärtigen lüsternen Verführungen. Die pathologisch zwanghaften Abenteuer hatten sich zu ihrer Droge erhoben, beherrschten sie wie ein unbarmherziger Sklaventreiber. Sie war paradoxerweise unfrei geworden, wo sie doch nach der Freiheit gesucht hatte. Sie hatte ihre Schwachheit erkannt und suchte Hilfe bei Gregor.

Der Mensch solle aus den Quellen des Herzens die Heil machende, innere Freiheit, die uns von Anbeginn geschenkt wurde, schöpfen. Gregors neuer Therapieansatz war von Erfolg gekrönt. Es gab ein großes Echo, die neu ausgerichteten Seminare hallten weit über die Innerschweiz hinaus, die wissbegierigen sowie Hoffnung suchenden Leute strömten aus der ganzen Schweiz, teils auch aus dem benachbarten Österreich und Süddeutschland an den Vierwaldstättersee in der Innerschweiz. Es gelang ihm, alte, verstaubte, schon vergessene, beinahe abgeschriebene Werte wie Tugendhaftigkeit und gesunde Frömmigkeit in einer behutsam besonnenen, leichtfüßigen Art in seine Therapie zu integrieren und sie in neuem Glanz aufleben zu lassen. Es war richtig, was er tat: Seelenbrot für die Menschen zu teilen. Den einst begehrenswerten Lehrstuhl an der Fakultät für Psychologie bekam Gregor kurz vor Ende des Sommersemesters angeboten, worüber er sich zwar freute, seine Wertschätzung dessen auch persönlich kundtat, nach reiflicher Überlegung aber doch zum Schluss kam, sich in Gänze und mit vollem Herzen seinem neu eingeschlagenen Weg zu widmen. Er nahm das Angebot nicht an.

V

Bald, das heißt in genau fünf Tagen, würde Gregor seinen vierunddreißigsten Geburtstag feiern, auf den er mit
anderen, neuen, verwandelten Augen schaute, denn die
Wichtigkeit dessen hatte unweigerlich und unbemerkt
einen merklichen Abfall erlitten. Gregor verspürte kein
Verlangen, sich selber zu feiern, so wie er es früher gern
getan hatte, vielmehr fühlte er dabei eine dezente Bedrohung, eine leise Gefahr der Abkehr seines neu eingeschlagenen Lebensweges, um wieder auf alte, angestammte
Pfade zu geraten. Stattdessen sehnte sich seine Seele nach
Eintracht, nach gemütlichem Zusammensein, nach guter,
wohlwollender Gesellschaft, in der nicht das Schlemmen,
nicht das Trinken oder menschlicher Geltungsdrang und
eitle Gespräche das Ambiente verschmutzen. Im Kopf
verliebte er sich sofort in diese vollkommene Vorstellung
einer Gesellschaft in wohlwollender Eintracht. Als ob ihm
seine Gedanken, oder sei es mehr sein Gewissen, nicht diese eben wohltuende Vorstellung gönnen würden, platzte
etwas Ernsteres hinein, etwas, das ihn nachdenklich werden ließ. Es war ein anderer Gedanke, bei Weitem kein
unbekannter, der ihn gleich darauf ins tiefe Grübeln zog,
seine gerade noch munteren Gedanken leicht betrübte und
ihn einige Augenblicke nicht losließ. Er war immer noch
im Zwiespalt, ob er Maria seinen Ehebruch gestehen solle
oder doch nicht. Er spürte nach wie vor die Gewissensbisse, zwar schwächer, doch sie waren da. Gregor nahm sich
vor, obgleich halbherzig, Maria sein Geheimnis in Bälde
zu beichten, soweit wenigstens seine Absicht, um seine

Gedanken und sein Gewissen zu beruhigen. Er wartete nur auf eine günstige Gelegenheit. Wegen der ihr wohl bekommenden Schwangerschaft konnte er sich aber lange nicht überwinden; ihre liebreizende Anmut, ihre ansteckende Leichtigkeit und die wahrhaftig wirkende Fröhlichkeit ihres Gesichtes hinderten ihn maßgeblich daran. So verstrichen auch die nächsten Tage und Wochen. Die Liebe zwischen Maria und Gregor schien in jenen Tagen und Wochen gerade in reiner Vollkommenheit aufzublühen, weshalb sollte er dieses Glück platzen lassen, dachte er sich je länger desto mehr, insbesondere immer dann, wenn er Maria in einem unbeobachteten Moment ansah. Es würde sie lediglich betrüben und in unnötige Sorgen fallen lassen, wo doch dieser bedeutungslose Ausrutscher keine Rolle in ihrem gemeinsamen Leben mehr spiele, so dachte er abschließend und beließ es wieder dabei, nämlich beim guten Vorsatz. Im Innern seiner Seele blieb jene Sache hingegen weiter bestehen.

„Verschieben wir es auf einen Zeitpunkt, irgendwann in der Zukunft", so redete Gregor es sich ein, um doch insgeheim auf das Vergessenwerden hin zu hoffen.

Dabei half ihm ein merkwürdigerweise schwerlich aufzukeimen wollender, jedoch immer wiederkehrender Gedanke, nämlich derjenige, welcher ihm in schamhafter Manier bewusst zu machen versuchte, ihm zurückhaltend zuflüsterte, ihm sachte einredete, dass mit dem Tod von M. H. ebenso das Gewissen plagende Geheimnis gestorben wäre. Dieser Zwerg eines Gedankens ließ Gregors Geheimnis schleppend, bisweilen stoßweise zu Grabe tragen, wenngleich es sich zu einem zeitintensiven, nimmer enden wollenden Trauerzug zu entwickeln schien. Die Zeit war trotzdem auf Gregors Seite, nur ließ sie ihn das auch spüren. Das Geheimnis existierte als trübe Erinnerung zwar noch in seiner Seele, doch es war kaum mehr lebendig, es war im Prinzip tot, als ob es nie existierte. Die Sanduhr des Lebens rann weiter, die Tage vergingen. Gregor betrachtete derweil jene Nacht in Odessa wie die Tat eines Fremden, womit die Reue merklich schwand, denn eine tiefe Reue für einen Fremden zu hegen, sie vollumfänglich zu fühlen, sei ein Ding der Unmöglichkeit, nichtsdestotrotz verschwand das Reuegefühl rund um das Geheimnis in Gregors Seele nicht in Gänze.

Als liebgewonnene Erinnerung galt das Kloster Einsiedeln, seitdem Maria in der schwersten Zeit ihres Lebens eben an diesem besagten Ort erst den innigen Glauben und die Liebe zu sich, zu den Menschen und zu Gott gefunden hatte. Daher fuhren die Kronmeiers nun öfters zum Kloster. So auch an diesem Samstag, als die ganze Familie, samt den Kindern, Einsiedeln besuchte. An diesem Tag schien die Sonne in ihrer vollen Pracht am blauen Himmel, das Kloster erstrahlte herrlich, fast himmlisch. Beiden, Maria und Gregor wurde es warm ums Herz, ihre Herzen öffneten sich an diesem Tag besonders weit, nur die Kinder schienen an diesem Tag unwillig bis grantig zu sein, gut möglich, dass sie eine Sommergrippe ereilte, die gerade die Runde machte und die erst letzte Woche die Nachbarskinder flachgelegt hatte. Sie liefen gemeinsam die übliche Runde in der Kirche, bewunderten die himmlisch bunten Malereien und wundervollen Fresken, die jeden Besucher unwillkürlich in andächtiges Schweigen versetzten. Man setzte sich hin zum kurzen Beten. Nach dem kurzen In-sich-gehen ließ Gregor seinen Blick über die Kirchenbän-ke schweifen, spähte sodann geradewegs zum Beichtstuhl, wo reger Betrieb zu herrschen schien, was daran festzu-machen war, dass das kleine Lämpchen an der vorderen Holzverkleidung lange rot leuchtete, dann kurz in grüner Farbe aufleuchtete, um wieder auf Rot für einige Minuten zu wechseln. Bald standen sogar eine ältere, grauhaarige, dezent-elegant gekleidete Dame und ein im Vergleich zu ihr junger, in Jeans und einer dunkelgrünen Windjacke gekleideter Mann vor dem Beichtstuhl an. Als nach wei-teren vielleicht zehn Minuten augenscheinlich niemand mehr anstand, ergriff Gregor die Gelegenheit und ging, als das Lämpchen endlich wieder auf Grün umschaltete, der Mann mit der Windjacke schüchtern und etwas ver-schämt nach unten blickend rauskam, als ob die ganze Welt nun dessen soeben gebeichtete Sünden kennen wür-de, ebenso hinein, dort in den dunklen, Ehrfurcht einflö-ßenden Beichtstuhl, um ebenso zu beichten. Eben sein totes Geheimnis, oder vielmehr dessen Erinnerung daran, beabsichtigte Gregor von seiner Seele loszulösen. Früher glaubte er nicht oder nur sehr gering an die Kraft und die Wirkung des Beichtens. Heute erschien ihm das Bekennt-nis und Gestehen der eigenen Fehlerhaftigkeit als Tor zu einem neuen, reineren Leben zu sein. Gregor gestand seine Sünde, offenbarte sein in trüber, wenig lebendiger Erinne-rung existentes Geheimnis dem Beichtvater an, nun, nun war es ihm endgültig aus der Seele genommen worden, nun war es bei Gott, der ihm Vergebung schenkte. Die letzten, übrig gebliebenen Fragmente jenes Geheimnisses verloren unwiederbringlich deren Wirkung. Die tiefe Reue und der Wille zur Besserung erlösten endgültig sein Gewissen. Erlöst und mit einem unschuldigen Blick verließ er den Beichtstuhl, um zu Maria und den Kindern, die vor der Kirche auf ihn warteten, zu gehen. Auf dem Weg zu Maria, wobei er in froher und äußerst gelassener Stimmung seine Frau unwillkürlich mit wohlwollenden Augen betrachtete, erfüllte ihn ein Gedanke, nämlich der von viel Dankbarkeit, den Gregor sogleich an Gott richtete, demütig über dessen Geschenk, über seine Maria. Er liebte sie wie noch nie zuvor, an diesem Tag spürte Gregor die bedingungslose Liebe der Agape in seinem Herzen, er war angekommen. Er war wie neu verliebt, doch diese Verliebtheit war nicht weltlicher Natur, diese wurde von einer höheren Instanz getragen, sie erwies sich als beständig, langmütig und gütig, ohne Eifer und Übermut. Die Kinder wurden unruhig, David begann vermehrt zu quengeln, sein gewohnt unbeschwertes, neugieriges Gemüt trat in den Hintergrund, er schien in der Tat leicht angeschlagen zu sein, und so lief man etwas zügiger zum Parkhaus, danach fuhren die Kronmeiers direkt nach Hause.

In der neuen Welt, in der idyllischen Welt der Innerschweiz, am Vierwaldstättersee an den Voralpen, fühlten sich die Kronmeiers geborgen und äußerst wohl, erstmals kamen echte Heimatgefühle auf, die allerdings ziemlich unverhofft aufkeimten, denn daran hatten sie zwischenzeitlich nicht mehr geglaubt. Das Glück, wonach die Menschen streben, hatte sich bei den Kronmeiers niedergelassen. Wohl dem, der es behutsam zu hüten weiß. Neue Bekanntschaften wurden geschlossen, obgleich seltener mit Einheimischen, außer den Nachbarn, ansonsten verkehrte die Familie viel mit Leuten aus der alten Heimat, besonders mit solchen aus Odessa oder Cherson. Nicht immer zeigten sich derartige Bekanntschaften aus der alten Heimat als wünschenswert. Einmal, als Gregor an einem Ukrainer-Treffen in Zürich war, hatte sich so ein Fall einer unliebsamen Bekanntschaft ereignet. Ein Ukrainer, Ende dreißig, eher klein, kurze, dunkle Haare, blasser Teint, mit hoher Stirn und deutlichen Geheimratsecken, hatte Gregor in ein Gespräch verwickelt. In diesen Tagen begann jedes Gespräch mit einem Landsmann ziemlich gleich, zuerst die Schilderungen, wie die Flucht aus dem Kriegsgebiet gelungen war, worauf sofort die Frage eröffnet wurde, ob eine Rückkehr in die Heimat in Betracht gezogen werde. Oleg, so hieß die neue Bekanntschaft, sei aus Donezk geflohen einen Monat vor Kriegsausbruch.

„Bei uns herrschen seit vielen Jahren kriegsähnliche Zustände, seit die Russen die Volksrepublik Donezk ausgerufen haben. Dort konnte ich nicht mehr leben, es gab keine Zukunft für mich, außer mir war von meiner Familie niemand mehr dort. Alle sind schon lange weggezogen, nach Kiew oder gar nach Deutschland ausgewandert. Ich hatte großes Glück, habe Himmel und Hölle in Bewegung gesetzt, um von dort wegzukommen. Nachdem ich mein geerbtes Haus vom Großvater, das sich in einem kleinen Dorf etwas abseits von Bachmut befindet, schließlich für wenig Geld hatte verkaufen können, brach bald darauf der totale Krieg aus. Ob mein Haus ... mein ehemaliges Haus überhaupt noch steht ... wer weiß? Wie man so schön sagt, Glück im Unglück, ich war schon weg, über Deutschland bin ich in die Schweiz gekommen. So konnte ich den sicheren Kriegsdienst umgehen, denn ich bin ja im besten Alter dafür ...", redete er hastig, in erhöhter Stimmlage, kurzatmig, wobei es an eine störende, fast unangenehm wirkende, leichte Schnappatmung erinnerte, und lächelte dabei etwas steif, leicht befangen, beinahe gezwungen.

Gregor erzählte ihm seinerseits seine Geschichte, die eines nahezu normalen Umzugs bzw. einer Emigration, die doch viel geordneter und zwangloser, mit wenig Fluchtempfindungen, die vielmehr in einem überaus helleren Licht als die eben gehörte „fünf-vor-zwölf"-Flucht Olegs erschien. Dieser hörte ungeduldig zu, dabei immerzu unruhig mit Daumen und Zeigefinger an seinem Kinn reibend. Als Gregor eine kurze Atempause einlegte, um sogleich weiter über seine Praxis erzählen zu wollen, fiel ihm Oleg brüsk ins Wort.

„Du, Gregor, eine wichtige Sache möchte ich mit dir besprechen und dir vorschlagen, nicht zuletzt, weil mir nicht entgangen ist, dass ich einen klugen Mann vor mir stehen habe, und ja ... da wir jetzt per Du sind, quasi unter Freunden ...", unterbrach ihn Oleg leicht anbiedernd und nicht minder kurzatmig.

Gregor wurde hellhörig, zog die Augenbrauen hoch und wartete mit erhöhter Neugierde, was da wohl kommen mochte.

„Nun, ich hätte dir ein erstklassiges Geschäft anzubieten, eine äußerst lukrative Finanzinvestition, welche du dir nicht entgehen lassen solltest, und außerdem nur für eine erlesene Kundschaft, denn ..."

Oleg redete weiter, ununterbrochen, nun sogar mit aufdringlichem Ausdruck in dessen Augen und noch hastiger und kurzatmiger als zuvor, gleichzeitig verfiel hingegen Gregor unwillkürlich in tiefe Gedanken, sodass seine Ohren taub wurden. Gregor zuckte dabei zusammen, spürte eine Befangenheit in seiner Brust, der Atem stockte ihm kurzzeitig, während Oleg, der offensichtlich nicht ohne eigennützige Absichten zum Ukrainer-Treffen gekommen war, weiter auf ihn einredete, jenes angeblich einmalige Geschäft eiligst und mit nicht wenig Leidenschaft anpries, um ihn davon zu überzeugen. Gregor, der unwillentlich einen halben Schritt zurücktrat, sah in ihm, dem neuen Bekannten, nunmehr das Übel, das ihn anekelte, er hörte Olegs Worte nicht mehr, all das Fürchterliche, das Gregor in letzter Zeit erleben musste, ließ ihn innerlich erneut erschaudern, vor seinem inneren Auge erkannte er das betrübte Gesicht von M. H., sogar dessen oft gehörter Spruch ergoss sich unzweifelhaft in seinen Ohren: „Das Leben ist kurz und beschissen". Oleg bemerkte die geistige Abwesenheit Gregors und war verwirrt darüber. Zweimal schnappte Oleg tief nach Luft und war im Begriff, die eben gestellte Frage, die Gregor unbeantwortet gelassen hatte, noch einmal zu stellen. Aber so weit kam es nicht. Gregor war höchst unwohl zumute, er wollte sich nicht erklären, darauf hatte er keine Lust. Er wusste lediglich eines: diesmal würde er das Richtige tun.

„Aha ... deshalb das Interesse ... ähm, ja ... verstehe. Nein, danke, kein Bedarf. Ich muss weiter!", verabschiedete sich Gregor kurz entschlossen, ohne ihm einen letzten

Blick gewürdigt zu haben, an einen Handschlag war gar nicht zu denken.

Er ließ Oleg stehen, der seinerseits zwar ziemlich verdutzt, doch nach wenigen Augenblicken wieder gefasst, sich direkt an einen etwas jüngeren Mann, Ende zwanzig wandte und ihn in offener, versteckt listiger Art ansprach, um die Zeit zweckdienlich und effizient für sich zu nutzen.

Trotz manch bitteren Erfahrungen in Bezug auf die alte Heimat, nicht nur des Krieges wegen, vielmehr überwogen die persönliche Tragik und Bedrängnis, behielt sie, die alte Heimat, doch ihren Platz im Herzen der Kronmeiers, obgleich die neue Heimat kraftvoll hinzu drängte, sich peu à peu ein Stück ihrer Herzen eroberte. Platz gab es in ihren Herzen reichlich, denn wahre, Geborgenheit gebende Heimatempfindungen lassen jedes Herz weit öffnen und erquicken.

KAPITEL 6

I

Helena tauchte indes nicht mehr in Gregors Praxis auf. Nur wenige Wochen waren vergangen, als sie auf Gregors Couch gesessen war und seinen wohlwollenden Worten spärlich und lediglich mit halbem Herzen gelauscht hatte, sodass nichts von alldem in ihrem Herzen gedeihen konnte. So kam es, wie es kommen musste. Gregors Mahnungen zum Trotz ließ sie sich wieder mit einem neuen Mann ein, konnte sich nicht zügeln, ergab sich blind den reizenden Verführungen, den ersten sympathischen Blicken und Worten, der naiv voreiligen Hoffnung der wahren Liebe, wo doch lediglich eine erotisch-emotionale Verliebtheit sie zu fesseln wusste. Diesmal passierte Folgendes: Sie wurde von jener flüchtigen Internet-Bekanntschaft überraschend schwanger. Nach kurzen, hoffnungsvollen Freuden, obgleich mit unsicheren, vagen Zukunftsaussichten mit jener neuen Bekanntschaft, ereilte sie das Unheil, sie erlitt eine Fehlgeburt. Ein weiterer Alptraum in Helenas Leben in einer Reihe unheilvoller Ereignisse der letzten Jahre. Nicht unerwartet, zerriss daraufhin das zarte Band der neuen Beziehung, sie war wieder allein, ihr Herz wurde erneut in Leid gehüllt. Es waren kaum wenige Tage nach der Trennung vergangen, als Helena eines Abends einen kurzen Augenblick daran dachte, Gregor anzurufen, um sich einen Termin in der Praxis geben zu lassen.

Obschon der Gedanke sie aufzuheitern schien, entschloss sie sich nicht dazu. Zu sehr schämte sie sich, auch stolze Empfindungen hinderten sie daran, bei Gregor ihr Herz auszuschütten und wieder dessen Rat und psychologische Hilfe zu suchen. Ihre Gefühle suchten stattdessen etwas anderes, sie wollten zurück in die Vergangenheit reisen.

Helena brauchte unbedingt Abstand von allem, sie musste weg, eine Auszeit erschien erst einmal eine gute Zwischenlösung zu sein, daher entschied sie sich, für einige Zeit in ihre Heimat, nach Triest zu fahren, und zwar ganz allein. Den Friseursalon überließ sie während ihrer Abwesenheit der Angestellten, welcher Helena trotz des jungen Alters (sie war gerade etwas über zwanzig) das Geschäft anvertraute. Und außerdem, man sei ja immer telefonisch in Kontakt, versicherte Helena nicht nur der jungen Schweizerin, sondern beschwichtigte sich dabei auch selber. Die Auszeit in ihrer alten Heimatstadt sollte nicht mehr als zwei Monate dauern, so jedenfalls ihr Plan. Die Tochter ließ sie bei deren Vater, dem das gerade äußerst gelegen kam, da er wegen Kurzarbeit unfreiwillig wochenweise zu Hause saß, deshalb genügend Zeit für die Tochter hatte.

In Triest angekommen, verbrachte sie die Wochen bei ihrer Mutter, die allein in einer kleinen Wohnung lebte. Ihr Verhältnis zueinander war anfangs entspannt und freundschaftlicher, beinahe schon etwas herzlich, im Gegensatz zu früher. Nach anfänglicher Unbeschwertheit, geprägt von viel Frohmut und guten Gesprächen mit viel Leichtigkeit, quoll peu à peu mütterliche Besorgnis über den sprunghaften Lebenswandel ihrer Tochter hervor, ebenso schwang Argwohn mit, auch wurden leichte Vorwürfe gegen Helenas Entscheidungen und den allgemeinen Lebensweg der letzten Jahre erhoben. Helenas Missmut darüber stieg nach jedem weiteren Gespräch mit der Mutter beständig an, sie wollte sich nicht rechtfertigen und wollte ebenso einem drohenden Konflikt aus dem Weg gehen. Die Mutter, zwar deutlich ausgeglichener als in jüngeren Tagen, konnte trotzdem unerwartet in ansteckendem Mitleid und vergrämtem Hader versinken, dabei vergifteten ihre trübseligen, dunklen Gedanken ebenso die Tochter, die sich doch gerade derer entledigen wollte. Es grassiere die Einsamkeit, viele Menschen seien einsam, lebten allein, junge Leute, aber auch in ihrem Alter, die Menschen würden die individuelle Freiheit suchen, daraus habe sich eine unbewusste, vielleicht sogar gewollte Pest in der Gesellschaft ausgebreitet, bemerkte eines Abends die Mutter, ohne bewusste Absichten, ohne dass sie ihre klagenden Worte auf Helena gerichtet hätte. Man würde gegen den Grundgedanken der Geborgenheit in der Familie zu Felde ziehen, womit sich jene Kräfte an der Natur des Menschen vergreifen würden. Weiter meinte sie, dass heute alle in der äußeren Freiheit das Glück suchen würden, wo hingegen früher niemand auch nur einen Gedanken danach verschwendet hätte, trotzdem seien die längst vergangenen Tage gut gewesen, manchmal sogar fröhlich, während heute die Menschen vereinsamen und paradoxerweise unzufrieden seien. Das sei doch tragisch. Dann musste die Mutter unbedingt noch eine in ihren Augen sensationelle Neuigkeit aus dem Fernsehen preisgeben, nämlich, dass es im fernen England sogar seit Kurzem ein

Ministerium für Einsamkeit geben solle. Sie schüttelte dabei nur ungläubig ihren Kopf, um mit einem unüberhörbaren Seufzer dem Gesagten unmissverständlich eine betrübte Note zu verleihen.

Bald wurde es Helena in der Wohnung zu eng. Sie verbrachte mehr Zeit außerhalb der Wohnung, suchte Abwechslung in der Stadt, traf ihre beste Freundin zu einem Kaffee, kaufte kleine Geschenke und Kleider für ihre Tochter, bummelte einfach ziellos durch die Altstadt oder setzte sich bei frühsommerlichen Temperaturen kurz hin, am liebsten direkt beim Denkmal auf der Piazza Unità (gern auch Piazza Grande genannt), um Leute zu beobachten oder den Blick über die Meeresbucht schweifen zu lassen, und besonders mit Blick auf die imposante, über zweihundert Meter lange Anlegestelle, die von riesigen, schwimmenden Kolossen, den Kreuzfahrtschiffen, mehrmals wöchentlich aufgesucht wurde. In einigen Momenten ging es ihr einfach gut, doch sie – vielmehr ihre Leidenschaften – suchte begierig nach mehr. In einem Kleidergeschäft traf sie eine alte Schulfreundin, die überaus begeistert über die Begegnung mit Helena schien, was nichts Ungewöhnliches, eigentlich sogar ziemlich verständlich sei, schließlich hatte man sich sieben oder gar acht Jahre nicht mehr gesehen. Bald kam diese ehemalige Klassenkameradin auf etwas Verheißungsvolles, etwas ziemlich Vielversprechendes zu sprechen. Sie erzählte entzückt, bisweilen enthusiastisch von einer serbischen Wahrsagerin, bei der sie gestern gewesen wäre, die gerade in der Stadt weilen und in einem Einkaufszentrum Karten legen würde. Helena kannte jene Kartenlegerin noch von einem

Besuch in jungen Jahren, es war ihre erste Begegnung mit einer Seherin, wie Helena sie gern nannte. Die alte Schulfreundin musste los, sie verabschiedete sich lauthals und merklich überfreundlich, versprach, sich die Tage zu melden, und schritt eiligst, in fast getriebener Manier, davon. Es blieb beim Versprechen, sie rief nicht an. Helena schien diese Zufallsbegegnung keine gewesen zu sein, sondern Fügung, sie musste zu der viel beschworenen Wahrsagerin. Gleich am nächsten Tag fuhr sie hin.

Einige, es waren fast nur Frauen, warteten vor dem lieblos aufgestellten Zelt in grauer Farbe, um aus Jux oder aus ernsthafter Verzweiflung Hoffnung bei der Wahrsagerin zu suchen, die allem Anschein nach der Roma-Sippe angehörte. Es schien, als ob jene mystische Gestalt, deren Augen dunkelbraun und deren lange Haare pechschwarz waren, Helenas letzter Strohhalm wäre, an den sie sich halten würde, um dadurch wieder zurück ins Leben zu finden. Aber im Grunde war es nur ein naives Haschen nach Wind, ein Akt der tiefen, inneren Verzweiflung, zu dem sie aus ihrer Schwachheit heraus verleitet wurde. Endlich war Helena an der Reihe. Die Karten wurden gelegt, Helenas Anspannung war auf dem Höhepunkt. Sie lechzte darauf, endlich ihre Neugierde befriedigt zu bekommen, Hoffnung zu finden und Klarheit in der Sehnsucht dessen zu gewinnen, was sie in ihrer Zukunft zu erwarten hätte. Die Wahrsagerin prophezeite ihr große Veränderungen in ihrem Leben, sie werde weit weg ziehen, in kühlere Gegenden, irgendwo in den Norden, zudem sehe sie Wohlstand, wohingegen der Mann des Lebens leider noch nicht gekommen sei, er sei aber in Sichtweite, sie solle sich noch einige Zeit gedulden, wobei diese Zeitspanne nicht genauer definiert worden war. Nach weniger als fünf Minuten war der kostenfreie Spuk zu Ende, da es eine Art Roadshow war, mit der unzweifelhaften Absicht, neue Kunden zu akquirieren. Helena kam mit glänzenden Augen, entzückt und in anwachsender Überschwänglichkeit aus dem Zelt heraus, die eben gehörten Worte ließen ihre Gefühle Achterbahn fahren, noch lange hallte jedes einzelne Wort der Wahrsagerin in ihrer Seelenwelt nach, genau das hatte sie gebraucht, sie fasste neuen Mut und schmiedete in ihren Gedanken bereits am selben Abend vage Pläne. Zuerst musste sie in die Schweiz zurück, zurück zur Tochter, dann vielleicht nach Dänemark, denn dorthin soll eine Cousine von ihr unlängst hingezogen sein. Möglicherweise sei das die Eingebung, jene kühlere Gegend weiter im Norden, von dem die Wahrsagerin prophezeit hatte. Helena fühlte einen Aufbruch.

Eine zufällige Begegnung in ihrer Heimatstadt ließ sie hingegen merklich irritieren, denn sie passte nicht in ihre neue Gedankenwelt hinein, die götzenhaft dem vorausgesagten Zukunftsbild nachzueifern drängte. Unverhofft traf sie nämlich einen alten Schulfreund wieder, der in Jugendjahren unsterblich in Helena verschossen war, den sie damals aber nicht beachtet hatte. Eine nostalgische Sympathie kam sofort auf, sie freundeten sich langsam an, blieben in Kontakt, da er ebenfalls geschieden und seit über einem Jahr alleinstehend war. Mehr als eine gute Freundschaft entwickelte sich erstmals nicht. Helenas Seele war noch nicht bereit für mehr, außerdem ertönten im Hinterkopf immer wieder die Worte der Wahrsagerin, sie müsse sich noch gedulden, was unzweifelhaft bedeutete, dass der Schulfreund nicht der Mann ihres Lebens sein könne. Sie vertraute darauf, obgleich ihre Gefühle dazu ambivalent waren. Die letzten Tage brachen an, bevor Helena wieder in die Schweiz zu ihrer Tochter reisen sollte. Von der Mutter hatte sie unerwartet vom plötzlichen Tod ihres leiblichen Vaters erfahren, der in einem friaulischen Dorf, unweit der slowenischen Staatsgrenze, seine letzten Jahre verbracht hatte. Angeblich war er wenige Tage zuvor an einem Herzinfarkt verstorben. Helena reiste zusammen mit der Mutter zum Friedhof, wo sie das liebevoll geschmückte Grab des Vaters vorfanden. Ihre Mutter hatte ziemlich überraschend das Bedürfnis, Abschied von ihrem ersten Mann zu nehmen, mit dem sie seit Jahren kaum noch Kontakt gepflegt hatte, wobei sicherlich auch persönliche Neugier mit im Spiel war, und nicht zuletzt fühlte die alte Mutter eine unumgängliche Verpflichtung, beinahe eine Schuldigkeit, nämlich jene, der Tochter Trost, Mitgefühl und Halt in derartig traurigen, seelisch schwermütigen Zeiten zu geben. Helena war froh über Mutters Beistand, denn sie war sichtlich mitgenommen, andererseits fühlte Helena ein beginnendes Heilen der inneren, seelischen Wunden, als sie dem Vater in ihrem Herzen unter Tränen, die mit Bitterkeit getränkt waren, vergab – eine womöglich zu späte Vergebung, um Vaters Seele schließlich loszulassen. Es war ein Abschied für immer, ein kalter Bruch zwischen ihren Seelen, ein irreparabler Riss ihrer Verbindung, den Vater gab es nicht mehr, er war für alle Ewigkeit dahingeschieden, unwiederbringlich. Umso mehr bedauerte sie, ihn, den leiblichen Vater, nicht noch einmal besucht zu haben, wo sie sich das doch fest vorgenommen hatte. Erneut übermannte sie ein bitteres Schluchzen, ausgelöst durch ein wehmütiges Schuldgefühl, dessen Dornen es vermochten, ihrem traurigen Herzen weitere Stiche zu versetzen, um es noch ein Stückchen mehr zu verwunden. Ein letzter, tiefer Schmerz. Immerhin söhnte sie sich endlich mit ihm aus, erlebte in ihrem Herzen erstmals einen Hauch von innerem Frieden, ein hoffnungsvoller, seelischer Frieden, dem entgegen war sie noch immer in ihren selbstgefälligen Leidenschaften gefangen, die sie unzweifelhaft und geradewegs ins menschliche Verderben führten. Mit bedrücktem und gleichzeitig befreitem Herzen sowie mit dem lieblich süßlichen Gefühl der Aussöhnung und der heilbringenden Vergebung verließ Helena mit einem letztendlich unerwartet wohltuenden Frohmut die letzte Ruhestätte ihres Vaters. War sie deshalb nach Triest zurückgekehrt, um sich mit dem Vater oder gar mit dem ganzen Leben auszusöhnen? Es bot sich offensichtlich an.

Nach bald neun Wochen, etwas länger, als die Heimatreise nämlich geplant war, war der Zeitpunkt der Rückkehr in die Schweiz gekommen. Helena freute sich immens, endlich, mit neuem Mut im Herzen, getrieben namentlich durch ihre vermeintlich verheißungsvollen Zukunftsaussichten, in die Schweiz zu fahren, um ihre Tochter in die Arme zu schließen. Der Kontakt mit dem Freund aus vergangenen Tagen wurde aufrechterhalten, zwar intensivierte er sich nicht, doch irgendwie schien es, dass der alte neue Freund vielversprechend sein könnte. Bahnte sich da etwa eine neue Romanze an, ließ Amor seinen berühmten Pfeil schon schussbereit in den Bogen einspannen? Sollte

Helena die echte Liebe endlich ereilen? Zuerst musste sie nun zurück in die Schweiz, um endlich ihre Tochter wieder bei sich zu haben.

Es kam nicht dazu. Auf der Rückreise passierte es. Vor dem Gotthardtunnel im Kanton Tessin staute sich um die Mittagszeit wie so oft die Blechlawine Richtung Norden. Helena verlangsamte und hielt schließlich ganz an, sie war am Ende des mehrere Kilometer langen Rückstaus, der sich vor der Lichtsignalanlage der Tunneleinfahrt gebildet hatte. Da geschah es. Ihr Auto wurde von einem unachtsamen Lkw-Fahrer gerammt und vollkommen zerquetscht, dieser übersah aus unerklärlichen Gründen den Rückstau, sie, Helena, hatte keine Chance. Ein fürchterlicher Autounfall – sie war bereits so nah am Ziel, und doch hätte es nicht sein sollen. Es war ihr Ende. Helena sah im Rückspiegel einige Sekunden lang den Tod wahrlich auf sie zu donnern. Ihr menschliches Leiden, der wilde Ritt ihres Lebens fanden ein jähes, makaberes Ende. Es schien, als ob sie letztlich außerstande gewesen wäre, willentlich ihrem düsteren Schicksal zu entrinnen, wenn es denn so etwas wie Schicksal gibt. Ein verstörendes Bild eines grauenhaften Infernos zeigte sich zu Sommerbeginn am Südfuß des imposanten Gotthardmassivs.

Gregor fuhr hin und wieder am Friseursalon von Helena vorbei, so auch an diesem Mittwoch. Unwillentlich schielte er jeweils beim Vorbeifahren mit einem Auge auf das Schaufenster und die Tür, die mit der schwarz-weißen Aufschrift „Wild Hair Salon" versehen war, dabei wunderte er sich, dass der Salon an einem Wochentag geschlossen zu sein schien. Einen Monat später, etwa zur gleichen Tageszeit, als er wieder zugegen war, musste er erneut feststellen, diesmal etwas beunruhigt, dass der Salon immer noch zugesperrt war. Bald darauf war die Aufschrift an der Tür ganz weg, verschwunden, den „Wild Hair Salon" gab es nicht mehr, er war passé. Gregor dachte daran, wie lange es schon her sei, als Helena zuletzt in seiner Praxis gewesen war. Er erinnerte sich an ihren langen, schwarzen Mantel mit Kunstpelzkragen, an ihre verschreckte Stimme am Telefon und besonders an ihr leises Adieu und an ihren flüchtigen, leicht gequälten Blick beim Abschied an der Praxistür, und außerdem, wie sie durch den Schnee zu ihrem Wagen gestampft war und daran, wie viel Schnee damals überall auf dem Hof lag. Unmittelbar darauf erfassten ihn beklemmende Gedanken an Helena, jene Gedanken, die Unheilvolles befürchteten. Wie oft lag er mit seinen Vermutungen doch, leider, richtig ...

II

Im September war es dann so weit, Maria brachte einen
gesunden Jungen zur Welt, diesmal ohne irgendwelche
Komplikationen sowie ohne jene bösartige Hebamme, die
nicht mehr in der Geburtsklinik angestellt war, angeblich
sei sie frühzeitig in Rente gegangen. Als Gregor zum aller-
ersten Mal in das unschuldige Gesicht von Nikolas, seinem
zweiten Sohn blickte, erkannte er in ihm in großer Demut
das Leben als einen Segen, eben ein Geschenk auf Zeit.

Im angrenzenden Schwarzwald, im deutschen Freiburg
gab es kaum zwei Monate später ebenso Nachwuchs. Konrads zweiter Sohn erblickte das Licht der Welt. Er wurde
auf den Namen Lukas getauft.

Gregor hatte sich in der Zeit, als Maria in der Geburtsklinik lag, die ganze Woche frei genommen, sodass er sich
in Ruhe um Eva und David kümmern konnte. Eva schlief
jeweils nachmittags und so spielte Gregor vornehmlich
Puzzle mit David. David liebte es nämlich, Puzzles zu
lösen, er war, seitdem er gleich drei Puzzles und noch ein
Puzzlebuch zum Geburtstag geschenkt bekommen hatte,
ein begeisterter und eifriger Puzzle-Fan geworden. Als beide eines Nachmittags wieder daran waren, ein neues Puzzle zusammenzusetzen, erhellte unverhofft ein geistreiches,
hoffnungsvolles und entzückendes Gleichnis Gregors
Gedankenwelt: Das Leben sei des Menschen persönliches
Puzzle. Viele Puzzlestücke, welche man auf dem Lebensweg finden wird, scheinen auf den ersten Blick nicht zu
passen. Doch die Aufgabe liege darin, daran zu glauben, zu
hoffen, dass alle Puzzlestücke zusammenpassen, sich mit

Bestimmtheit zusammenfügen werden und dass sich mit der Zeit die persönliche Lebensgeschichte bildlich herauskristallisieren wird, um schließlich ein vollkommenes Kunstwerk dessen entstehen zu lassen, was uns geschenkt wurde: das Leben. Der Mensch solle stets im Glauben und in der Hoffnung bleiben und bewusst tun, was zu tun sei, mit ganzem Herzen, mit Liebe, bis dieser Lebensfilm vollendet werde.

NACHWORT

Unweigerlich wird der Mensch durch seelisches Leid, lähmende Ohnmacht sowie schmerzliche Trauer gebessert. Dieser wird auf Herz und Nieren geprüft. Der Mensch suche sich zu finden, jenen Weg der Besserung zu bestreiten, sich jenes unsichtbare, samtene Kleid überzuziehen, dessen Belohnung sei hernach, in der Leichtigkeit und der inneren Freiheit unter Gottes Gnaden zu leben.

Süß ist die Erkenntnis im Herzen: Erfülle Gottes Willen. Danach, nach der Wahrheit solle der Mensch streben, sich ebendiesem Leben mit Haut und Haaren hingeben, darauf solle er vertrauen und seine Hoffnungen setzen, es sei der Weg zur inneren Freiheit, ein Hauch von Paradies auf Erden sowie die Verheißung zum ewigen Leben.

Tomo Zalar